इलेक्ट्रॉनिक मीडिया
एवं
साइबर पत्रकारिता

यश सिंघानिया

PG PUBLICATION

रोहिणी, दिल्ली –110089

पहला संस्करण : 2020

ISBN : 978-93-89984-40-8

प्रकाशक
प्रखर गूँज प्रकाशन
एच – 3/2, सेक्टर – 18,
रोहिणी, दिल्ली –110089
011-27851059, 7982710571, 7838505899

शब्द संयोजन एवं आवरण : प्रखर गूँज प्रकाशन

Electronic media aur cyber patrakarita
by
Yash Singhania

Published by
PRAKHAR GOONJ PUBLICATION
H-3/2, Sector - 18, Rohini, Delhi - 110089
Contact : 7982710571, 7838505899, 011-27851059
Email : prakhargoonj@gmail.com,
sinha.neelu123@gmail.com

समर्पित

पत्रकारिता के उन छात्रों को...

जो इस पुस्तक से कुछ ग्रहण कर सकें . . .

अनुक्रम

भूमिका

वर्तमान समय में इलेक्ट्रॉनिक मीडिया हमारे जीवन का एक अभिन्न अंग बन चुका है। अधिकतर लोगों की दिनचर्या का प्रारंभ टेलीविजन या रेडियों पर मनोरंजन, योग आध्यात्मिक प्रवचन एवं समाचार सुनकर ही होता है। समाचार पत्र को 'बेड-टी' (Bed-tea) कहा जाता है, परन्तु वर्तमान परिदृश्य में दिनचर्या का आरंभ टेलीविजन या रेडियो जैसे इलेक्ट्रॉनिक मीडिया के साधनों के कारण यह जुमला अपनी प्रासंगिकता खो चुका है। इलेक्ट्रानिक मीडिया की बढ़ती उपयोगिता के साथ-साथ इसे एक विषय के रूप में समझने की आवश्यकता भी बढ़ गई है। इसी आवश्यकता को ध्यान में रखकर ही इस पुस्तक की रचना की गई है।

इस पुस्तक में इलेक्ट्रॉनिक मीडिया के विभिन्न साधनों जैसे रेडियो, टेलीविजन, एवं सिनेमा के अतिरिक्त इंटरनेट जैसे साइबर मीडिया के उद्‌भव, विकास एवं उनसे जुड़ी तकनीकी बरीकियों एवं शब्दावली को सरलता के साथ समझाने का प्रयास किया गया है। जोकि इन क्षेत्रों में कैरियर की इच्छा रखने वाले छात्रों के लिए मजबूत आधार बनाने की दृष्टि से उपयोगी होगा। इसके अतिरिक्त इलेक्ट्रॉनिक मीडिया के प्रति जिज्ञासा रखने वाले पाठको के लिए उपयोगी होगी, ऐसी मेरी आशा है।

इस पुस्तक के नामकरण को लेकर मैं काफी असमंजस मैं था कि इसके नाम में साइबर पत्रकारिता का प्रयोग किया जाए या फिर इंटरनेट पत्रकारिता या फिर बेव पत्रकारिता का और काफी आत्ममंथन के पश्चात् इनमें मैंने साइबर पत्रकारिता जोड़ना उपयुक्त समझना। इसका प्रथम कारण तो यह है कि इंटनेट विश्व के विभिन्न कम्प्यूटर्स को जोड़ने की प्रक्रिया है, जबकि वेब एक प्रकार का जाला है जिससे विभिन्न साइटें इंटरनेट के माध्यम से जुडी हुई। साइबर ऐसा शब्द है जिसके अंतर्गत दोनों शब्दों को ही समाहित किया गया है।

पुस्तक को श्रेष्ठतम बनाने का हरसंभव प्रयाय किया गया है। बावजूद इसके इसमें कई प्रकार की मानवीय भूले हो सकती है। पुस्तक से संबंधी किसी भी प्रकार के सुझाव सहर्ष स्वीकार्य है।

— **यश सिंघानिया**

रेडियो का प्रारंभ एवं विकास

अपने विशेष आकृति, लाने-ले जाने में सुगमता तथा कम-से-कम विद्युत की खपत करने वाला वैद्युत उपकरण होने के कारण रेडियो ने अपनी विशेष पहचान बनाई। खेत की मुंडेर से लेकर अत्याधुनिक तकनीक से युक्त दिल्ली मेट्रो में बैठी मॉडर्न जनरेशन का प्रतिनिधित्व करने वाले युवती के कानों तक आज रेडियो अपनी लोकप्रियता के झंडे गाड़ चुका है। जहाँ एक ओर टेलीविजन को सुगमता के साथ एक स्थान से दूसरे स्थान तक ले जाना संभव नहीं, वहीं समाचार-पत्रों के लिए शब्द के ज्ञान की अति आवश्यकता होती है। पर रेडियो के लिए ऐसा कुछ नहीं जहाँ-चाहें वहाँ ले जाओ अब तो मोबाईल फोन भी रेडियो की सुविधा से लैस हो चुके है। लाने ले जाने की कोई चिंता ही नहीं। हालांकि टेलीविजन भी काफी छोटे रूप में बाजार में उपलब्ध हैं। पर उन्हें देखने के लिए कानों के साथ-साथ आँखों का भी उपयोग करना पड़ता है। अर्थात यदि आप चाहें कि दिल्ली मेट्रो या भारतीय रेलवे के लंबे सफर में छोटे से टीवी को देखकर समय बिताया जाए तो यह रेडियो की अपेक्षा कुछ कठिन है। रेडियो को तो बस कानों में लगाया और शुरू हो गया मनभावन गीतों का सिलसिला। खेत की मुंडेर पर ही अशिक्षत किसान को बिना शब्द ज्ञान के लिए अनाज मंडी के भावों की ताजातरीन जानकारी सुगमता से प्राप्त हो जाती है।

रेडियो प्रसारण प्रक्रिया

रेडियो प्रसारण प्रक्रिया में रेडियो रिसीवर सिस्टम की अग्रणीय भूमिका होती है। यह एक यांत्रिक व्यवस्था है जिसमें रेडियो केन्द्र द्वारा प्रसारित विद्युत चुंबकीय तरंगों को ग्रहण करके ध्वनि तरंगों में परिवर्तित किया जाता है। जिसे अंत में सुना जाता है।

रेडियो केन्द्र पर कार्यक्रम प्रस्तुत कर्ता माइक्रोफोन के सामने बोलता है। यह माइक्रोफोन ध्वनि को विद्युत ऊर्जा में बदलता है। जोकि प्रोग्राम करंट कहलाती है, इसे दूर तक नहीं भेजा जा सकता। इन्हें दूर तक संप्रेषित करने के लिए कैरियर करंट में परिवर्तित किया जाता है। जिन्हें विभिन्न तारों के माध्यम से रेडियो टॉवर तक भेजा जाता है। रेडियो टावर से इसका प्रसारण किया जाता है।

रेडियो का जन्म

मनुष्य का मस्तिष्क प्रकृति प्रदत्त एक ऐसा शारीरिक अंग है, जो उसे अन्य

जैविक प्राणियों से श्रेष्ठ सिद्ध करता है। अपने तीक्ष्ण मस्तिष्क के बल पर ही मनुष्य सभी जैविक प्राणियों पर राज करने में सक्षम बना हुआ है। यह एक ऐसा यंत्र है जो सदैव कुछ नया करने को उतावला रहता है। मानव को आदिम मानव से वर्तमान हाईटेक मानव बनाने में मस्तिष्क की भूमिका अग्रणीय है। रेडियो का विकास भी मानव मस्तिष्क का कौतूहल एवं जिज्ञासा का ही परिणाम है।

रेडियो के विकास-क्रम में हम जर्मन-भौतिक-वैज्ञानिक हेनरिक रोडाल्फ हर्टज (Heinrich Rudloph Hertz) के उस प्रयोग से जोड़ सकते हैं, जिसमें उन्होंने सिद्ध किया कि ऊर्जा को तारों के प्रयोग के बिना ही प्रक्षेपित किया जा सकता है। इन्हीं दिनों इटली के एक वैज्ञानिक गुग्लिलिमे मारकोनी (Guglielmi Marconi) ने रेडियो के विकास की दिशा में प्रयोग प्रारंभ किए। इटली में उन्हें अपने इस अद्भुत कार्य के लिए कोई सहयोग प्राप्त नहीं होने पर वह इंग्लैंड चले गए। वहाँ उन्होंने ब्रिटिश सरकार के सहयोग से 'मारकोनी वायरलैस टेलीग्राफ एंड सिगनल कंपनी' की स्थापना की। 2 जून, 1896 में उन्होंने अपने इंग्लैंड में सर्वप्रथम अपने प्रयोग का पेटेंट करवाया। तत्पश्चात उन्होंने हर्टज तथा अन्य वैज्ञानिकों के प्रयोग को आधार बनाकर सन् 1901 में अटलांटिक के उस पर वैद्युत संदेश भेजने में सफलता पाई। जो कि रेडियो के प्रसारण की दिशा में ऐतिहासिक घटना थी। इस घटना को हम रेडियो की विकास प्रक्रिया में मील का पत्थर मान सकते है।

मारेकानी के प्रयास ने अन्य वैज्ञानिकों को भी प्रोत्साहित किया और वह भी रेडियो को मूर्त्त रूप देने लग गए। 1906 में एक अमेरिकी वैज्ञानिक ली.डी. फॉरेस्ट (Le de Forest) ने 'आडियॉन (Audion) तैयार किया जिसे जॉन फ्लेमिंग (John Fleming) की तकनीक को आधार मानकर तैयार किया गया था। उस यंत्र के द्वारा दूर बैठे-बैठे ही ध्वनि को सुनना संभव हो गया। 25 दिसम्बर, 1906 को किसी अन्यत्र स्थान पर बैठे व्यक्ति की आवाज को सैकड़ों मील दूर समुद्री जहाजों पर नाविकों ने सुना। इसे विश्व का पहला रेडियो प्रसारण माना गया। श्रीमान ली. डी. फोरेस्ट ने सर्वप्रथम 1916 में पहला रेडियो समाचार प्रसारित किया। इसके पश्चात रेडियो के क्षेत्र में नित्य नए अनुसंधान होते रहे हैं। इसके परिणामस्वरूप कालांतर में इलेक्ट्रॉन तथा ट्राजिस्टर के अविष्कार हुआ जो दूर-संचार के क्षेत्र में अभूतपूर्व उपलब्धि मानी जा सकती है। रेडियो प्रसारण के क्षेत्र में हो रहे विकास के कारण ही बी.बी.सी (ब्रिटिश ब्रॉडकास्टिंग कॉरपोरेशन) तथा आर.सी.ए. (रेडियो, कॉरपोरेशन ऑफ अमेरिका) जैसी रेडियो प्रसारण कंपनियां अस्तित्व में आईं।

भारत में रेडियो का विकास

विश्व में रेडियो के प्रसार से भारत भी अछूता न रह सका। हालांकि उन दिनों

भारत पर ब्रिटिश सरकार राज था उसके बावजूद भी भारत में रेडियो के विकास का प्रारंभ हुआ। यदि भारत में प्रथम रेडियो प्रसारण की बात करें तो इसके लिए भारत की आर्थिक राजधानी कहे जाने वाले शहर मुंबई का ही जिक्र आता है जिसमें सन् 1921 में 'टाइम्स ऑफ इंडिया' द्वारा संगीत का एक विशेष कार्यक्रम आयोजित किया गया, जिससे गवर्नर जॉ लायड के अनुरोध पर पोस्ट एवं टेलीग्राफ विभाग के सहयोग से प्रसारित किया गया। इस कार्यक्रम को मुंबई से लगभग 175 कि.मी.की दूरी पर स्थित पुणे तक में सुना गया। सन् 1926 तक भारत के तीन प्रमुख शहरों बंबई, कलकत्ता तथा मद्रास में व्यक्तिगत रेडियो क्लब भी स्थापित किए गये। जो सीमित अवधि के प्रसारण थे। इनका प्रसारण ढाई घंटे तक होता था। इन क्लबों के व्यवसायियों ने एक प्रसारण कंपनी 'इंडियन ब्रॉडकास्टिंग कंपनी लिमिटेड' का गठन कर निजी प्रसारण प्रारंभ कर दिया।

23 अगस्त, 1927 में इस कंपनी द्वारा सर्वप्रथम मुंबई में नियमित रेडियो प्रसारण सेवा का प्रारंभ किया गया है। उसी वर्ष कोलकता से भी प्रसारण की शुरुआत की गई। इस कंपनी को सरकार द्वारा प्रसारण के लिए लाइसेंस भी दिया गया था। कंपनी के लिए वित्तीय संसाधनों की व्यवस्था भी की गई थी। ये वित्तीय संसाधन कंपनी के संचालन के लिए नाकाफी थे। शीघ्र ही आर्थिक कठिनाइयों के कारण इस कंपनी को बंद कर देना पड़ा। कुछ वर्षों के बाद सरकार के प्रयास से 'इंडियन स्टेट ब्रॉडकास्टिंग सर्विस' की स्थापना हुई, इसके अंतर्गत दिल्ली में रेडियो स्टेशन खोला गया। जो कुछ वर्षों पश्चात 'ऑल इंडिया रेडियो' में बदल गया। इसके बाद 19 जनवरी, 1936 में पहला रेडियो बुलेटिन प्रसारित हुआ जो भारत में रेडियो प्रसारण की दिशा में एक एतिहासिक घटना था। धीरे-धीरे रेडियो संचार माध्यम के रूप में लोकप्रियता अर्जित करता चला गया। सन् 1947 में विभाजन के पूर्व तक देश के प्रमुख नौ शहरों में प्रसारण केन्द्र थे।

स्वतंत्रता के बाद भारत में रेडियो

भारत की स्वतंत्रता के साथ की देश विभाजन का दुखद अध्याय भी जुड़ गया। देश-विभाजन को दो मजहबों के बीच विभाजन की दीवार खींची। देश हिंदुस्तान और पाकिस्तान के बीच बंट गया। इस विभाजन का असर रेडियो पर भी साफ देखने को मिला। भारत स्वतंत्रता से पूर्व भारत में स्थित रेडियो केंद्रों को भी विभाजित कर दिया गया। भारत में आकाशवाणी के 6 केंद्रों (दिल्ली, मुंबई, कोलकत्ता, मद्रास त्रिचुरापल्ली तथा लखनऊ) भारत में रह गए। (पेशावर, लाहौर तथा ढाका) तीन रेडियो केंद्र पाकिस्तान के पास चले गए। सन् 1950 तक भारत में स्थिति विभिन्न रजवाड़ों के भारत में होने पर त्रिवेन्द्रम, हैदराबद, औरंगाबाद और

बड़ौदा के केन्द्र भी देश में रेडियो का प्रसारण कर रहे ऑलइंडिया रेडियो का ही अंग बन गए। भारत में 20 जुलाई, 1952 को पहली बार आखिल भारतीय कार्यक्रम का प्रसारण किया गया। भारत में अब रेडियो प्रसारण की आवश्यकता हुई, जिस पर नियमित रूप से मनोरंजनात्मक एवं शैक्षिक कार्यक्रमों का प्रसारण होता रहा। इसी के परिणामस्वरूप 3 अक्टूबर, 1957 को विविध भारती सेवा का प्रारंभ किया गया। इसके साथ ही रेडियो जनसंपर्क के एक सशक्त माध्यम के रूप में माना जाने लगा।

परंतु वास्तविक रूप से 1 नवंबर, 1967 से विविध भारती पर विज्ञापन के प्रसारण के पश्चात ही जनसंपर्क के रूप में रेडियो ने अपनी पहचान प्राप्त की। इसके लिए उसे 3 अक्टूबर, 1957 से लेकर 1 नम्बवर, 1967 तक लगभग एक दशक का इंतजार करना पड़ा है। पर यह घटना संचार-मध्यमों को व्यावसायिक महत्त्व प्रदान करने की दिशा में मील का पत्थर बन गई। जैसे समाचार-पत्र में विज्ञापन उसकी आय का प्रमुख स्रोत होते हैं, वैसे ही रेडियो-विज्ञापन रेडियो प्रसारण केन्द्र या कंपनी की आय का भी प्रमुख स्रोत होते हैं।

खबरिया चैनेलों के इस दौर में रेडियो समाचार बुलेटिन की उपयोगिता कहीं खो सी गई है। परंतु खबरिया चैनलों के उद्‌भव से पूर्व रेडियो समाचार का सर्वाधिक सटीक माध्यम हुआ करता था। समाचार जानने के लिए लोग समाचार-पत्र के बाद रेडियो पर निर्भर थे। समाचार-पत्र के प्रकाशन की प्रक्रिया लंबी होती है, जिससे समाचार अगले दिन ही लोगों तक पहुँचा पाती है। इसी के चलते लोगों में प्रति घंटे समाचार उपलब्ध कराने के उद्देश्य से 15 अगस्त, 1985 से आकाशवाणी पर प्रत्येक घंटे बाद समाचार प्रसारित होने लगे। जैसे आज के दौर में किसी भी घटना की ताजातरीन जानकारी के लिए लोग खबरिया चैनल का रुख करते हैं, वैसे ही उन दिनों रेडियो की ओर रुख किया जाता था।

यहाँ यह कहना कोई अतिशयोक्ति नहीं होगी कि उन दिनों रेडियो समाचार उपलब्ध कराने का प्रमुख स्रोत था। कुछ लोग इस मत से सहमत न भी हों क्योंकि टेलीविजन पर भी किसी समाचार का प्रसारण समाचार पत्र की भांति अगले दिन न होकर उसी दिन ही किया जाता था। पर यहाँ यह भी स्पष्ट कर देना आवश्यक है, टेलीविजन पर समाचार निश्चित समय पर ही उपलब्ध कराए जाते हैं। इसी बीच समाचार में काफी कुछ घटित हो चुका होता था। जिससे उसकी रोचकता एवं उसके पीछे की जिज्ञासा रेडियो के माध्यम से पहले ही स्पष्ट हो जाती थी। आरक्षण और रामजन्मभूमि आंदोलन के समय निरंतर बदलते घटनाक्रम की जानकारी प्राप्त करने के लिए लोगों ने रेडियो का ही रुख किया।

स्टेलाइट टेलीविजन चैनलों के आगमन के फलस्वरूप भारतीय दर्शकों को 24

घंटे सातों दिन देशी-विदेशी कार्यक्रम देखने को मिलने लगे। जिससे टेलीविजन की लोकप्रियता में एक उफान-सा आया। विशेषकर शहरी क्षेत्रों के लोगों के लिए रेडियो बीते दिनों की बात बन गया। रेडियो के लिए अपने अस्तित्व को बचाए रखना चुनौती पूर्ण लगने लगा। अब रेडियो को अपने अस्तित्व बचाए रखने के साथ स्टेलाइट चैनलों से भी प्रतियोगिता करनी थी। इस समुचित घटनाक्रम के बीच 15 अगस्त, 1993 को निजी कंपनियों को दिल्ली एवं बुंबई में एफ.एम चैनलों 'टाइम स्लाट' उपलब्ध करवाया गया। आकाशवाणी एवं दूरदर्शन की निरंतर उठती स्वायत्तता मांग के चलते 23 नम्बर 1997 में प्रसार भारती अस्तित्व में आया। आकाशवाणी एवं दूरदर्शन इस नई संस्था के दो विभाग बना दिए गए। रेडियो को नया रूप देने एवं इसे व्यावसायिक बनाने के उद्देश्य से जून 1999 को प्राइवेट एफ.एम. चैनल स्थापित करने की अनुमति प्रदान की गई। देश भर के चालीस शहरों में एक सौ पचास नए एफ.एम. चैनल आरंभ करने के लिए लाइसेंस प्रदान किए गए। इसमें दिल्ली, मुंबई, कोलकाता तथा चैन्नई के लिए बारह तथा अन्य छत्तीस शहरों में एक सौ अड़तीस केन्द्र शुरू होने थे। इस शृंखला में पहला केन्द्र बंगलौर में 3 जुलाई, 2001 को रेडियो सिटी के नाम से प्रारंभ हुआ। एफ. एम. प्रसारण के लिए वैनेट कोलमेन–रेडियो मिर्ची, लीविंग मीडिया–रेड एफ.एम, म्यूजिक ब्रॉडकास्ट प्राइवेट लिमिटेड–रेडियो सिटी, एंटरटेनमेंट नेटवर्क, हिट्ज एफ.एम, इंडिया एफ.एम., सुमंगली पब्लिकेशन–सनटीवी, एवं मिड डे ग्रुप इत्यादि प्रमुख कंपनी को लाइसेंस प्रदान किए गए हैं। एफ.एम रेडियो चैनल ने जनता के बीच अपनी नई पहचान बनाई। सेटेलाइट चैनलों के आगमन के पश्चात् प्रासंगिक हो चुका रेडियो जन-जन के बीच लोकप्रिय होता गया।

क्रिकेट-खिलाड़ियों, सिने एवं टेलीविजन कलाकरों के साथ साथ ही अब रेडियो जॉकी सेलिब्रटी के रूप में जाने-जाने लगे हैं। आधुनिक सिनेमा में रेडियो जॉकी को केंद्र में रखकर फिल्में बनाई जा रही हैं। सलाम नमस्ते तथा लगे रहो मुन्नाभाई जैसी फिल्में रेडियो जॉकी को ही केंद्र में रखकर बनाई गई हैं। अब रेडियो किसी भी दृष्टि से अन्य इलेक्ट्रॉनिक मीडिया के माध्यमों जैसे टेलीविजन तथा सिनेमा से पीछे नहीं है।

--0--

रेडियो के लिए समाचार का निर्माण एवं वाचन

प्रिंट मीडिया के तर्ज पर रेडियो के लिए समाचार लेखन श्रेष्ठ लेखन की आवश्यकता होती है। अपने विशेष गुणों एवं देश के लगभग प्रत्येक नागरिक चाहे वह साक्षर हो या निरक्षर के बीच पहुँच होने के कारण रेडियो जन-संचार का सर्वाधिक प्रचलित माध्यम माना जा सकता है। जहाँ एक ओर समाचार का पाठक साक्षर होता है, वहीं दूसरी ओर रेडियो का श्रोता साक्षर और निरक्षर दोनों ही प्रकार के हो सकते हैं। इसी कारण रेडियो के समाचार लेखन लच्छेदार बोर बोझिल भाषा-शैली के स्थान सरल एवं सुबोध भाषा-शैली को प्रधानता दी जाती है। अन्य संचार माध्यमों के लिए समाचार लेखन की तर्ज पर ही रेडियो में समाचार लेखन में समाचारत्व (New Value) पर विशेष रूप से ध्यान दिया जाना चाहिए। समाचार लेखन से पूर्व छह 'ककार' (या कि five 'W' और एक H) को ध्यान में रखना आवश्यक होता है । ये छः 'ककार' है क्या (What), क्यों (Why), कब (When), कहाँ (Where), कौन (Who), कैसे (How)? जिससे समाचार लेखन में समाचारतत्त्व बना रहता है। रेडियो समाचार को ब्रासलेट डाइमंड पद्धति में लिखा होना चाहिए, अर्थात समाचार के महत्त्वपूर्ण अंग उसके आमुख में ही होने चाहिए। समाचार बुलेटिन के मध्य भाग में मुख्य घटनाओं का संक्षिप्त विवरण प्रस्तुत किया जाना चाहिए। अंत में कम महत्त्व की बात वाले समाचारों को जगह दी जानी चाहिए। जिससे कि समय की कमी के चलते यदि वह पढ़े न जा सके तो भी समाचार बुलेटिन में अधूरेपन का अभास न हो। समाचार लेखन में निम्न तथ्यों पर विशेष ध्यान दिया जाना चाहिए–

1. सरल तथा सहज भाषा-शैली का प्रयोग किया जाना चाहिए। वाक्य संक्षिप्त होने चाहिए।
2. लेखन में समाचार संबंधित तथ्यों से छेड़छाड़ नहीं की जानी चाहिए। हाँ इतना अवश्यक है कि उन्हें अपने विचारों से युक्त किया जा सकता है।
3. समाचार संक्षिप्त के बावजूद पूर्ण होने चाहिए। महत्त्वपूर्ण और लोकप्रिया समाचारों को विस्तार से लिख सकते हैं।
4. विश्वसनीय तथा मूल्यवान समाचारों को बुलेटिन में आवश्यक स्थान दिया जाना चाहिए।
5. समाचार के मूलभाव को सुरक्षित रखा जाना चाहिए। जिससे कि अर्थ का

अनर्थ न हो जाए। द्विअर्थी शब्दों से परहेज किया जाए तो ही बेहतर है।

6. समुचित समाचार लेखन के पश्चात उसकी जाँच अवश्य कर लेनी चाहिए। जाँच कर ली जाए कि समाचार में समाचार के आवश्यक तत्त्व हैं या नहीं। अनावश्यक तथ्यों को तो प्रधानता नहीं दी गई। भाषा-शैली बोझिल तो नहीं। वाक्य विन्यासों में अटपटा पन तो नजर नहीं आ रहा। जाँच की प्रक्रिया गैर-अनुभवी के साथ-साथ अनुभवी तथा प्रवीण लेखकों के द्वारा भी की जानी चाहिए। क्योंकि कई बार आवश्यकता से अधिक आत्मविश्वास भी नुकसानदेय बन जाता है।
7. समाचार तथ्य पूर्ण होने चाहिए।
8. समाचार की अनुवाद स्थिति में अच्छे अनुवादकों से ही अनुवाद करवाया जाना चाहिए। जिससे एक भाषा से दूसरी भाषा में अनुवाद करते समय वाक्य का मूलभाव कहीं खो न जाए।
9. प्रादेशिक भाषा में समाचार लिखते समय उस प्रदेश विशेष जिसके लिए समाचार लिखा जा रहा है उसकी रुचि तथा अकांक्षाओं को ध्यान में रखकर समाचार लिखे जाने चाहिए।
10. समाचार लिखते समय मार्ग-दर्शन सिद्धांतों का ध्यान रखा जाना चाहिए। यह मार्ग-दर्शन सिद्धांत समाचार सभी लेखकों एवं संवादताओं को उपलब्ध कराए जाते हैं।

इसके अतिरिक्त रेडियो के लिए समाचार लेखन एवं निर्माण प्रक्रिया को समझने के लिए रेडियो एवं समाचार पत्रों में बीच अंतर को समझ लेना आवश्यक है। इन दोनों में संचार माध्यम के बीच अंतर निम्न लिखित हैं–

1. जहाँ एक ओर रेडियो का मुख्य कार्य जनमत निर्माण और मनोरंजन करना होता है तथा इसकी कोई संपादकीय नीति नहीं होती, वहीं दूसरी ओर समाचार-पत्रों की अपनी-अपनी अलग-अलग संपादकीय नीति और उद्देश्य होते हैं, जिनकी पूर्ति के लिए वे प्रकाशित होते हैं।
2. जहाँ एक ओर रेडियो को विशिष्ट प्रकार के सुनने वाले होते है, वहीं दूसरी ओर समाचार पत्रों के अलग-अलग समुदाय, श्रेणी, स्तर और वर्ग के लोग ग्राहक होते हैं।
3. जहाँ एक ओर रेडियो में स्थान की अपेक्षा समय पर अधिक ध्यान दिया जाता है। शब्दों की मितव्ययता का यहाँ ध्यान आवश्य रखा जाता है, वहीं दूसरी ओर समाचार पत्रों में समाचार को निश्चित स्थान या फिर कॉलम में ही सिमेटना होता है।
4. जहाँ एक ओर रेडियो में समाचार की केवल संरचना और निचोड़ को प्रस्तुत

किया जाता है, वहीं दूसरी ओर समाचार विस्तार से विभिन्न विधियों और अक्षरों में जो आँखों को प्रिय लगे, सजा-संवार कर प्रकाशित किया जाता है।

5. जहाँ एक ओर रेडियो के लिए समाचार लेखन की भाषा में काव्यत्म एवं लच्छेदार शब्दों से परहेज किया जाता है, वहीं दूसरी ओर समाचार-पत्रों में काव्यत्मक एवं लच्छेदार भाषा शैली का खूब प्रयोग किया जाता है।
6. जहाँ एक ओर रेडियो की गति तेज होती है और वहीं वह शीघ्रता से अपने श्रोताओं को नवीन समाचार देता वहीं दूसरी ओर समाचार जनता तक पहुँचाने के लिए पहले समाचार संग्रह, उसका लेखन, उसकी विभिन्न विधियों से सजा-संवारकर बनाना, प्रकाशित करना, फिर पाठक तक पहुँच पाता है। अतः इसकी गति धीमी होती है।

रेडियो समाचार सेवा प्रभाग की सरंचना

भारत में अधिकतर रेडियो समाचार ऑल इंडिया रेडियो बुलेटिन के माध्यम से ही प्रासारित किए जाते है, जोकि विश्व के प्रमुख रेडियो समाचार सेवा में गिना जाता है। हालांकि एफ.एम. रेडियो चैनलों से भी समाचार उपलब्ध कराए जाते हैं। ऑल इंडिया रेडियो का एक विस्तृत नेटवर्क है। एक अनुमान के अनुसार ऑलइंडिया रेडियो से प्रतिदिन लगभग 284 बुलेटिन प्रसारित किए जाते हैं जिनमें से अकेले दिल्ली क्षेत्र से ही लगभग 146 बुलेटिन का प्रसारण किया जाता है। अन्य केंद्रों से 41 समाचार बुलेटिन का प्रसारण किया जाता है।

रेडियो समाचार सेवा के क्षेत्र में एक प्रतिष्ठित समाचार सेवा होने के कारण यहाँ पर ऑल इंडिया रेडियो ऐसा होता। जिसे संक्षित रूप में ए आई आर (AIR) के नाम से जानते हैं के संगठन के विषय में ही समझाया जा रहा है। ऑल इंडिया रेडियो समाचार सेवा का संगठन भी काफी जटिल है। यह हिंदी, अंग्रेजी तथा विभिन्न प्रादेशिक भाषाओं में समाचारों का निर्माण करता है। इसका मुख्य अधिकारी को डायरेक्टर जनरल (Director General) कहा जाता है। इसकी सहायता के लिए चार अतिरिक्त डायरेक्टर जनरल (Additional Directors General) तथा सात ज्वाइंट डायरेक्टर (Joint Directors) होते हैं। यह सभी अधिकारी समाचार कक्ष की कार्य प्रणाली, रिपोर्टिंग इकाई, करंट अर्फयर्स इकाई (Current Affairs Units) भाषा इकाई, क्षेत्रिय समाचार इकाई तथा निगरानी सेवा (Monitoring Service) के कार्यों की देखरेख करते है।

रेडियो समाचार सेवा के लिए समाचार प्राप्ति के स्रोत

किसी भी समाचार प्रदान करने वाली सेवा को यदि एक उत्पादन इकाई माना जाता है जो इस उत्पादन के लिए नित्य-प्रति घटित होने वाली घटनाएँ

कच्चा माल है। घटनाएँ ही सिलसिलेवार और कलेवर प्रदान करने के बाद समाचार बुलेटिन या फिर समाचार-पत्र का रूप लेती हैं। समाचार उत्पादन के लिए कच्चा-माल अर्थात घटनाएँ किसी प्रकार एकत्र की जाएँ यह किसी भी समाचार सेवा के लिए एक महत्त्वपूर्ण प्रश्न होता है। घटनाओं के विषय में जानकारी प्राप्त करने के लिए प्रत्येक समाचार सेवा चाहे वह प्रिंट मीडिया हो या इलेक्ट्रॉनिक मीडिया विभिन्न स्रोतों पर निर्भर रहता है। समाचार घटनाओं की जानकारी प्राप्त करने के लिए रेडियो सेवाएँ जिन स्रोतों का प्रयोग करता है उनका विश्लेषण निम्नलिखित है–

1. कार्यालय संवाददाता–रेडियो समाचार सेवाएँ लगातार समाचार प्राप्त करने के उद्देश्य से अपने नियमित कार्यालय संवाददाता नियुक्त करता है जो समय-समय पर रेडियो समाचार सेवा को घटनाक्रम के विषय में जानकारी उपलब्ध कराते रहते हैं। इन्हें इसके लिए वेतन एवं भत्ते प्रदान किए जाते हैं। यह रेडियो समाचार सेवा का ही एक भाग होते हैं। रेडियो समाचार सेवा का ही अंग होने के कारण यह रेडियो समाचार सेवा को समाचार उपलब्ध कराने का सर्वाधिक विश्वसनीय एवं उत्तरदायी स्रोत होते हैं।

2. क्षेत्रीय संवाददाता–रेडियो समाचार सेवाएँ समाचार प्राप्त करने के लिए कार्यालय संवाददाताओं के अतिरिक्त विभिन्न राज्यों की राजधानियो जिलों में क्षेत्रीय संवाददाता भी नियुक्त करती हैं। जो उस राज्य में होने वाली तमाम क्षेत्रीय घटनाओं को कवर करते हैं। इन्हें रेडियो केंद्र द्वारा अधिकारिक तौर पर नियुक्त किया जाता है। ऑल इंडिया रेडियो ने तो इस प्रकार के कार्यालय संवाददाता प्रत्येक राज्य की राजधानियों एवं देश के प्रमुख केंद्रों पर नियुक्त कर रखे हैं। एक बड़ी समाचार सेवा होने के कारण इसने अपने कई संवाददाता विभिन्न देशों की राजधानी में भी नियुक्त कर रखे हैं।

3. अंतर्राष्ट्रीय संवाददाता–अंतर्राष्ट्रीय खबरों के संग्रहण के लिए समाचार सेवाएँ अंतर्राष्ट्रीय स्तर विभिन्न देशों की राजधानियों में संवाददाताओं को नियुक्त करता है। ऑल इंडिया रेडियो की तरह से कई संवाददाता विभिन्न देशों के राजधानी में नियुक्त किए गए हैं। यह भी रेडियो समाचार इकाई का ही एक भाग होते हैं।

4. विभिन्न समाचार एर्जेसियाँ–अन्य समाचार माध्यमों की तर्ज पर रेडियो समाचार केंद्र भी विभिन्न देशी एवं विदेशी समाचार एजेंसियों से समाचार प्राप्त करत हैं। ऑल इंडिया रेडियो समाचार सेवा भी समाचार भारत में प्रसारित करने के लिए इन समाचार एजेंसियों पर निर्भर करती है। भारत में प्रमुख समाचार ऐजेन्सियाँ जैसे रायटर, पीटीआई, भाषा, वार्ता, तथा डब्लूटीएन इत्यादि हैं।

5. सेंट्रल मोनिटरिंग सर्विस—ऑल इंडिया रेडियो, सेंट्रल मोनिटरिंग सर्विस से भी समाचार प्राप्त करता है। यह सर्विस भारत के सूचना एवं प्रसारण मंत्रालय का ही एक भाग है। यह सेवा ऑल इंडिया रेडियो के साथ दूरदर्शन को भी समाचार उपलब्ध कराती है।

रेडियो समाचार कक्ष की कार्य-प्रणाली

समाचार को रेडियो सेट पर प्रसारित होने से पूर्व एक जटिल प्रक्रिया से गुजरना होता है। रेडियो के लिए समाचार चयन केवल उन्हें समाचारों का चयन किया जाता है जो जनसाधारण के लिए अतिआवश्यक होती है। समाचार पत्र में स्थानीय स्तर पर घटित होने वाली छुट-पुट वारदातों को भी स्थान दिया जाता है, वहीं रेडियो में इस प्रकार की घटनाओं से परहेज ही किया जाता है। रेडियो समाचार कक्ष में नियुक्त समाचार संपादक (New-Editor) विभिन्न स्रोतों जैसे स्थानीय संवादताओं, समाचार एजेंसियों, अंशकालिक संवादताओं (Part Time Correspondents)] विदेश में स्थिति संवाददाताओं इत्यादि से प्राप्त समाचारों को एकत्रित करके उनमें से प्रसारित होने वाले समाचारों का चयन करते हैं। यह संपादकों को पालीयों (Shifts) में कार्य करते हैं। पाली में नियुक्त संपादक को सुबह प्राप्त होनी वाले समाचारों का संपादक अपने कार्य के लिए उत्तरदायी होते हैं। संपादक प्राप्त समस्त समाचारो सामग्री को उनकी उपयोगिता अनुसार वर्गीकृत करते हैं। तत्पश्चात चयनित सामग्री को काट-छांट करके 15 मिनट के समाचार बुलेटिन जिसमें लगभग 1500 शब्दों का प्रयोग किया जाता है में संजोया जाता है। यह जटिल कार्य होता है, जिससे निरंतर अभ्यास से ही सीखा जाता है।

रेडियो समाचार बुलेटिन के प्रकार

ऑल इंडिया रेडियो की समाचार सेवा प्रभाग (News Service Division) सेवा द्वारा दर्शकों की अपेक्षाओं एवं आवश्यकतानुसार समाचार बुलेटिन का प्रसार किया जाता है, जो निम्नलिखित है—

1. मॉर्निंग न्यूज (Morning News) : इस प्रकार का प्रसारण आकाशवाणी के समाचार सेवा प्रभाग द्वारा अंग्रेजी भाषा में प्रतिदिन सुबह 8:15 पर किया जाता है। 15 मिनट के इस समाचार बुलेटिन में देश-विदेश के ताजारीन समाचारों के साथ किसी एक समसायिक विषय का विश्लेषण भी प्रस्तुत किया जाता है। बुलेटिन के अंत में राजधानी से प्रकाशित होने वाले समाचार-पत्रों की प्रमुख हेडलाईन्स का भी ब्यौरा प्रस्तुत किया जाता है।

2. समाचार प्रभात : आकाशवाणी के समाचार प्रभाग द्वारा इसका प्रसारण मॉर्निंग न्यूज से पूर्व किया जाता है। इसका प्रसारण प्रतिदिन सुबह 8:00 बजे हिंदी

में किया जाता हैं। मॉर्निंग न्यूज और समाचार में काफी हद तक समानताएँ होती है। यूँ कह सकते हैं, मोर्निंग न्यूज, समाचार प्रभात का ही अंग्रेजी रूपांतरण होता है। इस बुलेटिन में भी देश-विदेश की ताजातरीन समाचारों के साथ-साथ किसी एक समसायिक विषय का विश्लेषण प्रस्तुत किया जाता है। बुलेटिन के अंत में राजधानी में प्रस्तुत होने वाले समाचार-पत्रों की प्रमुख हेडलाईन्स का ब्योरा प्रस्तुत किया जाता है।

3. प्रत्येक घंटे पश्चात प्रसारित होने वाले समाचार बुलेटिन : मॉर्निंग न्यूज तथा समाचार प्रभात के अतिरिक्त आकाशवाणी पर प्रत्येक घंटे पश्चात 5 या 10 मिनट के होते हैं। जिसमें देश-विदेश में घटित होने वाले ताजातरीन समाचार प्रस्तुत किए जाते हैं।

4. विशेष समाचार बुलेटिन : रेडियो पर खेल तथा स्टॉक एक्सचेंज के समाचार देने के उद्देश्य से विशेष समाचार बुलेटिनों का भी प्रसारण किया जाता है। यह प्रति घंटे प्रसारित न होकर एक निर्धारित समय पर ही प्रसारित होते हैं। यह खेल में रुचि रखने वालें तथा स्टाक एक्सचेंज से संबद्ध व्यक्तियों की आवश्यकाओं को ध्यान में रखकर तैयार किए जाते हैं।

5. विशेष अवसर या घटना पर प्रसारित होने वाले समाचार : इन समाचारों का प्रसारण नियमित रूप से नहीं किया जाता। यह समाचार किसी विशेष अवसर जैसे चुनाव या विशेष घटना जैसे बाढ़ या अन्य प्राकृतिक आपदा की ताजातरीन जानकारी उपलब्ध कराने के उद्देश्य से प्रसारित किए जाते हैं।

समाचारों का व्यवस्थितिकरण

आकाशवाणी पर समाचार बुलेटिन को प्रसारण से पूर्व समाचार निर्माण की जटिल प्रक्रिया से गुजरना पड़ता है। जटिलता को कम करने के उद्देश्य से आकाशवाणी ने एक सिस्टम बना रखा है, जिसे 'न्यूजपूल' (Newspool) के नाम से जाना जाता है। यह इसे अंग्रेजी में तैयार किया जाता है। संपादित समस्त समाचारों को इस पूल में डाल दिया जाता है। तत्पश्चात इस पूल में एकत्रित समाचारों में राष्ट्रीय, अन्तर्राष्ट्रीय तथा खेल समाचारों का चयन किया जाता है। पुल में सम्मिलित सामग्री का अर्थ उस सामग्री से अधिकाधिक जनमानस से जुड़ी हो, जो प्रसारण के लिए तैयार हो चुकी हो तथा जिससे संबंधित सभी जानकारी एकत्र कर ली गई हो। समुचित पूल कॉपी को सभी संपादकों को बीच वितरित कर दिया जात है। संपादक उस तैयार पुल कॉपी में आवश्यक काट-छांट या उस घटना से संबधित अन्य ताजातरीन जानकारी का समावेश करके उसे अपडेट करते

हैं।

समाचार कक्ष चार पालियों में कार्य करता है। प्रातःकालीन पाली, दोपहर की पाली, सायं कालीन पाली तथा रात्रिकालीन पाली। प्रत्येक पाली की अपनी विशेष पूल कॉपी होती है।

प्रादेशिक भाषाओं के संपादक पूल की समाचार समाग्री जिसका निर्माण अंग्रेजी में किया जाता है का प्रादेशिक भाषा में अनुवाद करते हैं। साथ ही किसी विशेष प्रदेश या क्षेत्र के लिए नियुक्त संवाददातों द्वारा भी उस प्रदेश या क्षेत्र में होने वाली घटनाओं से संबंधित समाचार भेजे जाते हैं। इन समाचारों में से प्रसारण के योग्य समाचारों का चयन करके उन्हें पूल की समचार समाग्री से जोड़कर प्रादेशिक भाषा के समाचार बुलेटिन का निर्माण करते हैं।

रेडियो समाचार बुलेटिन के तीन भाग होते हैं–

1. मुख्य समाचार (हैडलाइंस)
2. मुख्य समाचारों का विस्तारित रूप;
3. विराम या 'ब्रेक'

रेडियो पर प्रसारित होने वाला पंद्रह मिनट का समाचार बुलेटिन सबसे बड़ा समाचार बुलेटिन होता है, इसमें दो विराम होते हैं। दस मिनट का समाचार बुलेटिन उससे छोटा होता है, इसमें एक विराम होता है। जबकि पाँच मिनट का समाचार बुलेटिन सबसे छोटा होता है। इसमें कोई भी विराम नहीं होता है। इस दृष्टि से पंद्रह और दस मिनट वाले समाचार बुलेटिन में ही विराम होते हैं। पंद्रह और दस मिनट के समाचान बुलेटिन के तीन भाग होते हैं। पाँच मिनट के बुलेटिन में विराम न होने के कारण केवल दो ही भाग होते हैं। आजकल एफएम चैनलों पर एक या दो मिनट के समाचार बुलेटिन भी प्रसारित किए जाते हैं। जिनमें मात्र मुख्य समाचार ही होते हैं। इस दृष्टि से इस प्रकार के समाचार बुलेटिन का एक ही भाग होता है।

समाचार बुलेटिन के लिए हेडलाइन्स का चयन

जैसा कि ऊपर बताया गया है कि रेडियो समाचार पाँच, दस तथा पंद्रह मिनट के होते हैं। इस कारण रेडियो समाचार संपादक उपलब्ध समाचार समाग्री में से बहुत अधिक महत्त्वपूर्ण समाचार को ही प्रसारण के लिए चयनित करता है। समाचारों का चयन करने के पश्चात समाचार संपादक उनके लिए हेडलाइन्स अर्थात मुख्य समाचार का निर्धारण करते हैं। हेडलाइन्स समूचे समाचार का सार होती है। रेडियो समाचार बुलेटिन में हेडलाइन्स लगाने का कारण यह भी होता है, रेडियो विस्तृत समूह द्वारा सुना जाता है। अब यह तो संभव नहीं कि सभी श्रोता एक साथ ही रेडियो खोलकर

समाचार सुन सके। समाचार बुलेटिन को देर से प्रारंभ करने वाले श्रोता समाचार के अंत में प्रसारित होने वाले हेडलाइन्स सुनकर ही बुलेटिन के सार से अवगत हो जाते हैं। इसी प्रकार कुछ श्रोता ऐसे भी होते हैं। जिनके लिए सम्पूर्ण समाचार सुनना संभव न हो, इस प्रकार के श्रोता समाचार के प्रारंभ में हेडलाइन्स सुनकर ही बुलेटिन के समाचारों से अवगत हो जाते हैं।

रेडियो समाचार के लिए हेडलाइन्स संक्षिप्त एवं सारगर्भित होनी चाहिए। उसे सरल एवं सुबोध शब्दों के माध्यम से ही स्पष्ट किया जाना चाहिए। इसमें बोझिल भाषा शैली के स्थान पर साधारण भाषा का ही प्रयोग करना चाहिए। रेडियो बुलेटिन के प्रसारण से पहले उसके रूप को देख लेना चाहिए कि हेडलाइन्स में सम्मिलित समाचारों को बुलेटिन में डाला गया है या नहीं।

यहाँ एक बात और स्पष्ट कर देना आवश्यक जान पड़ रही है, कि समाचार-पत्र एवं पत्रिकाओं के शीर्षको की तुलना में रेडियो हेडलाइन्स थोड़ी विस्तृत होती है। यह लगभग एक पंक्ति तक की हो सकती है।

रेडियो समाचारों की भाषा-शैली

रेडियो पर समाचारों का प्रसारण विस्तृत स्तर पर किया जाता है। इसमें शहरी क्षेत्र के श्रोता से लेकर ग्रमीण क्षेत्र का श्रोता होता है। सबकी अपनी अलग सोच एवं समझ होती है। इसके श्रोता साक्षर भी हो सकते हैं, निरक्षर भी हो सकते है। इस दृष्टि से रेडियो समाचार संपादक को समाचार बुलेटिन में साधारण, सरल, सुबोध एवं आम बोलचाल की भाषा का ही प्रयोग करना चाहिए। समाचार बुलेटिन में मुहावरे एवं लच्छेदार भाषा-शैली से परहेज किया जाना चाहिए। ऐसी भाषा का प्रयोग किया जाए तो एक आम व्यक्ति को सरलता से समझ में आए।

समाचार-पत्र की तुलना में रेडियो के समाचार में पुनः प्रसारण एवं पुनःपाठन की संभावना नहीं होती। इस तथ्य को ध्यान में रखते हुए रेडियो त्रुटि रहित हो बनाने का हर संभव प्रयास किया जाना चाहिए। समाचार-पत्र तथा टेलीविजन पर समाचार को दृश्य तथा आलेख-चित्रों के द्वारा भी स्पष्ट किया जा सकता है। जबकि श्रव्य माध्यम होने के कारण रेडियो पर समाचार संबंधित समस्त तथ्य शब्दों द्वारा ही स्पष्ट किये जाते है। इसमें शब्दों का चयन सूझबूझ के साथ ही करना चाहिए। रेडियो में समाचार सुने जाते हैं इस कारण रेडियो की भाषा में शब्दों की पुरावृत्ति नहीं की जानी चाहिए। जैसे कि गृहमंत्री महोदय के वक्तव्य के पाँच वाक्य लेने हैं तो सारे वाक्य एक बार 'गृहमंत्री ने कहा' कहने के बाद लगातार नहीं लिये जा सकते। बार-बार गृहमंत्री महोदय ने कहा है, इस प्रकार के वाक्यांश का प्रयोग समाचार को नीरस बना सकता है। इससे बचने के लिए गृहमंत्री के उपनाम, उन्होंने

इस अवसर पर आगे कहा, उनका कहना है जैसे वाक्यांशों का प्रयोग किया जा सकता है। इसी प्रकार से किसी व्यक्ति-विशेष के पद या नाम का बार-बार उल्लेख भी अपरिहार्य नहीं।

रेडियो समाचार लेखन सरल एवं स्पष्ट भाषा-शैली

रेडियो के लिए समाचार लेखन में ध्यान रखा जाता है कि शब्द कठिन न हो। समाचार को सरल शब्दों में स्पष्ट किया जाना चाहिए। समाचार में लयबद्धता का ध्यान रखा जाए। वाक्य की लय कहीं भी टूटनी नहीं चाहिए। ध्यान रखा जाए कि बुलेटिन की लिखी गई स्क्रिप्ट समाचार को पूर्णता स्पष्ट कर रही है या नहीं। वाक्य के प्रारंभ में की गई गलती अंत तक बनी रहती है साथ ही दर्शक भी उससे भ्रमित रहते हैं। अति जटिल सामाचार सामग्री को भी सामान्य रूप से दर्शकों के समक्ष प्रस्तुतिकरण किया जाना चाहिए। किसी भी प्रकार की त्रुटि को तुरंत संपादक को ध्यान देकर उसे शुद्ध करना चाहिए।

रेडिया समाचार में संक्षिप्त वाक्य-विन्यास

रेडियो के लिए समाचार लेखन में लंबे वाक्यों के स्थान पर संक्षिप्त वाक्यों का प्रयोग किया जाए। वाक्य सरल हों उनमें वाक्यों के साथ उप-वाक्यों को न जोड़ा जाए। रेडियो के श्रोता लंबे वाक्यों को अधिक समय तक अपने मस्तिष्क में संजोकर नहीं रख सकते हैं। इसलिए रेडियो में वाक्यों के संक्षिप्त होने के साथ-साथ अनुच्छेद भी छोटे रखे जाएँ। एक वाक्यों में लगभग 18 से 20 शब्दों से अधिक शब्द नहीं रखने चाहिए। जिससे कि अधिकतर श्रोता इसे आसानी से समझ सकें। एक बात को एक वाक्य में ही स्पष्ट करना चाहिए। रेडियो पर प्रसारित होने वाला न्यूज आईटम ;छमू पजमउद्ध संक्षिप्त होना चाहिए तथा एक न्यूज आईटम में 90 से 100 शब्दों से अधिक का प्रयोग नहीं करना चाहिए।

रेडियो बुलेटिन भी समाचार टेलीविजन समाचार बुलेटिन की तरह समय की सीमा में बंधे होते है। अधिकतर दस और पाँच मिनट के होते हैं। पंद्रह निमट के बुलेटिन में लगभग पंद्रह सौ से अठारह सौ तक शब्द हो सकते हैं। एक मिनट में सौ से एक सौ बीस तक शब्द बोले जा सकते हैं। इसी को ध्यान में रखकर समाचार बुलेटिन के सामचारों का लेखन किया जाना चाहिए।

रेडियो के लिए समाचार तैयार करना

रेडियो के लिए समाचार निर्माण प्रक्रिया की दो महत्त्वपूर्ण कड़ी संवाददाता (Reporter) तथा सम्पादक (Editor) को तकनीकी भाषा में गेटकीपर (Gatekeeper) कहा जाता है। समाचार का प्रसारण किया जाए या नहीं ये निर्णय इन दोनों को तुरंत ही लेना होता है। समाचार पत्र की तुलना में रेडियो में समाचार

प्रसारण में तुरंत एवं तीव्र गति से निर्णय लेना होता है। समाचार पत्र में समाचार घटित होने से लेकर समाचार प्रकाशन के बीच एक दिन का अंतर होता है। इस बीच काफी सोच-समझकर लिए जा सकते हैं जबकि रेडियो में ऐसा नहीं होता। समाचार पत्र की तुलना में रेडियो डेटलाइन को अधिक ध्यान में रखकर कार्य करना पड़ता है।

समाचार तैयार करने में सबसे बड़ी बाधा यह निर्णय करने में होती है कि बुलेटिन में क्या सम्मिलित किया जाए और क्या छोड़ा जाए। साथ ही बुलेटिन में सर्वप्रथम किस न्यूज का प्रसारण किया जाए। इसका कोई निर्धारित नियम नहीं कि समाचार बुलेटिन में किसी विशेष न्यूज आइट को सम्मिलित ही किया जाए। इस प्रकार के निर्णय समाचार सम्पादक (News Editor) अपने अनुभव के आधार पर करता है। रेडियो समाचार बुलेटिन में सामान्य राष्ट्रीय स्तर के समाचारों को ही प्रमुखता दी जाती है। परंतु कुछ परिस्थितियों में जैसे किसी देश-विदेश के गणमान्य राजनयिक की मृत्यु, किसी देश-विशेष में सत्ता परिवर्तन, किसी देश-विदेश में प्राकृतिक आपदा जैसे समाचारों को बुलेटिन में प्रथम समाचार के रूप में प्रसारित किया जाता है।

समाचारों को उनके महत्त्व के अनुसार तीन भागों में विभाजित किया जाता है। पहले भाग में यदि कोई महत्त्वपूर्ण विदेशी समाचार है तो उसे रखा जाता है, दूसरे भाग में राष्ट्रीय समाचार को दूसरे भाग में तथा जनता के रोमांच की दृष्टि से आवश्यक समाचार को तीसरे भाग में रखा जाता है। इन्हें बुलेटिन के अन्त में प्रसारित किया जाता है। इसमें सामान्यतः खेल से जुड़े हुए समाचार सम्मिलित किए जाते हैं। इस प्रकार के समान्य गंभीर समाचार के वाचक के पश्चात समाचारवाचक को तथा गंभीर समाचारों को सुनने वाले श्रोताओं को कुछ देर के लिए मानसिक विश्राम की दृष्टि से किया जाता है। तकनीकी भाषा में इसे 'ब्रेक्स' (Breaks) कहा जाता है।

रेडियो सामचार बुलेटिन के तैयार हो जाने के पश्चात उसका सफल प्रस्तुतिकरण अर्थात वाचन भी बुलेटिन की सफलता में सर्वाधिक महत्वपूर्ण कड़ी है। रेडियो के वाचन से पूर्व निम्न बातों को विशेष रूप से ध्यान रखा जाना चाहिए–

1. रेडियो-वाचन में सर्वाधिक महत्वपूर्ण होता है, शब्दों का सही उच्चारण जिस प्रकार से समाचार प्रकाशन में त्रुटिपूर्ण वर्तनी अर्थ का अनर्थ कर सकती है, उसी प्रकार समाचार वाचन में त्रुटिपूर्ण उच्चारण शब्द के अर्थ का अनर्थ कर देता है। वाचक को यह ध्यान रखना चाहिए कि रेडियो एक श्रव्य माध्यम है, यहाँ ध्वनि के माध्यम से ही श्रोता को तथ्यों से अवगत करवाया जा सकता है और यदि ध्वनि में अर्थात शब्दों के उच्चारण में त्रुटि होगी तो श्रोता क्या

समझ पायेगा। समाचार में शब्दों के उच्चारण के अतिरिक्त नामों के संबंध में वाचक को सतर्क रहना होता है। अन्तर्राष्ट्रीय/राष्ट्रीय स्तर पर तरह-तरह के नाम आते हैं, इस स्थिति में प्रामाणिक स्रोतों से उच्चारण की जानकारी पक्की कर लेनी चाहिए।

2. रेडियो पर प्रसारित होने वाले विभिन्न कार्यक्रमों के भिन्न प्रस्तुतिकरण शैली का प्रयोग किया जाता है। समाचार एक गंभीर विषय होता है इस दृष्टि से समाचारों का प्रसारण एक गंभीर लहजे एवं औपचारिकता की दरकार होती है। समाचार-वाचन में एक प्रकार की गति होनी चाहिए। सही शब्द पर जोर (स्ट्रेम) देना अच्छे वाचन के लिए आवश्यक होता है।
3. समाचार-वाचक को सामयिक विषय की जानकारी होनी चाहिए। इससे प्रस्तुति में एक आधिकारिता का पुट रहता है तथा गलती होने की संभावना कम होती है।
4. समाचार-वाचक के लिए आवश्यक होता है कि वह समाचार वाचन के पूर्व उसका पूर्व-अभ्यास कर ले ताकि, प्रसारण के समय किसी भी प्रकार की त्रुटि की संभावना न रहे। पूर्व अभ्यास में गलत उच्चरित शब्दों के उच्चारण को सही करने का अवसर रहता है।

रेडियो रिपोर्ट

किसी सामयिक एवं ज्वलंत-विषय (Current topic) को प्रस्तुत करने में रेडियो रिपोर्टिंग एक महत्वपूर्ण विधा मानी जा सकती है। यह रेडियो समाचार का हिस्सा भी हो सकती है या अलग से एक कार्यक्रम के रूप में भी हो सकती है। अधिकतर रेडियो समाचार में समाचार बुलेटिन में समाचार वाचन के साथ कुछ समाचारों संवादाता की आवाज में रिपोर्टिंग के आधार पर प्रसारित किया जाता है। इसके अतिरिक्त रेडियो रिपोर्ट से संबंधित कुछ विशेष कार्यक्रमों को अलग से भी प्रसारित किया सकता है।

जहाँ समाचार पत्र में रिपोर्ट को तथ्यात्मक एवं प्रभावशाली बनाने की दृष्टि से दृश्यों का समावेश किया जाता है, वहीं टेलीविजन रिपोर्ट में विज्यूअल फुटेज का प्रसारण किया जाता है। परंतु रेडियो में इसी प्रकार के दृश्य सामग्री के प्रसारण की संभावना न होती। रिपोर्ट को जीवंत तथा प्रभावशाली बनाने के लिए रेडियो रिपोर्टिंग में ध्वन्यांकन को महत्व दिया जाता है। रेडियो रिपोर्टिंग में ध्वान्यांकन के अंश होने अतिआवश्यक होते हैं। समाचार बुलेटिन की तुलना में रेडियो रिपोर्टिंग कार्यक्रम में एक निर्धारित विषय का सिल-सिलेवार ढंग से विस्तृत विवरण प्रस्तुत किया जाता है।

रेडियो रिपोर्ट कार्यक्रम के निर्माण से पूर्व निम्नलिखित महत्त्वपूर्ण बिंदुओं को ध्यान में रखना चाहिए—

1. कार्यक्रम की रिकार्डिंग पूरी सर्तकता के साथ की जानी चाहिए। अपने पास नोट-पेड रखना चाहिए जिसमें रिकार्डिंग की समुचित जानकारी का विवरण नोट करते रहना चाहिए।

2. कार्यक्रम के विषय एवं स्थान की जानकारी प्राप्त कर लेनी चाहिए। कार्यक्रम का निमंत्रण भेजने की स्थिति में उसे संभाल कर रखा जाना चाहिए। निमंत्रण-पत्र न भेजने की स्थिति में उस कार्यक्रम के महत्व को देखते हुए, आयोजन स्थल पर जाने से पूर्व आयोजकों से बातचीत आवश्य कर लेनी चाहिए।

3. रिकार्डिंग के लिए आवश्यक उपकरण सभी तकनीकी उपकरणों जैसे बैटरी एवं कैसेट, रिकॉर्डर एवं माइक्रोफोन इत्यादि को जाँच करके इन्हें संभाल कर रख लेना चाहिए।

4. कार्यक्रम के आयोजन स्थल पर पर्याप्त समय पूर्व ही पहुँच जाना चाहिए। कार्यक्रम संबंधित सभी जानकारियों को एकत्र कर लेना चाहिए। जिससे रिपार्ट वजनदार बन सके।

5. रिपोर्टिंग के लिए रिपोर्टर को ऐसे स्थान पर खड़ा होनी चाहिए, जहाँ अनावश्यक ध्वनि न हो। ऐसा न होने की स्थिति में अनावश्यक ध्वनि के रिकार्ड होने की स्थिति में आवश्यक ध्न्यांकन की रिकार्डिंग में व्यवधान उत्पन्न हो जाएगा जिससे सारी रिपोर्टिंग पर पानी फिर सकता है। इसके लिए आवश्यक है कि रिपोर्टर को उपकरणों की तकनीकी जानकारी से भी अवतगत होना चाहिए। जिससे वह जान सके कि कितनी मात्रा में उपस्थित शोर में रिपोर्टिंग ठीक नहीं हो पाएगी।

रिपोर्टिंग स्थल से प्राप्त सभी सामग्री को कार्यक्रम के रूप में व्यवस्थिति करने के लिए उसका संपादन अतिआवश्यक होता है। संपादन प्रक्रिया में कार्यक्रम के लिए आवश्यक सभी महत्वपूर्ण अंशों को छाँट लेना चाहिए। कार्यक्रम में क्रमगतता को नहीं छोड़ना चाहिए। क्रमगतता से भटकने की स्थिति में रिपोर्ट अपना मूल एवं प्रभाव खो सकती है। क्रमगतता के लिए रिपोर्टर अपने नोट पैड का उपयोग कर सकता है। जिसे वह सम्पादक के समक्ष प्रस्तुत कर सकता है। आवश्यकता होने पर कार्यक्रम के प्रारंभ और अंत में संगीत का प्रयोग कार्यक्रम को श्रोता की दृष्टि से अधिक प्रभावशाली तथा रोचक बना सकता है। कार्यक्रम में इस प्रकार के प्रयोग रिपोर्टिंग आधारित कार्यक्रम में ही किया जा सकता है। यदि रिपोर्टिंग समाचार बुलेटिन का हिस्सा हो तो इस स्थिति में ऐसा किया जाना उपयुक्त नहीं कहा जा सकता।

वाईस डिस्पैच (Voice Despatch)

भारत में परांगत रेडियो समाचार प्रसारण विधि में स्थानीय एवं क्षेत्रीय संवाददाताओं द्वारा समाचार लिखित रूप में ही भेजा जाता था। जिससे समाचार संपादक द्वारा संपादित करके समाचार बुलेटिन में संकलित किया जाता है। समाचार बुलेटिन में समाचार-वाचक द्वारा समाचार का वाचन किया जाता था। इस प्रकार की प्रक्रिया समान्यतः भारत जैसे विकासशील देश में ही अपनाई जाती है। परंतु इसके विपरीत विकसित देशों में रेडियो समाचार संवाददाता द्वारा अपनी आवाज में ही समाचार आईटम का निर्माण किया जाता था जिससे न्यूज बुलेटिन में प्रसारण किया जाता है। इस प्रकार के समाचार प्रसारण में समाचार के निर्माण में संवाददाता का समाचार निर्माण से लेकर प्रसारण तक में मुख्य योग्यदान होता है। जिससे कहीं भी उसकी उपयोगिता गौण नहीं बनती। इस प्रकार के समाचारों के प्रसारण में विश्वसनीयता भी बनी रहती है। तथा दर्शकों को समाचार सुनने में बोरियत महसूस नहीं होती है।

इन सब खूबियों के कारण भारत में भी रेडियो समाचार प्रसारण में वाईस डिस्पैच का चलन बढ़ा है। जिससे रेडियो समाचार प्रसारण में नवीनता आई। अब रेडियो समाचार संवाददाता भी टेलीविजन समाचार संवाददाता की तर्ज पर स्वयं ही समाचारों को प्रस्तुत करता है।

--0--

रेडियो-वार्ता, कमेंटरी तथा फीचर लेखन एवं उद्घोषणा

समाचार पत्र-पत्रिकाओं एवं टेलीविजन की तरह ही रेडियो के लिए भी किसी विशिष्ट व्यक्ति का साक्षात्कार का प्रसारण किया जाता है। 'साक्षात्कार' का शाब्दिक अर्थ है देखना, अनुभव करना। साक्षात्कार दो व्यक्तियों के विचारों से जुड़ा होता है। इसका प्रयोग उस बातचीत के लिए किया जाता है जिसमें किसी विशिष्ट व्यक्ति के विचारों, भावनाओं, जीवन-दर्शन एवं दृष्टिकोण को समझा जाता है। और उन्हें उस जनता के बीच प्रस्तुत किया जाता है जो उसे पसंद करती है या अपना आदर्श मानती है। रेडियो के लिए किए जाने वाले समान्यतः समाचार बुलेटिन का अंग नहीं होते हैं इन्हें विशेष रेडियो भेंट-वार्ता के रूप में प्रसारित किया जाता है। वैसे रेडियो के लिए तैयार किए जाने वाले साक्षात्कार कार्यक्रमों को अधिकतर भेंट-वार्ता के रूप में ही जाना जाता है। रेडियो भेंट-वार्ता अपने आपमें एक कला है। इस कार्यक्रम का संचालन करने वाले व्यक्ति को स्वयं को अपने कार्य में पारंगत बनाना होता है। अधिकतर रेडियो भेंट-वार्ता का संचालन करने वाले उद्घोषक इस कार्यक्रम में पारंगत होते हैं। यह आवश्यक नहीं कि रेडियो साक्षात्कार या भेंट-वर्ता राजनीति विषय पर ही हो यह किसी अन्य विषय जैसे खेल, साहित्य, फिल्म, कॉपरेट-जगत या फिर मनोविज्ञान से जुड़ी समस्याओं पर भी आधारित हो सकती है। टेलीविजन की लोकप्रियता से पूर्व अधिकतर फिल्मी सितारों की भेंट-वार्ता रेडियो ही प्रसारित की जाती थीं। टेलीविजन पर अधिक एक्सपोज मिलने पर अधिक लोकप्रियता होने के कारण इसका चलन कुछ कम हो गया था पर एफ.एम. रेडियो के विकास के कारण फिल्मी सितारों की भेंट-वार्ताएं अब पुनः रेडियो पर अधिक प्रसारित होने लगी हैं।

एफ.एम रेडियो चैनल पर प्रसारित होने वाली भेंटवार्ताएँ परम्परागत भेंट-वर्ताओं से अलग हटकर होती हैं। परम्परागत भेंट-वार्ताओं में पूरा कार्यक्रम ही भेंट-वार्ता पर केन्द्रित रहता था जिससे विषय की गंभीरता बनी रहती थी, परंतु नवीनतम शैली में गीत-संगीत के कार्यक्रम के बीच-बीच में फिल्मी सितारों से भेंट-वर्ता की जाती है। नवीन शैली में भेंट-वार्ता का संचालन उद्घोषक या वार्ताकार के स्थान पर रेडियो जॉकी करता है और उसका यह प्रयास रहता है कार्यक्रम की मनोरंजनात्मकता बनी रहे। भेट-वार्ता तथा संगीत के इस सम्मिश्रण

से कार्यक्रम में एक नया फेलेवर आ जाता है। इस अध्याय में भेंट-वार्ता की नवीनतम् शैली के स्थान पर परम्परागत शैली का विश्लेषण प्रस्तुत किया जा रहा है। वैसे नवीन शैली का आधार परम्परागत शैली पर ही टिका हुआ। इसमें भेंट-वार्ता के लिए आवश्यक मूल बिन्दू परम्परागत शैली से ही लिए गए हैं।

व्यक्ति तथा विषय का निर्धारण

रेडियो भेंट-वार्ता कार्यक्रम का निर्माण करने से पूर्व सर्वाधिक महत्त्वपूर्ण प्रश्न होता है कि भेंट-वार्ता में सम्मिलित किए जाने वाले व्यक्ति विशेष को कार्यक्रम में सम्मलित होने का आग्रह किया जाए। कार्यक्रम में सम्मिलित होने की अनुमति मिलने के पश्चात उस व्यक्ति विशेष के जीवन-वृत्त एवं उपलब्धियों के विषय में समुचित जानकारी एकत्र कर ली जाए। जिससे कि कार्यक्रम के प्रारंभ में उस जानकारी से श्रोताओं को अवगत कराया जाए। इसके साथ-साथ भेंट-वार्ता में पूछे जाने वाले सवालों की फेहरिस्त तैयार कर लेनी चाहिए। कुछ एक व्यक्तिगत प्रश्नों को छोड़कर अधिकतर प्रश्न आमंत्रित व्यक्ति के क्षेत्र ही से जुड़ा होना चाहिए। यह नहीं कि राजनीति से संबंधित व्यक्ति से खेल के मसले पर चर्चा की जाए।

भेंट-वर्ता का प्रारूप तैयार करने से पूर्व निम्न बातों को ध्यान में रखना चाहिए :–

1. कार्यक्रम से पूर्व भेटकर्त्ता को सभी आवश्यक तैयारी कर लेनी चाहिए।
2. कार्यक्रम में पूछे जाने वाले प्रश्नों के चयन में स्वेच्छा के स्थान पर जनप्रतिनिधत्व पर ध्यान दिया जाना चाहिए।
3. उपलब्ध सामग्री का प्रस्तुतिकरण पेशेवर ढंग से किया जाना चाहिए।
4. भेंट-वार्ता में पूछे जाने वाले प्रश्नों को तथ्यों के अधार पर ही तैयार किया जाना चाहिए।

रेडियो भेंट-वार्ता के लिए आवश्यक निर्देश

रेडियो पर भेंट-वार्ता कार्यक्रम के संचालन में पारंगत तथा पेशेवर होने की आवश्यकता होती है। निरंतर अभ्यास के द्वारा ही इस कला में परंपरागत तथा पेशेवर बना जा सकता है। यहाँ कुछ विशेष निर्देशों का वर्णन किया जा रहा है जिन्हें रेडियो भेंट-वार्ता के दौरान प्रत्येक उद्घोषक को ध्यान में रखना चाहिए–

1. सर्वप्रथम व्यक्ति एवं उसके व्यक्तित्त्व का परिचय दें।
2. भेंट-वार्ता प्रस्तुत करने वाले व्यक्ति को लंबे-चौड़े वाद-विवाद के स्थान पर विषय पर ही ध्यान केन्द्रित रखना चाहिए।
3. भेंट-वार्ता को सहज बनाने का हर संभव प्रयास किया जाना चाहिए।
4. उद्घोषक या वार्ताकार को शीघ्र-अतिशीघ्र व्यक्ति विशेष के कार्य क्षेत्र से

संबंधित प्रश्नों को सोचने में सक्षम होना चाहिए। कई अवसरों पर साक्षात्कार-कर्त्ता को पूर्व निर्धारित योजना से हटते हुए भी प्रश्न पूछने पड़ते हैं। उसमें इतनी क्षमता होनी चाहिए कि वह तर्कसंगत प्रश्नों को शीघ्रता से सोचकर बीच-बीच में पूछता रहे और समक्ष बैठे व्यक्ति को मजबूरन उनका उत्तर देना पड़े।

5. रेडियो भेंट-वार्ता में उद्‌घोषक को विन्रमता और मधुरता से प्रश्न पूछने चाहिए।
6. प्रश्नों को इस प्रकार से पूछा जाए कि समक्ष बैठा व्यक्ति हाँ या न में उस प्रश्न का उत्तर न दे पाए। प्रश्नों को कौन, क्या, कब, हाँ, कैसे, कैसा, कौन-सा इत्यादि शब्दों से प्रारंभ करना उपयुक्त होता है।
7. समक्ष बैठे व्यक्ति से उसके जीवन के कुछ अनछुए पहलूओ तथा कुछ स्मरणीय घटनाओं पर भी प्रश्न पूछे जा सकते हैं। पर इसकी अनुमति सक्षात्कार से पूर्व उस व्यक्ति से ले लेनी चाहिए।
8. साक्षात्कार के समय सहज रहे। साक्षात्कार से प्रारंभिक दौर से साक्षात्कार-कर्त्ता हल्के और सरल प्रश्न पूछे जिससे साक्षात्कारदाता सहजता का अनुभव करने लगे। साक्षात्कार के समय साक्षात्कारदाता के प्रत्येक उत्तर को साक्षात्कार-कर्त्ता ध्यान से और धैर्यपूर्वक सुने और उसके उत्तर से प्रश्न निकाले। तभी प्रश्नोत्तरी में तारतम्य बन पाएगा और साक्षात्कार-कर्त्ता उत्तर की समीक्षा करके उसे श्रोताओं तक विश्लेषित कर पाएगा।
9. इस बात का ध्यान रखा जाए कि भेंट-वार्ता कार्यक्रम में प्रश्न निर्धारित विषयों से हटकर न हों, अन्यथा उसकी स्थिति हास्यास्पद बन जाएगी। यदि समक्ष बैठा व्यक्ति विषय से हटने लगे तो अत्यन्त शिष्टता के साथ अपने वाक्‌चातुर्य से भेंट-वर्ताकार उसे विषय पर ले आए।
10. प्रश्न संक्षिप्त, स्पष्ट और सरल हों। भेंट-वर्ताकार का उच्चारण भी स्पष्ट होना चाहिए।
11. भेंट-वार्ता कार्यक्रम में प्रयोग होने वाले सभी उपकरण की अच्छी तरह से जाँच-पड़ताल कर लेनी चाहिए कि वे ठीक प्रकार से कार्य कर रहे हैं या नहीं। कहीं ऐसा न हो किसी उपकरण में भेंट-वार्ता के दौरान किसी प्रकार का व्यवधान आ जाए। इस प्रकार की स्थिति में भेंट-वार्ता देने वाला व्यक्ति खीझ सकता है तथा उसका ध्यान भंग हो सकता है। जिससे पूरी भेंट-वार्ता का स्वाद किरकिरा हो सकता है।
12. भेंट-वार्ता का समापन सुखद एवं विनीत शब्दों में किया जाना चाहिए। जैसे कि आप हमारे कार्यक्रम में आए, आपका धन्यवाद। हमें आपसे बातें करके अच्छा लगा। धन्यवाद इत्यादि।

13. भेंट-वार्ता को निर्धारित समायावधि से कुछ मिनट पूर्व ही समाप्त कर लेना चाहिए।
14. भेंट-वार्ताकर्ता को स्टूडियो में उपस्थित तकनीक कर्मियों पर दिए जाने वाले सांकेतिक शब्दावली पर भी ध्यान रखना चाहिए।

रेडियो कमेंटरी

टेलीविजन के प्रसारण से पूर्व किसी घटना विशेष के सीधे प्रसारण की जानकारी प्राप्त करने के लिए प्रमुख रूप से रेडियो से ही प्राप्त की जाती थी। रेडियो पर स्वतंत्रता दिवस समारोह, गणतंत्र दिवस समारोह, खेल या राजनीतिक घटना जानकारी के लिए सीधे प्रसारण की व्यवस्था की जाती है। जैसा कि ज्ञात है, टेलीविजन की अपेक्षा रेडियो एक श्रव्य माध्यम है। जहाँ टेलीविजन पर किसी घटना या कार्यक्रम का सीधा प्रसारण जीवंत दृश्यों के माध्यम से किया जाता है, वहीं रेडियो में मात्र घटना या कार्यक्रम के विषय में जानकारी को ध्वनि शब्दों के माध्यम से प्रस्तुत की जाती है।

टेलीविजन प्रसारण में घटना के प्रमुख पहलुओं का ही शब्दों के माध्यम से प्रस्तुतिकरण किया जाता है। घटना के प्रमुख पहलु को दर्शक दृश्यों के माध्यम से सरलता से समझ लेते हैं। जबकि इसके विपरीत रेडियो पर प्रत्येक तथ्य को शब्दों के माध्यम से प्रस्तुत किया जाता है। उदाहरण के रूप में यदि किसी क्रिकेट मैच का रेडियो पर प्रसारण किये जाने की स्थिति में, उस मैंच में फेंकी जाने वाली प्रत्येक गेंद एवं प्रत्येक स्ट्रोक, फील्ड की जमावट, स्कोर-बोर्ड, पिच की स्थिति तथा टॉस संबंधित सभी जानकारियों से रेडियो कमेंटेटर ही दर्शकों को अवगत कराता है। मैच में व्यवधान पड़ने की स्थिति में दर्शक बोर न हो इसके लिए कमेंटेटर प्रसारण के साथ दर्शकों को बांधे रखने के लिए मैच संबंधित रोचक बातें या कुछ रोचक रिकार्ड दर्शकों को बताते रहे हैं। जिससे दर्शक बोरियत महसूस न करें।

रेडियो कमेंटरी एक कला है

रेडियो कमेंटेरी अपने आपमें एक कला है यहाँ शब्दों को शीघ्रता के साथ घटना के सभी पहलुओं को दर्शकों के सामने प्रस्तुत किया जाता है। यहाँ कोशिश यही की जाती है कुछ भी छूट न पाए। इस कार्य के पेशेवर व्यक्तियों की आवश्यकता होती है जोकि बिना किसी घबराहट के शब्दों की बाजीगरी के साथ अपने काम का निष्पादन कर सके। टेलीविजन कमेंटेटर की अपेक्षा यह कार्य अधिक चुनौतीपूर्ण होता है। जैसाकि ऊपर वर्णित किया गया है कि टेलीविजन पर घटना का दृश्यों सहित प्रसारण होता है जहाँ कुछ अधिक बताने की गुंजाइश नहीं

रहती है जबकि रेडियो पर घटना के प्रत्येक पहलू की दृश्यात्मक प्रस्तुति करनी होती है ताकि दर्शकों को लगे कि सारी घटना उसके सामने ही घटित हो रही हो। इस दृष्टि से रेडियो कमेंटेटर को घटना के समुचित पहलुओं को तेजी के साथ प्रस्तुत करना होता है। ऐसे किसी कलाकार को अपनी कला में पूर्णता संलग्नित होना पड़ता है उसी प्रकार से रेडियो कमेंटेटर को भी अपने कार्य में संलग्नित होना पड़ता है। यहाँ पर गलती और माफी की बहुत कम गुंजाइश होती है।

रेडियो कमेंटर के लिए आवश्यक योग्यताएँ

रेडियो से जुड़े अन्य व्यक्तियों की तरह रेडियो कमेंटेटर भी अपने कार्य का विशेषज्ञ होता है। उसे निरंतर अभ्यास से अपने कार्य में निखार लाना होता है। रेडियो कमेंटेटर में निम्नलिखित योग्यताएँ होनी चाहिए

1. रेडियो कमेंटेरी ऐसा रेडियो कार्यक्रम है जहाँ कमेंटेटर को शीघ्र अति शीघ्र शब्दों का चयन करते हुए घटना को प्रस्तुत करना होता है। इसलिए कमेंटेटर का भाषायिक ज्ञान अच्छा होना चाहिए। हिन्दी कमेंटेरी के लिए हिन्दी भाषा का अच्छा ज्ञान होना चाहिए और अंग्रेजी भाषा के लिए अंग्रेजी का।
2. इधर-उधर ध्यान भटकाने की अपेक्षा घटना में निरंतर होने वाले परिवर्तनों पर बारीकी से विश्लेषण करने के लिए कमेंटेटर की निगाह घटना पर एकदम सटीक होनी चाहिए। जिससे कि घटना के समुचित पहलुओं की जानकारी दर्शकों तक पहुँचा सके।
3. कमेंटटर को शीघ्रता के साथ बोलने में सक्षम होना चाहिए। जिससे कि घटना का कोई भी पहूल छूटने न पाए और दर्शकों में भ्रांति उत्पन्न न होने पाए।
4. कमेंटेटर को घटना को दृश्यात्मक रूप में प्रस्तुत करने में सक्षम होना चाहिए। उसे हर संभव कोशिश करनी चाहिए कि वह घटना पर उपस्थित चीज से दर्शकों को अवगत करा सके। उदाहरण के रूप में क्रिक्रेट का मैच प्रारंभ होने से पूर्व कमेंटेटर दृश्यात्मक रूप से घटना को प्रस्तुत करने के उद्देश्य से इस प्रकार से प्रारंभ कर सकता है—"सुबह हल्की सी धूप खिली हुई, एक लाख दर्शकों से अधिक खर्चाखच भरे इस स्टेडियम में उत्साहित दर्शकों के बीच में कखग अपने साथी कमेंटटेर अ.ब के साथ आप सभी दर्शकों का स्वागत करता हूँ।" यहाँ कमेंटरी को दृश्यात्मक बनाने की दृष्टि से मौसम, स्टेडियम तथा दर्शकों की संख्या इत्यादि का वर्णन किया गया है जिससे दर्शक यथास्थिति की कल्पना कर सके।
5. कमेंटेटर अपने कार्य में गंभीर होने के साथ हास्य-विनोद में भी माहिर होने चाहिए। पाँच-दिवसीय मैच लंबे होने के कारण उबाऊ हो जाते हैं इस स्थिति

में दर्शकों की बोरियत को दूर करने के लिए कमेंटेटर का हास्य-विनोद पूर्ण चुटकी लेकर दर्शकों की बोरियत दूर करने का प्रयास कर सकने में सक्षम होना चाहिए।

6. कमेंटेटर घटना परिवर्तित होने की स्थिति के अनुसार ही घटना को प्रस्तुत करने में सक्षम होना चाहिए। मेजबान देश में होने वाले मैच में मेजवान दर्शकों के उत्साहित होने पर जीत की स्थिति में पूरे उत्साह के साथ 'क,ख,ग सरलता से लक्ष्य की ओर बढते' तथा इसी प्रकार यदि किसी मैच में मेजबान देश की स्थिति चिंताजनक होने पर गंभीरता के साथ "पूरे मैदान में सन्नाटा छाया हुआ है देखना है यहाँ पर खिलाड़ी का नाम लेते हुए अपनी टीम को जीत दिला पाऐंगे या नहीं।"

कमेंटेरी पूर्व तैयारियां

कमेंटरी से पूर्व कमेंटेटर को प्रसारण संबंधित समस्त जानकारियाँ जैसे प्रसारण स्थल का स्थान, वहाँ की स्थिति, प्रसारण स्थल की पृष्टभूमि प्रसारण संबंधित तकनीकी जानकारी तथा दर्शकों की जानकारी के लिए आवश्यक तथ्यों को जुटा लेना चाहिए। किसी खेल घटना की कमेंटरी के समय कमेंटेटर को दोनों टीमों के खिलाड़ियों, उनकी शैली, तकनीक तथा टीमों एवं खिलाड़ियों के रिकार्ड्स के विषय में समस्त जानकारियाँ जुटा लेनी चाहिए। किसी राष्ट्रीय समारोह की कमेंटरी के समय समारोह स्थल की स्थिति वहाँ तक पहुँचने का रूट, समारोह स्थल में सम्मिलित होने वाले गणमान्य व्यक्तियों के विषय में जानकारी जुटा लेनी चाहिए। इससे तात्पर्य है कि कमेंटरी से पूर्व कमेंटेटर को प्रसारित होने वाली घटना के विषय में हर संभव जानकारी से अवगत हो जाना चाहिए।

कमेंटेटर को ही नहीं प्रसारण से जुड़े तकनीकी कर्मियों को भी समस्त तकनीकी खांमियों को प्रसारण से पूर्व ही दूर कर लेना चाहिए ताकि प्रसारण के समय कमेंटरी प्रसारण में किसी भी प्रकार का व्यवधान उत्पन्न न होने पाए। किसी प्रकार की तकनीकी समस्या से यथाशीघ्र निपटने के लिए तकनीकीकर्मियों को तैयार रहना चाहिए। रेडियो प्रसारण में ध्वनि प्रसारण की समस्या भी उत्पन्न हो सकती है इससे निपटने के लिए ध्वनि प्रसारण संबंधित सभी उपकरणों की जाँच-पड़ताल कर लेनी चाहिए, ताकि कमेंटरी के प्रसारण के समय किसी भी प्रकार की कोई समस्या उत्पन्न न होने पाए।

कमेंटरी का अर्थ कदापि नहीं कि आप माईक्रोफोन के समक्ष कुछ बोलने के लिए स्वंतत्र हैं। कमेंटेटर का दायित्व प्रसारण प्रक्रिया के बीच दर्शकों को बाँधे रखना है जिससे कभी भी उसकी लय टुटने न पाए। वह शब्दों का बाजीगर होना

चाहिए जो शब्दों के जाल में श्रोता को इस प्रकार से बाँधे रखे की वह किसी भी समय बोरियत महसूस न करें। इसका कारण यही है कि श्रोताओं रेडियो पर मात्र ध्वनि सुनता है। दृश्य नहीं देखता है। टेलीविजन पर दर्शक घटना के प्रत्येक पहलुओं को आँखों के घटित होता देखते हैं जिससे इनके बोर होने की संभावना कम होती है, जबकि इसके विपरीत रेडियो पर मात्र ध्वनि प्रसारित होती है। दृश्यों की तुलना में ध्वनि में इतना दम नहीं होता कि वह श्रोताओं को बाँधे रखे, इस स्थिति में कमेंटेटर को निर्णायक भूमिका अदा करनी होती है। यह कार्य अनुभव तथा परिपक्वता से संभव हो सकता है।

रेडियो कमेंटरी के मूलभूत तत्त्व

जैसा कि ऊपर बताया जा चुका है कि रेडियो कमेंटेररी अपने आप में एक कला है। जिसका एक गायक या मूर्तिकार निरंतर अभ्यास तथा कठिन साधना से अपने कार्य में परिपक्वता को प्राप्त होता है। उसी प्रकार कमेंटेटर को भी अपने कार्य में पारंगत होने के लिए निरंतर अभ्यास तथा कठिन साधना की आवश्यकता होती है। उसे अपने को श्रेष्ठतम बनाने के लिए शब्दों एवं विचारों की भट्ठी में अपने को तपाकर कुंदन बनाना होता है। उसे अपने क्षेत्र की आधारभूत जानकारियों से अवगत होना पड़ता है। यहाँ रेडियो कमेंटरी से जुड़े उन मूलभूत तत्त्वों का वर्णन किया जा रहा है जो किसी कमेंटेटर को अच्छा कमेंटेटर बनाने के लिए अतिआवश्यक होते हैं।

अच्छी तथा दमदार आवाज

किसी टेलीविजन कार्यक्रम की एंकरिंग के लिए जिस प्रकार एंकर का फोटोजनिक फेश तथा आकर्षक व्यक्तित्व होना अतिआवश्यक होता है। उसी प्रकार रेडियो कमेंटेटर के लिए अच्छी तथा दमदार आवाज का होना आवश्यक होता है। कमेंटेटर शीघ्र अतिशीघ्र साफ-साफ शब्दों में अपनी बात को रखने में सक्षम हो। आवाज में हकलाहट या तुतलाहट रेडियो कमेंटरी में वर्जित होती है। जिस प्रकार कि मल्लयोद्धा के लिए हृष्ट-पुष्ट शरीर-होना आवश्यक होता है दुबले-पतले मनुष्य का मल्लयुद्ध में कोई काम नहीं होता उसी प्रकार हकलाहाट तथा तुतलाहट की रेडियो कमेंटरी में कोई जगह नहीं होती। रेडियो कमेंटरी में श्रोता कमेंटेटर की आवाज से उसके व्यक्तित्व का अंदाजा लगता है। अतः कमेंटेटर की आवाज ही उसका प्रथम प्रभाव होती है और अंग्रेजी में एक कहावत होती है कि फस्ट ईमपरेशन इज लास्ट ईमपरेशन अर्थात पहला प्रभाव ही आखिरी प्रभाव होता है। रेडियो कमेंटरी में आवाज ही कमेंटेटर का प्रथम प्रभाव होती है।

विषय की समझ तथा जानकारी

कमेंटेटर के लिए आवश्यक है कि उसे जिस विषय पर कमेंटेरी करनी है उसकी उसे अच्छी जानकारी हो। उदाहरण के लिए यदि कोई व्यक्ति क्रिकेट पर कमेंटरी दे रहा हो तो उसे किक्रेट की पूर्णतः समझ होनी चाहिए। उसे मैच में पिच की भूमिका तथा फील्ड प्लेसमेंट इत्यादि विषयों की जानकारी होनी चाहिए। यह सभी जानकारियाँ दर्शक की रुचि और जानकारी की दृष्टि से आवश्यक होती हैं। इस दृष्टि से कमेंटेटर को इससे अवगत रहना चाहिए। यहाँ एक बात और बता दें कि अधिकतर कमेंटटर विशेष प्रकार के कार्यक्रम या घटना की कमेंटरी करने में ही पारंगत होते हैं। जैसे अधिकतर हॉकी के मैच के लिए कमेंटरी करने वाले सिर्फ हॉकी मैच की कमेंटरी करते हैं तथा क्रिकेट के मैच की कमेंटरी करने वाले क्रिकेट के मैच की कमेंटरी करते हैं। खेलों के अतिरिक्त गणतंत्र दिवस तथा पंद्रह अगस्त जैसे राष्ट्रीय समारोह की कमेंटरी करने वाले इस प्रकार के कार्यक्रमों के लिए कमेंटरी करने में पारंगत होते हैं।

कमेंटेटर की भाषा पर अच्छी पकड़ हो

कमेंटरी में शब्दों बड़ा महत्व होता है । शब्दों के माध्यम से ही कमेंटरी में वजन आता है और कमेंटरी मनभावन होती है। जैसा कि ज्ञात है कि रेडियो में दृश्य तो दिखाई नहीं देते हैं। यहाँ मात्र आवाज से ही समुचित घटना का हाल-ए-बयान करता है। कमेंटेटर के लिए काफी चुनौतीपूर्ण होता है कि वह मात्र शब्दों के सहारे ही घटना का दृश्यात्मक विवरण प्रस्तुत करे। शब्दों के लिए भाषिक ज्ञान का सहारा लेना पड़ेगा। कमेंटेटर को जितना अधिक भाषा का ज्ञान होगा वह सटीक और उपयुक्त शब्दों का प्रयोग करके कमेंटरी को जीवंत स्वरूप प्रदान करेगा। हिन्दी कमेंटेटर को हिन्दी का तथा अंग्रेजी कमेंटेटर को अंग्रेजी तथा किसी प्रादेशिक भाषा के कमेंटेटर को उस प्रादेशिक भाषा का गूढ़ ज्ञान होना चाहिए।

कमेंटरी में लयबद्धता

कमेंटरी के लिए लयबद्धता अतिआवश्यक होती है। कमेंटरी में कमेंटेटर को रुद्र और तीखे आवाज के स्थान पर सौम्य तथा मधुर्यतापूर्ण आवाज में कमेंटरी प्रस्तुत करनी चाहिए। उत्साहजनक स्थिति में उत्साह के साथ आवाज में हल्का भारीपन लाना होता है तथा गंभीर स्थिति में आवाज में हल्कापन लाना चाहिए। कहने का तात्पर्य यह कि कमेंटरी के दौरान कमेंटेटर को अपनी आवाज में लयबद्धता रखनी चाहिए। उसकी लयबद्धता कहीं भी टूटनी नहीं चाहिए और गतिमयता बनी रहनी चाहिए। जिस प्रकार एक चित्रकार चित्र में विभिन्न रंगों के सामंजस्य तथा कंटरास्ट को बनाकर उस चित्र को जीवंत बना देता है। उसी प्रकार

एक कमेंटेरर को अपनी आवाज में कंटरास्ट लगाकर कमेंटरी को दमदार बनाना होता है।

रेडियो-वार्ता

रेडियो का अधिकतर विकास पश्चिमी देशों में हुआ इस दृष्टि से रेडियो शब्दावली का विकास भी पश्चिमी देशों में ही हुआ। इस कारण रेडियो कार्यक्रम से संबंधित शब्दावली में अधिकतर अंग्रेजी शब्दों का चलन ही है। भारत में रेडियो कार्यक्रमों में अंग्रेजी भाषा की रूपांतरित शब्दावली का ही प्रयोग किया जाता है। रेडियो-वार्ता भी एक ऐसा ही शब्द है। यह 'रेडियो टॉक' का हिन्दी रूपांतर है। 'रेडियो टॉक' का अर्थ होता है रेडियो पर बोलना, पर रेडियो पर किसी गहन विषय पर ही वार्ता प्रस्तुत की जाती है। इसमें दो पक्ष होते हैं—वक्ता पक्ष और श्रोता पक्ष। वार्ता प्रस्तुत करने वाला वक्ता होता है और सुनने वाला श्रोता होता है। रेडियो-वार्ता प्रस्तुत करने वालो अप्रत्यक्ष रूप से एक विशाल जन-समूह के सम्मुख अपने विचार प्रस्तुत करता है। इस कारण से उसे वार्ता के दौरान कुछ ऐसे वाक्यों या शब्दों का प्रयोग करते रहना चाहिए जिससे श्रोता यह समझें कि वह उनके समक्ष खड़ा है।

रेडियो-वार्ता के लिए विषय का चयन अति आवश्यक है। बिना विषय के रेडियो वार्ता निःउद्देश्य तथा अर्थहीन हो जाएगी। वार्ताकार को निर्धारित कर लेना चाहिए कि उसे वार्ता महिलाओं, युवाओं, शिक्षित, अशिक्षित तथा प्रौढ़ किसके लिए बनानी है। पर इसका यह अर्थ भी कदापि नहीं कि वह वार्ता अन्य लोगों के लिए बेकार है। उसे वर्ग-विशेष को ध्यान में रखकर अन्य वर्गों की रुचि भी वार्ता में प्रस्तुत करनी चाहिए। रेडियो वार्ता के लिए आलेख अतिआवश्यक होता है। रेडियो वार्ता वास्तव में एक आलेख ही होती है। पर आलेख को एक से अधिक बार पढ़ा जा सकता है, परंतु रेडियो वार्ता मात्र एक बार ही सुनी जा सकती है।

रेडियो-वार्ता का प्रारूप

रेडियो-वार्ता का प्रारूप तैयार करते समय कई बातों पर सवालों का उत्तर तलाशना होता है जैसे भाषा का विषय क्या है? श्रोताओं को किस तथ्य से अवगत कराना है? श्रोताओं को किस दिशा में सक्रिय करना है? वार्ता संबंधित उपलब्ध सामग्री को किस प्रकार प्रस्तुत किया जाएगा? इन प्रश्नों के समाधान के पश्चात ही रेडियो-वार्ता का शुभारंभ करना चाहिए। वार्ता को सरल, सुबोध, बोधगम्य ढंग से लयबद्धता के साथ प्रस्तुत करना चाहिए। उपलब्ध सामग्री का अच्छी तरह से व्यवस्थित करना चाहिए। रेडियो-वार्ता में इस प्रकार के शब्दों का प्रयोग किया जाए, कि जिन्हें सुनकर श्रोता कल्पना में चित्र या दृश्य निर्माण कर सके। प्रयास करना

चाहिए कि उपलब्ध सामग्री से आवश्यक तथ्य छूटने न पाएं। कहीं भी अनावश्यक तथ्यों को ठूंसने का प्रयास नहीं करना चाहिए। रेडियो-वार्ता में शब्दों एवं वाक्यों की पुनरावृत्ति नहीं होनी चाहिए। इसके लिए वार्ताकार के लिए बेहतर है कि वह प्रसारण से पूर्ववार्ता को टेप करके सुन ले, ताकि किसी भी प्रकार की त्रुटि को सुधारा जा सके। रेडियो-वार्ता का ध्वयांकन करने से पूर्व यह निर्धारित किया जाए की वाचक को कहाँ रुकना है या फिर किस वाक्य या अंश पर जोर देना है या सांस लेनी है। रेडियो-वार्ता में जहाँ तक संभव हो अति साहित्यिक और बोझिल भाषा-शैली से परहेज करना चाहिए। प्रत्येक कार्यक्रम की तरह वार्ता के लिए भी समय निर्धारित होता है। वार्ता को निर्धारित समय से आधा मिनट पूर्व ही समाप्त कर लेना बेहतर होता है। जिसे बाद में वार्ता विषयक उद्घोषणा के लिए प्रयोग किया जा सकता है।

रेडियो वार्ता का प्रस्तुतिकरण

अंग्रेजी में एक कहावत है कि 'All is well that end is well' अर्थात 'अंत भला तो सब भला' यह कहावत रेडियो वार्ता पर सटीक रूप से लागू होती है। किसी रेडियो-वार्ता का अन्तिम पड़ाव उसका प्रस्तुतिकरण होता है। रेडियो-वार्ता का आलेख, विषय तथा प्रारूप बढ़िया होने के बावजूद ही उसकी सफलता बहुत हद तक उसके प्रस्तुतिकरण पर निर्भर करती है। वार्ताकार को प्रस्तुतिकरण में यह मानते हुए वह श्रोताओं के समक्ष ही खड़ा है पूरी तारतम्यता के साथ वार्ता को प्रस्तुत करना चाहिए। उसे एकाग्रचित्त के साथ अपने वाचन पर ध्यान केन्द्रित करना चाहिए। उसे वाक्यों के भाव के अनुसार अपनी आवाज में उतार-चढ़ाव लाने का प्रयास करना चाहिए। उसे शब्दों का उच्चारण बिल्कुल साफ-साफ और सटीक ढंग से करना चाहिए। उसे वार्ता के लिए निर्धारित समयावधि का भी ध्यान रखना चाहिए। यदि वार्ता के लिए 15 मिनट निर्धारित किए गए हैं और आलेख में उतने शब्दों का समावेश करना चाहिए जिन्हें 15 मिनट में एक समान गति से पढ़ा जा सके। इसके लिए वार्ताकार को वार्ता प्रसारण से पूर्व अभ्यास कर लेना चाहिए।

रेडियो फीचर

श्रोताओं को जानकारी प्रदान करने के उद्देश्य से रेडियो पर प्रसारित होने वाली फीचर को रेडियो फीचर कहते हैं। समाचार-पत्रों में प्रकाशित फीचर की तुलना में इस फीचर को पढ़ नहीं सकते हैं। इसे मात्र रेडियो के माध्यम से सुना जाता है। फीचर के समस्त रूपों में रेडियो का स्थान सबसे अग्रणीय है। इसकी वजह इसका एक साथ एक विस्तृत क्षेत्र में प्रसारण है। इसकी प्रमुख विशेषताएँ निम्न लिखित होती हैं—

1. रेडियो फीचर रोचक तथा श्रोताओं पर प्रभाव डालने वाली होनी चाहिए।
2. कल्पनाशीलता के प्रभाव से फीचर के माध्यम से श्रोताओं को प्रभावित किया जा सकता है।
3. सरल, सरस, तथा सुबोध भाषा शैली का प्रयोग किया जाना चाहिए।
4. रेडियो फीचर के लिए विषय का चयन प्रत्येक वर्ग को ध्यान में रखकर किया जाना चाहिए।
5. तथ्यों तथा तर्कों का सही ढंग से प्रयोग किया जाना चाहिए।
6. रेडियो फीचर में प्रामाणिक एवं सूचनापरक जानकारियों को समाहित किया जाता है।
7. रेडियो फीचर में श्रोताओं को बाँधकर रखने की क्षमता होनी चाहिए।
8. रेडियो फीचर का अनुशासित प्रारंभ तथा अन्त होना चाहिए।
9. रेडियो फीचर में व्याकरणीय एवं शब्दों की त्रुटियों नहीं होनी चाहिए।
10. रेडियो फीचर में लिखी जाने वाली सामग्री स्पष्ट, पाठनीय तथा जहाँ तक संभव हो मुद्रित होनी चाहिए।

रेडियो फीचर के महत्त्व को निम्न प्रकार से स्पष्ट किया जा सकता है—

1. अशिक्षित तथा नेत्रहीन व्यक्ति भी इसका लाभ उठा सके।
2. लोगों को जागरूक बनाना।
3. रेडियो फीचर के माध्यम से आवश्यक तथा रोचक जानकारी लोगों तक पहुँचती है।
4. किसी भी कार्य को करते हुए जानकारी को प्राप्त किया जा सकता है।
5. रेडियो फीचर सरलता से सुलभ हो जाती है।

रेडियो फीचर लेखन में सावधानी

रेडियो फीचर लेखन का कार्य समाचार-पत्र के लिए फीचर लेखन से हट कर है। समाचार-पत्र में पाठक और फीचर सामग्री के बीच कोई तीसरा नहीं होता है। फीचर सामग्री तथा पाठक के बीच सीधा संबंध होता है। जबकि रेडियो पर प्रसारित होने वाली फीचर में रेडियो के द्वारा प्रसारित होती है। प्रसारण प्रक्रिया में फीचर को श्रोता तक पहुँचने में कई माध्यमों से होकर गुजरना होता है। जिसमें व्यवधान की संभावना अधिक होती है। किसी प्रकार के व्यवधान की व्यापकता को कम करने के लिए रेडियो फीचर लेखक फीचर की ड्राफटिंग इस प्रकार से करनी चाहिए जिससे उसमें प्रारंभ से अंत तक लयबद्धता बनी रहे उसमें किसी प्रकार का भटकाव न आने पाए। श्रोता उससे प्रारंभ से अंत तक जुड़े रहें। रेडियो फीचर लेखन के दौरान बरती जाने वाली सावधानियों का विवरण निम्नलिखित है—

1. रेडियो फीचर में आलोचना तथा किसी की मान हानि नहीं होनी चाहिए।

2. रेडियो फीचर में भारतीय संविधान की मर्यादा का सम्मान होना चाहिए।
3. रेडियो फीचर में किसी संप्रदाय विशेष या समूह विशेष पर कोई टिप्पणी नहीं करनी चाहिए।
4. रेडियो फीचर में किसी मित्रदेश की आलोचना नहीं की जानी चाहिए।
5. रेडियो फीचर में किसी राजनैतिक दल का नाम लेकर उसकी आलोचना नहीं की जा सकती।
6. रेडियो फीचर में हिंसा को प्रोत्साहन नहीं दिया जाना चाहिए तथा न ही कानून व्यवस्था पर कुछ लिखना चाहिए।
7. रेडियो फीचर समाजोपयोगी होनी चाहिए।
8. रेडियो फीचर का निर्माण किसी व्यावसायिक समूह के विज्ञापन के रूप में नहीं किया जाना चाहिए।
9. रेडियो फीचर में किसी भी राज्य के विरुद्ध आक्रामक आलोचना नहीं की जानी चाहिए।
10. रेडियो फिचर के लिए निर्धारित विषय समसामयिक तथा रुचि कर होनी चाहिए।
11. रेडियो फीचर की भाषा सरल होनी चाहिए। जिसे आम जन-मानस सरलता से समझ सके।
12. रेडियो के लिए फीचर लेखन करते समय रेडियो केंद्र द्वारा निर्धारित आचार-संहिता का पालन किया जाना चाहिए।
13. रेडियो फीचर लेखन में तथ्यों एवं आंकड़ों का प्रयोग सोच-समझकर किया जाना चाहिए।
14. रेडियो फीचर लेखन में रेडियो की गरिमा को बनाए रखा जाना चाहिए।
15. रेडियो फीचर में दोहरे अर्थ वाले एवं अश्लील शब्दों या वाक्यों के प्रयोग से बचना चाहिए।

रेडियो उद्‌घोषणा

रेडियो उद्‌घोषणा सक्षिप्त सूचना-परक रेडियो कार्यक्रम होता है। इसका प्रसारण केंद्र तथा राज्यों के निर्णयों से संबंधित सूचना, दैनिक तथा सार्वजनिक कार्यक्रमों की सूचना, कार्यक्रमों के प्रसारण के समय तथा कार्यक्रम के प्रारंभ होने संबंधित से सूचना इत्यादि के लिए किया जाता है। कई बार तकनीकी खामियों के वजह से कार्यक्रम प्रसारण होने वाले व्यवधान के प्रति खेद प्रकट करने के लिए भी उद्‌घोषणा का प्रयोग किया जाता है। उद्‌घोषणा सदैव सरल एवं विनम्र भाषा शैली में लिखी जानी चाहिए। जिसे एक आम व्यक्ति द्वारा सरलता से

समझा जा सके। उद्घोषणा से पूर्व उद्घोषणा को लिखा जाना श्रेष्ठ रहता है, ताकि माइक्रोफोन के समझ उद्घोषणा करते समझ किसी भी प्रकार की त्रुटि न रहे। उद्घोषणा प्रसार से पूर्व इसकी रूपरेखा तैयार करने से उद्घोषणा के लिए ग्रास रूट स्तर पर अच्छी तैयारी हो जाती है। जिससे उद्घोषणा में खामी की संभावना कम रह जाती है। उद्घोषणा संक्षिप्त हो सकती है, पर इसका अर्थ नहीं इसे हल्के रूप में लिया जाए।

उद्घोषणा को निम्न उदाहरण द्वारा समझा जा सकता है—

हमारी प्रातःकालीन सभा यहीं समाप्त होती है, दोपहर 12:30 बजे आपसे फिर मुलाकात होगी तब तक के लिए आज्ञा दीजिए।

--0--

संचार माध्यम के रूप में रेडियो

मनुष्य एक सामाजिक प्राणी है। समाज से हटकर कुछ भी नहीं कर सकता है। समाज में रहने वाला प्रत्येक व्यक्ति परस्पर विचार अभिव्यक्ति करते हैं। सामान्यतः मनुष्य लिखकर और बोलकर अपने विचार अन्य के समक्ष प्रस्तुत करता है। मनुष्यों के बीच सूचनाओं के आदान-प्रदान की प्रक्रिया को संचार का नाम दिया जाता है। संचार शब्द अंग्रेजी के कम्युनिकेशन का हिंदी रूपांतर है। कम्युनिकेशन शब्द की उत्पत्ति लैटिन भाषा के शब्द कम्युनिस से हुई है जिसका अर्थ होता है, टू मेक कॉमन, टू शेयर तथा टू ट्रांसमिट होता है। इस दृष्टि से कम्युनिकेशन का अर्थ होता है। सूचनाओं का आदान-प्रदान करने की प्रक्रिया। एक छोटे समूह से तो प्रत्यक्ष रूप से संवाद किया जाना सरल होता है। परंतु एक बड़े के साथ प्रत्यक्ष संवाद करना सरल नहीं होता है। इस स्थिति में संचार के इलेक्ट्रॉनिक या प्रिंट माध्यमों जैसे रेडियो, टेलीविजन, सिनेमा, टेलीफोन, इंटरनेट, समाचार-पत्र तथा पत्रिका इत्यादि। संचार के सभी साधनों का अपने-अपने स्थान पर विशेष महत्त्व है। इस अध्याय में संचार माध्यम के रूप में रेडियो की उपयोगिता का वर्णन किया जा रहा है।

एक संचार माध्यम के रूप में रेडियो सस्ता तथा सुलभ साधन है। इसके लिए किसी भी प्रकार के केबल कनेक्शन या फिर एंटीना की आवश्यकता नहीं होती। बस कहीं पर भी स्टार्ट किया और शुरू हो गया। वर्तमान अत्याधुनिक तकनीक में तो इतने छोटे ट्रांजिस्टर आ गए हैं जिन्हें सरलता के साथ जेब में रखकर सुना जा सकता है। अर्थात कहीं भी किसी भी समय मनोरंजन का सर्वाधिक सुलभ साधन रेडियो ही है। ट्रेन, बस, चाय या पान की दुकान में छत में या ड्राईंग रूप में कहीं भी बिना किसी को तकलीफ दिए सुनें। अब तो एफएम युक्त मोबाइल फोन भी उपलब्ध हैं, जिससे जब भी आवश्यकता हो ऑन किया और सुना। रेडियो की इन्हीं खूबियों के कारण यह एक जनसंचार का जनप्रिय साधन हो गया है।

व्यापारिक संस्थानों द्वारा जनसंपर्क के लिए रेडियो का उपयोग

रेडियो जनसंचार का रास्ता तथा सुलभ साधन होने के कारण व्यापारिक

संस्थानों द्वारा अपने उत्पादन की बिक्री बढ़ाने या फिर संस्थान या उत्पादन की छवि निर्माण (Brand Building) के लिए इसका खूब उपयोग किया जाता है। 80 के दशक से पूर्व टेलीविजन जनता के बीच सुलभ नहीं था। टेलीविजन प्रसारण में तकनीकी खामियों के कारण टेलीविजन सिग्नल दूर-दराज तथा पर्वतीय क्षेत्रों में नहीं पहुँच पाते थे। जिससे रेडियो मनोरंजन तथा संचार के साधनों के रूप में सर्वाधिक लोकप्रियता। इसी लोकप्रियता के कारण व्यापारिक संस्थानों द्वारा इसे टेलीविजन पर वरीयता दी जाती थी। अब स्थिति कुछ बदली गई है, आज टेलीविजन घर-घर में उपलब्ध है। साथ ही दृश्य-श्रव्य मध्याम होने के कारण टेलीविजन को अधिक वरीयता दी जाने लगी है। इसके बावजूद ऐसा नहीं नए-नए संचार साधनों के समक्ष रेडियो कहीं खो सा गया हो। दिनों-दिन बढ़ती एमएम चैनलों की लोकप्रियता ने रेडियो को पुनः मुकाबले में ला दिया है। और रेडियो एक सशक्त जनसंचार माध्यम बन गया है। जिससे व्यापारिक संस्थान आवश्यकतानुसार अपने विज्ञापन रेडियो पर भी चलवाते हैं। जिससे कि इनके उत्पादक की 'ब्रांड इमज बिल्डअप' हो सके और उनका उत्पाद अधिकतर लोगों द्वारा स्वीकार किया जाए जिससे उत्पाद की बिक्री बढ़े और कम्पनी को अधिक आय हो।

इसके अतिरिक्त कंपनियों की व्यावसायिक गतिविधियों की जानकारी, कम्पनी द्वारा निवेशकों के लिए की जाने वाली घोषणा तथा कंपनी की अन्य व्यावसायिक योजनाएँ प्रेस-विज्ञप्ति के द्वारा रेडियो केन्द्र को भेजी जाती है। जहाँ पर समाचार प्रभाग द्वारा उसका मूल्यांकन होता हैं। यदि वह जानकारी अधिकतर जनमानस से जुड़ी होती है तो समाचार प्रभाग उसे अपने समाचार बुलेटिन में स्थान देता जाता है। वैसे रेडियो समाचार में समय की कमी होने के कारण इस प्रकार की प्रेस रिलीज को कम ही स्थान मिल पाता है। यदि रेडियो से कोई व्यापारिक बुलेटिन प्रसारित होता है तो उसमें इसे समय मिलने की संभावना बढ़ जाती है। इस प्रकार की सेवा रेडियो समाचार बुलेटिन द्वारा निःशुल्क ही प्रदान की जाती है। हाँ ऐड का कंपनी के लिए कंपनी को आवश्य ही रेडियो चैनल कंपनी को धन राशि चुकानी होती है। रेडियो विज्ञापन के 7, 10, 15 एवं 30 सेकेंड का समय निश्चित किया गया है जबकि प्रयोजित कार्यक्रमों का समय 10 या 15 मिनट तक निर्धारित किया गया है।

सरकारी तंत्र द्वारा जनसंपर्क के लिए रेडियो का उपयोग

कॉरपोरेट सेक्टर के अतिरिक्त सरकारी तंत्र भी जनसंपर्क के लिए रेडियो का उपयोग करता है। पहले रेडियो प्रसारण पर आकाशवाणी का एकाधिकार होने के

कारण आकाशवाणी से प्रसारित किए जाने वाले अधिकतर समाचारों में सरकारी नीतियों एवं घोषणाओं संबंधित समाचार ही प्रसारित किए जाते हैं। केंद्रिय तथा राज्य सरकारें अपनी नीति एवं उपलब्धियों को जनता तक पहुँचाने के लिए इसका उपयोग करती हैं। केंद्र सरकार या फिर राज्य सरकारें जनहित की योजनाओं जैसे पल्स पोलियो, परिवार नियोजन, स्वास्थ्य एवं परिवार कल्याण से जुड़े कार्यक्रमों के प्रति जनजागृति बनाने के उद्देश्य से रेडियो पर विज्ञापनों, रेडियो-वार्ताओं तथा नारों का प्रसारण करवातीं हैं।

केन्द्र तथा राज्य सरकारें रेडियो को एक सशक्त संचार माध्यम के रूप में प्रयोग करती हैं। क्योंकि भारत में अब भी ऐसे गाँव हैं जहाँ बिजली उपलब्ध नहीं, जिसके कारण वहाँ टेलीविजन का प्रसारण नहीं हो पाता है। इन सभी कारणों से रेडियो को संचार का बेहतर बिकल्प माना जाता है और सरकारी क्षेत्र में जनसम्पर्क के लिए इसका खूब प्रयोग किया जाता है।

रेडियो पर विज्ञापन

रेडियो विज्ञापन पर चर्चा करने से पूर्व सर्वप्रथम विज्ञापन के विषय में जान लिया जाना अतिआवश्यक है। विज्ञापन का प्रयोग प्रचार तथा जनसम्पर्क के लिए किया जाता है। व्यावसासिक तथा वाणिज्य प्रतिष्ठान अपने उत्पादन की बिक्री बढ़ाने के लिए इसका उपयोग करते हैं। वर्तमान प्रतियोगिता के युग में विज्ञापन प्रबंध प्रक्रिया का महत्वपूर्ण अंग बन गया है।

रेडियो विज्ञापन उत्पादक को एक ही समय में करोड़ों श्रोताओं के बीच संदेह सम्प्रेषित करने का अवसर देता है। रेडियो पर प्रसारित विज्ञापन अवधि के अनुसार प्रसारित होता है। रेडियो विज्ञापन की अवधि समान्यतः 7, 10, 25, 30 तथा 60 सेकंड तक हो सकती है।

7 या 10 सेकंड का विज्ञापन छोटी अवधि का होता है जो प्रायः उसी समय उद्घोषक द्वारा पढ़ा जाता है। 15, 30, तथा 60 सकेंड के विज्ञापन भिन्न ऐजेंसियों द्वारा रिकार्ड किए जाते हैं, यह ऐजेंसी के साथ हुए करार के अनुसार निर्धारित समय में प्रसारित होते हैं। विज्ञापनों के लिए शुल्क का निर्धारण कार्यक्रम एवं श्रोताओं की संख्या को देखकर निर्धारित किया जाता है।

विज्ञापन का अर्थ

विज्ञापन अंग्रेजी के शब्द 'एडवरटाइजिंग' (Advertising) का हिन्दी रूपांतर है। अंग्रेजी के 'एडवरटाइजिंग' शब्द की उत्पत्ति लेटिन भाषा के शब्द 'Advertor' से हुई जिसका अर्थ होता है 'टू टर्न टू' या 'किसी दिशा में मोड़ना'। इस दृष्टि से विज्ञान का अर्थ हुआ आकृष्ट करना। विज्ञापन एक प्रक्रिया है जिसमें

किसी विचार, सेवा या उत्पाद की तरफ जनमानस का ध्यान आकर्षित किया जाता है। इसके लिए लच्छेदार भाषा-शैली का प्रयोग किया जाता है। जिससे की विचार, सेवा, या उत्पादन की प्रतिष्ठा जनमानस में बन सके।

ब्रिटानिका के एनसाइक्लोपिडिया (Encyclopaedia of Britannica) के अनुसार "A form of paid announcement interested to promote the sale of commodity or service to advance an idea or to bring about other effect desired by the advertiser." अर्थात "विज्ञापन विज्ञापदाता द्वारा इच्छित भुगतान प्रदत्त वह घोषणा है जो किसी वस्तु या सेवा के बिक्री प्रोत्साहन, किसी विचार के विकास अथवा कोई अन्य प्रभाव उत्पन्न करने के उद्देश्य से की गई हो।"

रेडियो पर प्रसारित किये जाने वाले विज्ञान टेलीविजन पर प्रसारित तथा समाचार-पत्रों में प्रकाशित विज्ञापनों से हटकर होता है। टेलीविजन एक दृश्य-श्रव्य माध्यम से जहाँ उत्पादन के सभी पक्षों को दृश्यता के कारण मजबूती से प्रस्तुत किया जा सकता है। समाचार-पत्र भी स्टिल फोटोग्राफी के मध्यम से उत्पाद के रूप रंग को दर्शाया जा सकता है। पर रेडियो पर इसके बिना किसी दृश्य से उत्पाद के उचले पक्षों को दर्शाना कठिन होता है। इसके लिए शब्दों की बाजीगरी आवश्यक होती है। यहाँ शब्द और ध्वनि के प्रभाव का उपयोग करके विज्ञापन को आकर्षक बनाया जाता है।

रेडियो विज्ञापन की विशेषताएँ

रेडियो विज्ञापन की निम्नलिखित विशेषताएँ होती हैं–

1. रेडियो विज्ञापन में उत्पादन, सेवा एवं विचार के उचले पक्षों को लयात्मक शैली में प्रस्तुत किया जा सकता है। जैसे
   तंदुरुस्ती की रक्षा करता है लाइफबॉय,
   लाइफबॉय है, जहाँ तंदुरुस्ती है, वहाँ।
   वैसे लयात्मक शैली में विज्ञापन टेलीविजन पर भी प्रस्तुत किए जाते हैं। पर यहाँ गीत के साथ कुछ दृश्यात्मक सामग्री भी डालनी होती है।
2. रेडियो पर प्रसारित होने वाले विज्ञापन संवाद व नाटकीय शैली में भी होते हैं।
3. रेडियो पर प्रसारित होने वाले विज्ञापन में केवल एक व्यक्ति की उत्पादन, सेवा तथा वस्तु के उचले पक्षों का वर्णन किया जाता है।
4. रेडियो प्रसिद्ध खिलाड़ी, अभिनेता एवं अभिनेत्री की आवाज में उत्पादन, सेवा एवं विचार का विज्ञापन किया जाता है।
5. रेडियो विज्ञापन टेलीविजन विज्ञापन की अपेक्षा कम खर्चीला होता है। टेलीविजन विज्ञापन के निर्माण के लिए बड़े, विज्ञापन निर्माता, शूटिंग आदि पर

काफी बड़ी मात्रा में धन खर्च करना पड़ता है। इसके विपरीति रेडियो में अच्छे संगीत, स्वर तथा ध्वनि प्रभाव आदि के कम खर्च से ही विज्ञापन को उत्कृष्ट एवं प्रभावशाली बनाया जा सकता है।

6. रेडियो विज्ञापन के निर्माण करने में अधिक समय खर्च नहीं करना पड़ता। कम समय में बनाने के कारण रेडियो विज्ञापन शीघ्र ही प्रसारण के लिए सुलभ हो जाते हैं।

रेडियो के लिए विज्ञापन लेखन

रेडियो के लिए विज्ञापन लेखन का कार्य कॉपी राइटर के द्वारा किया जाता है। विज्ञापन के लिए कॉपी-राइटिंग करना एक चुनौतीपूर्ण कार्य होता है। विज्ञापन के लिए कॉपी-राइटर को किसी उत्पाद, सेवा या विचार का विज्ञापन लेखन के लिए गहरे आंतरिक द्वंद्व से गुजरना होता है। उसे सर्वप्रथम बाजार का अध्ययन करके उसे उत्पादन, सेवा या विचार संबंधित अन्य विज्ञापनों का अध्ययन करना होता है। उसे उपभोक्ता की पसंद तथा नापसंद का जायजा लेना होता है। उसके बाद वह उपभोक्ता की दृष्टि से उत्पादन की कल्पना करके उत्पाद, सेवा या विचार की छवि की कल्पना करता है। उसके पश्चात वह उत्पाद, सेवा या विचार की विशेषताओं को अपने शब्दों के जाल में इस प्रकार से बुनता है कि वह उपभोक्ता के मनोविज्ञान के अधिक करीब हो सके। इस समुचित प्रक्रिया से गुजरने के लिए सुझबूझ तथा अनुभव की आवश्यकता होती है।

विज्ञापन लेखन से पूर्व गहन अध्ययन की आवश्यकता होती है। विज्ञापन लेखन के समय जिस माध्यम के लिए विज्ञापन लिखा जा रहा हो उसके विषय में गहन अध्ययन अवश्य कर लेना चाहिए कि माध्यम की पहुँच इच्छित उपभोक्ता समूह तक है या नहीं। जहाँ समाचार-पत्रों में स्थानानुसार विज्ञापन की दर निर्धारित होती है, वहीं रेडियो में समय के अनुसार दर निर्धारित होती है। समय के विषय में भी अध्चयन कर लिया जाए कि विज्ञापन किस समय सस्ती से सस्ती दर पर श्रोताओं तक पहुँचाया जा सकता है। गहन अध्ययन के अंतर्गत ही माध्यम के विषय का तकनीकी ज्ञान, उपभोक्ता का मनोविज्ञान, उत्पाद के विशिष्ट पहलुओं का भी गहनता के साथ अध्ययन कर लिया जाना चाहिए। विज्ञापन लेखन के क्षेत्र में महारत हासिल करने के लिए वर्णित समस्त विषयों पर दृष्टिपात कर लिया जाना चाहिए।

रेडियो विज्ञापन लेखन में ध्यान रखने योग्य बातें निम्नलिखित हैं—

1. रेडियो के लिए विज्ञापन संक्षिप्त तथा सारगर्भित होने चाहिए इसमें भूमिका की गुंजाइश नहीं होती। प्रमुख बातें सीधे एवं त्वरित गति से आनी चाहिए। इसमें प्रारंभ के छह-सात सैकंड का समय सर्वाधिक महत्वपूर्ण होता है। जिसमें

उत्पादन या सेवा के विषय में कुछ ऐसी बात अवश्य ही उभर कर सामने आनी चाहिए जिससे श्रोता की रुचि और उत्सुकता उसके प्रति उभरकर सामने आये।

2. रेडियो विज्ञापन श्रोताओं पर प्रभाव छोड़ने के लिए नाटकीय, जिंगल्स या गीत्मक शैली में भी रखे जाते हैं। विज्ञापन के लिए किसी भी शैली में रखे जाए लेकिन यह अवश्य ध्यान रखा जाए कि शैली उत्पादन या सेवा के अनुसार भाव उभारने में सक्षम हो। खुशी, दुःख, व्यस्तता, राहत, तेजी जैसी भाव शैली में प्रयोग किए जाने वाले शब्दों के अनुसार बड़े ही सहज ढंग से उभरने चाहिए। उदाहरण के लिए किसी शक्तिवर्द्धक पेय पदार्थ का विज्ञापन में उत्साहवर्द्धक शब्दों व स्वरों का प्रयोग किया जाना चाहिए। इसी प्रकार से बच्चों के खिलौने का विज्ञापन में स्नेह एवं वात्सल्य का भाव परिलक्षित होना चाहिए। विज्ञापन लिखने वाले को मस्तिष्क में यह स्पष्ट कर लेना चाहिए कि उत्पादन एवं सेवा की आवश्यतानुसार किस प्रकार की छवि बनानी चाहिए और किस प्रकार का भाव जाग्रत करना श्रेयकर रहेगा।

4. श्रव्य माध्यम होने के कारण रेडियो में उत्पादन या सेवा के उज्जवल पक्ष को दृश्यों के माध्यम से स्पष्ट करना हो तो यहाँ कदापि संभव नहीं इस दृष्टि से यहाँ शब्दों के द्वारा ही समुचित स्थिति को स्पष्ट करना होता है। रेडियो विज्ञापनों को संगीत तथा ध्वनि प्रभाव से आकर्षक एवं प्रभावोत्परक बनाया जाना चाहिए।

5. रेडियो विज्ञापन सुनने के लिए लिखा जाता है। यहाँ संदेश सुना जाता है पढ़ा या देखा नहीं जाता इस दृष्टि से रेडियो विज्ञापनों को सरल तथा आम बोलचाल की भाषा में प्रस्तुत किया जाना चाहिए। भाषा में उलझाव नहीं होना चाहिए। शब्द उच्चारण में सरल होने चाहिए। वाक्यों एवं शब्दों को बोलकर उनके उच्चारण एवं प्रवाह को परखना चाहिए।

6. सीमित अवधि में विभिन्न तरह की सूचनाएँ होने से उपभोक्ता वास्तव में कुछ भी याद नहीं रख सकता इसलिए रेडियो विज्ञापन में विभिन्न प्रकार की सूचनाएँ ठूंसने का प्रयास नहीं करना चाहिए। विज्ञापन के अधिक बिंदु रखने के कारण उत्पादन तथा सेवा से संबंधित सर्वाधिक सुदृढ़ पक्ष उभकर सामने नहीं आ पाता। जिसका कारण विज्ञापन की प्रभावोत्वकता समाप्त होने की संभावना बनी रहती है। प्रयास यह करना चाहिए उत्पादन या सेवा का सबसे सदृढ़ पक्ष उभकर कर सामने आये। उत्पादन या सेवा की ऐसी विशेषता तो उससे अन्य समतुल्य उत्पादन या सेवा से अलग करती है, उसे विज्ञापन के केन्द्र बिन्दु में रखने का प्रयास करना चाहिए।

7. रेडियो विज्ञापन लेखन में इस बात का ध्यान रखा जाना चाहिए कि अधिकतर

श्रोता रेडियो को खाली बैठकर नहीं सुनते। वह किसी-न-किसी कार्यक्रम में संलग्न रहते हुए ही रेडियो को सुनते हैं। कोई भी विज्ञापन बहुत से अन्य विज्ञापनों के बीच प्रसारित होता है। इन सब कारणों के चलते विज्ञापन में कोई ऐसी बात आवश्यक डाली जाए जिससे श्रोता उस पर ध्यान देने को बाध्य हो जाए।

रेडियो विज्ञापन की विशेषताओं के बाद अब हम बात करते हैं रेडियो विज्ञापन लेखन के भागों की। रेडियो विज्ञापन को निम्न भागों में विभक्त करना होता है—

शीर्षक

शीर्षक रेडियो विज्ञापन का प्रमुख हिस्सा होता है, जो विज्ञापन के उद्देश्य की पूर्ति करता है। विज्ञापन का यही हिस्सा दर्शकों को अपनी ओर खींचने में निर्णयाक भूमिका निभाता है। यह विज्ञापन तथ्य का मूलमंत्र होता है। यह संक्षिप्त तथा सरल होना चाहिए तथा अधिकतम दस शब्दों में ही होना चाहिए।

उपशीर्षक

शीर्षक के साथ एक समस्या होती है कि वह छोटा होता है जिसके कारण वह समुचित सूचनाएँ नहीं दे सकता। इसके लिए विज्ञापन में उपशीर्षक का प्रयोग किया जाता है। सही मायने में शीर्षक के संदेश को स्पष्ट करने वाला होता है।

बॉडी

उपशीर्षक के पश्चात शीर्षक को विस्तार बॉडी के द्वारा ही दिया जाता है। इसमें उत्पादन, सेवा, विचार के गुणों का विवरण, वर्णन तथा प्रतिक्रिया इत्यादि व्यक्त किए जाते हैं। शीर्षक के प्रश्नात्मक शैली में होने में उसका उत्तर या समाधान वहीं पर होता है।

उपसंहार

किसी भी विज्ञापन को समाप्त करने से पूर्व उपसंहार लिखा जाता है। जिसमें श्रोता को वस्तु खरीदने के लिए प्रेरित किया जाता है।

विज्ञापन की शैली

शैली विज्ञापनों को अन्य विज्ञापनों से श्रेष्ठतम बनाती है। विज्ञापन को तीन शैलियों में लिखा जाता है।

1. कल्पना प्रधान—इसमें तथ्यात्मकता को ध्यान में रखते हुए तथ्यों को काल्पनिक अंदाज में रखा जाता है। कल्पना के लिए लेखक को अपनी रचनात्मकता का प्रयोग करना होता है।

2. तथ्यात्मक शैली—इस शैली में विज्ञापनों को सीधे-साधे ढंग से लिखा जाता है। इसमें उत्पादन के समस्त सबल पक्षों का वर्णन किया जाता है।

3. भावप्रधान—इस प्रकार के विज्ञापनों में मनुष्य को भावों जैसे, प्रेम, क्रोध, घृणा, भय तथा अपराधबोध इत्यादि भावों का प्रयोग करके उत्पादन, सेवा तथा विचार के प्रति लोगों को खींचा जाता है।

स्लोगन

स्लोगन विज्ञापन का मूल होता है। स्लोगन ऐसा हो जो बार-बार उपभोक्ता की जुबान पर दौड़े जिससे उत्पादन, सेवा या विचार की छवि उसके सामने आए। यह वस्तु को खरीदने के लिए अपनी ओर आकर्षित करता है। स्लोगन को काव्यात्मक शैली में लिखा जाना चाहिए। रेडियो विज्ञापनों में स्लोगन के कुछ प्रमुख उदाहरण निम्नलिखित हैं—

मवाना सुगर मिठास जिंदगी की।
जो ओ.के. साबुन से नहाए कमल-सा खिल जाए।
रिलेक्सो पाँव को दे आराम।
दो बूँद जिंदगी।

रेडियो विज्ञापन की भाषा शैली

रेडियो विज्ञापन की भाषा शैली की निम्नलिखित विशेषताएँ होती हैं—

1. रेडियो विज्ञापन में सरल, सरस, सहज तथा बोधगम्य भाषा-शैली का प्रयोग किया जाना चाहिए।

2. भाषा का चयन लक्षित समूह को ध्यान में रखकर किया जाना चाहिए। जैसे हिंदी बेल्ट के किसी राज्य के लिए विज्ञापन का निर्माण किया जाये तो विज्ञापन को हिंदी में बनाया जाए और यदि किसी दक्षिण भारत के किसी क्षेत्र के लिए विज्ञापन का निर्माण किया जा रहा है तो, उस क्षेत्र की स्थानीय भाषा में विज्ञापन बनाया जाना चाहिए।

3. अलंकृत भाषा-शैली विज्ञापन में जान डाल देती है।

4. भाषा में उपभोक्ता के मनोविज्ञान के अनुसार उनके संवेगों को उत्तेजित करने का दम होना चाहिए।

5. लक्षणात्मक तथा व्यंजनात्मक शैली का प्रयोग।

विज्ञापन में रोचकता तथा विश्वसनीयता

रेडियो विज्ञापन का लेखन करते समय लेखन को ध्यान में रखना चाहिए कि वह नीरस तथा उबाऊ विज्ञापन के स्थान पर रोचक शैली में विज्ञापन का लेखन करें। इसकी एक वजह यह भी हो सकती है यदि कोई श्रोता किसी कारणवश किसी रेडियो कार्यक्रम या गीत से बोरियत महसूस कर रहा हो तो उस स्थिति में कार्यक्रम

के बीच-बीच में प्रसारित किए जाने वाले विज्ञापन उसकी बोरियत को काफी हद तक कम करके उसे मनोरंजन प्रदान कर देते हैं। इस स्थिति में यह भी ध्यान रखा जाए की विज्ञापन अपने मूल उद्देश्य तथा विश्वसनीयता को न खोए। उसका मूल उद्देश्य उत्पादन या सेवा की ब्रांड इमेज बनाना होता है। रोचकता प्रदान करने का अर्थ कदापि नहीं की विज्ञापन में उत्पादन या सेवा के विषय में हवाई किले बनाए जाएं। विज्ञापन में विश्वसनीयता को पहली प्राथमिकता दी जानी चाहिए।

--0--

पत्रकारिता का नया रूप साइबर पत्रकारिता

इंटरनेट ने सूचनाक्रांति को नई बुलंदियों पर पहुँचा दिया है। इंटरनेट के माध्यम से दुनिया के सभी देश आपस में एक-दूसरे से जुड़ गए हैं। इंटरनेट के माध्यम से घर में बैठे हुए ही दुनिया के किसी भी देश की सूचनाएँ चुटकियों में ही प्राप्त की जा सकती हैं अर्थात दुनिया एक कंप्यूटर में सिमटकर रह गई है। पहले प्रिंट तथा इलेक्ट्रॉनिक मीडिया के रूपों में ही पत्रकारिता को जाना पर अब इंटरनेट ने 'साइवर मीडिया' के रूप में 'साइवर पत्रकारिता' अर्थात 'इंटरनेट पत्रकारिता' को जन्म दिया है। इंटरनेट नेट के माध्यम से प्रयोगकर्ता कम्प्यूटर या लेपटॉप तार या बे-तार (Wire-less) के माध्यम से अन्य प्रयोगकर्ताओं के कंप्यूटर से जुड़ जाता है और चुटकी बजाते ही सूचनाओं का अथाह सागर प्रयोगकर्ता के कम्प्यूटर पर उमड़ पड़ता है। चंद सेकैंडों में ही प्रयोगकर्ता अपने विचार विश्व के किसी भी कोने में पहुँचा सकता है।

इंटरनेट की तीव्रता तथा तत्कालता का अनुमान इसी से लगाया जा सकता है कि प्रत्येक प्रमुख समाचार-पत्र तथा समाचार चैनलों ने प्रतियोगिता के इस युग में अपनी गुणवत्ता, तीव्रता तथा अहमियत को बनाए रखने के लिए अपनी साइट बना रही हैं। प्रिंट मीडिया तथा इलेक्ट्रॉनिक मीडिया भी स्वयं के अस्तित्व को बनाए रखने के लिए इंटरनेट की शरण में आ गए हैं। निकट भविष्य में प्रिंट मीडिया तथा इलेक्ट्रॉनिक मीडिया इंटरनेट का ही रूप हो जाएँगे।

पहले इंटरनेट पर केवल अंग्रेजी का ही बोलबाला था। जिससे इंटरनेट की पहुँच अंग्रेजी की समझ रखने वाले लोगों तक ही थी। पर तकनीकी विकास से इस समस्या को भी सुलझा दिया है। अब अंग्रेजी के साथ-साथ हिंदी भाषा में भी समाचार पोर्टल उपलब्ध हैं। हिंदी भाषा में सर्वप्रथम सामाचार-पोर्टल 'वेब दुनिया' था जिसका प्रारंभ इंदौर से निकलने वाले समाचार पत्र 'नई दुनिया' ने किया था। इसके बाद तो इंटरनेट पर समाचार संबंधित वेबसाइटों की बाढ़ सी आ गई आज लगभग प्रत्येक राष्ट्रीय समाचार की बेवासाइट पर उपलब्ध हैं।

समाचार-पत्रों को लंबी प्रकाशन प्रक्रिया से गुजरना होता है। जिसके कारण उनका प्रसारण समाचार घटित होने के एक दिन बाद ही संभव हो पाता है। पाठकों को समाचारों के विषय में जानने के लिए एक दिन का इंतजार करना

होता है। जबकि इसके विपरीत इलेक्ट्रॉनिक मीडिया पर समाचार का प्रसारण समाचार घटित होने के कुछ देर बाद ही कर दिया जाता है। समाचार-पत्र समाचार प्रसारण के मामले में इलेक्ट्रॉनिक मीडिया से पीछे थे। शीघ्र अति-शीघ्र घटना की अपडेट लेने के लिए लोगों की रूचि समाचार पत्रों की अपेक्षा इलेक्ट्रॉनिक मीडिया पर अधिक निर्भर थे। कुछ एक परिस्थितियों में समाचार-पत्रों के कार्यालय में फोन करके घटना की अपडेट प्राप्त की जाती थी। इन सभी समस्या का समाधान इंटरनेट के विकास के साथ हो गया है। अब प्रत्येक समाचार-पत्रों ने अपनी वेबसाइट बना रखी है जिससे समाचार-पत्र प्रकाशन की लंबी प्रक्रिया से बचते हुए तुरंत ही समाचारों को अपनी वेब साइट के माध्यम से प्रसारित कर देते हैं। इंटरनेट ने समाचार को समाचार चैनलों से मुकाबला करने में समर्थ बना दिया है। तीव्र तथा तत्परता के मामले में समाचार-पत्र किसी भी दृष्टि से पिछड़े हुए नहीं हैं। समाचार-पत्र के पाठकों को बस कंप्यूटर पर क्लिक करना होता है और समाचार-पत्र की वेब-साइट उसके सम्मुख होती है जहाँ से ताजातरीन समाचारों को झटपट ला सकता है। यही नहीं घटना से संबंधित ताजातरीन फोटोग्राफ्स तथा अन्य दृश्यसामग्री (Visuals) भी देखी जा सकती है।

सामाचार-पत्र तथा समाचार चैनलों की वेबसाइटों के अतिरिक्त कुछ अन्य वेबसाइट भी हैं जो ताजातरीन समचार इंटरनेट प्रयोगकर्ता को उपलब्ध कराते रहते हैं। कुछ 'वेबसमाचार पत्र' भी हैं जिनका प्रसारण इंटरनेट के माध्यम से ही किया जाता है। 'बीबीसी हिंदी' ने भी अपने हिंदी सेक्सन की बेवसाइट प्रारंभ की है। साथ ही 'वॉयस ऑफ अमेरिका' ने हिंदी भाषी लोगों की आवश्यकताओं को ध्यान में रखते हुए मात्र ऑडियो सेवा हिंदी में उपलब्ध कराई है। इसके बावजूद भी विडम्बना है कि जहाँ दुनिया की अन्य भाषाओं में वेबसाइटों की संख्या लाखों में वहाँ हिंदी वेबसाइटों की संख्या कुछ दर्जन ही है।

इंटरनेट का विकास

इंटरनेट को समझने के लिए सर्वप्रथम उसके विकास-क्रम को भी जान लेना आवश्यक है। इंटरनेट का विकास यकायक नहीं हो गया है। आज इंटरनेट जिस रूप में हमारे सामने हुए, वह एक सतत् विकास प्रक्रिया का परिणाम है। इंटरनेट के विकास का प्रारंभ सन् 1962 की घटना से माना जाता है। अमेरिका के मैसाचुसेट्स इंस्टीट्यूट ऑफ टेक्नोलॉजी (एम.आई.टी.) के वैज्ञानिक J.C.R. Linklinder ने कंप्यूटर के माध्यम से सर्वदेशीय संदेशों को संप्रेषित किया। 1962 के उत्तरार्द्ध में अमेरिका में ही Defence Advance Research Project

Agency (DARPA) ने इसके विस्तार के लिए आवश्यक कदम उठाये। उसके तत्पश्चात एम.आई.टी. के Leonard Kleinrock तथा UCLA ने Theory of packet switching का विस्तार किया गया। इस सिद्धांत में ही इंटरनेट कनेक्शन को आधार प्रदान किया गया है। इसके पश्चात् 1965 में दो कंप्यूटरों को टेलीफोन के तार से जोड़ा गया। यह घटना इंटरनेट के विकास प्रक्रिया में मील का पत्थर बनी और विशाल नेटवर्क की अवधारणा का जन्म हुआ। इंटनेट पर ई-मेल का सर्वप्रथम प्रयोग 1972 में हुआ BBN के Ray Tomlinson के द्वारा किया गया। इन्होंने ही सर्वप्रथम @ का प्रयोग अपने यूजरनेम तथा पते को टाईप करने के लिए किया। ट्रांसमिशन कंट्रोल प्रोटोकाल/इंटरनेट प्रोटोकॉल, (टीसीपी/आई पी) का प्रारंभ 1973 में हुआ। सन् 1989 में मैकगिल यूनिवर्सिटी, मॉट्रियल के पीटर ड्यश ने पहली बार इंटरनेट का इंडेक्स बनाने का प्रयास किया।

साइबर शब्द का अर्थ एवं उत्पत्ति

साइबर शब्द का प्रयोग एक उपसर्ग के रूप में उन अवधारणाओं के लिए किया जाता है जिनका प्रयोग कंप्यूटर के विकास से ही संभव हो सका है। इस शब्द की उत्पत्ति ग्रीक भाषा के शब्द kybernetes से हुई है जिसका अर्थ होता है, संचालन करना या फिर नियंत्रण रखने की प्रक्रिया। सर्वप्रथम इस शब्द का प्रयोग Norbert Wiener के नेतृत्व में वैज्ञानिकों के समूहों ने किया। उन्होंने सन् 1948 ई. में प्रकासित अपनी पुस्तक Wiener's book में इस शब्द का प्रयोग किया। Cybernetics शब्द की अवधारणा का प्रयोग पशु एवं मशीन पर नियंत्रण की प्रक्रिया रूप में किया गया। यहाँ नियंत्रण रखने की प्रक्रिया ग्रीक शब्द kybernetes पर अधारित था। आगे चलकर Cybernetics विज्ञान एक शाखा के रूप में स्थापित हुआ इसके अंतर्गत मानव एवं मशीनीकरण जिसमें कंप्यूटर भी सम्मिलित था पर नियंत्रण का अध्ययन किया जाता है। कलांतर में Cybernetics तथा Cyberspace की जैसे शब्दों का जन्म हुआ। इनका सर्वप्रथम प्रयोग प्रसिद्ध लेखक William Gibsonus सन् 1982 में किया। इस प्रकार Cybe शब्द Norbert Wiener के Cybernetics शब्द का ही संक्षिप्त रूप है। वर्तमान समय में इसका प्रयोग कंप्यूटर, मोइबाईल एवं लैपटाप इत्यादि डिजिटल उपकरणों पर सूचना के हस्तांतरण की प्रक्रिया के रूप में किया जाता है। साइबर कैफे, साईबर कानून, साइबर डिलीस, साइबर-केश तथा साइबर पत्रकारिता इत्यादि शब्द साइबर के ही मिल से बने है।

साइबर पत्रकारिता

साइबर पत्रकारिता दो शब्दों साइबर एवं पत्रकारिता के मेल से मिला है साईबर शब्द का अर्थ ऊपर स्पष्ट किया जा चुका है। पत्रकारिता का अर्थ होता है समाचारों का संग्रह एवं उसका प्रस्तुतिकरण। अतः किसी बेव साइट के लिए समाचारों का सग्रह एवं प्रस्तुतिकरण की प्रक्रिया को साइबर पत्रकारित कहा जाता है। इसके अतिरिक्त मोइबाइल पर एसएमएस या वाईस एसएमएस के दिया समाचारों के प्रसारण की प्रक्रिया को भी साइबर पत्रकारिता से ही जोड़ा जा सकता है।

प्रिंट तथा इलेक्ट्रॉनिक मीडिया की तरह साइवर मीडिया का विस्तार भी तेजी से हो रहा है। इस कारण साइबर पत्रकारिता को पत्रकारिता के नए रूप में मान्यता मिलती जा रही है। इसे ऑन-लाइन पत्रकारिता भी कहा जाता है। साइबर पत्रकारिता प्रिंट मीडिया तथा इलेक्ट्रॉनिक मीडिया का सम्मिलित रूप है। इस कारण भी इसकी लोकप्रियता तथा उपयोगिता दिनों बढ़ती ही जा रही है। इससे समाचार को विश्व के किसी भी कोने में तत्परता एवं शीघ्रता के साथ देखा व सुना जा सकता है।

साइबर पत्रकारिता की विशेषता है कि इसमें समाचारों को कुछ सेंकडों में विश्व के किसी भी कोने में भेजा जा सकता है। यहाँ प्रसारण प्रक्रिया के लंबे व जटिल न होने के कारण समाचारों को शीघ्रता के साथ साइट पर डाला जा सकता है तथा समय-समय पर उसे अपडेट भी किया जा सकता है। दूसरी ओर रेडियो तथा टेलीविजन पर समाचारों का निर्माण करने के बाद उसे प्रसारित किया जाता है। कई बार जीवंत (Live) समाचारों का सीधा प्रसारण भी किया जाता है और उसमें तत्परता की वजह से त्रुटि की संभावना बनी रहती है। समाचार-पत्रों में तो समाचारों को प्रकाशित होने के लिए एक लंबी प्रक्रिया से गुजरना होता है। उसके पश्चात उसका वितरण इस पूरी प्रक्रिया में समय लगने के कारण समाचार-पत्रों में एक दिन पश्चात ही समाचार उपलब्ध हो पाते हैं।

इंटनेट सूचनाओं का महासागर है, यहाँ समाचार के अन्य पहलुओं के विषय में भी सूचनाओं को प्राप्त किया जा सकता है। टेलीविजन, रेडियो, समाचार पत्र तथा पत्रिका इत्यादि माध्यम भी समाचारों को अपटेड करने के लिए इंटरनेट का उपयोग कर रहे हैं।

साइबर पत्रकारिता में परंपरागत माध्यमों की भी सभी विशेषताएँ हैं। यहाँ न्यूज के अतिरिक्त व्यूज जैसे फीचर, लेख, और आलेख भी होते हैं जिनका चयन पाठक अपनी रुचि के अनुसार कर सकता है। साइबर पत्रकारिता की एक विशेषता यह भी कि यहाँ अपनी इच्छानुसार समाचारों या लेखों को चयनित करके उनके

विषय में जाना जा सकता है। जबकि टेलीविजन चैनल या रेडियो पर हमें पूरे बूलेटिन को देखना पड़ता हैं। जबकि इंटरनेट पर इच्छानुसार समाचारों को सर्च कर सकते हैं। समाचार चैनलों रेडियो समाचार-पत्र एवं पत्रिका को फीड बैक प्राप्त करने में समय लगता है। फीडबैक के लिए टेलिफोन एसएमएस तथा पत्रों का सहारा लेते है जिसमें टेलीफोन तथा एसएमएस से तो तीव्र फीड बैक प्राप्त होता है और एक साथ सभी कालों या फिर एसएमएस पर जवाब देना संभव नहीं होता है। इस दृष्टि या फीड बैक का आंकलन में विलंब होता है। इसके विपरीत इंटरनेट के माध्यम से सूचना प्राप्त करने वाले तथा सूचना को संप्रेषित करने वाले के बीच ऑन लाइन या सीधा संबंध होता है। जहाँ वह सूचना के संबंध में ई-मेल कर सकता है या मैसेज छोड़ सकता है। इंटरनेट पर किसी भी समाचार को हाईपरलिंक (Hyperlinks) करने की सुविधा भी होती है इससे उस समाचार के विषय में अन्य जानकारी या तो संबंधित साइट से या फिर अन्य साइटों से भी प्राप्त की जा सकती हैं। इससे समाचार के विषय में विस्तृत एवं गहन विवरण उपलब्ध हो जाता है। जबकि रेडियो तथा टेलीविजन में समय के अभाव के कारण ऐसा संबंध नहीं होता जबकि समाचारों-पत्रों में सीमित स्थान की उपलब्धता के कारण ऐसा संभव नहीं होता है।

साइबर पत्रिकारिता में समाचार प्रसारण का वर्तमान परिदृश्य

इलेक्ट्रानिक तथा प्रिंट माध्यमों में समाचारों के प्रस्तुतिकरण की अपनी अलग शैली और ढंग होता है। प्रत्येक इलेक्ट्रॉनिक माध्यम तथा प्रिंट माध्यम की अपनी-अपनी अलग-अलग शैली और ढंग होता है। शैली विकसित करने की एक वजह दर्शकों/श्रोताओं/पाठकों को आकर्षित करना होता है। प्रिंट माध्यमों को समाचारों को अधिक विस्तृत रूप से स्पष्ट किया जाता है जबकि इलेक्ट्रॉनिक माध्यमों पर समयाभाव के कारण ऐसा कर पाना संभव नहीं होता है। साइबर पत्रकारिता ने इलेक्ट्रॉनिक तथा प्रिंट माध्यमों की सीमाओं को खत्म कर दिया है। वेब एक ऐस माध्यम है जहाँ पर सभी समाचार-पत्रों की शैली, ढंग, पहुँच तथा उसके विशेष पहलुओं का समावेश है। यहाँ विभिन्न समाचार-पत्रों की शैली का आनंद उठाया जा सकता है ठीक उसी प्रकार समाचार चैनल की साइटों पर समाचारों के वीडियों क्लिप देखे जा सकते हैं।

प्रारम्भ में साइबर पत्रकारिता की संख्या और लोकप्रियता निरन्तर बढने के बावजूद ऐसे बहुत ही समाचार पत्र जिनका वेबसाइट के लिये अलग से नेटवर्क हो और जो विशुद्ध रूप से अपनी साइट के लिये समाचार तैयार करते हों, ना के बराबर ही थे। इस मामले में तहलका डाट काम का नाम सर्वोच्च था, जिसका अपना अलग

से वेब नेटवर्क थे। इससे जुड़े रिपोर्टर इस साईट को अपडेट करते रहते थे। परन्त उस समय माली हालत ठीक न होने के कारण इसका आपरेशन रोक देना पड़ा था। इसके अतिरिक्त उस दौर में टाइम्स ऑफ इंडिया की वेबसाइट इंडियाटाइम्स डॉट कॉम, हिन्दुस्तानटाइम्स डॉट कॉम, नेटजाल डॉट कॉम, सिफी डॉट कॉम, रिडिफ डॉट कॉम इत्यादि की कुछ एक गिनती की साइटें हैं जिनका अपना नेटवर्क हुआ करता था।

उस दौर में जागरण डॉट कॉम के विषय में विशेष रूप से उल्लेख किया जाना आवश्यक थी। इस साइट ने साइबर पत्रकारिता को नई बुलंदी देने की कोशिश की। यह हिंदी की एक ऐसी साईट रही है जिसके रिपोर्टर टेलीफोन या मोबाईल के माध्यम से समाचार देने की कोशिश करते थे। इनके अतिरिक्त अधिकतर समाचार-पत्र तो अपनी साइटों पर समाचार-पत्र संस्करण की ही कॉपी-पेस्ट करते हैं जोकि एक आदर्श स्थिति नहीं मानी जा सकती थे। इससे पता चलता है कि वेब पत्रकारिता के क्षेत्र में मौलिकता उस दौर में नहीं आ पाई था। वर्तमान दशक में पत्रकारिता पूरी तरह से सोशल मीडिया पर ही हावी हो चुकी है। इसके साथ ही इस दशक में जैसे जैसे इन्टरनेट की गति तेज हुई, उतनी ही तेजी से फेक न्यूज ने भी अपने पैर पसार लिये हैं। आज के समय में खबरों में सच और झूठ का अन्तर करना बहुत ही मुश्किल हो गया है।

--0--

वेब तकनीक तथा समाचार निर्माण प्रक्रिया

प्रिंट तथा इलेक्ट्रॉनिक मीडिया पर समाचार निर्माण प्रक्रिया को समझने से पहले उसमें प्रयोग की जाने वाली तकनीक को जान लेना आवश्यक होता है। ठीक उसी प्रकार से वेब समाचार निर्माण प्रक्रिया को जानने के लिए उसमें प्रयोग होने वाली तकनीक को भी जान लेना आवश्यक है। वेब का प्रयोग कम्प्यूटर पर होता है। इस दृष्टि से वेब को समझने के लिए सबसे पहले कंप्यूटर से अवगत होना आवश्यक है। कंप्यूटर हार्डवेयर तथा सॉफ्टवेयर से बना इलेक्ट्रॉनिक उपकरण है। कंप्यूटर हार्डवेयर में उन सभी अवयव या उपकरण को सम्मिलित किया जाता है जिन्हें हम छू सकते हैं, देख सकते हैं। कम्प्यूटर के आंतरिक तथा बाह्य भागों को कंप्यूटर के Input तथा Output उपकरण कहा जाता है, जो समान्यतः सभी हार्डवेयर कहलाते हैं। ये उपकरण कंप्यूटर को चलाने के लिए आवश्यक होते हैं। कंप्यूटर हार्डवेयर उपकरणों को दो वर्गों में विभाजित किया जाता हैं। स्टैन्डर्ड उपकरण (Standard Devices) जैसे—की-बोर्ड, फ्लॉपी ड्राइव, हार्डडिस्क आदि। यह कंप्यूटर के आंतरिक भाग में स्थापित किए जाते है। इसके कंप्यूटर से जोड़े जाने वाले उपकरण जैसे—माउस प्रिंटर, लाइट पेन, प्लाटर आदि, पेरीफेरल उपकरण (Peripheral Devices) कहलाते हैं। दोनों प्रकार उपकरणों को मिलाकर कम्प्यूटर सिस्टम तैयार किया जाता हैं। कम्प्यूटर और उनसे जुड़ी युक्तियों से कार्य लेने के लिए सॉफ्टवेयर का प्रयोग होता हैं। ये सॉफ्टवेयर न तो देखे ही जा सकते हैं और न ही इन्हें छुआ जा सकता है। ये कंप्यूटर कार्य करने के लिए विधिवत् एवं व्यवस्थिति निर्देश होते हैं जो की कंप्यूटर के लिए निर्धारित विशिष्ट मशीनी भाषा में तैयार किए जाते हैं।

वेब पेज का निर्माण विभिन्न कम्प्यूटर लैंग्वेज जैसे एचटीएमएल, एएसपी, जावा इत्यादि में किया जाता है। वेब पेज को बनाने के लिए आपको उसकी तकनीकी शब्दावली जिसका वर्णन निम्नलिखित किया जा रहा है समझना आवश्यक है—

1. वेब पेज : यह टेक्स्ट फाइल होती है जिसकी एचटीएमएल में टेगिंग की जाती है। टेगिंग यह दर्शाता है कि वेब बाउजर किस प्रकार से शब्दों को दर्शाए। यह फॉट के आकार तथा रंग को भी दर्शाता है। वेब पेज निर्माण में सर्वप्रथम टेगिंग को जानना और समझना अति आवश्यक होता है।

2. वेब ब्राउजर : वेब ब्राउजर दो कार्य करता है एक वह वेब सर्वर तक पहुँचकर पेज के लिए आग्रह (Request) करता है। दूसरे वह वेब पेज को मशीन तक पहुँचता है। वेब ब्राउचर के साथ एक शब्द और जुड़ा है, वेब सर्वर। वेब सर्वर भी एक कम्प्यूटर प्रोग्राम ही है। वेब ब्राउचर के आग्रह करने पर उसका उत्तर देता है। इंटरनेट के माध्यम से वेब ब्राउचर तक पेज को पहुँचाता है।

3. एचटीएमएल : यह एक कम्प्यूटर भाषा है। इसका पूरा नाम होता है हाइपर टेक्स्ट मार्क-अप लैंग्वेज। इसका प्रयोग वेब पेज की टेगिंग करने तथा उसका लेयआउट निर्धारित बनाने के लिए किया जाता है। इसका प्रयोग मल्टीमीडिया स्पोर्ट तथा दस्तावेजों को जोड़ने (Document links) के लिए भी किया जाता है।

एचटीएमएल फाइल का निर्माण

एचटीएमएल फाइल का निर्माण नोटपेट, डॉस एडीटर तथा माइक्रोसॉफ्ट फ्रंटपेज में किया जाता है। एचटीएमएल फाइल को .html एक्शटेंशन के साथ दर्शाया जाता है। एचटीएमएल में फाइल की टेगिंग की जाती है। ऐसे कोड एलिमेंट होते हैं जो शब्दों की स्थिति, बनावट, फॉट के प्रकार, उसके आकार, उसके रंग-ढंग इत्यादि को वेबपेज पर दर्शाने के लिए प्रयोग किए जाते हैं। प्रत्येक टैग को < तथा > के बीच रखते हैं। एक साधारण वेबपेज की टेगिंग निम्न प्रकार से होगी :

```
<HTML>
<HEAD> My First Page
<èTITLE> Electronic Media and cyber Journlism<èTITLE>
<BODY> A revolutionary of Hi-tech era <èBODY>
<èHTML>
```

टेग को छोटे तथा बड़े दोनों प्रकार के अक्षरों में लिखा जा सकता है। इसे किसी डायरेक्टरी में सेव करने के लिए इसको दिए जाने वाले नाम के साथ .html एक्सटेंशन लगाना आवश्यक होता है।

एचटीएमएल के भाग

एचटीएमएल का पहला टेग <HTML> , का प्रयोग दस्तावेज को एचटीएमएल के रूप में पहचान दिलाने के लिए किया जाता है। पूरा का पूरा दस्तावेज सदैव <HTML>...<èHTML> के रूप में लिखा जाना चाहिए।

शीर्षक अर्थात टाईटल को <TITLE>...<èTITLE> में टाईप किया जाना चाहिए।

दस्तावेज के हैड को दर्शाने के लिए <HEAD>...<èHEAD> टेग का प्रयोग किया जाता है। जिसमें एचटीएमएल दस्तावेज में पृष्ठ के स्तर (Page-Level) को दर्शाया जाता है।

वेब पेज का सर्वाधिक महत्त्वपूर्ण भाग उसकी बॉडी होता है। वेब पेज का लगभग 80% भाग बॉडी के रूप में ही होता है। बॉडी के लिए निर्धारित सामग्री को <BODY>...<èBODY> के रूप में टेगिंग की जाती है। बॉडी के भीतर ही फुटर भी होता है। इसके लिए कोई अलग से टेग निर्धारित नहीं होता। इसका प्रयोग मुख्य रूप से वेब सामग्री (Content), पेज के यूआरएल, सामग्री को तैयार करने का दिनांक, लेखक का नाम, उसका ई-मेल आईडी, पता तथा फोन नंबर इत्यादि जानकारियाँ हो सकती हैं।

साइबर पत्रकरिता में समाचारों के प्रस्तुतिकरण आकर्षक तथा मनभावन रूप में प्रस्तुत करने के लिए फॉट के आकार-प्रकार, रूप-रंग तथा उसके अलाईनमेंट की भी टेगिंग की जाती है। जिससे वेब सामग्री उसके प्रयोग-कर्ता को आकर्षित कर सके।

सर्च इंजन का प्रयोग

एक साइबर पत्रकार के लिए सर्च इंजन का प्रयोग करना अवश्य ही आना चाहिए। कई बार ऐसा होता है कि हमें किसी विषय के तथ्य आसानी से उपलब्ध नहीं हो पाते उस स्थिति में पत्रकार को सर्च इंजन पर जाकर सूचनाओं को खोजना ही होता है। पहला सर्च इंजन 1998 में अस्तित्व में होता है। सर्व इंजन भी एक प्रकार की बेवसाईट ही होती है जो टाईप किए गए शब्दों से संबंधित वेबसाइटों की सूची कंप्यूटर स्क्रीन पर प्रदर्शित कर देती है। प्रयोग करता अपनी आवश्यकता के अनुरूप किसी भी बेवसाइट पर क्लिक करके उस वेबसाइट से जुड़ जाता है और उस वेबसाइट की सामग्री उसकी कम्प्यूटर स्क्रीन पर आ जाती है। यहाँ कुछ प्रमुख सर्च साइटों का वर्णन किया जाता रहा है जहाँ पर आप सर्च इंजन की सुविधा का उपयोग कर सकते हैं–

1. http:www.google.com
2. http:www.northernlight.com
3. http:www.yahoo.com
4. http:www.go.com
5. http:www.msn.com
6. http:www.fastsearch.com
7. http:www.looksmart.com
8. http:www.goto.co
9. http:www.ask.com

इंटनेट के लिए समाचारों-संग्रह

रेडियो एवं टेलीविजन की तर्ज पर इंटरनेट का संपादकीय विभाग भी 24×7 कार्य करते रहते हैं। वैसे जैसा पूर्व अध्याय में वर्णित किया जा चुका है कि भारत में साइबर पत्रकारिता शैशव काल में है। अभी तक यहाँ स्वतंत्र रूप से समाचार प्रदान करने वाले पोर्टल की संख्या काफी कम है। रेडियो, न्यूज चैनल तथा समाचार-पत्रों के वेब संस्करण उन समाचारों को ही अपनी वेबसाइट पर डालते हैं, जिनका की प्रसारण या प्रकाशन किया जाता है। अलग से कोई वेब पत्रकार या स्टॉफ नियुक्त नहीं किया जाता जोकि समाचारों को वेब प्रयोक्ता की रुचि तथा आवश्यकता के अनुसार प्रस्तुत कर सके। रेडियो, न्यूज चैनल के न्यूज रूप तथा समाचार-पत्र के संपादकीय विभाग द्वारा तैयार समाचारों में ही थोड़ा-बहुत परिवर्तन करके वेबसाइट पर डाल दिया जाता है। इसलिए इंटनेट के लिए समाचार संग्रह प्रक्रिया को रेडियो, न्यूजचैनल तथा समाचार-पत्रों की समाचार निर्माण प्रक्रिया से ही जोड़ा जा सकता है।

साइबर-पत्रकार की योग्यता

वैसे साइबर पत्रकारिता का क्षेत्र अभी अपने शैशव काल में ही है। कुछ वेब पोर्टल ही विशुद्ध रूप से समाचार पोर्टल के रूप में जाने जाते हैं। अर्थात वह किसी समाचार -पत्र या समाचार चैनल की वेब साइट के रूप में कार्य नहीं करते इनका मुख्य उद्देश्य प्रयोगकर्ता को समाचार उपलब्ध करना ही है। साइबर पत्रकारिता को भविष्य की पत्रकारिता के रूप में देखा जा रहा है। इस दृष्टि से आने वाले समय में साइबर पत्रकारों की माँग बढ़ेगी। एक साइबर पत्रकार में निम्नलिखित योग्यताएँ होनी चाहिए–

1. सर्वप्रथम एक साइबर पत्रकार में समाचार बोध की क्षमता होनी चाहिए। उसे समाचार के सिद्धांत कौन, क्या, कब, कहाँ, क्यों इत्यादि को ध्यान में रखकर समाचारों का तानाबाना तैयार करना चाहिए।

2. वेब पत्रकार के लिए सबसे अधिक आवश्यक कंप्यूटर तथा इंटरनेट की जानकारी होना है। उसे कंप्यूटर पर कार्य करने में पारंगत होना चाहिए। यह योग्यता किसी अन्य क्षेत्र के जुड़े पत्रकार के लिए इतनी आवश्यक नहीं होती है। वैसे संचार क्रांति के इस युग में कम्प्यूटर के बिना कार्य करना कठिन ही होता है। पर अन्य क्षेत्रों में कंप्यूटर की थोड़ी-सी जानकारी या बिल्कुल भी जानकारी न होने से काम नहीं चल सकता है। पर वेब पत्रकार के लिए तो कंप्यूटर एक हथियार है।

3. उसके पास अनिवार्य शैक्षिक योग्यता भी होनी चाहिए। अशिक्षित वेब

पत्रकार तो अपने क्षेत्र में कार्य करने की कल्पना भी नहीं कर सकता है।

4. उसे अपने कार्य में तेज, चुस्त, चौकन्ना रहना चाहिए। उसे अन्य विषयों में भी विचरने वाला होना चाहिए। जिससे कि वह अपने समाचार प्रस्तुतिकरण में यदि अन्य किसी विषय के विश्लेषण की दरकार हो तो उसका समावेश कर सके। उदाहरण के लिए यदि रिपोर्टर साइंस तथा तकनीक के विषय की जानकारी रखने वाला है तो जिन तकनीक के क्षेत्र में होने वाले परिवर्तन संबंधित जानकारी में अपनी जानकारी का भी समावेश करके उस समाचार को अधिक उपयोगी बना सके।

5. उसे गहन अध्ययन तथा शोध करने की प्रवृत्ति भी अनिवार्य रूप से होनी चाहिए। कई बार किसी समाचार संबंधित कुछ तथ्य ही उपलब्ध हो पाते हैं, तो उससे संबंधित अधिक जानकारी के लिए उसे गहन अध्ययन तथा शोध करना होता है। जिससे कि समाचार के सभी पहलू प्याज के छिलकों की तरह उतारकर पाठक के समक्ष उपलब्ध हो सके।

6. उसे अपने कर्त्तव्य के प्रति सजग तथा ईमानदार होना चाहिए। उसे मिथ्या तथ्य से बचते हुए सदैव सत्यता को सामने लाने का प्रयास किया जाना चाहिए।

7. उसे आत्मविश्वास से परिपूर्ण तथा व्यवहारकुशल होना चाहिए। अपने व्यवहार से ही वह ऐसे सूत्र बना सकता है जो उसे समाचार की सटीक जानकारी उपलब्ध करा सके।

8. साइवर पत्रकार में लेखन क्षमता का होना अतिआवश्यक होता है। यहाँ पर ध्यान रखा जाता है कि समाचार-पत्र के लिए समाचार लेखन में समाचारों को विस्तृत रूप से प्रस्तुत किया जाता है। पर साइवर पत्रकारिता में संक्षिप्त तथा सारगर्भित रूप से समाचार प्रस्तुत किए जाते हैं। इस दृष्टि से साइवर पत्रकार को समस्त सामग्री को संक्षिप्त तथा सारगर्भित रूप से प्रस्तुत करने की योग्यता होनी चाहिए। वो भी बिना किसी तथ्य और पहलू को छोड़े बिना। उसे शब्दों के चयन तथा वाक्य के निर्माण में विशेष रूप से पारंगत होना होता है।

9. पत्रकारिता के लिए साहस सबसे बड़ी योग्यता होता है। पत्रकार का कार्य राष्ट्रीय अंतर्राष्ट्रीय तथा क्षेत्रीय स्तर पर घटित होने वाली घटनाओं को समाचार के रूप में प्रस्तुत करना होता है। कुछ स्वार्थी तत्त्वों अपने स्वार्थों के कारण नैतिक मूल्यों को ताक पर रख देते हैं। इस स्थिति में पत्रकार को इस तत्वों का भंडा फोड़ होने की जिम्मेदारी भी होती है। अनैतिक तथा स्वार्थपूर्ण कार्यो का भंडाफोडने में पत्रकार को साहस का परिचय देना होता है। अनैतिक कार्य करने वाले अपनी अनैतिकता को जारी रखने के लिए किसी भी हद तक जा सकते हैं। पत्रकार को बिना किसी डर के अपने कर्त्तव्य का निर्वाह करना होता है।

समाचार पोर्टल के लिए साक्षात्कार

साक्षात्कार पत्रकारिता की सर्वाधिक महत्वपूर्ण विधा है। एक पत्रकार के लिए साक्षात्कार या भेंट-वार्ता में भी हासिल करनी होती है। साक्षात्कार में निरंतर अभ्यास के द्वारा पारंगत बना जा सकता है। साक्षात्कार पर जाने से पूर्व कुछ विशेष बातों को ध्यान में रखना चाहिए जैसे साक्षात्कार देने वाले व्यक्ति के व्यक्तित्व तथा उसकी प्रतिष्ठा एवं उपलब्धियों के विषय में अध्ययन कर लेना चाहिए। इसके अतिरिक्त साक्षात्कार में लिए प्रश्नावली तैयार कर लेनी चाहिए। साक्षात्कार से पूर्व तथ्य तथा आंकड़े संग्रहित कर लेने चाहिए। इनके विषय में साक्षात्कारणीय से प्रश्न किए जा सकें। साक्षात्कार में सामान्यतः उन व्यक्तियों का लिया जाता है, जिनके विषय में लोग जानना चाहते हैं। इसमें जहाँ तक संबंध हो वक्ता की बातों को ज्यों-का-त्यों की रहने दिया जाए।

साक्षात्कार दो प्रकार के होते हैं व्यक्तिगत साक्षात्कार और विषयगत साक्षात्कार। व्यक्तिगत साक्षात्कार में साक्षात्कारणीय से उन विषयों पर प्रश्न किए जाते हैं जिनमें व्यक्ति के व्यक्तित्व से जुड़े प्रश्न पूछे जाते हैं। इस प्रकार के प्रश्नों में जनरुचि के अनुसार ही प्रश्न पूछे जाने चाहिए। विषयगत साक्षात्कार में व्यक्ति जिस क्षेत्र से जुड़ा होता है, उससे संबंधित प्रश्न ही पूछे जाते हैं।

समाचार पोर्टल के लिए साक्षात्कार करते समय निम्नलिखित सावधानियाँ बरती जानी चाहिए–

1. साक्षात्कार करने वाले रिपोर्टर को साक्षात्कार से पूर्व सभी आवश्यक तैयारी कर लेनी चाहिए। जैसे पेन, डायरी, तथा रिकार्डर इत्यादि उपकरणों की जाँच कर रख लेना चाहिए।
2. साक्षात्कार के लिए प्रश्नावली तैयारी अच्छी तरह से कर लेनी चाहिए।
3. साक्षात्कार में पूछे जाने वाले प्रश्नों के चयन में स्वेच्छा के स्थान पर जन-प्रतिनिधत्व तथा जनरुचि को प्राथमिकता देनी चाहिए।
4. उपलब्ध सामग्री का प्रस्तुतिकरण पेशेवर ढंग से किया जाना चाहिए।
5. साक्षात्कार के समय गंभीरता के साथ प्रश्न पूछे जाने चाहिए, हाँ बीच-बीच में हास्य-परिहास भी किया जा सकता है। पर विषय की गंभीरता को कहीं भी ओझल नहीं होने देना चाहिए।
6. साक्षात्कार में साक्षात्कार के उद्देश्य आवश्यक निर्धारित कर लेना चाहिए।
7. साक्षात्कार की समाप्ति बेहतर सुखद अनुभूति के साथ की जानी चाहिए।

सामचार पोर्टल पर साक्षात्कार का व्यवस्थितिकरण

प्रिंट मीडिया में साक्षात्कार प्रकाशन में बड़ी समस्या स्पेस अर्थात स्थान की

आती है। कोई साक्षात्कार लंबा खींच जाता है। इस स्थिति में साक्षात्कारणीय व्यक्ति की सभी समुचित वार्ता का प्रकाशन संभव नहीं होता इसलिए इसमें आवश्यक काट-छांट या संपादन के पश्चात साक्षात्कार के लिए निर्धारित कॉलमों में उसे व्यवस्थित किया जाता है। जिसमें पाठक को पूरा साक्षात्कार पढ़ने को नहीं मिल पाता है। इसी प्रकार इलेक्ट्रॉनिक मीडिया में समय का बंधन होता है। रेडियो या टी.वी में साक्षात्कार को बुलेटिन के लिए निर्धारित समय अवधि के अनुसार साक्षात्कार के महत्त्व को देखते हुए समय का निर्धारण किया जाता है। उस निर्धारित समय में ही साक्षात्कार को व्यवस्थित करना होता है। जिससे साक्षात्कार में बहुत काट-छांट करनी होती है। इस काट-छांट की प्रक्रिया में साक्षात्कार का उद्देश्य तो स्पष्ट हो जाता है। पर उसकी वास्तविकता समाप्त हो जाती है। रेडियो तथा टेलीविजन पर विशेष रूप से साक्षात्कार पर आधारित कार्यक्रम में अवश्य ही समुचित साक्षात्कार के सभी महत्वपूर्ण बातों को प्रसारित करने का प्रयास किया जाता है।

इसके विपरीत साइवर पत्रकारिता में न तो स्पेस अर्थात स्थान की सीमा होती है। न समयाभाव यहाँ पर किसी भी व्यक्तिविशेष से की गई समुचित बातचीत के लगभग सभी पहलुयों को ही वेब साइट पर डाला जाता है। रिपोर्टर साक्षात्कार में विशेष पहलुयों को लिंक किया जा सकता है। जिससे उससे संबंधित बातों को प्रयोग कर्ता अपनी सुविधा अनुसार चुन सके। लिंक से साक्षात्कार का प्रस्तुतिकरण आकर्षक तथा सुविधाजनक रूप से हो सकता है। साइट पर साक्षात्कार की फोटो के साथ उसके द्वारा उद्धरित कथनों को कुटेशन मार्क के साथ सुंदर तथा आकर्षक रूप से प्रस्तुत किया जा सकता है।

साइवर पत्रकारिता एवं कंटेंट एडीटर

कंटेंट एडीटर का वेब पोर्टल का आधार होता है। वेब पोर्टल के लिए समाचार के चयन से लेकर उसके संपादन तथा उसके आकर्षक रूप से प्रस्तुतिकरण का जिम्मा कंटेंट एडीटर का ही होता है। एक वेब पोर्टल में अनेक चैनल होते हैं जिन्हें विभिन्न वेब उप-संपादक संभालते हैं। यह वेब उप-संपादकों कंटेंट एटीडर के दिशा निर्देशन में ही कार्य करते हैं। इन सब वेब-उप-संपादकों से प्राप्त समाचारों को अंतिम रूप देकर उसे आकर्षक तथा लुभावने ढंग से प्रस्तुत किया जाता है। जिससे साइट का आकर्षक रूप बना रहे। अर्थात समाचार की पैकेजिंग का कार्य भी कंटेंट एडीटर के द्वारा ही किया जाता है।

अपने कार्य में पारंगत बनने के लिए कंटेंट एडिटर को कठिन पश्रिम के साथ-साथ अत्याधुनिक तकनीकों तथा इंटरनेट के क्षेत्र में होने वाले तकनीकी

परिवर्तनों के प्रति भी जागरूक रहना चाहिए। यहाँ स्वयं को अपटेड करना बहुत आवश्यक है।

सामचारों को अपडेट करना

समाचार प्रकाशन की प्रक्रिया में समय लगता है। जब तक समाचार की ताजगी खत्म हो चुकी होती है। उस पर समाचार चैनल और रेडियो पर प्रसारण प्रक्रिया प्रकाशन की अपेक्षा शीघ्रता से निबट जाती है। इस स्थिति से छुटकारा पाने के लिए समाचार-पत्र इंटरनेट का सहरा लेते हैं। जहाँ से पाठक समाचार-पत्र के समाचारों की ताजातरीन जानकारी प्राप्त कर सकते हैं। इस दृष्टि से साइबर पत्रकारिता से जुड़े पत्रकार को निरंतर चौकन्ना रहना चाहिए। उसे ध्यान रखना होता है कि कोई भी घटना उसके हाथों से छूट न पाए। इंटरनेट पर समाचार को डालने के बाद ही पत्रकार को समाचार में निरंतर होने वाले परिवर्तन के प्रति भी सजग होना होता है। घटना में होने वाले परिवर्तन को उसे शीघ्र अति शीघ्र वेबसाइट पर डालना होता है।

समाचारों को अपडेट करते समय निम्नलिखित बातों का पालन किया जा सकता है–

1. ब्रेकिंग न्यूज को शीघ्र अतिशीघ्र साइट पर डालने का प्रयास किया जाना चाहिए। कई बार ऐसा भी हो सकता है, कंटेंट एडीटर ने दो-तीन मिनट पहले ही उसे अपडेट क्यों न किया गया है। ब्रेकिंग न्यूज में किसी भी प्रकार की कोताही नहीं बरती जानी चाहिए। यदि साइट पर टिकर दिया जा रहा हो तो ब्रेकिंग न्यूज को टिकर में भी डाला जा सकता है।

2. साइट को अपडेट करते समय एक बात का सदैव ध्यान रखा जा सकता है, हाल में आए समाचार को सबसे ऊपर रखना चाहिए। उसके पश्चात अन्य समाचारों को रखा जा सकता है।

3. किसी समाचार के ब्रेक करने के पश्चात घटनाक्रम में होने वाले परिवर्तन से संबंधित समाचार को उस समाचार के पश्चात ही दिया जाना चाहिए। जिससे कि प्रयोगकर्ता को समाचार से संबंधित सभी जानकारी सिलसिलेवार रूप से प्राप्त होती रहें।

4. समाचारों को दिनांक तथा समय के साथ अपडेट करना पाठक या प्रयोगकर्ता की सुविधा की दृष्टि से ठीक रहता है। इस स्थिति में पाठक या प्रयोगकर्ता दिनांकानुसार समाचारों का चयन कर सकता है।

--0--

वीडियो पत्रकारिता

इलेक्ट्रानिक मीडिया के विश्लेषण के बीच यदि वीडियो-पत्रकारिता के विषय में चर्चा न की जाए तो मानो चर्चा अधूरी ही है। जिस प्रकार आज इलेक्ट्रॉनिक मीडिया में खबरिया चैनलों का वर्चस्व है ठीक उसी प्रकार एक दौर ऐसा भी आया था जब वीडियो पत्रकारिता इलेक्ट्रानिक मीडिया की धुरी बन गई थी। निजी चैनलों के आगमन से पूर्व इलेक्ट्रॉनिक मीडिया जैसे आकाशवाणी और दूरदर्शन पर सरकारी अंकुश होने के कारण स्वतंत्र और निष्पक्ष इलेक्ट्रॉनिक मीडिया की आवश्यकता महसूस हुई। जिसके परिणामस्वरूप मार्च 1988 में पहली बार इंडिया बुक हाउस की ओर से "मूवी वीडियो" प्रसारण हुआ। जिसे प्रथम समाचार आधारित वीडियो कह सकते हैं। इसके बाद 'न्यूज ट्रेक' और इनसाइट ने वीडियो पत्रकारिता को अलग पहचान दिलायी और 'काल चक्र' को तो वीडियो पत्रकारिता का चरम कहा जा सकता है। 'कालचक्र' का प्रसारण जाने-माने पत्रकार विनीत नारायण ने किया। यह संभवतः प्रथम वीडियो मैगजीन थी।

वीडियो पत्रकरिता को प्रसिद्धि 'न्यूज टेक' द्वारा प्रसारित मेहम कांड से मिली। 1990 में ओमप्रकाश चौटाला के शासनकाल में जो कुछ घटा उसका प्रसारण करके 'न्यूज टेक' ने आम जनमानस के बीच वीडियो पत्रकारिता को एक अलग पहचान दिलाई। समाचारों के प्रसारण के साथ घटना संबंधित फूटेज टेलीविजन पर देखना लोगों के लिए अपने आप में एक अनूठा अनुभव था। हॉलाकि समाचार-पत्र भी सरकारी अंकुश से बाहर थे पर समाचार-पत्रों के पृष्ठों पर छपी स्टिल तस्वीर वो कुछ बयां नहीं कर सकती, जोकि टेलीविजन स्क्रीन पर दौड़ते चित्रों कर दिखाया। यथास्थिति के वास्तविक प्रस्तुतीकरण ने ही वीडियो पत्रकारिता को दिनों दिन नई बुलंदियों पर पहुँचया। 'न्यूज टेक' के साथ एक बड़ी खामी यह रही कि यह अंग्रेजी में प्रसारित की जाती थी जो आम जनमानस की समझ से परे थी। एक आम व्यक्ति दृश्यों के माध्यम से समाचार की गंभीरता का तो आंकलन लगा लेता था, परंतु शब्द ज्ञान के बिना उसके पीछे छिपे उपयोगी तथ्य से अंजान ही रहता था। जिससे समाचार बोध में एक प्रकार की भ्रांति उत्पन्न हो जाती है। इन्हीं सब खामियों के चलते हिन्दी वीडियो कालचक्र का प्रारंभ हुआ। जिससे दृश्यात्मक प्रस्तुतिकरण के साथ श्रृव्यात्मक विश्लेषण भी एक आम हिंदीभाषी की समझ में आने लगा।

जितनी तेजी से वीडियो पत्रकारिता प्रसिद्ध हुई, उतनी ही तेजी से इसका पतन भी प्रारंभ हो गया। इसकी एक वजह तो यह थी कि विज्ञापनदाताओं ने इन्हें अधिक महत्त्व नहीं दिया। विज्ञापन के बिना भी पत्रकारिता संबंधित कार्यक्रम का संचालन संभव नहीं होता, क्योंकि विज्ञापन ही इस प्रकार के कार्यक्रम को वित्त उपलब्ध कराते हैं और वित्त के अभाव में किसी भी कार्यक्रम का संचालन संभव नहीं होता। कुछ ऐसा ही वीडियो पत्रकारिता के साथ भी हुआ। विज्ञापनदाताओं से दूर होने के कारण इन वीडियो पत्रिकाओं के समक्ष वित्तीय संकट आ गया जिसके चलते धीरे-धीरे इन पत्रिकाओं के संचालकों को अपनी दुकान समेटनी पड़ी। इसके साथ ही एक अन्य वजह यह रही कि कुछ क्षुद्र मानसिकता के लोगों ने अपनी स्वार्थ पूर्ति के लिए इस पत्रकारिता का प्रयोग किया। जिन दिनों यह वीडियो पत्रिकाओं का चलन प्रारंभ हुआ उस दौरान अयोध्या राम मंदिर और बाबरी मस्जिद विवाद तथा आरक्षण आंदोलन जोरों पर था। इस प्रकार की पत्रकारिता का उपयोग इन दोनों मुद्दों को हवा देने के लिए खूब किया गया। जिसकी कुछ संवेदनशील पत्रकारों द्वारा खूब आलोचना की गई। इसके अतिरिक्त दूरदर्शन पर परख जैसे पत्रकारिता आधारित कार्यक्रमों का चलन बढ़ा, जोकि वीडियो पत्रकारिता का ही संशोधित रूप था। इसके कार्यक्रम एक निश्चित मानकों को ध्यान में रखकर किया जाता था और यह आम जनमानस के लिए वीडियो कैसेट की तुलना में अधिक सुलभ थे। जिससे धीरे-धीरे वीडियो पत्रकारिता की लोकप्रियता घटती गई। अंत में सेटेलाइट चैनलों के प्रारंभ ने जो संचार के क्षेत्र में एक क्रांति ही ला दी और इस क्रान्ति के बीच वीडियो पत्रकारिता कहीं खो-सी ही गई।

हालांकि वीडियो पत्रकारिता का चलन इस समय लगभग खत्म सा ही हो गया है। लेकिन इलेक्ट्रॉनिक-पत्रकारिता के क्षेत्र में उसके योगदान को भुलाया नहीं जा सकता। वर्तमान टेलीविजन पत्रकारिता के लिए तो वीडियो पत्रकारिता एक मील का पत्थर ही है। प्रिंट मीडिया में जहाँ दृश्यों के स्थान पर शब्दों को अधिक महत्त्व दिया जाता था वहीं वीडियो पत्रकारिता में शब्दों की अपेक्षा दृश्यों पर अधिक बल दिया जाने लगा और दृश्यों के बीच शब्दों का सामंजस्य अपने आपमें एक चुनौती पूर्ण कार्य था वीडियो पत्रकारिता ने पूरा किया और इसी परिपाटी का निर्वाह टेलीविजन पत्रकारिता कर रही है। कलम और स्टिल कैमरे के स्थान पर माईक तथा वीडियो कैमरे के उपयोग की तकनीक का प्रयोग वीडियो पत्रकारिता में ही किया गया जो आज टेलीविजन पत्रकारिता की पहचान है।

टेलीविजन पत्रकारिता वीडियो पत्रकारिता का ही द्वितीय संस्करण है, बस अंतर इतना ही है कि टेलीविजन पत्रकारिता में समाचारों का संचार उपकरणों के

द्वारा टेलीविजन पर प्रसारित किया जाता है, जबकि यहाँ बनाई गई वीडियो कैसेटों को विभिन्न माध्यमों के द्वारा वितरित किया जाता था। टेलीविजन पत्रकारिता के समाचारों को संचार तकनीक के माध्यम से यथाशीघ्र प्रसारित किया जा सकता है, जबकि वीडियो पत्रकारिता में ऐसा संभव नहीं। उसके वितरण में समय का व्यय करना पड़ता था। वीडियो और टेलीविजन पत्रकारिता के प्रसारण में एक अंतर यह भी है कि जहाँ टेलीविजन के चैनल को स्थापित करने के लिए एक मोटी रकम खर्च करनी पड़ती है, वहीं इसकी तुलना में वीडियो पत्रकारिता का संचालन चैनल की तुलना में कम खर्च में ही काम चल जाता था। जिसके कारण गैर-पेशेवर व्यक्ति भी इस क्षेत्र में कूद पड़े थे जिससे नैतिकता तथा पत्रकारिता के मूल्य को ताक पर रख दिया गया। जिससे पत्रकारिता की इस विधा का पतन हो गया।

--0--

टेलीविजन का परिचय

वर्तमान युग में टेलीविजन हमारी दिनचर्या का एक अति महत्त्वपूर्ण हिस्सा बन चुका है। टेलीविजन दो शब्द टेली और विजन से मिलकर बना है। टेली शब्द ग्रीक भाषा का है जिसका अर्थ है दूरी, वहीं दूसरी ओर विजन शब्द लैटिन भाषा का है जिसका अर्थ है दर्शन अर्थात टेलीविजन का अर्थ हुआ दूर बैठे-बैठे ही किसी व्यक्ति, स्थान और घटना आदि के दर्शन कराने वाला उपकरण। एक डिब्बे में लगे काँच के पटल पर दौड़ते दृश्य, घर बैठे ही देश-दुनिया की जानकारी किसी विस्मय और कौतूहल से कम नहीं। टेलीविजन का विकास क्षणिक नहीं है, यह एक सतत प्रयास एवं मनुष्य की रचनात्मक क्षमता का परिणाम है। सभ्यता के उद्‌भव से ही मनुष्य ने उन्नति की नित्य-नई डगर भरी, आग और पहिए के आविष्कार से आज कम्प्यूटर, मोबाइल, रेडियो, चल-चित्र, मोटर-कार, हवाई जहाज, रॉकेट और न जाने क्या-क्या यह सब मनुष्य के असीम विकास की गाथा ही तो है।

टेलीविजन का आविष्कार भी मनुष्य की इसी विकासगाथा की एक महत्त्वपूर्ण कड़ी मात्र है। पौराणिक कथा महाभारत में संजय नामक पात्र को महर्षि वेदव्यास ने द्विव्यदृष्टि प्रदान की जिसके माध्यम से वह राजमहल में बैठे-बैठे ही धृतराष्ट्र के समक्ष महाभारत की प्रत्येक घटना का वर्णन करता था। महाभारत में वर्णित यह द्विव्यदृष्टि ही आधुनिक युग में टेलीविजन के रूप में साकार हुई है।

टेलीविजन का अर्थ

टेलीविजन मूलतः अंग्रेजी भाषा का शब्द है जो दो शब्दों टेली (Tele) तथा विजन (Vision) से मिलकर बना है। 'टेली' ग्रीक भाषा का शब्द है जिसका अर्थ होता है दूरी पर तथा विजन लेटिन भाषा का शब्द है जिसका अर्थ है देखना। इस प्रकार टेलीविजन का अर्थ हुआ दूर बैठे-बैठे किसी वस्तु या घटना के साक्षात दर्शन कराने वाला उपकरण। हिंदी में इसके लिए 'दूर-दर्शन' का प्रयोग किया जाता है। भारत में स्थापित प्रथम टेलीविजन प्रसारण केन्द्र को 'दूर-दूर्शन' केन्द्र कहा जाता है।

टेलीविजन का उद्‌भव एवं विकास

एक जर्मन वैज्ञानिक पाल निपकाऊ को चित्र प्रेषण के पितामह के रूप में

जाना जा सकता है। सन् 1883 में निपकाऊ के दिमाग़ में दूरवीक्षण की मूल कल्पना आई जिसमें विद्युत द्वारा चित्रों का प्रेषण किया जा सके। अपने इस उद्देश्य की पूर्ति के लिए एक यंत्र का आविष्कार किया, जिसमें धातु की एक गोल चकरी के किनारों-किनारों की ओर एक सर्पिल के नमूने पर छोटे-छोटे छिद्रों की पंक्ति बनाई गई थी, उसने दूरबीन से संबंधित सभी चीजों एवं बातों की कल्पना कर ली थी। यदि किसी वस्तु का चित्र प्रेषित करना हो, तो उसके सामने एक छोटा कैमरा रखा जाए और उस कैमरे में ही छिद्रों वाली चकरी सी लगा दी जाए जो घुमाई जा सकती हो। उसी समय एक लैम्प द्वारा तीव्र प्रकाश की किरण वर्त्तित चकरी के घूमते छिद्रों के मार्ग से उस वस्तु पर डाली जाती रहे। इस प्रकार उस वस्तु को अधिक चमकीले या धूमिल भागों के रूप में अंशतः या खंडतः अवलोकित किया जा सकता है। जब अशेक्षण घूमते हुए इस प्रकाश को उस वस्तु पर प्रक्षिप्त करता तो सिलिकॉन सैलें उस प्रत्यावर्तित प्रकाश को ग्रहण कर लेतीं और प्रकाश की विभिन्न तीव्रता के अनुरूप सिलिनियम सेलों की धारा-नियंत्रक शक्ति बदलती। उसके ही अनुरूप विद्युत की वह धारा न्यून या अधिक होती जो दूसरे स्थान पर संग्रही यंत्र में पहुँचकर ग्रहण की जाती हों। इसी तरह की घटनाएँ उल्टेक्रम से वहाँ होकर चित्र को ठीक रूप में प्रदर्शित कर सकती हैं।

चित्र प्रसारण का यह क्रम यहीं नहीं रुका। इसके पश्चात् अमरीका, इग्लैंड आदि देशों में वैज्ञानिकों ने स्कैन-डिस्क को बेहतर बनाने और चित्रों को स्पष्ट दिखाने के लिए प्रयोग प्रारंभ किए। अतः इस क्षेत्र में महत्त्वपूर्ण खोज सन् 1920-23 के बीच तब हुई, जब रूसी अप्रवासी इंजीनियर ब्लादिमीर के ज्वॉरिकिन (Vladimir Zworykin) ने इलेक्ट्रॉन के इस्तेमाल से 'आइकॉनिसकोप इलेक्ट्रॉनिक टेलीविजन पिक-अप-ट्यूब (Iconiscope electronic television pick-up tube) को खोजा व्लादिमीर वेस्टिंगहाउस तथा बाद में आर.सी.ए. के लिए काम करते थे। उन्होंने अपने आविष्कार को 1923 में पेटेंट करवाया। इस बीच आर.सी.ए. (रेडियो कॉरपोरेशन ऑफ अमेरिका) ने अपने प्रयोग जारी रखे। टेलीविजन को व्यावहारिक यंत्र बनाने का प्रयत्न पहले-पहल स्कॉटलैंड में सन् 1888 को जन्मे वैज्ञानिक जान लागी बेयर्ड ने किया। उसने सन् 1924 में 'माल्टीज क्रॉस' का चित्र कई फुट तक प्रसारित करने में सफलता प्राप्त की। फिर उन्होंने नॉक्टोविजन (Noctovision) का सफल प्रदर्शन 26 जनवरी, सन् 1926 को किया गया तथा विश्व का पहला टेलीविजन प्रसारण लंदन से न्यूयार्क तक किया। 1928 में उन्होंने पहली बार रंगीन चित्र प्रसारित करने की तकनीक को प्रस्तुत किया और इस प्रकार टेलीविजन पर प्रसारण संभव हुआ। 11 सितंबर, सन् 1928 को अमेरिका की

जरनल इलेक्ट्रिक लैबोरेट्रीज ने एक नाटक 'द क्वीन मैसेंजर' का टेलीविजन प्रसारण किया। इस कार्यक्रम की ध्वनि डब्ल्यू. वाई. जी. रेडियो केंद्र द्वारा प्रसारित की गई थी। इसके बाद भी समय-समय पर प्रयोग होते रहे और अमेरिका में नियमित प्रसारण सेवा 1939 में शुरू हो पाई। बी.बी.सी. ने नियमित टेलीविजन सेवा का प्रसारण 2 नवंबर, 1936 को प्रारंभ किया। जर्मनी में टेलीविजन प्रसारण सेवा 22 मार्च, 1935 को प्रारंभ हुई थी। फ्रांस में भी टेलीविजन प्रसारण 1935 में ही प्रारंभ हो गए थे। परंतु द्वितीय विश्वयुद्ध के कारण इन देशों के टेलीविजन प्रसारण में बाधा पड़ी और युद्ध समाप्ति के बाद ही उनका प्रसारण नियमित हो सका और फिर टेलीविजन प्रसारणों का राष्ट्रीयकरण हो गया।

दृश्य प्रसारण तकनीक

टेलीविजन में दृश्य को विद्युत के आवेगों में बदल दिया जाता है और इन आवेगों को विद्युत चुम्बकीय या रेडियो तरंगों में प्रसारित किया जाता है। रिसीवर अर्थात टेलीविजन सेट, विद्युत चुम्बकीय तरंगों को विद्युत के आवेगों में बदल देता है। अंत में वे प्रकाश में परिवर्तित हो जाते हैं। यहाँ प्रकाश स्टुडियो दृश्य को प्रदर्शित करने के लिए रिसीवर के पर्दे पर प्रकाश के चलते-फिरते बिंदुओं को प्रतिकृति के रूप में दिखाई देता है। यह सारी क्रिया-शृंखला एक सैकंड के बहुत थोड़े से हिस्से में होती है।

किसी चित्र को प्रसारित या दूरसारित (Telecast) करने से पहले छोटे-छोटे टुकड़ों की एक श्रेणी में तोड़ना पड़ता है। कुछ बिंदु बड़े होते और कुछ छोटे होते हैं। बहुत सारे बने बिंदुओं के मिलने से काला क्षेत्र बनता है। छोटे बिंदुओं के मिलने से सफेद क्षेत्र बनता है। यदि इनमें से प्रत्येक बिंदु को एक विद्युत आवेग—बड़े बिंदुओं के लिए प्रबल आवेग और छोटे बिंदूओं के लिए हल्के आवेग में बदल दिया जाए तो चित्र टेलीकास्ट करने की दिशा में पहला काम पूरा हो जाएगा। थोड़ी देर के लिए मान लीजिए बिन्दुओं को विद्युत आवेगों में बदलने वाले उपकरण को हम बिन्दु परिवर्तन कहते हैं। चित्र को टेलिकास्ट करने के लिए बिंदु परिवर्तन चित्र के ऊपर के बाएं हाथ के कोने से काम शुरू करता है। बिंदुओं की ऊपरी पंक्ति पर चलता है। बारी-बारी से प्रत्येक बिंदु पर पहुँचता हुआ बिंदु परिवर्तन उस बिंदु को विद्युत आवेग में बदल देता है। छोटे बिंदुओं से छोटा आवेग और बड़े बिंदु से बड़ा आवेग पैदा होता है।

बिंदुओं की पहली पंक्ति पूरी करके दूसरी परिवर्तक कूदकर बाईं ओर आ जाता है और दूसरी पंक्ति पर चलने लगता है। यह वैसे ही होता है जैसे पुस्तक पढ़ते समय आपकी आँख चलती है। आप बाईं ओर से दाईं ओर पढ़ते हैं पृष्ठ के नीचे की ओर

एक-एक पंक्ति उतरते जाते हैं। जब बिंदु परिवर्तन एक के बाद दूसरे बिंदु पर विद्युत आवेग में बदलता जाता है तब रिसीवर पर आपका टेलीविजन-सेट इन कम अधिक तीव्रता वाले विद्युत आवेगों को छोटे-बड़े आकारों वाले बिंदुओं में बदलता जाता है। यह प्रक्रिया इतनी तेजी से होती है कि ये बिंदु मिलकर टेलीविजन स्टूडियो में हो रही क्रिया का चलता-फिरता चित्र प्रस्तुत करते हैं।

सेटेलाइट-संचार

विश्व में संचार-सेटेलाइट द्वारा पहला प्रसारण 10 जुलाई, 1962 को हुआ था जब नासा-ए.टी.एंड टी. (NASA-A, T&T) ने टेलस्टार (Telstar) को अंतरिक्ष में छोड़ा था। इस सेटेलाइट ने उत्तर-अमेरिका से प्राप्त सिग्नल पृथ्वी पर वापिस भेजे थे जिन्हें इंग्लैंड और फ्रांस में देखा गया था। इससे अंतर्राष्ट्रीय टेलीविजन प्रसारण का कार्य प्रारंभ हो सका था। फरवरी 1963 में सिंकॉम-एक (SYNCOM-I) के असफल प्रयास के बाद उसी वर्ष जुलाई में सिंकॉम-दो (SYNCOM-II) सफलता से छोड़े जाने के कारण वह पृथ्वी से 22,300 मील की दूरी पर स्थापित हो सका था। सिंकॉम-दो ने अमेरिकी नौसेना के जहाज किंगस्पोर्ट (Kingssport) को बाधा-मुक्त संदेश भेजे थे। इससे सेटेलाइट-प्रसारण के दूसरे युग का प्रारंभ हो गया था। फिर उसके पश्चात् सिंकॉम-तृतीय, कॉसमेट (Cosmat), इंटलसेट (INTELSAT) तथा ए.टी.एस.—एप्लिकेशन टेक्नोलॉजी सेटेलाइट बनने लगे। नासा (NASA) ने अमेरिका में ए.टी.एस. पद्धति के 6 सेटेलाइट बनाए और ए.टी.एस-6 (ATS-6) द्वारा ही 1975-76 में भारत के 2400 गाँवों में साइट कार्यक्रम देखे गए थे।

टेलीविजन पर जीवंत प्रसारण

टेलीविजन पर जीवंत प्रसारण घटना को सजीवता और रोचकता प्रदान करते हैं। दर्शक घटित दृश्य को सीधे-सीधे अपने टेलीविजन स्क्रीन पर देख उससे जुड़ा रहता है, जिससे रोचकता बनी रहती है। जैसे किसी क्रिकेट मैच का जीवंत प्रसारण देखते समय हर-पल जानने की जिज्ञासा-उत्कंठा रहती है कि अब क्या होगा। इसके विपरीत मैच के मुख्य दृश्य (High-Light) के बारे में यहाँ पहले ही पता चल चुका होता है, कि अब क्या होगा। जीवंत प्रसारण (Live Telecast) की समुचित प्रक्रिया को समझने से पूर्व प्रसारण की प्रक्रिया को समझ लेना आवश्यक है। प्रसारण प्रक्रिया तीन स्थानों स्टूडियो, नियंत्रण और ट्रांसमीटर से गुजरकर पूरी होती है। किसी भी कार्यक्रम का निर्माण स्टूडियो में होता है। स्टूडियो में किए जाने वाले तमाम कार्यक्रमों का तकनीकी रूप से संचालन नियंत्रण-कक्ष द्वारा किया जाता है।

स्टूडियो से जहाँ कार्यक्रम के कलापक्ष का संचालन किया जाता है, वहीं कार्यक्रमों को रिकॉर्ड या प्रसारण करने की समुचित तकनीक के संचालन का कार्य नियंत्रण कक्ष के जिम्मे रहता है। नियंत्रण कक्ष में वीडियो पैनल होता है, जिसमें स्विच और फैडर आदि लगे होते हैं। इन स्विचों और फैडरों के द्वारा प्रसारण या रिकॉर्डिंग के समय विभिन्न कैमरों, टेपरिकॉर्डरों, पेटबॉक्स, टेलीसिने द्वारा आदि सभी उपकरणों से प्राप्त दृश्यों को नियंत्रित किया जाता है। इस पैनल पर लगे मॉनीटरों पर विभिन्न उपकरणों द्वारा प्राप्त दृश्यों को निर्देशक, तकनीकी-निर्देशक आदि देखकर उसमें आवश्यकतानुसार सुधार करके कार्यक्रम का प्रस्तुतिकरण करते हैं। इस प्रक्रिया को तत्काल संपादन (Instant Editing) कहते हैं।

टेलीविजन पर जीवंत प्रसारण का इतिहास

टेलीविजन पर सर्व प्रथम जीवंत प्रसारण (Live Telecast) दिनांक 12 मई, 1937 को ब्रिटिश ब्रॉडकास्टिंग कॉर्पोरेशन के अथक प्रयासों से सम्राट जार्ज षष्ठम और महारानी एलिजाबेथ के सिंहासनारोहण का हुआ। यह 2 नवम्बर, 1936 को अस्तित्व में आई बी.बी.सी (B.B.C) का प्रथम आउटडोर प्रसारण था। यह प्रथम अवसर था जबकि टेलीविजन नियंत्रण वाहन (Television Control Van) जनता के सामने आया। एक अनुमान के अनुसार विश्व में सबसे पहले 100 किलोमीटर के दायरे में रहने वाले लगभग 50,000 दर्शकों ने इस प्रसारण को देखा।

भारत में जीवंत प्रसारण का प्रारंभ

भारत में सर्वप्रथम टेलीविजन पर जीवंत प्रसारण (Live Telecast) 26 जनवरी, 1960 को गणतंत्र-दिवस परेड का हुआ। उसके बाद 15 अगस्त पर लाल-किले पर होने वाले स्वतंत्रता दिवस समारोह का सीधा प्रसारण किया गया। भारत में खेल-कूद के प्रसारण का प्रारंभ 1968 में फीरोजशाह कोटला मैदान से भारत-वेस्ट इंडीज के बीच होने वाले क्रिकेट टेस्ट मैच के प्रसारण से प्रारंभ हुआ । 1969 में मानव के चंद्रमा पर पग धरने की उपलब्धि का भी दूरदर्शन के पास दूर टीवी संकेत पकड़ सकने वाले उपकरणों के अभाव में विश्व के अन्य देशों की तरह भारत में इस महान उपलब्धि का प्रसारण संभव न हो सका। तथापि अमेरिका से प्राप्त रिकॉर्डिंग को लेकर इस कार्यक्रम का प्रसारण किया गया, जो किसी भी सीधे प्रसारण की रोमांचकता से कम नहीं था। सन् 1972 में भारत की स्वतंत्रता की रजत जयंती पर संसद में 14-15 अगस्त की मध्यरात्रि को आयोजित होने वाले कार्यक्रम का सीधा प्रसारण किया गया जो संसद की गतिविधियों का प्रथम टेलीविजन प्रसारण था।

--0--

भारत में टेलीविजन का विकास

विश्व में टेलीविजन के विकास की तरह भारत में भी टेलीविजन की विकासगाथा काफी रोचक है। भारत में इसका विकास यूनेस्को के 20,000 डॉलर के अनुदान से हुआ ताकि शिक्षा व ग्रामीण-विकास के लिए टेलीविजन का उपयोग हो सके। आकाशवाणी के नए विभाग के रूप में टेलीविजन सेवा का उद्घाटन 15 सितंबर, सन् 1959 को राष्ट्रपति डॉ. राजेन्द्र प्रसाद ने नई दिल्ली में किया। इसमें सप्ताह में एक बार प्रसारित एक घण्टे की अवधि की सेवा में सामाजिक शिक्षा के अतिरिक्त मनोरंजन कार्यक्रम भी होता था। इस कार्यक्रम को देखने के लिए दिल्ली में टेली-क्लबों की स्थापना की गई थी जहाँ सामुदायिक टी.वी.सेट लगाए गए थे। प्रारंभ में ऐसे 60 सामुदायिक-क्लब बने थे। प्रत्येक क्लब में दर्शक होते थे। सन् 1969 तक आते-आते इन टेली-क्लबों की संख्या 101 हो गई थी। उस समय एक क्लब के दर्शकों की संख्या 50-100 बे बीच बढ़ गई थी।

सन् 1960 में गणतंत्र दिवस समारोह तथा स्वतंत्रता दिवस समारोह का सीधा प्रसारण दिखाया गया। स्कूली बच्चों के लिए कार्यक्रम भी 1960 (जनवरी-मार्च) में ही प्रसारित किए गए थे तथा इनको दिखाने के लिए स्कूलों में टी.वी. सेट उपलब्ध कराए गए थे। इन्हें प्रत्येक मंगलवार 3 से 4 बजे तक दिखाया जाता था।

1961 में 23 अक्टूबर से स्कूली शिक्षा के कार्यक्रम नियमित दिखाए जाने लगे। तब सप्ताह में 20-20 मिनट की अवधि के आठ कार्यक्रम दिखाए जाते। ये पाठ सुबह 9.25 व शाम 5 बजे होता है। यह स्कूली शिक्षा सेवा, फोर्ड फाउंडेशन तथा दिल्ली के शिक्षा निदेशालय के सहयोग से संभव हो सकी। यह जान लेना जरूरी है कि फोर्ड फाउंडेशन ने इसके लिए 4,74,000 डॉलर का अनुदान दिया था।

टेलीविजन पर दिखाए जाने वाले स्कूली-शिक्षा के कार्यक्रमों और सामाजिक शिक्षा का प्रभाव इतना व्यापक था कि 15 अगस्त, 1965 को सामान्य प्रसारण सेवा का प्रारंभ किया गया। उस दिन से कार्यक्रम प्रतिदिन दिखाए जाने लगे जिनकी अवधि 1 घंटे ही होती थी तथा रविवार को यह सेवा 2 घंटे के लिए निश्चित कर दी गई थी। आगे चलकर सामान्य प्रसारण सेवा 4 घंटे प्रतिदिन तथा रविवार को पाँच घंटे के लिए कर दी गई थी। टेलीविजन पर पहला समाचार बुलेटिन भी 15 अगस्त, 1965 को ही दिखाया गया था।

सन् 1966 में 26 जनवरी के दिन 'कृषि-दर्शन' कार्यक्रम प्रारंभ हुआ था।

सप्ताह में आधे-आधे घंटे के तीन कार्यक्रम प्रसारित होते थे जिसका कृषकों को बहुत लाभ हुआ। भारतीय कृषि अनुसंधान संस्थान ने इन कार्यक्रमों के निर्माण में भरपूर सहयोग दिया है।

सन् 1972 में, 2 अक्टूबर को देश का दूसरा टेलीविजन सेंटर बंबई (मुंबई) में स्थापित किया गया। इसके बाद 26 जनवरी, 1973 को श्रीनगर; 29 सितम्बर 1973 को अमृतसर; 9 अगस्त 1975 को कलकत्ता; 15 अगस्त 1975 को मद्रास तथा 27 नवम्बर, 1975 को लखनऊ टेलीविजन सेंटर की स्थापना हुई।

साइट (सेटेलाइट द्वारा शिक्षाप्रद टेलीविजन प्रयोग) के अंतर्गत अगस्त 1975 से जुलाई 1976 तक कार्यक्रम दिखाए गए। इनकी पहुँच उड़ीसा, मध्यप्रदेश, बिहार, राजस्थान, आन्ध्रप्रदेश तथा कर्नाटक के 2400 ग्रामों तक 'कनवर्टरों' द्वारा तो थी ही, साथ ही 2500 ग्रामीण क्षेत्रों में यह भूमि पर स्थित ट्रांसमीटरों (प्रेषितों) द्वारा देखे जा सकते थे। इसका उद्देश्य था कृषि, परिवार नियोजनों, राष्ट्रीय एकता, प्रौढ़ शिक्षा तथा स्वास्थ्य-रक्षा के कार्यक्रमों का चुने हुए ग्रामीण-क्षेत्रों में प्रसारण। एप्लीकेशन टेक्नोलॉजी सेटेलाइट (ए.टी.एस. 6) के माध्यम से इन कार्यक्रमों को प्रसारित किया गया था। साइट के पश्चात् जयपुर आदि स्थानों पर टेलीविजन के नए सेंटर स्थापित होने लगे।

1 अप्रैल, 1976 को टेलीविजन, आकाशवाणी से अलग एक स्वतंत्र विभाग, 'दूरदर्शन' के नाम से कार्य करने लगा। दूरदर्शन के लिए एक अलग महानिदेशक नियुक्त किया गया तथा इसका नई दिल्ली में ही एक अलग महानिदेशालय भी स्थापित हुआ।

1976 में ही दूरदर्शन ने विज्ञापन दिखाना प्रारंभ किया। पहला विज्ञापन 1 जनवरी, 1976 को दिखाया गया था तथा अप्रैल और सितंबर 1977 की अवधि में दूरदर्शन को विज्ञापनों से करीब एक करोड़ रुपये की आय हुई थी।

रंगीन टेलीविजन की शुरुआत दूरदर्शन ने 15 अगस्त, 1982 को की थी। उस दिन प्रधानमंत्री का राष्ट्र को संबोधन रंगीन कार्यक्रम के जरिए प्रसारित हुआ था। उसी दिन से राष्ट्रीय कार्यक्रम भी प्रसारित किया जाने लगा और तभी से दूरदर्शन केंद्रों को माइक्रोवेब द्वारा जोड़ना संभव हुआ। नौवें एशियाई खेलों का प्रसारण भी रंगीन टेलीविजन पर उपलब्ध कराया गया था तथा यह प्रसारण 19 नवंबर, 1982 से 4 दिसंबर, 1982 तक कुशलता और तकनीकी उत्तमता के साथ हुआ था।

1984 में ही 9 अगस्त को दूरदर्शन ने दिल्ली में अपना दूसरा चैनल डी-डी मेट्रो (डी-डी-2) स्थापित किया। यह चैनल केवल मनोरंजन के लिए बनाया गया तथा इस पर सोप ऑपेरा, धारावाहिक, फिल्में तथा फिल्मी गीतों पर आधारित

कार्यक्रम दिखाए जाने लगे। मुंबई में मेट्रो चैनल 1 मई, 1985 को कोलकाता में 19 नवंबर, तथा चेन्नई में 1 जुलाई, 1988 को स्थापित किए गए।

राष्ट्रीय कार्यक्रम के अंतर्गत प्रातःकालीन प्रसारण सेवा का प्रारंभ 23 फरवरी, 1987 को तथा दोपहर प्रसारण सेवा 26 जनवरी, 1989 को शुरू हुआ जब राष्ट्रपति ने दोनों सदनों की बैठक को संबोधित किया था। फिर लोकसभा में 'विश्वास मत' तथा विश्वास प्रस्तावों का सीधा प्रसारण भी प्रारंभ हुआ। कुछ वर्षों बाद दिसंबर 1994 में संसद के प्रश्नकाल का सीधा प्रसारण भी शुरू हो गया। भारत की स्वाधीनता की स्वर्ण जयंती के उपलक्ष में 14 अगस्त, 1997 को मध्यरात्रि में आयोजित संसद के विशेष संयुक्त अधिवेशन का भी सीधा प्रसारण हुआ था।

सन् 1991 में भारत में सेटेलाइट चैनलों का प्रसारण प्रारंभ हुआ। जो टेलीविजन के इतिहास में एक क्रांति परिवर्तन लेकर आया। निजी सेटेलाइट चैनलों से मुकाबला करने के लिए दूरदर्शन ने इनसेट-1 डी व इनसेट-2 ए उपग्रहों के उपयोग से नए-नए सेटेलाइट चैनल प्रारंभ करने की योजना बनाई। शीघ्र ही प्रादेशिक भाषाओं उड़ीसा, बंगला, गुजराती, मराठी, तेलुगू, तमिल और मलयालम में बने कार्यक्रम इन चैनलों से (1986-93) में दिखाए जाने लगे। इसके बाद फिर लगातार दूरदर्शन के नए सेटेलाइट चैनल आते रहे, जैसे-डी डी स्पोर्ट्स, डीडी इंडिया, डी डी भारती, डीडी न्यूज तथा डीडी ज्ञानदर्शन।

टेलीविजन कार्यक्रमों को दो वर्गों में विभाजित किया जाता है एक वर्ग में उन कार्यक्रमों को रखा जाता है जिनमें उच्चारित शब्द पर अधिक जोर दिया जाता है। इस वर्ग में समाचार, परिचर्चा, साक्षात्कार, वार्ता, कमेंटरी या आँखों देखा हाल, रूपक, कवि सम्मेलन तथा शैक्षिक कार्यक्रम आदि। दूसरे वर्ग में कार्यक्रमों में संगीत एवं मनोरंजन को सम्मिलित किए जाते हैं। नृत्य संगीत पर आधारित कार्यक्रम, फीचर-फिल्म तथा धारावाहिकों इत्यादि मुख्य रूप से मनोरंजन कार्यक्रम होते हैं। कार्यक्रमों का इस प्रकार का वर्गीकरण उस समय में किया जाता था जबकि दूरदर्शन ही प्रमुख टेलीविजन चैनल होता था। पर सेटलाइट चैनलों के आगमन के पश्चात तो टेलीविजन का कायाकल्प ही हो गया है। अब समय बदल चुका है। अब कार्यक्रमों को नहीं चैनलों को वर्गीकृत किया जाता है। टेलीविजन पर दिखाए जाने वाले चैनलों को निम्न प्रकार से वर्गीकृत किया जा सकता है—

1. **मनोरंजक चैनल**—जैसे स्टार प्लस, जी.टी.वी. सोनी इंटरटेनमेंट टेलीविजन, सहारा वन इत्यादि।
2. **संगीत चैनल**—जैसे एम.टी.वी, वी टी.वी इत्यादि।
3. **समाचार चैनल**—जैसे आजतक, जी न्यूज, स्टार न्यूज, डी.डी. न्यूज,

एनटीटीवी इत्यादि।

4. **व्यापारिक समाचार**—प्रदान करने वाले चैनल जैसे सीएनबीसी आवाज, जी बिजनिस, तथा एनडीटीवी प्रोफिट इत्यादि।
5. **खेल चैनल**—जैसे स्टार स्पोर्ट, नियो टीवी, इएसपीएन, जी. स्पोर्ट्स इत्यादि
6. **ज्ञान-विज्ञान चैनल**—जैसे डिस्कवरी, ज्ञान दर्शन तथा नेशनल जोगरफिंग चैनल।
7. **फिल्म चैनल**—जैसे स्टार मूवी, जी-सिनेमा इत्यादि।
8. **क्षेत्रीय चैनल**—जैसे सूर्या टीवी, सन टीवी, इनाडू, जी-बंगला टीवी इत्यादि।
9. **क्रिकेट एवं फिल्म** का प्रसारण करने वाले चैनल जैसे सेट-मैक्स इत्यादि।
10. **कार्टून तथा बाल मनोरंजन**—उपलब्ध करवाले वाले चैनल जैसे कार्टून चैनल, डिसनी चैनल इत्यादि।

टेलीविजन पर धारावाहिक का उद्भव

टेलीजिवन को मनोरंजनात्मक बनाने में धारावाहिकों (Serial) का महत्त्वपूर्ण स्थान है। टेलीविजन पर धारावाहिक सर्वाधिक पसंदीदा कार्यक्रमों में सम्मिलित हैं। धारावाहिक नाटक की ऐसी विधा है जिसमें नाटक का प्रसारण विभिन्न किस्तों में किया जाता है। अब तक टेलीविजन पर विभिन्न उपन्यासों, पौराणिक कथाओं, रहस्य-रोमांच, जासूसी तथा सामाजिक और पारिवारिक इत्यादि विषयों पर आधारित धारावाहिकों का निर्माण हो चुका है।

टेलीविजन पर प्रसारित प्रथम धारावाहिक 'हम लोग' था। उसकी कथावस्तु एक एक निम्न मध्यवर्गीय परिवार पर अधारित थी। एक ऐसा परिवार जिसमें सभी की अपनी अपेक्षाएँ एवं आकांक्षाएँ थीं। एक शराबी पिता के घर जन्म लेने का उन्हें जरा भी मलाल नहीं था। सभी अपनी मेहनत एवं लगन से परिस्थितियों को पीछे धकेलने का दम-खम रखते थे। लाजवंती (लाजो) जिसे अपने पति बसेसरराम के शराबी होने पर भी पतिव्रता धर्म निभाने से कोई परहेज नहीं था। इसके साथ ही छुटकी, बड़की, नन्हें, लल्लू, दादा एवं दादी आदि परिवार के सदस्यों के इर्द-गिर्द घूमती मर्मस्पर्शी कहानी और उस पर गुजरे जमाने के सुपरस्टार अशोक कुमार का विशेषण सभी को दर्शकों ने हाथों-हाथ लिया और इसी से टेलीविजन पर धारावाहिक प्रसारण का सिलसिला प्रारंभ हुआ।

'हम लोग' के पश्चात् 'बुनियाद' जिसमें भारत-पाक के बांटवारे के पूर्व की खुशहाल जिंदगी एवं बँटवारे के दर्द को रेखांकित करने का प्रयास किया गया। जहाँ 'हम लोग' ने पारिवारिक धारावाहिक देखने वाले दर्शक वर्ग को जन्म दिया। वहीं 'बुनियाद' ने उसे पूर्ण विकसित करने में अति उपयोगी भूमिका निभाई। जहाँ एक

ओर 'हमलोग' एवं 'बुनियाद' जैसे पारिवारिक धारावाहिकों को अपार सफलता मिली। वहीं दूसरी ओर एक हास्य धारावाहिक की आवश्यकता महसूस की गई। इसके चलते टेलीवजन पर प्रथम हास्य धारावाहिक 'यह जो जिंदगी' का प्रसारण किया गया। रहस्य और रोमांच से प्रेरित धारावाहिक 'कर्मचंद' भी जासूसी धारावाहिकों की श्रेणी में एक मील का पत्थर सिद्ध हुआ। इसके अतिरिक्त 'नुक्कड़' में नुक्कड़ पर रहने वालों की जिंदगी का मार्मिक प्रस्तुतिकरण किया गया।

टेलीविजन पर धारावाहिकों के बढ़ते चलन के बीच टेलीविजन को प्रौढ़ों अर्थात बुजुर्गों को भी टेलीजिवन से जोड़ने का प्रयास किया गया। इसी के फलस्वरूप पौराणिक गाथाओं पर आधारित धारावाहिकों जैसे रामायण, महाभारत, विक्रम-बेताल, सिंहासन-बत्तीसी तथा दादा-दादी की कहानियाँ इत्यादि धारावाहिकों का प्रसारण किया गया। जिसे समाज के प्रत्येक आयुवर्ग ने पसंद किया। विशेष रूप से रामायण एवं महाभारत ने तो अभूतपूर्व सफलता प्राप्त की। इन धारावाहिकों के प्रसारण के समय गली, कुचो, चौक-चौराहों तथा सड़कों को सन्नाटा छा जाता था। लोक अपने टीवी सेटा से चिपकर बैठ जाते थे। अब टेलीविजन मात्र बच्चों एवं नौजवानों के मनोरंजन का साधन न होकर बुजुर्गों का भी पसंदीदा हो गया और इस तरह समाज के प्रत्येक वर्ग में टेलीविजन ने अपनी पकड़ बना ली तथा साथ ही टेलीविजन धारावाहिकों के इस विकास-क्रम के बीच ही 'शांति' एवं 'स्वाभिमान' सरीखे मेमा सीरियल का जन्म भी हुआ जो सम्भवतः भारतीय टेलीजिवन इतिहास में प्रथम मेगा सीरियल थे।

भारत में निजी चैनलों की प्रगति के परिणामस्वरूप उनमें प्रतियोगिता भी बढ़ी। सभी चैनल अपने कार्यक्रमों का निर्माण टीआरपी को ध्यान में रखकर करने लगे। इसी प्रतियोगिता के बीच धारावाहिकों के विकृत रूप का भी उदय हुआ। जहाँ प्रारंभिक काल के धारावाहिक एक साफ-सुथरी कहानी प्रस्तुत करते थे। वहीं दूसरी ओर वर्तमान समय के धारावाहिकों में कथावस्तु तो पारिवारिक है, लेकिन धारावाहिकों को लंबे समय तक चलाए रखने तथा उसकी टीआरपी बढ़ाए रखने के कारण उनकी कहानियाँ अपने उद्देश्य से भटक जाती हैं। सीधी-साधी पारिवारिक कहानियों से प्रारंभ हुआ धारावाहिक 'स्त्रियों' के अहम का टकराव एवं विवाहेत्तर संबंध जैसे घृणित कृत्यों पर आकर केंद्रित हो जाता है। वर्तमान समय में धारावाहिकों के विकासक्रम में एक भटकाव आ गया है। धारावाहिक समाजोपयोगी न होकर केवल मात्र कमाई का जरिया बन गए हैं।

रियलिटी शो

नीजि चैनलों के इस युग में टीआरपी चैनल के लिए बाजार की नब्ज पकड़ने

का जरिया बन चुकी है। आज कोई भी चैनल चाहे जो हो वह अपनी टीआरपी को अनदेखा नहीं कर सकता है। टीआरपी के लिए चैनलों द्वारा नित्य नए प्रयोग किए जाने रहा हैं। इन्हीं प्रयोगों का परिणाम है, 'रियलटी शो' अर्थात वास्तविकता पर आधारित कार्यक्रम। अधिकतर धारावाहिक और फीचर फिल्म कलात्मक कथावस्तु पर ही आधारित होता है। इसमें वास्तविकता नहीं होती। इस स्थिति में कार्यक्रम निर्माताओं के लिए काल्पनिकता से हटकर वास्तविक यथास्थिति पर अधारित कार्यक्रम के निर्माण का विचार आया। इसका दूसरा कारण यह भी था कुछ दर्शक वर्ग धारावाहिक तथा फीचर फिल्म से हटने लगे तो इनके के लिए कुछ नया चाहिए। इस स्थिति में रियलटी शो कुछ हटकर था। सर्वप्रथम स्टार समूह से संबंध रखने वाले मनोरंजन चैनल स्टार प्लस ने सर्वप्रथम 'कौन बनेगा करोड़पति' नामक रिलयटी शो का प्रसारण किया। जिसकी एंकरिंग शताब्दी के सबसे बड़े सुपर स्टार अमिताभ बच्चन ने की। एक काल्पनिक कथावस्तु से हटकर अपनी तरह का एक अलग ही कार्यक्रम था। अपने नए रूप तथा नए उत्तरदायित्वों को हिंदी सिनेमा के महानायक ने भी बखूबी अंजाम दिया। जिसका परिणाम यह हुआ है, कार्यक्रम ने अप्रत्याशित रूप से सफलता पाई। यह कार्यक्रम टेलीविजन के इतिहास में एक किंदवती बन गया। स्टार प्लस की तर्ज पर अन्य मनोरंजन चैनलों में इस प्रकार के कार्यक्रम चलाए। इस प्रकार से भारतीय टेलीविजन इतिहास में रियलिटी शो का कानसेप्ट उभर कर सामने आया। धीरे-धीरे रियलटी शो के नए रूप विकसित होते चले गए जैसे—रियलिटी सलेबिरीटी शो तथा रियलिटी टेलेंट हंट शो। रियलिटी सलेबिरिटी शो की श्रेणी में 'नच बलिए', 'झलक दिखला जा' तथा बिग ब्रादर को सम्मिलित कर सकते हैं। रियलिटी टेलंट हंट शो की श्रेणी में इंडियन आईडिल, सा.रे.गा.मा., फ्रेम गुरुकुल, लिटिल चैम तथा अमूल स्टार वाईस ऑफ इंडिया इत्यादि कार्यक्रमों को सम्मिलित कर सकते हैं। वर्तमान समय में रियलटी टेलेंट हंट शो का चलन अधिक बढ़ा है।

रियलटी सलेबिरिटीज में किसी क्षेत्र विशेष की जानी-मानी हस्ती को अपनी कला या अपने स्वभाव के उज्ज्वल पक्ष का परिचय देना होता है। उनके प्रदर्शन के आधार पर जनता उन्हें एसएमएस के माध्यम से वोट करके उनमें से विजेता चुनती है। इसके लिए पूरे कार्यक्रम का एक फॉरमेट बनाया जाता है। इसी फॉरमेट के आधार पर अगले दौर के प्रतिनिधि चुने जाते हैं।

रियलिटी टेलेंट हंट शो में जनता के बीच से कुछ गायकों का चयन किया जाता है। जिन्हें कार्यक्रम में प्रदर्शन करना होता है। उनके प्रदर्शन के आधार पर उनका अगले दौर के लिए चयन किया जाता है। अंतिम चयनित प्रतियोगिताओं को जनता में सर्वश्रेष्ठ का चयन जनता के वोटों के आधार पर किया जाता है। इस प्रकार कार्यक्रमों के आयोजन का उद्देश्य जनता के बीच से अभिनेता/अभिनेत्री,

नृत्यक एवं गायकों/गायिकों चयन करना होता है। 'लीड इंडिया' जैसे रियलटी हंट शो का आयोजन तो नेता चुनने के लिए भी किया गया।

नए कांसेप्ट के बावजूद भी इन कार्यक्रमों की अलोचना भी हो रही है। कुछ लोगों का मानना है जनता के वोटों के द्वारा कई बार अच्छे तथा टेलेंटेड प्रतियोगी बाहर हो जाते हैं तथा कम टेलेंटेड लोग विजेता बन जाते हैं तो फिर इस प्रकार के कार्यक्रमों को टेलेंट हंट क्यों कहा जाए। कुछ लोगों का ऐसा भी मानना है कि रियलिटी शो नाम ही के रियेलिटी शो होते हैं। जबकि इनमें भाग लेने वाले अधिकतर प्रतियोगी सभी एक लिखी हुई स्क्रिप्ट के आधार पर भी काम कर रहे होते हैं। रियलिटी शब्द तो मात्र कार्यक्रम को लोकप्रिय तथा रोचक बनाने के लिए किया जाता है। खैर आलोचनाओं के बावजूद भी रियलिटी शो दर्शकों के बीच खासे लोकप्रिय हो रहे हैं। और दिनों-दिनो इनकी लोकप्रियता बढ़ती ही जा रही है। इस प्रकार के कार्यक्रमों ने टेलीविजन की लोकप्रियता में चार-चाँद लगा दिए हैं।

प्रमुख समाचार चैनल

सूचना-तकनीक के इस युग में विश्व के अन्य देशों की तर्ज पर भारत में भी समाचार चैनल अपनी उपयोगिता बनाए हुए हैं। घटना घटी नहीं कि उससे सम्बन्धित फुटेज समाचार चैनलों के माध्यम से स्क्रीन पर गुजरनी आरम्भ हो जाती हैं। यही कारण है कि समाचार चैनलों में गला-काट प्रतिस्पर्द्धा उत्पन्न हो चुकी है। इसी के फलस्वरूप प्रस्तुति एवं प्रारूप के आयामों में नित-नए परिवर्तन दिखाई देते हैं।

समाचार का आकर्षक प्रस्तुतिकरण, घटना का सिलसिलेवार विवरण, तार्किक-विश्लेषण, फोटो कवरेज तथा जल्द से जल्द दर्शकों के बीच उसे पहचानने संबंधी इत्यादि कुछ ऐसे मुद्दे हैं, जिनकी वजह से समाचार चैनलों में प्रतिस्पर्द्धा बढ़ती ही जा रही है। प्रमुख समाचार चैनल और उनकी शैली का सिलसिलेवार विवरण निम्न प्रकार से दिया जा सकता है–

नोट - यहां उन समाचार चैनलों की जानकारी दी जा रही है जो सेटेलाइट टेलीविजन के प्रारम्भिक दौर में शुरू हुए थे। वर्तमान दौर में तो कुकुरमुत्तों की तरह न्यूज चैनल उग आए हैं।

आज तक

समाचार जगत के धुरंधर खिलाड़ी टीवी टू-डे ग्रुप का समाचार 'आज तक' चैनल न केवल समाचार चैनलों में श्रेष्ठ है अपितु टेलीविजन-पत्रकारिता के क्षेत्र में भी मील का पत्थर है। मात्र 20 मिनट के न्यूज कार्यक्रम से प्रसिद्ध हुआ आज

तक, आज एक श्रेष्ठ हिन्दी समाचार चैनल बन चुका है। प्रस्तुतिकरण की तकनीक के मामले में आज तक में सदैव ही कुछ नए प्रयोग किए जाते रहे हैं। नए किस्म के सैट, प्रस्तुतिकरण का विशेष ढंग, वीडियो कॉन्फ्रेंसिंग, लाइव कवरेज इत्यादि इसकी विशिष्टता हैं। आज तक समाचार प्रस्तुतिकरण की एक विशिष्ट-शैली है और इसका हिन्दी-भाषा प्रयोग भी प्रभावी है। 'सबसे तेज' इसका मूल मंत्र है, जिस पर यह खरा भी उतरता है। यह राजनीतिज्ञों से तीखी बहस एवं बेबाक टिप्पणियों के लिए जाना जाता है।

समाचार प्रस्तुतिकरण में इन्होंने न्यूज-टेबल पर बैठे रहकर समाचार पढ़ने की प्रथा को तोड़कर, संवाददाताओं के माध्यम से सेट पर खड़े रहकर समाचार प्रस्तुतिकरण के एक नए ढंग का प्रयोग किया है। बातचीत में बड़े लिक्विड क्रिस्टल डिस्प्ले मॉनीटर (Liquid Crystal Display Monitor) प्रयोग दर्शकों को प्रभावित करने वाला है। इसके अतिरिक्त दूर-दराज के क्षेत्रों से संवाददाताओं द्वारा लाइव-प्रसारण में वार्तालाव व घटना के जीवन्त दृश्य आज तक के प्रभावशाली पक्ष हैं। पर कई समाचार के अनावश्यक विस्तार समाचार को बोझिल बनाने के साथ-साथ दर्शकों को भी बोर कर देते हैं। क्राइम (Crime) सेगमेंट (Segment) की खबरों में कई बार पात्रों की स्थिति को दूसरे के स्वरूप में नाटकीय ढंग (Dramatize) से प्रस्तुतिकरण पर स्थिति अपरिपक्व व बचकानी लगती है। इसमें पत्रकारिता को मिशन के रूप में लेने के स्थान पर बाजीकरण अधिक दिखाई देता है।

एबीपी टी.वी. न्यूज (ABP T.V. News)

अपनी विश्वसनीयता, व्यापकता और भव्यता के लिए स्टार न्यूज की एक अलग ही पहचान है। इंद्रलोक सा सजा न्यूज टेबल एवं संबंधित सेट न्यूज पढ़ने वालों के जगमगाते चेहरे और प्रस्तुतिकरण की भव्यता बरबस ही स्टार टी.वी. को नवीनता प्रदान करते हैं। स्टार टी.वी. की खासियत है कि इसके संवाददाताओं और खासकर महिला समाचार-वाचकों की हिन्दी इतनी प्रभावशाली है कि अन्य चैनल इसके समक्ष टिक नहीं सकते हैं। लंदन बम-विस्फोटों में लंदन से सजीव प्रसारण के अंतर्गत समाचार-वाचकों के प्रभावशाली हिन्दी उच्चारण ने बरबस दर्शकों का ध्यान खींचा। तकनीक की जटिलता के साथ-साथ उसके सार्थक एवं तिलिस्मी प्रयोग प्रस्तुति इसे अन्य चैनलों से श्रेष्ठ बनाती है। इसमें बड़े नामों के स्थान पर नए चेहरों को प्राथमिकता देना, इसकी खासियत मानी जा सकती है।

जी.न्यूज (Zee News)

अपने प्रारम्भिक दिनों में जी.टी.वी ने अपने कार्यक्रमों के बीच एक न्यूज

बुलेटिन कार्यक्रम की आवश्यकता को महसूस किया। इसी के फलस्वरूप जी.टी.वी पर एक घंटे का न्यूज बुलेटिन दिखाया जाने लगा। अंग्रेजी और हिन्दीयुक्त खिचड़ी भाषा के कारण इस समाचार बुलेटिन को बन्द कर दिया। हालांकि इससे पूर्व रजत शर्मा द्वारा प्रस्तुत 'जनता की अदालत' न केवल टेलीविजन समाचार पत्रकारिता के क्षेत्र में एक मील का पत्थर सिद्ध हुआ अपितु इसने रजत शर्मा को भी टेलीविजन पत्रकारिता का महारथी बना दिया था। इस कार्यक्रम की हिन्दी और रजत शर्मा द्वारा नेता-अभिनेता, खिलाड़ी, उद्योगपतियों या समाज या देश में प्रसिद्ध शक्ति-सम्पन्न लोगों की बखिया-उधेड़ने का ढंग वाकई काबिले तारीफ था।

न्यूज बुलेटिन की असफलता और निरंतर बढ़ती समाचार चैनल की माँग के बीच जी टेलिफिल्मस लिमिटेड को 'जी.न्यूज' के रूप में एक नए समाचार चैनल का शुभारम्भ करना पड़ा। अपने आरम्भिक दिनों में यह अधिक वाह-वाही नहीं लूट पाया। पर अब एक प्रसिद्ध समाचार चैनल के रूप में अपने को स्थापित कर चुका है। अन्य चैनलों की तर्ज पर ही इसका समाचार प्रस्तुति का स्वरूप भी भव्य एवं त्वरित है। आधुनिक वैज्ञानिक उपादानों से लैस, जगमगाते सैट, आकर्षक प्रस्तुतिकरण और समाचारों के साथ व्यापक दृश्यता का समावेश इसकी विशेषता है। राजनीतिक, आर्थिक, सामाजिक, नैतिक एवं खेल इत्यादि समसामयिक मुद्दों पर लगातार रिपोर्टिंग इसे प्रभावशाली बनाते हैं। प्रतिनिधित्व वक्तव्य, घटनाओं के सिलसिलेवार ब्यौरे एवं विश्लेषण, तथा सामूहिक चर्चाएँ, इत्यादि इसके सशक्त पहलू माने जा सकते हैं। जी.टी.वी के जीवन्त प्रसारण में तकनीकी पक्ष की प्रचुरता और घटना का सटीक आंकलन दिखाई देता है। गर्मा-गर्म बहसें तथा घटना की तह तक जाने में इस चैनल के रिपोर्टरों को महारथ हासिल है। महत्त्वपूर्ण समाचार के बीच अब लेते हैं एक छोटा-सा ब्रेक जैसे जुमले दर्शकों के तारतम्य को तोड़ देते हैं और मई की दोपहरी में वाचक द्वारा सूट पहनकर समाचार प्रस्तुत करना काफी अटपटा व अप्रासंगिक-सा लगता है।

डी.डी. न्यूज (D.D. News)

निजी समाचार चैनलों की चमक-दमक, लपक-झपक और जल्दबाजी के बीच इसकी सीधी एवं सटीक शैली दर्शकों के मन में आस्थापरक भाव का संचार करती है। सरकारी चैनल होने के नाते इसकी 'विश्वसनीयता' (Reliability) असंदिग्ध है। व्यापक सरकारी मशीनरी, स्रोतों, सुविधाओं, आँकड़ों, संवाददाताओं एवं दूरदराज ग्रामीण अंचलों तक पहुँच का लाभ इसे मिलना लाजमी है। इसके बुलेटिनों में उन्नति, मौसम, शिक्षा, संस्कृति, खेल, व्यापार एवं मनोरंजन जैसे विषयों को पर्याप्त स्थान दिया जाता है। इसके समाचार वाचकों का इस क्षेत्र में खासा अनुभव होने के कारण उनकी प्रस्तुति व उच्चारण में प्रखरता दिखाई देती है। 'सम्पूर्ण सत्य, सर्वत्र' के मूल मन्त्र

का आधार इसके प्रसारण में देखने को मिलते हैं, समाचार को लम्बे समय तक खींचने के स्थान पर इसमें सारगर्भिता पर अधिक ध्यान दिया जाता है। निजी चैनलों द्वारा समाचारों के व्यावसायिक पक्षों को प्रस्तुतिकरण के अतिरिक्त इसमें समाचार के मानवीय पहलू को प्राथमिकता दी जाती है।

इन सब खूबियों के बावजूद डी.डी. न्यूज को तकनीक एवं माध्यम का आंकलन करते हुए दृश्य-प्रसारण को बढ़ाना चाहिए, जिससे समाचार में प्रसारण को अधिक आकर्षक एवं जीवन्त बनाया जा सके। न्यूज बुलेटिन के अधिकतर समय कैमरे का समाचार वाचक पर ही केन्द्रित रहना समाचार के पीछे की व्यावहारिक कमियों एवं अनुपयुक्त कवरेज को दर्शाता है।

एनडीटीवी इंडिया (NDTV India)

यह चैनल एनडीटीवी (न्यू दिल्ली टेलीविजन लिमिटेड) जिसकी स्थापना 1988 में की गई थी का विस्तारित रूप है। एन.डी. टीवी ने अपने प्रारंभिक दौर में सामयिक विषय के कार्यक्रम उपलब्ध कराए। दूरदर्शन पर 'वर्ल्ड दिस वीक' की अप्रत्याशित सफलता ने इसे देश का प्रमुख निजी समाचार कार्यक्रम निर्माता कंपनी बना दिया। सेटेलाइट चैनलों के प्रारंभ में इसने 'स्टार न्यूज चैनल' के लिए समाचार प्रसारण सेवा उपलब्ध कराई। स्टार न्यूज से अनुबंध समाप्त होने पर इस कंपनी ने 14 अप्रैल , 2003 को एनडीटीवी ने दो न्यूज चैनल शुरू किए। एक हिंदी में 'एनडीटीवी इंडिया' तथा अंग्रेजी में 'एनडीटीवी 24×7' के आज देशभर में अत्याधुनिक सुविधाओं से लैस 23 स्टूडियो हैं। चैनल की समाचार प्रस्तुतिकरण शैली अन्य चैनलों की तुलना में दोयम दर्जे की नहीं कही जा सकती है। सम-सामायिक विषय पर 'परिचर्चा' पर आधारित कार्यक्रम इसे अन्य चैनल से अलग पहचान देते हैं। सेलिबरटीज के कठपुतली कार्यक्रमों की प्रस्तुति एक नया प्रयोग है, साथ ही दिनभर की उठापटक की राजनीतिक खबरों से ऊबे दर्शकों में हास्य और परिहास जागृत करता है। पर यह सार्थक पत्रकारिता की दृष्टि से ऐसे कार्यक्रम महज एक तमाशा ही कहे जाएँगे।

सहारा समय

न्यूज चैनल के क्षेत्र की फैलती सीमाओं और इसमें व्यापक होती संभावनाओं के बीच देश के प्रमुख 'सहारा इंडिया परिवार' ने मार्च, 2003 में 'सहारा समय' नामक अपने समाचार चैनल का प्रारंभ किया। अरुण घोष को इस चैनल का प्रमुख बनाया गया। इस चैनल ने भी आधुनिक साजो-सामान के साथ देश के विभिन्न भागों में अपने कार्यालय स्थापित किए हैं। धारा प्रवाह एवं सटीक भाषा-शैली के साथ आकर्षक सेंट और उसमें मुस्कारते चेहरे इस चैनल का प्लस पाइंट कहा जा

सकता है। समाचार के अंत में सहारा प्रणाम प्रस्तुतिकरण में इसे अन्य चैनलों से अलग करता है। श्रीनगर में लाल चौक पर आतंकवादी हमलों का जीवंत प्रसारण के साहसिक कार्य में इसने पत्रकारिता के क्षेत्र में नई मिसाल कायम की।

इंडिया टीवी

जीटीवी पर 'आपकी अदालत' तथा स्टार प्लस पर 'आज की बात' जैसे समसामयिक विषयों पर आधारित कार्यक्रमों से लोकप्रिय हुए रजत शर्मा तथा तहलका डॉट काम से प्रसिद्ध हुए तरुण तेजपाल तथा मेनका गाँधी की तिकड़ी ने मई, 2004 को समाचार चैनल की दुनिया में कदम रखा और इसी के साथ आगाज हुआ 'इंडिया टीवी'। यह समाचार चैनल खासकर अपने सनसनीखेज स्टिंग ऑपरेशन के लिए जाना जाता है। बिहार विधान-सभा चुनावों के दौरान कुछ नेताओं के अंतरंग संबंधों एवं फिल्मों में काम दिलाने के नाम पर, कुछ अभिनेताओं द्वारा युवतियों के यौन-शौषण पर आधारित इसके स्टिंग ऑपरेशन काफी चर्चा में रहे हैं जिन्हें सस्ती लोकप्रियता के लिए एक ओछा हथकंडा माना जाता है। आधुनिक टेलीजिवन पत्रकारिता का मूलाधार चमचमाते सैट और आकर्षक तथा मुस्कराते चेहरे इस चैनल के सकारात्मक पक्ष कहे जा सकते हैं। प्रत्येक सौ मील के दायरे में अपना संवाददाता तैनात किये जाने का यह चैनल दावा करता है। इस चैनल ने अरबी समाचार चैनल 'अल-जजीरा' से अनुबंध किया जिसे अंतर्राष्ट्रीय समाचार संकलन की दिशा में एक उल्लेखनीय कदम माना जा सकता है। अपने सटीक और प्रभावी कवरेज के चलते 'अल-जजीरा' का अरब-देशों में उतना ही स्थान है जितना कि अमेरिका में सीएनएन का।

--0--

संचार माध्यम के रूप में टेलीविजन

संचार माध्यम के रूप में टेलीविजन का स्थान सर्वोपरि है, यह ऐसे साधन के रूप में जाना जाता है, जिसके माध्यम से संदेश को लक्षित श्रोता तक उच्चारित शब्दों, गतिमय चित्रों, संगीत तथा विविध रंगों के सम्मिश्रण से पहुँचाया जा सकता है। भारत में अपने आरंभिक काल में बड़े टेलीविजन सेट तथा कम लोगों तक पहुँच के कारण टेलीविजन जनसंपर्क साधन के रूप में कम उपयोगी माना जाता था परंतु, अत्याधुनिक तकनीक के कारण रंगीन और पोर्टेबल टेलीविजन सेटों के विकास तथा केवल टी.वी. नेटवर्क के बढ़ते चलन के साथ-साथ टेलीविजन एक लोकप्रिय संचार साधन के रूप में जाना जाने लगा है। लोगों में अपने सामाजिक-आर्थिक रुतबे को बनाए रखने के कारण भी टेलीविजन का उपयोग बढ़ा। वर्तमान समय में टेलीविजन मनोरंजन के सभी साधनों में एक लोकप्रिय साधन के रूप में जाना जाता है तथा इसकी लोकप्रियता का ग्राफ दिनों-दिन बढ़ता ही जा रहा है। 24 घंटे सातों दिन टेलीविजन स्क्रीन पर दौड़ते दृश्य घर-घर में एक पहचान बन चुके हैं।

अन्य संचार साधनों की तुलना में टेलीविजन का महत्त्व

अन्य संचार माध्यमों की तुलना में टेलीविजन की उपयोगिता का वर्णन प्रसिद्ध विद्वान मार्शल मेक्लुह्यान (Marshall McLuhan) ने इन शब्दों में किया है–"प्रेस का आविष्कार दृष्टि से तो रेडियो का आविष्कार श्रवण का विस्तार है और अगर फिल्म गतिविधि तथा भाव प्रदर्शन मशीनों द्वारा दिखाने की कला है तो टेलीविजन उसी का इलेक्ट्रॉनिकरण है।" इसमें टेलीविजन जनसंचार के दृश्य-श्रव्य माध्यम के रूप में जाना जाता है। इसमें टेलीविजन पटल पर दृश्यों के साथ ध्वनि का भी समावेश होता है। जिससे 'संदेश' की उद्देश्य पूर्ति काफी हद तक सार्थक हो जाती है। इसके अतिरिक्त कार्यक्रम का आकर्षण भी बढ़ जाता है। मनोवैज्ञानिकों के मतानुसार मनुष्य 20 प्रतिशत सुने हुए शब्दों को स्मरण रखने में सक्षम होता तथा 30 प्रतिशत चित्रों को देखकर स्मरण करने में सक्षम होता है। इस दृष्टि से सुनने और देखने की क्षमता का सामंजस्य कर दिया जाए तो टेलीविजन पर प्रस्तुत 'सन्देश' को मनुष्य केवल 50 प्रतिशत तक स्मरण रख सकता है। जो किसी 'संदेश' को लक्षित श्रोता तक पहुँचाने के उद्देश्य को सफल बनाने में सहायक है।

इसके विपरीत रेडियो पर केवल ध्वनि को ही सुना जा सकता है, जिससे

मनुष्य केवल 20 प्रतिशत तक ही 'संदेश' को स्मरण रखने में सक्षम होगा तथा 'संदेश' प्रसारित होने का उद्देश्य पूर्णतः सफल नहीं हो पाएगा। संदेश का मात्र ध्वनि में प्रस्तुत होने के कारण उसकी वास्तविक स्थिति, वेश-भूषा तथा रंग-रूप इत्यादि। व्यावहारिक तथ्यों का आभास नहीं हो पाता तथा लक्षित श्रोता उसके विषय में कोई अन्य धारणा बना सकता है।

रेडियो के अतिरिक्त अन्य संचार माध्यम जैसे समाचार-पत्र एवं पत्रिकाएं इत्यादि भी टेलीविजन के समक्ष फीके पड़ जाते हैं, इसका मुख्य कारण इनके उपयोग के लिए शब्द-ज्ञान की अनिवार्यता है, एक अशिक्षित व्यक्ति के लिए यह अनुपयोगी ही है। इसके विपरीत टेलीविजन के सामने ऐसी कोई अनिवार्य योग्यता की आवश्यकता नहीं । इसे तो बस प्रारंभ करने की देर है, प्रारंभ होते ही दृश्य ध्वनि सहित आँखों के सामने गुजरने लगते हैं।

टेलीविजन के महत्त्वपूर्ण होने का एक अन्य कारण यह भी है कि ध्वनि तथा चित्रों के सामंजस्य से 'संदेश' को सरलता से स्पष्ट किया जा सकता है। इसके विपरीत मात्र ध्वनि जोकि रेडियो सेट पर सुनाई देती है या फिर शब्द रचना और कुछ स्टिल फोटाग्राफ जो कि समाचार-पत्र व अन्य प्रिंट माध्यम में छपे रहते हैं के द्वारा 'संदेश' को स्पष्ट करना अत्याधिक जटिल होता है। समाचार-पत्र या अन्य प्रिंट माध्यम की तुलना में टेलीविजन पर 'संदेश' का प्रसारण भी तत्परता के साथ किया जा सकता है, जो अपने प्रभाव को भी तीव्रता के साथ छोड़ता है।

कॉरपोरेट सेक्टर द्वारा जनसंपर्क के लिए टेलीविजन का उपयोग

टेलीविजन की संचार माध्यम के रूप में सशक्त स्थिति के कारण कॉरपोरेट सेक्टर द्वारा अपने 'संदेश' प्रसारित करने के लिए इसका भरपूर उपयोग किया जा रहा है। गला-काट प्रतियोगिता के इस काल में अपनी 'इमेज बिल्डअप' करने तथा अपने उत्पादन को एक ब्रांड बनाने के साथ बिक्री बढ़ाने के लिए कंपनियाँ, आकर्षक मनभावन तथा लुभावने विज्ञापनों को टेलीविजन पर प्रसारित करवाती हैं। इसके साथ ही कंपनी की व्यावसायिक गतिविधियों की जानकारी, कंपनी द्वारा निवेशकों के लिए की गई घोषणाओं, प्रेस रिलीज टेलीविजन स्टेशनों को दी जाती है। प्रेस-रिलीज का निर्माण तथा इसे टेलीविजन स्टेशन तक पहुँचाने का कार्य कंपनी के जनसंपर्क विभाग द्वारा किया जाता है। यदि चैनल जानकारी को जनता के लिए लाभकारी समझता है तो उसको अपने न्यूज बुलेटिन में स्थान देता है। इससे कंपनी का 'निश्चित संदेश' जनता के बीच प्रसारित हो जाता है। चैनलों द्वारा यह सुविधा कंपनी को निशुल्क प्रदान की जाती है।

सरकार द्वारा जनसंपर्क के लिए टेलीविजन का उपयोग

कॉरपोरेट सेक्टर के साथ सरकारी तंत्र द्वारा भी जनसंपर्क के लिए टेलीविजन का उपयोग किया जाता है। चाहे केंद्रीय सरकार हो या राज्य सरकार, अपनी नीति एवं उपलब्धियों को जनता तक पहुँचाने के लिए टेलीविजन का उपयोग करती है। सरकारी जनहित की योजनाओं जैसे पल्स पोलियो, परिवार नियोजन, स्वास्थ्य एवं परिवार कल्याण जैसे कार्यक्रमों के प्रति जनजागृति के लिए टेलीविजन पर विज्ञापनों टेलीफिल्म, वृत्तचित्र, तथा नारों (Slogan) का प्रसारण किया जाता है। सरकार की किसी योजना की सफलता के पीछे टेलीविजन का उपयोग भी उत्तरदायी होता है। पल्स पोलियो जैसे कार्यक्रम की सफलता का राज इनके सटीक टेलीविजन प्रसारण में ही छिपा है।

किसानों को जागरूक बनाने तथा कृषि क्षेत्र की गुणवत्ता सुधारने के लिए सरकार द्वारा टेलीविजन पर कार्यक्रम प्रसारित किए जाते हैं जिसका उदाहरण दूरदर्शन पर प्रसारित होने वाले कार्यक्रम 'कृषि-दर्शन' के रूप में दे सकते हैं। खालिस कृषकों के लिए बने इस कार्यक्रम में कृषि तकनीक एवं किसानों की शिकायतों एवं सुझावों पर विचार-विमर्श किया जाता था। इस कार्यक्रम से देश के किसान भाई लाभान्वित हुए और देश अन्न उत्पादन के क्षेत्र में आत्मनिर्भर बन सका।

जनमत निर्माण में टेलीविजन की भूमिका

एक लोकतांत्रिक देश में लोकतंत्र के विकास के लिए स्वच्छ जनमत का निर्माण होना अति महत्वपूर्ण होता है। जनमत निर्माण में संचार माध्यमों जैसे रेडियो, टेलीविजन, इंटरनेट, समाचार-पत्र तथा मैगजीन इत्यादि की उपयोगी भूमिका होती है। टेलीविजन के बढ़ते कदम दिनों-दिन जनमत निर्माण में अति-उपयोगी सिद्ध हो रहे हैं। टेलीविजन एक-साथ बैठकर एक परिवार या एक समूह द्वारा देखा जाता है, किसी मुद्दे पर उस परिवार या समूह में जो चर्चा उसमें होती है। जो कुछ सार निकल कर आता है, वह एक परिवार या समूह का मत बनता है। जब इस मत पर अन्य परिवारों या समूह के साथ चर्चा होती है, तत्पश्चात् यह सामूहिक जनमत का रूप ले लेता है। इस संपूर्ण प्रक्रिया में एक संचार माध्यम के रूप में टेलीविजन अहम भूमिका निभाता है। अतः स्वच्छ जनमत के निर्माण एवं लोकतंत्र के आधार-स्तंभ को मजबूत बनाने में टेलीविजन की उपयोगिता को भी किसी स्तर पर नकारा नहीं जा सकता ।

जहाँ एक ओर स्वास्थ्य एवं परिवार कल्याण के कार्यक्रमों की सफलता का श्रेय टेलीविजन प्रसारण को जाता है, वहीं दूसरी ओर पूर्व प्रधानमंत्री पी.वी. नरसिंह राव के नेतृत्व में कांग्रेस सरकार के कार्यक्रम 'चार-कदम सूरज की ओर', जिसमें

पूर्व प्रधानमंत्री रहे पी.वी. नरसिंह राव की सफलता महिमा मंडित की गई। इसी प्रकार एनडीए के 'शाइनिंग इंडिया' जिसमें पूर्व प्रधानमंत्री अटल बिहारी वाजपेयी के काल में भारत के स्वर्णिम विकास का अतिश्योक्तिपूर्ण विवरण प्रस्तुत किया गया। दोनों ही कार्यक्रमों के माध्यम उस समय की सरकार को पुनः सत्ता पर काबिज करने के लिए, जनमत का रुख सरकार की ओर उन्मुख करने की चेष्टा की गई थी। पर चुनावी दंगल में दोनों सरकारों ने मुँह की खाई। इसका एक कारण स्वच्छ जनमत की अभिव्यक्ति का अभाव रहा। लोगों ने 'चार कदम सूरज की ओर' एवं 'शाइनिंग इंडिया' को टी.वी पर देखा, जाँचा, परखा और अपना फैसला सुनाया। इसमें टेलीविजन ने एक निष्पक्ष माध्यम की भूमिका निभाई। टेलीविजन पर बार-बार दिखाने का अर्थ यह कदापि नहीं कि सरकार या कंपनियाँ जो भी दिखाना चाहें जनता उसे उसी रूप में ग्रहण कर लेगी। अतः टेलीविजन पर संदेश प्रसारण से पूर्व उसका आकलन अवश्य कर लेना चाहिए क्योंकि टेलीविजन पर ही संदेश वास्तविक रूप में प्रस्तुत होता है, जोकि शायद किसी अन्य संचार माध्यम के द्वारा संभव न हो।

टेलीविजन में विज्ञापन

विज्ञापन, अंग्रेजी भाषा के एडवरटाइजिंग शब्द का हिन्दी रूपान्तर है जिसकी उत्पत्ति लेटिन भाषा के शब्द Advertor से हुई है। इसका शाब्दिक अर्थ टू टर्न टू यानी अपनी ओर मोड़ना या आकृष्ट करना होता है। लेकिन हिंदी में विज्ञापन शब्दों को मिलाकर एक नए शब्द का निर्माण होता है जिसे विज्ञापन कहा जाता है। ज्ञापन का अर्थ होता है ज्ञान कराना या सूचना देना। औद्योगीकरण के विकास में विज्ञापन का विशिष्ट योगदान है इस सच्चाई को झुठलाया नहीं जा सकता।

विज्ञापन शब्दों, चित्रों द्वारा विचार या किसी वस्तु के उत्पाद की जानकारी देने का एक सर्वोत्तम माध्यम है। विज्ञापन, उद्योग तथा सरकार की प्रतिष्ठा तथा साख में वृद्धि का भी साधन है पर मीडिया के बिना यह गतिशील नहीं हो सकता। साहित्य ही एक कलात्मक विधा है जिससे उत्पाद (Product) या विचार का प्रचार होता है, नीतियों से जनता को अवगत कराया जाता है। जनता में स्वपक्ष की साख व छवि का निर्माण किया जाता है। यह उपभोक्ताओं को अपनी ओर आकर्षित करता है। विज्ञापन जनमत निर्माण की प्रक्रिया को निरंतर बनाए रखने का भी प्रयत्न करता है, ताकि उत्पादन की खपत बढ़ती रहे। पाँच पहियों वाली गाड़ी की सवारी है विज्ञापन यानी प्रकाशन माध्यम, परम्परागत माध्यम, डाक विज्ञापन माध्यम, बाह्य विज्ञापन माध्यम, दृश्य-श्रव्य माध्यम। टेलीविजन विज्ञापन का दृश्य-श्रव्य माध्यम है। हमारे

यहाँ सर्व प्रथम 1976 ई. में विज्ञापन सेवा शुरू हुई।

टेलीविजन पर विज्ञापन-बहुरंगी आयाम में प्रस्तुत होते हैं। हम मुग्ध होकर उनको आत्मसात् करते हैं। टेलीविजन पर अक्सर दो प्रकार के विज्ञापन प्रसारित होते हैं, स्पाट और प्रायोजित। टेलीविजन पर विज्ञापन समयानुसार प्रसारित होते हैं। समय के आधार पर विज्ञापन की दरें निर्धारित की जाती हैं। टेलीविजन पर स्पाट विज्ञापन की समय सीमा 10–45 सेकेंड निश्चित की गई है।

टेलीविजन विज्ञापन की विशेषताएँ

1. अभिनेता, अभिनेत्रियों के अलावा विशेष व्यक्ति-वस्तु की चर्चा करते हैं।
2. वस्तु की कहानी नाटकीय अंदाज में दिखाना।
3. वस्तु का प्रदर्शन।
4. वस्तु की स्लाइड्स बनाकर पीछे से उद्घोषणा करना।
5. विश्वसनीयता।
7. कार्टूनों द्वारा विज्ञापन।

विज्ञापन एक कला है और उद्योग भी। इसके संचालन में शोधकर्त्ता की जरूरत होती है। शोध विभाग का ही कार्य विज्ञापन सृजन का है। कला निर्देशन का है। भाषा एवं डिज़ाइन भी इसी विभाग के कार्य हैं। प्रबंधकीय विभाग में वित्तीय एवं प्रशासकीय कार्य होते हैं। संचार माध्यम एवं बिक्री व छवि संवर्धन का निर्देशन भी इसी विभाग के जिम्मे होता है।

टेलीविजन विज्ञापन के आवश्यक तत्त्व

वर्तमान समय में टेलीविजन संचार का श्रेष्ठतम माध्यम बन गया है। इसकी श्रेष्ठ होने की सबसे बड़ी वजह इसका दृश्य तथा श्रव्य होना है। यहाँ किसी भी घटना का जीवंत चित्ररण किया जाता है। जिससे ऐसे अहसास होता है कि दर्शक स्वयं उस दृश्य से जुड़ा हुआ है। जोकि किसी अन्य संचार माध्यम के द्वारा संभव नहीं टेलीविजन की दृश्य-श्रव्यता विशेषता के कारण किसी भी विज्ञापनदाता की पहली पसंद टेलीविजन ही होता है, परंतु अधिक खर्चीला होने के कारण एक आम विज्ञापनदाता की पहुँच से यह दूर है। हालांकि दृश्य-श्रव्यता टेलीविजन का एक विशेष गुण है, परंतु विज्ञापन निर्माण दृश्य-श्रव्यता का बड़े नपे-तुले अंदाज में प्रयोग करना चाहिए जो कि एक चुनौती पूर्ण कार्य है जिसका निर्वाह एक विज्ञापन लिखने वाले व्यक्ति या कॉपी लेखन करने वाले को रखना पड़ता है। यहाँ कुछ ऐसी बातों का वर्णन किया जा रहा है, जिनका पालन विज्ञापन लेखन करने वाले व्यक्ति की चुनौति को सरल बना सकता है–

1. टेलीविजन पर विज्ञापन प्रदर्शन के लिए विज्ञापनदाता को सेकंडों के अनुसार शुल्क देना पड़ता है। इस कारण टेलीविजन पर विज्ञापन यह संभव नहीं की

लंबी-चौड़ी पटकथा या गीत के माध्यम से विज्ञापन के द्वारा वस्तु या सेवा उपयोग संबंधित संदेश दिया जाए। इसलिए लेखक को विज्ञापन को संक्षिप्त शब्दों में प्रयोग किया जाए। इसकी दूसरी वजह यह भी हो सकती है कि टेलीविजन के लिए कोई विशेष कार्यक्रम नहीं होता यह तो किसी कार्यक्रम के बीच प्रसारित किए जाते हैं। दर्शक मुख्य रूप से उस कार्यक्रम से जुड़ा होता है, उसकी रुचि कार्यक्रम में होती न कि विज्ञापन में। आवश्यकता से अधिक लंबा-चौड़ा विज्ञापन दर्शकों में एक ऊब पैदा कर सकता है। जिससे उसमें वस्तु या सेवा के संदेश के प्रति एक खिन्नता उत्पन्न हो सकती है। इन सभी कारणों से टेलीविजन विज्ञापन लेखन में गागर में सागर वाली कहावत को चरितार्थ करना ही बेहतर रहता है।

2. समय अवधि की सीमा होने के कारण टेलीविजन पर विज्ञापन को शीघ्रता के साथ प्रस्तुत किया जाता है। जैसा कि अक्सर होता है कि तीव्रता और शीघ्रता के साथ प्रस्तुत कार्य में त्रुटि की अधिक संभवना रहती है, परंतु टेलीविजन विज्ञापन निर्माण में त्रुटि के लिए कोई स्थान नहीं। यहाँ शीघ्रता और तत्परता होने के बावजूद त्रुटि के लिए कोई स्थान नहीं। कॉपी राइटर को तथा विज्ञापन निर्माताओं को इस तथ्य से अवगत रहना चाहिए। कॉपी राइटर को श्रव्य और दृश्य सामग्री के यथोचित् तालमेल का विशेष रूप से ध्यान रखना चाहिए, इसी तालमेल को आगे विज्ञापन निर्माण करते समय व्यक्तियों को भी ध्यान रखना चाहिए। शीघ्रता और तत्परता के साथ सार्थक संदेश की प्रस्तुति टेलीविजन विज्ञापन की एक महत्त्वपूर्ण कसौटी है, जिस पर खरा उतरना कॉपी राइटर एवं निर्माण कर्मियों का दायित्व है। इसमें मानवीय भूल के लिए बिल्कुल भी गुंजाइश नहीं होती।
3. टेलीजिवन विज्ञापन में किसी वस्तु या सेवा संबंधित संदेश के माध्यम से दर्शकों के माध्यम से दर्शकों को उस वस्तु या सेवा के उपभोग के लिए प्रेरित करने की अपील की जाती है। विज्ञापन किसी विशेष वस्तु या सेवा के लिए होता है इस दृष्टि से उस वस्तु या सेवा को विज्ञापन के केन्द्र में रखना अति आवश्यक होता है। विज्ञापन के निर्माण में उस वस्तु या सेवा के उज्ज्वल पक्ष या उसकी गुणवत्ता को संक्षिप्त समयावधि में दर्शकों के समक्ष इस प्रकार रखा जाना चाहिए जिससे कि दर्शक उसके उपभोग के लिए प्रेरित हो सकें।
4. टेलीविजन विज्ञापन को प्रभावशाली बनाने की दृष्टि से उसका आकर्षक दृश्य प्रदर्शन अति आवश्यक होता है। दृश्य प्रदर्शन का पूरा दायित्व विज्ञापन निर्माण कर्मियों पर होता है। कॉपी लेखक कॉपी में विभिन्न दृश्यों के ध्वनि प्रभाव का वर्णन डोपशीट (किसी टेलीविजन कार्यक्रम के निर्माण में ध्वनि और दृश्य

प्रभावों व अन्य विवरण के लिए प्रयोग किया जाने वाला प्रपत्र) इसका कला-निर्देशक तथा कैमरामैन को करना चाहिए। लेखक को स्वयं कला-निर्देशक तथा कैमरामैन के संपर्क में रहना चाहिए जिससे कि त्रुटि न रहने पावे। इसके लिए लेखक को कला-निर्देशक तथा कैमरामैन के साथ गहन मंत्रणा विज्ञापन के शूट करने से पहले ही कर लेनी चाहिए।

टेलीविजन विज्ञापन का रूपरेखा

टेलीविजन पर दृश्य प्रस्तुति संभव होने के कारण वस्तु और सेवा के रूपों तथा गुणों को साक्षात् देखा जा सकता है। इस कारण यह मान लिया जाए कि टेलीविजन विज्ञापन में मात्र दृश्य के प्रस्तुतिकरण से ही विज्ञापन निर्माण प्रक्रिया की इतिश्री हो गई हो तो यह तकनीकी तथा विज्ञापन के प्रभावशाली होने की दृष्टि से कभी सही नहीं होगा। जिस प्रकार से किसी भी व्यंजन के स्वादिष्ट बनाने के लिए उसमें उपयुक्त तथा स्वादानुसार मशाले मिलाने अतिआवश्यक होते हैं। इसी प्रकार विज्ञापन को प्रभावशाली बनाने के लिए उसमें आवश्यक मात्रा में ध्वनि प्रभाव का सम्मिश्रण भी किया जाना आवश्यक होता है। ध्वनि प्रभाव का यथार्थ संभव प्रयोग विज्ञापन निर्माण की रचनात्मकता पर निर्भर करता है कि वह किस दृश्य के साथ किस ध्वनि का प्रयोग करवाता है।

टेलीविजन विज्ञापन के प्रकार

टेलीविजन विज्ञापन के अध्ययन के लिए उसके प्रकारों को भी जान लेना आवश्यक है। टेलीविजन पर मुख्य रूप से विज्ञापनों का प्रसारण किया जाता है–

1. स्पॉट विज्ञापन– इन्हें समय विज्ञापन भी कहा जाता है। इस तरह के विज्ञापन के प्रसारण के लिए सात से दस सेकेंड्स निर्धारित रहते हैं। इस निर्धारित अवधि में ही वस्तु या सेवा के मूल्य, गुण तथा अन्य विशेषताओं की जानकारी उपलब्ध करवाई जाती है।

2. स्पांसर्ड विज्ञापन–इसे प्रायोजित विज्ञापन भी कहा जा सकता है। इसके अन्तर्गत विज्ञापन-दात्री संस्था या संगठन द्वारा विशेष कार्यक्रम को प्रायोजित करने का अधिकार क्रय कर लेता है। इसके पश्चात विज्ञापन-दात्री संस्था या संगठन द्वारा उस निर्धारित कार्यक्रम के आरंभ, मध्य तथा अन्त में कई बार अपने उत्पादन या सेवा के विज्ञापन के संक्षिप्त प्रसारण और नामोच्चार के साथ प्रस्तुत किया जाता है।

3. कर्टसी विज्ञापन–इस प्रकार के विज्ञापन को सौजन्य विज्ञापन भी कहा जाता सकता है। इस प्रकार के विज्ञापन का प्रसारण फिल्म, धारावाहिक, तथा राष्ट्रीय कार्यक्रम के आरंभ, मध्य तथा अन्त में किया जाता है। इस प्रकार के

विज्ञापन के लिए साधारणतय की समयावधि पंद्रह से तीस सैकेंड तक होती है।

टेलीविजन के लिए विज्ञापन लेखन

सृजानात्मकता विज्ञापन का आकर्षण बढ़ाती है। सही स्थान पर सही शब्द का प्रयोग करना विज्ञापन लेखक का गुण माना जाता है। यही गुण उपभोक्ता का वस्तु के प्रति सम्मोहन पैदा करता है। अतः विज्ञापन लेखक को चाहिए कि वह पूरे बाजार का अवलोकन करें। उत्पादन संबंधी विज्ञापनों का अवलोकन करें। उपभोक्ता के विचारों को समझें। इसके अनुसार उत्पादन की छवि की कल्पना करें। वस्तु के सभी गुणों को अपने विज्ञापन में उद्घाटित करें जो उपभोक्ता के मनोविज्ञान के नजदीक हो। अपनी कल्पनाशक्ति से विज्ञापन लेखक ऐसा विज्ञापित करे कि उपभोक्ता वस्तु के बिना अपना जीवन अधूरा महसूस करें।

प्रिंट मीडिया के लिए तैयार किया गया विज्ञापन टेलीविजन के लिए सटीक नहीं होता पर यह भी कहना उचित है कि रेडियो के लिए तैयार किया गया विज्ञापन टेलीविजन के लिए भी उपयुक्त नहीं हो सकता। टेलीविजन के लिए विज्ञापन फिल्मों की तरह तैयार किया जाता है, क्योंकि टेलीजिवन दृश्य एवं श्रव्य का माध्यम है जबकि रेडियो केवल श्रव्य माध्यम है। इसके लिए ध्वनियों के आधार पर विज्ञापन लिखना होता है। टेलीविजन के लिए विज्ञापित लेखन को तीन भागों में बाँटा जा सकता है।

शीर्षक

यह विज्ञापन का मुख्य भाग होता है, जो अपने उद्देश्य को पूरा करता है। अगर इस भाग ने पाठक/दर्शक का ध्यान अपनी ओर खींच लिया तो यह शीर्षक अपने आपमें सफल हो जाता है। विज्ञापन का अधिकांश भाग शीर्षक पर आधारित होता है। यह अधिकांश दस शब्दों से अधिक नहीं होना चाहिए।

उप-शीर्षक

शीर्षक से पहले यह कुछ सीमित शब्दों में प्रस्तुत होता है। यह आकार में शीर्षक से बड़ा होता है और पाठक/दर्शक को विस्तार वर्णन की तरह प्रेरित करता है।

बॉडी

उत्पादन के गुणों के अलावा चर्चा एवं प्रतिक्रिया इसमें की जाती है। शीर्षक में दिए हुए वक्तव्य का समर्थन इसमें होता है। सच कहा जाए तो गागर में सागर भरने का कार्य विस्तार वर्णन में किया जाता है।

उपसंहार

आलेखक या कॉपी-राइटर मूल तथ्य समाप्त करने के पश्चात् उपसंहार स्वरूप वह पंक्ति लिखता है जो उपभोक्ता को वस्तु खरीदने के लिए प्रेरित करती है। यह क्रम

बदल भी सकता है।

विज्ञापन के विभिन्न भागों को निम्न उदाहरण द्वारा समझा जा सकता है।

ओनिडा टी.वी. का विज्ञापन

शीर्षक

ओनिडा टी.वी. कार्डलैस रिमोट के साथ लें।

उपशीर्षक

पड़ोसी ईर्ष्या करेंगे, आप खुश होंगे।

बॉडी

भला इतने सुंदर टी.वी को पत्थर मारकर कौन चकनाचूर करना चाहेगा। जी हाँ। ऐसे कुछ दिलजले लोग भी हो सकते हैं।

उपसंहार

खुशकिस्मती आपकी, इतना लाजवाब रंगीन टी.वी है आपके पास।

शैली

टेलीविजन विज्ञापन के लिए उसकी शैली सर्वाधिक महत्त्वपूर्ण होती है। शैली को तीन रूपों में व्यक्त किया जा सकता है—

(क) तथ्यात्मक—तथ्यात्मक शैली में विज्ञापन को सीधे-सादे तथ्यों के आधार पर वर्णित किया जाता है। इनमें उत्पादन का ब्राह्याकार तथा उसकी विशिष्टताओं का तथ्यात्मक वर्णन होता है।

(ख) कल्पना प्रधान—यह विज्ञापन भी तथ्यात्मक होते हैं किंतु इसमें तथ्यों के प्रयोग में कल्पना का उपयोग किया जाता है। कल्पनात्मक प्रयोग में लेखक को अपनी रचानात्मक क्षमता का प्रयोग करते हुए, तथ्य को आकर्षक रूप में प्रस्तुत करना होता है।

(ग) भाव प्रधान—ये विज्ञापन उपभोक्ता को भावों से स्तर पर छूते हैं। इसमें प्रेम, क्रोध, घृणा, भय आदि भावों को अपील के रूप में इस्तेमाल किया जाता है।

स्लोगन

विज्ञापन का मूल संदेश स्लोगन में ही छिपा रहता है। इसी को उपभोक्ता बार-बार अपनी जुबान पर लाता है और वस्तुओं की आकृति उसके मस्तिष्क पर उतर आती है। स्लोगन वस्तु को खरीदने की अपील भी करता है। स्लोगन यदि काव्यात्मक शैली में लिखा हो तो वह अधिक लोकप्रिय हो जाता है। जैसे—

1. आज तक सबसे तेज।
2. हॉट सीट पर मिलेगा भइया उम्मीद से दुगुना।
3. तंदरुस्ती की रक्षा करता है लाइफबॉय
4. यही है राइट ऑफ च्वाईस, आह।

5. ठंडा मतलब कोका-कोला, इत्यादि

भाषा

1. विज्ञापन की भाषा सरल, सहज, सरस व बोधगम्य हो।
2. विज्ञापन ऐसी भाषा में लिखे जाएं जो लक्षित समूह के समझ में आसानी से आ जाएं।
3. ऐसे शब्दों को प्रयोग किया जाए जो उपभोक्ता को आकर्षित करें। यह आकर्षण 'शब्द' के नवीन प्रयोग में छिपा होता है।
4. काव्यात्मक एवं अलंकृत भाषा विज्ञापन में प्रभाव को दुगना करने में सक्षम होती है।
5. ऐसी भाषा का प्रयोग किया जाए जो उपभोक्ता के मनोविज्ञान के अनुसार उसके संवेगों को उत्तेजित कर पाये।
6. भाषा तथ्यों को सजीव व सवाक् बनाये।
7. भाषा लक्षणात्मक व व्यंजनात्मक हो तो अधिक सार्थक भावभिव्यक्ति कर पाने में समर्थ होगी।

महत्त्व

आपकी पैनी नजर, लक्षित गुट की पहचान, कल्पनाशील प्रवृत्ति और वाक्पटुता यहाँ ज्यादा महत्त्व रखते हैं। प्रतिस्पर्धा के युग में विज्ञापन किए बिना कोई अपना सामान बेचने की सोच भी नहीं सकता। लुभावने स्लोगन बच्चे-बच्चे की जुबान पर रच-बस जाते हैं। विजुआ जालड़ बनने के लिए चित्रकार प्रवृत्ति आवश्यक है। सुंदर कलात्मक रेखांकन के माध्यम से विज्ञापन को संवारना इन्हीं का दायित्व है। तकनीकी दायित्व के निर्वहन के लिए एजेंसी में मीडिया एक्जीक्यूटिव होता है जो इस दायित्व को निबाहता है।

इलेक्ट्रॉनिक मीडिया में विज्ञापन के क्षेत्र में अपार संभावनाएँ हैं। वस्तु के प्रचार-प्रसार का विज्ञापन एक ऐसा माध्यम है जिसके कारण उपभोक्ता को लुभाया जा सकता है। इस तकनीक में संगीत बजता है, उद्घोषक एक्शन करता है और गीत गाता है।

टेलीजिवन के प्रभाव

जब भाषा एक मनुष्य को दूसरे से जोड़ती है तो समाज बन जाता है। समाज को श्रेष्ठ बनाने के लिए मनुष्य दिन-प्रतिदिन खोज करता है। कागज पर शब्दों से खेलता है। लिखे व बोले हुए शब्दों से सूचनाएँ बनती हैं। समाज गतिमान होता है। जब नैतिक शब्दों का जामा पहनती है। तब उसकी सार्थकता बढ़ती है। टेलीविजन पत्रकारिता से स्वतंत्रता, निष्पक्षता एवं

निर्भीकता के अंकुर समाज को विश्वसनीय बनाते हैं। लोक चेतना जन्म लेती है। समाज की साफ-सुथरी झलक हमें दिखाई देने लगती है। जनता की इच्छाशक्ति बढ़ती है। वह एक के बाद एक घटनाएँ सुनने को लालायित होती हैं। घटनाएँ सुनना ही नहीं बल्कि वह उसका निदान भी चाहती है। घटनाएँ सामाजिक, राजनीतिक, धार्मिक, शैक्षिक, आर्थिक इत्यादि हो सकती हैं। टेलीविजन पत्रकारिता जब इन घटनाओं को पर्दे पर प्रस्तुत करती है तो मनुष्य टेलीविजन का दास बन जाता है। सुविधा की दृष्टि से उपयुक्त घटनाओं पर निम्नलिखित नजर डाल सकते हैं–

सामाजिक प्रभाव

समाचार से लेकर सीरियल, विज्ञापन तथा फिल्म से बच्चे, युवा वृद्धों का गहरा संबंध जुड़ गया है। मनुष्य की गतिविधियाँ ही समाचार बन जाती हैं और उनका परिवेश सीरियल के माध्यम से दिखाई देने लगता है। इनकी कथा, संवाद, वेश-भूषा, गीत-संगीत आदि सभी समाज को सीधा-साधा प्रभावित करते हैं। आज प्रत्येक महिला चाहती है, उसे तुलसी जैसी बहू मिले, शांति निकेतन जैसा उनका घर-परिवार हो। फिल्मों की तर्ज पर सीरियलों में दिखाए जाने वाले पात्र भी लोगों के आदर्श बनते जा रहे हैं। सीरियल या अन्य कोई टेलीविजन कार्यक्रम आज लोगों की दैनिक जीवन की परिचर्चा का विषय बन चुके हैं।

इनके अतिरिक्त वर्तमान दौर में चैनलों के बीच बढ़ती प्रतिस्पर्धा के कारण सभी चैनल अपने उद्देश्य से भटके हुए से नजर आ रहे हैं। वर्तमान समय में किसी टेलीविजन कृति का मात्र उद्देश्य पैसा बटोरना ही रह गया है। उसका समाज पर क्या प्रभाव पड़ेगा इससे किसी को कोई सरोकार नहीं। धारावाहिकों की कहानी मुख्य रूप से 'स्त्रियों के अहम के बीच टकराव' एवं 'विवाहेत्तर-संबंध' पर ही आधारित होकर रह गई है। टेलीविजन पर निरन्तर हावी होते बाजारवाद के कारण वर्तमान समय में दिखाए जा रहे धारावाहिकों में शादी जैसा पवित्र बंधन भी मात्र दिखावा ही बनकर रह गया है। एक ही स्त्री की कई शादियाँ एवं संबंध विच्छेद तो एक आम बात हो गई है। आज के धारावाहिक परिवार को जोड़ने के अपेक्षा परिवार तोड़ने वाले ही सिद्ध हो रहे हैं। इसका समाज और देश पर क्या प्रभाव पड़ेगा। इससे धारावाहिकों के निर्माताओं का कोई सरोकार नहीं। साथ ही टेलीविजन पर परोसे जाने वाला सेक्स भी समाज को दूषित एवं युवा पीढ़ी को पथभ्रष्ट कर रहा है। अंग्रेजी-संगीत चैनलों पर दिखाए जाने वाले कार्यक्रमों के साथ भारतीय व म्युजिक एलबमों में दिखाई जाने वाली नग्नता किसी शालीन व्यक्ति को शर्मसार करने के लिए काफी है। फैशन के नाम पर दैहिक प्रदर्शन प्रस्तुत करने वाले फैशन शो प्राचीन वैदिक संस्कृति के अस्तित्व के लिए खतरनाक बन चुके हैं।

हद तो तब होती है, जब पत्रकारिता के नाम पर समाचार चैनलों द्वारा समाचारों को सैक्स के आवरण में लपेटकर एक बिकाऊ आइटम बना दिया जाता है।

राजनीति पर प्रभाव

टेलीविजन पत्रकारिता के माध्यम से देश में तेजी से बदले राजनीतिक घटनाक्रम से जनता सैकेंडों में अवगत हो जाती है। हालांकि टेलीविजन के विकास से पूर्व समाचार-पत्र राजनीतिक गतिविधियों को प्रस्तुत करने में सक्षम तो थे, पर उनके साथ दो समस्याएँ जुड़ी हुई थीं। एक तो समाचार के अध्ययन के शब्द-ज्ञान का होना आवश्यक है और जिसके चलते वह उन लोगों को जो कि शब्द-ज्ञान से अपरिचित हैं, के लिए अनुपयोगी है। दूसरे समाचार-पत्र के प्रकाशन की प्रक्रिया में पूरे दिन का समय लगता है जिसके कारण समाचार जनता तक एक दिन बाद पहुँचता है। जब तक कई परिस्थितियों में तो समाचार की उपयोगिता ही समाप्त हो चुकी होती है। टेलीविजन पत्रकारिता के इस युग में ऐसा नहीं है, यहाँ समाचार पूरी तीव्रता के साथ जन-मानस तक पहुँचता है। इसके अतिरिक्त समाचार का विश्लेषण भी प्रस्तुत किया जाता है, इससे समाचार के सभी पहलुओं से जनता रू-ब-रू होती जाती है, वो भी बिना किसी शब्दज्ञान के। इस प्रकार एक स्वच्छ जनमत के निर्माण में टेलीविजन एक कारगर हथियार साबित हो रहा है। राजनेताओं के लिए अब जनता से छलावा करना सरल नहीं है। टेलीविजन चैनलों के पत्रकारों की चौकन्नी निगाहें, और उनके तेज कैमरे से बच पाना किसी भी राजनेता के लिए संभव नहीं है। टेलीविजन क्रांति ने तो देश की राजनीति की दिशा ही बदल दी है।

सांस्कृतिक प्रभाव

सांस्कृतिक का अर्थ किसी देश की भाषा, वेश-भूषा, खान-पान, जाति, धर्म और रहन-सहन इत्यादि से होता है। टेलीविजन ने न केवल एक देश के विभिन्न भागों को जोड़ा है अपितु इस देश को विश्व के अन्य देशों से भी जोड़ा है। इस स्थिति में विभिन्न देशों की संस्कृति से सम्पर्क भी लाज़मी है। विभिन्न परिस्थितियों में तो यह लाभदायक है, लेकिन कई परिस्थितियों में इसके दुष्प्रभाव भी पड़ते हैं। भारत में दिखाये जाने वाले अंग्रेजी चैनल भारतीय संस्कृति के लिए लाभदायक होने की अपेक्षा हानिकारक ही साबित हुए हैं। विदेशी चैनलों की तो बात ही छोड़िए, देशी चैनल भी अपनी टीआरपी बढ़ाने के लिए ओछे हथकंडों को अपना रहे हैं। संगीत चैनलों पर दिखाई जाने वाली वीडियो एलबमों के गीतों में पहने जाने वाले तंग ओछे वस्त्र अश्लीलता की तमाम सीमाओं को पार कर जाते हैं उस पर कामुक और भौंडा नृत्य भी भारतीय संस्कृति की महत्ता को कम करता है। इसी प्रकार

विज्ञापनों में भी नारी देह की खूब जमकर नुमाइश की जा रही है। साफ शब्दों में वर्तमान समय में टेलीविजन ने भारतीय संस्कृति में जहाँ नारी की पूजा होती है, वहाँ देवताओं का वास होता जैसी किवदंती के स्थान पर नारी को भोग और विलास की वस्तु के रूप में प्रस्तुत किया गया है।

इसके विपरीत टेलीविजन पर दिखाए जाने वाले प्रादेशिक चैनलों के माध्यम से देश के विभिन्न प्रांतों एवं अंचलों के बीच संस्कृति का आदान-प्रदान हुआ है। आज केरल के लोग पंजाबी लोहड़ी से परिचित हुए हैं तो पंजाब के लोगों ने पोंगल के विषय में भी जाना है। इसके साथ ही टेलीविजन का एक सकारात्मक प्रभाव हिंदी भाषा को राष्ट्र और लोकप्रिय भाषा बनाने के क्षेत्र में भी पड़ा है। हिंदी चैनल जैसे स्टार प्लस, जी.टी.वी. एवं सोनी इंटरटेनमेंट जैसे हिंदी चैनल अन्य अहिंदी भारतीय प्रांतों में भी लोकप्रिय हुए। आज हिंदी लगभग समूचे देश में लोकप्रियता अर्जित कर चुकी है और देश के अधिकांश लोगों द्वारा इसे बोला और समझा जा रहा है।

धार्मिक प्रभाव

धर्म के क्षेत्र में भी टेलीविजन एक लोकप्रिय संचार माध्यम बन चुका है। अपने प्रारंभिक काल में टेलीविजन मात्र मनोरंजन के साधन के रूप में ही प्रयोग होता था। चित्रहार और हिंदी फीचर-फिल्म जैसे कार्यक्रम युवाओं और बच्चों में अपनी पकड़ बना चुके थे, लेकिन अधिकतर वृद्ध इसे युवा पीढ़ी का खिलौना समझकर इससे दूर ही रहते थे। इस स्थिति में ऐसे कार्यक्रमों की आवश्यकता महसूस की गई जो समाज के हर आयु वर्ग को भाए। इस दिशा में महत्त्वपूर्ण पहल प्रसिद्ध फिल्म निर्माता रामानंद सागर ने की उनके कृत धारावाहिक 'रामायण' ने टेलीविजन को घर-घर में प्रत्येक आयु वर्ग के बीच लोकप्रिय बना डाला। अब टेलीविजन न केवल मनोरंजन बल्कि आस्था का केंद्र भी बन चुका था। 'रामायण' के पश्चात् बी.आर. चोपड़ा द्वारा कृत 'महाभारत' भी अपने उद्देश्य अर्थात् धर्म और आस्था की स्थापना के साथ-साथ लोगों को उनके नैतिक मूल्यों के साथ जोड़ने में कारगर सिद्ध हुआ। अब तो टेलीविजन पर धार्मिक एवं पौराणिक धारावाहिकों की बाढ़ सी ही आ गई। श्रीकृष्णा, ॐ नमोः शिवाय, जय हनुमान, विष्णु पुराण जैसे सीरियल टेलीविजन पर प्रसारित किए गए और सभी ने सफलता के नए आयाम स्थापित किए।

भारत में सेटेलाइट चैनल क्रांति के पश्चात् प्रत्येक विषय जैसे संगीत, खेल, समाचार, पारिवारिक धारावाहिक, ज्ञान-विज्ञान इत्यादि सभी विषयों पर आधारित चैनलों की स्थापना हुई, तो फिर धर्म कहाँ पीछे रहने वाला विषय था। इसके फलस्वरूप संस्कार और आस्था जैसे धार्मिक चैनलों का उद्भव हुआ जो 24 घंटे सातों

दिन धार्मिक गतिविधियों पर आधारित कार्यक्रमों का ही प्रसारण करते हैं। धार्मिक सीरियलों एवं धार्मिक चैनलों के प्रसारण का माध्यम होने के कारण टेलीविजन धर्म और आस्था की स्थापना में भी उपयोगी माध्यम के रूप में उभरा है।

आर्थिक प्रभाव

किसी भी देश की अर्थव्यवस्था के विकास में व्यापार और वाणिज्य का महत्त्वपूर्ण स्थान होता है और व्यापार और वाणिज्य में सूचना का स्थान सर्वोपरि होता है। विभिन्न परिस्थितियों में व्यापारियों के लिए संभव नहीं कि वह जल्द-से-जल्द सूचना प्राप्त कर निर्णय ले सकें। इस दृष्टि से टेलीविजन व्यापार और वाणिज्य संबंधित सूचना के प्रसारण में मददगार साबित हो रहा है। विभिन्न व्यापारिक समाचार पर आधारित समाचार चैनल विभिन्न मंडियों के भाव, सैनसेक्स की उठापटक एवं व्यापार की दिशा में सरकार द्वारा उठाए जाने वाले कदम इत्यादि सूचनाओं को शीघ्रता के साथ व्यापारी वर्ग तक पहुँचाते हैं, जिससे व्यापारिक वर्ग शीघ्रता के साथ निर्णय लेने में सक्षम हो सका है और व्यापार में भी तेजी आई है। अब शेयर के भाव जानने के लिए किसी ब्रोकर को फोन मिलाने की आवश्यकता नहीं। बस टेलीविजन ऑन करने की आवश्यकता है, ताजातरीन भाव आपके स्क्रीन पर दौड़ते नजर आने लगते हैं। इसके साथ ही टेलीविजन पर विभिन्न उत्पादकों से संबंधित विज्ञापन भी प्रसारित किए जाते हैं, जो उत्पादकों के उत्पाद की बिक्री बढ़ाने में सहायक होते हैं, इससे उत्पादक संबंधित कम्पनी की आय में वृद्धि होती है, जो उस कम्पनी से जुड़े व्यक्तियों के लिए लाभदायक होता है। टेलीविजन चैनल देश व समाज के विभिन्न वर्गों के रोजगार का साधन भी बना है। टेलीविजन निर्माण से लेकर, टेलीविजन चैनलों, टेलीविजन कार्यक्रमों और टेलीजिवन विज्ञापनों के द्वारा लाखों लोगों को रोजगार उपलब्ध हुआ है, जो किसी भी अर्थव्यवस्था को गतिशील और विकसित बनाने में उपयोगी है।

--0--

टेलीविजन समाचार के लिए रिपोर्टिंग

समाचार पत्र और रेडियो रिपोर्टिंग की तरह टेलीविजन रिपोर्टिंग भी एक चुनौतीपूर्ण कार्य है। घटना स्थल पर रिपोर्टिंग के साथ प्रोड्यूसर, डायरेक्टर एवं नीति निर्धारक स्वयं ही होता है। उसे इस बात की जानकारी होनी चाहिए कि समाचार कैसे प्राप्त किए जाते हैं, कैसे लिखे जाते हैं और किस प्रकार उनका ट्रांसमिशन होता है।

समाचार-पत्र में रिपोर्टर अकेले ही दम पर किसी स्टोरी को कवर करता है, इसके विपरीत टेलीविजन समाचार निर्माण एक टीम वर्क का परिणाम होता है। यहाँ रिपोर्टर, कैमरामैन तथा समस्त न्यूज कक्ष के द्वारा किसी समाचार का निर्माण होता है। इस दृष्टि से रिपोर्टर में समस्त विभागीय कर्मियों के साथ तालमेल मिलाते हुए कार्य करने की क्षमता होनी चाहिए।

किसी समाचार-संग्रह से पूर्व रिपोर्टर को सारी योजना बना लेनी चाहिए। अपने प्रोड्यूसर, डायरेक्टर, संपादक तथा समाचार-कक्ष कर्मियों से समाचार निर्माण के विषय में विस्तृत चर्चा कर लेनी चाहिए तथा समाचार से जुड़े समस्त पहलुओं का अध्ययन कर लेना चाहिए। उसके पश्चात् अपने सहकर्मी कैमरामैन को व्यक्ति, घटनास्थल, घटना से जुड़े प्रमुख पहलू तथा रिपोर्ट की ब्रीफिग की रचना कर लेनी चाहिए। जहाँ तक हो सके यही प्रयास किया जाए कि घटना से संबंधित दृश्य सामग्री का संग्रह अवश्य किया जाए। कवरेज करते समय इस बात का भी ध्यान रखा जाए कि उपयुक्त स्थल पर उपयुक्त प्रकाश की व्यवस्था हो और किसी भी प्रकार का अत्यधिक शोर न हो।

रिपोर्टर सूट पर जाने के बाद प्रोड्यूसर के सम्पर्क में रहना चाहिए शूंटिग की प्रगति से संबंधित जानकारी उपलब्ध करानी चाहिए तथा समाचार को किस प्रकार से कलेवर प्रदान किया। इस पर प्रोड्यूसर से राय लेते रहना चाहिए। उसे स्टोरी की ब्रीफिंग की जानकारी फोन पर प्रोड्यूसर को उपलब्ध करनी चाहिए। उसके बाद प्रोड्यूसर उस सलाह के उपरांत स्टोरी को वीओ-बिट (Vo-bite) या एवीओ (AVO) में निर्माण करना चाहिए।

किसी घटना के जीवंत प्रसारण (Live Telecast) की स्थिति में उसके सम्पादन की संभावना कम होती है। इसका तात्पर्य यह नहीं कि रिपोर्टर को कुछ भी प्रसारण की छूट प्रदान की जाए। इसके विपरीत अत्याधुनिक तकनीक के दम

पर छोटी-मोटी खामियों को हटा दिया जाता है। समाचार-संग्रह में तत्परता का ध्यान रखना अति आवश्यक है। रिपोर्टर के लिए कैमरामैन से मधुर संबंध रखना अति आवश्यक है। कोई भी रिपोर्ट कैमरामैन तथा रिपोर्टर के सामूहिक प्रयास का परिणाम होती है। रिपोर्टर को कभी भी शूटिंग के समय कैमरामैन से अभद्र व्यवहार नहीं करना चाहिए। अन्यथा कैमरा मैन उपयुक्त तरीके से समाचार का दृश्यांकन नहीं कर पाएगा।

समाचार का दृश्यांकन (Visualising News)

समाचार निर्माण की प्रक्रिया में सबसे महत्त्वपूर्ण होता है समाचार का दृश्यांकन। समाचार का सटीक दृश्यांकन ही उसकी उपयोगिता को बढ़ाता है। कैमरामैन आँखों से देखता है तथा मस्तिष्क में सोची हुई विषय-वस्तु को टेप पर अंकित करता है। समाचार का दृश्यांकन करते समय सृजनात्मक मस्तिष्क के साथ तकनीकी कौशल होना भी अतिआवश्यक है। टेलीविजन समाचार किसी भी दर्शक के नेत्र, कान एवं मन पर प्रभाव डालने में सक्षम होना चाहिए। अतः टेलीविजन समाचार का दृश्यांकन करते समय मनुष्य के तीनों अंगों को ध्यान में रखकर ही समाचार का निर्माण करना होता है।

तकनीकी दृष्टि से यह कार्य कठिन होता है, पर विभिन्न कोणों के तालमेल बैठाने से इस कार्य में बेहतर परिणाम प्राप्त किए जा सकते हैं। उपयुक्त तकनीक तथा पेशेवर ढंग से दृश्यांकन न होने पर समाचार अपना मूल रूप खो सकता है। समाचार का दृश्यांकन करते समय निम्न तथ्यों को ध्यान में रखना चाहिए :–

1. दृश्य को इस कुशलता के साथ कैमरे में कैद किया जाए कि वह दर्शकों पर सकारात्मक प्रभाव डाले।
2. दृश्यांकन एवं प्रस्तुतिकरण में आए बदलाव को ध्यान में रखा जाए।
3. समाचार के दर्शकों पर पड़ने वाले प्रभाव को ध्यान में रखा जाए।
4. समाचार में सदैव सकारात्मक, प्रेरक एवं ऊर्जा, प्रेरणा देने वाले दृश्यों का समावेश किया जाना चाहिए।

टेलीविजन समाचार कक्ष (Television News Room)

टेलीविजन का समाचार कक्ष, अखबार के समाचार कक्ष से कई मायनों में भिन्न होता है। एक ओर जहाँ अखबार के समाचार कक्ष में दोपहर 12 बजे के बाद हलचल आरम्भ होती है, वहाँ टेलीविजन समाचार कक्ष में 24 घंटे ही हलचल रहती है। निरंतर बढ़ती प्रतियोगिता के दौर में समाचार चैनल को चिंता रहती है कि उनका प्रतिद्वंद्वी चैनल उनसे पहले कोई बड़ी न्यूज न ब्रेक कर दे। समाचार-पत्र

की तर्ज पर समाचार चैनलों में भी डेस्क पर काम करने वाले पत्रकारों का काम बँटा होता है। जहाँ चौबीस घंटे शिफ्ट में काम होता है। समाचार कक्ष को सामान्यतः चार भागों में बांटा जा सकता है—इनपुट, आउटपुट, प्रोडक्शन और स्टूडियो।

एक ओर जहाँ इनपुट एवं आउटपुट का कार्य पत्रकार देखते हैं, वहीं प्रोडक्शन और स्टूडियो का संचालन गैर-पत्रकार कर्मचारी करते हैं। उपरोक्त सभी भागों की विस्तृत चर्चा निम्नांकित प्रकार से की जा रही है।

इनुपट डेस्क

इस डेस्क को इनटेक, एसाइनमेंट या फिर फॉरवर्ड प्लानिंग डेस्क भी कहा जाता है। समाचार परोसने की सारी कार्ययोजना यहीं बनाई जाती है। समाचार की सफलता इसी डेस्क पर निर्भर करती है। किसी चैनल की तेजी का सारा दारोमादार इस डेस्क के कंधे पर होता है। यहाँ काम करने वाले पत्रकार समाचारों का संग्रह करके उसे आउटपुट डेस्क तक पहुँचाते हैं। समाचार चैनल को मिलने वाली कोई भी सूचना सर्वप्रथम इस डेस्क को मिलती है, तत्पश्चात् उसे आउटपुट डेस्क पर फॉरवर्ड किया जाता है।

इनपुट डेस्क का प्रमुख उत्तरदायित्व

इस डेस्क का प्रमुख उत्तरदायित्व का वर्णन इस प्रकार से किया जा सकता है :–

योजना निर्माण : इस डेक्स पर एक शिफ्ट में चार से पाँच कर्मचारी तक काम करते हैं। सभी के अपने उत्तरदायित्त्व निर्धारित होते हैं। सुबह की शिफ्ट के कर्मचारी रात की शिफ्ट द्वारा छोड़ा गया हैंड-ओवर को जांचते हैं, जिससे उस विशेष दिन का कार्य निर्धारित किया जाता है। रात की शिफ्ट में ही अगले दिन की रणनीति से संबंधित प्रश्नों जैसे किसी विशेष स्थान पर हमारे संवाददाता नहीं हैं, वहाँ उन्हें कैसे भेजा जाए? कौन-सा संवाददाता किस बीट को कवर करेगा, कहाँ पर ओवी वैन नहीं भेजी गई? जहाँ हमारे संवाददाता नहीं हैं, वहाँ से दृश्य सामग्री का संग्रह किस प्रकार से किया जाए? इत्यादि के विषय में एक विस्तृत कार्य योजना का खाका तैयार किया जाता है, सुबह की पाली के कर्मियों को इस कार्य योजना को अमली जामा पहनाना होता है।

समाचारों का संग्रह : सुबह की शिफ्ट के कर्मी हैंड-ओवर या रिपोर्ट को ही दिन के लिए दिशा-निर्देश मानकर चलते हैं और अपने कार्य को वहीं से आगे बढ़ाते चलते हैं। रातभर में घटी घटनाओं के विषय में जानकारी प्राप्त करने के लिए इनपुट डेस्क के कर्मियों में से व्यक्ति सुबह-सुबह देशभर में फैले ब्यूरो के

संवाददाताओं को फोन करके यह पता लगाते हैं कि उनके क्षेत्र में क्या कुछ घटा और उनकी पूरे दिन की क्या योजना है। इसके अतिरिक्त वह यह भी पता लगाते हैं कि यदि कोई व्यक्ति समाचार कवर कर रहा है, तो उसकी समाचार कवर करने की क्या योजना है और वह कब तक श्रव्य-दृश्य सामग्री को मुख्यालय में भेज देगा। इस प्रकार सभी संवाददाताओं से फोन करके इनपुट डेस्क अपनी दिन-भर की योजना बनाता है। टेलीविजन समाचार कक्ष में इसे डे-प्लान के रूप में जाना जाता है।

इसके साथ ही इनपुट डेस्क प्रेस विज्ञप्तियों, समाचार एजेंसियों से प्राप्त सामग्री का विश्लेषण कर उसमें से प्रसारण योग्य समाचारों का संग्रह कर उन समाचारों को आउट पुट डेस्क पर पहुँचा देता है। इस प्रकार इनपुट डेस्क समाचार संग्रह की प्रक्रिया को अंजाम देता है।

दृश्य सामग्री का लेखा-जोखा : इनपुट डेस्क का एक कर्मी जहाँ देश के विभिन्न भागों में स्थित ब्यूरो के संवाददाताओं से बातचीत कर रहा होता है। वहीं दूसरी ओर उसका सहयोगी देश के विभिन्न ब्यूरो से उपग्रह या सूक्ष्म तरंगों के माध्यम से समाचार केंद्र को भेजी गई सामग्री का लेखा-जोखा तैयार करता है। इसके साथ ही इनपुट डेस्क को उपग्रह के माध्यम से दिन में कई बार भेजी दृश्य सामग्री जिसे सिंडीकेट फीड कहा जाता है, पर भी नजर रखी जाती है। बड़ी घटना घटित होने पर किसी विशेष चैनल के संवाददाता के न पहुँचने की स्थिति में इस प्रकार के सिंडीकेट फीड काफी महत्त्वपूर्ण होते हैं। भारत में विदेशी समाचारों के लिए प्रायः इस तरह के सिंडीकेट फीड पर ही समाचार चैनल निर्भर करते हैं।

ओबी वैन की तैनाती : इनपुट डेस्क के कर्मियों में से एक का कार्य समस्त ओबी वैन और उसके साथ जाने वाले संवाददाताओं से तालमेल रखना होता है। आउटपुट डेस्क की आवश्यकतानुसार वह सुनिश्चित करता है कि जब बुलेटिन का सीधा प्रसारण हो रहा हो। तो उस समय पर समाचार कक्ष एवं ओवी वैन के बीच सेटेलाइट के द्वारा सम्पर्क स्थापित हो जाए ताकि समाचार के बीच-बीच में किसी विशेष घटना स्थल के सीधे समाचारों का जीवंत प्रसारण किया जा सके।

फोन पर कार्य : यदि कोई बड़ी घटना हो जाती है और उससे सम्बन्धित किसी व्यक्ति विशेष या अधिकारी प्रतिक्रिया जानने या घटना से जुड़े अन्य पहलुओं की जानकारी प्राप्त करने के लिए समाचार चैनल उसे व्यक्ति विशेष या अधिकारी से फोन पर उसका साक्षात्कार प्राप्त करने का प्रयास करता है। तो इसकी जिम्मेदारी भी इनपुट डेक्स को सौंपी जाती है। इनपुट डेक्स से जुड़ा एक व्यक्ति उस व्यक्ति विशेष या अधिकारी का फोन नम्बर समाचार कक्ष में उपलब्ध डायरेक्ट्री से उसके फोन नम्बर का पता कर उसे घटना के विषय में साक्षात्कार

देने के लिए राजी करता है, उसके राजी होने पर फटाफट एक बॉक्स तैयार किया जाता है, जिस पर उस व्यक्ति-विशेष का नाम या पद तथा घटना स्थल का नाम अंकित किया जाता है। तत्पश्चात् उस व्यक्ति-विशेष या अधिकारी-विशेष को फोन लगाकर कॉल को आउटपुट एटीडर तक भेजा जाता है। आउटपुट एडिटर इस ऑडियो पैनल के माध्यम से इस कॉल को समाचार-वाचक तक पहुँचाता है, जहाँ समाचार वाचक और उस व्यक्ति विशेष या अधिकारी विशेष के बीच सीधा संवाद होता है। इस दौरान टेलीविजन स्क्रीन पर उस अधिकारी विशेष का और स्थान से संबंधित वाक्स का प्रदर्शन होता है। अब तो अधिकतर चैनल घटनास्थल का नक्शा दिखाते हैं। कहीं किसी व्यक्ति-विशेष या अधिकारी विशेष के साक्षात्कार देने से मनाही करने पर वहाँ के स्थानीय पत्रकार से भी घटना की अपडेट प्राप्त कर, उस पर उसकी राय जान ली जाती है।

आउटपुट डेस्क

इनपुट डेस्क का कार्य जिस नियत स्थान पर खत्म होता है, आउटपुट डेस्क का वहाँ से प्रारम्भ होता है। इनपुट डेस्क समुचित समाचारों का संग्रह कर उन्हें आउट-पुट डेस्क को सौंप देते हैं, तत्पश्चात् आउटपुट डेस्क का उत्तरदायित्व है कि वे उसे किस प्रकार दर्शकों के समक्ष प्रस्तुत करते हैं। आउटपुट डेस्क रिपोर्टर की कॉपी का संपादन करता है, यदि किसी समाचार में घटना सम्बन्धित दृश्य सामग्री नहीं हो, तो उस जगह पर फाइल चित्र को संलग्न कर या फिर ग्राफिक के सहारे उस खबर को आकर्षक बनाया जाता है। इस डेस्क का हेड सीनियर प्रोड्यूसर स्तर का पत्रकार होता है।

आउटपुट डेक्स के उत्तरदायित्व

इनपुट डेक्स के समान आउटपुट डेक्स की समाचार चैनल के समाचार निर्माण में अति महत्त्वपूर्ण भूमिका होती है। उसके प्रमुख उत्तरदायित्व का वर्णन निम्नांकित प्रकार से किया जा सकता है :–

कॉपी का निर्माण करना : आउटपुट डेस्क पर ही टेलीविजन रिपोर्टर की कॉपी को संपादित किया जाता है उसके सहयोग के लिए एक और कॉपी राइटर होता है। ये दोनों शिफ्ट में कार्य करते हैं। यह कॉपी एडीटर एवं कॉपी राइटर प्रत्येक संवाददाता या रिपोर्टर की कॉपी में रद्दोबदल करके समाचार को प्रभावशाली बना देता है। इससे भाषा की एकरूपता बनी रहती है, क्योंकि कॉपी एडीटर और कॉपी-राइटर समय के साथ यह जान जाते हैं कि समाचार चैनल की भाषा-शैली में एकरूपता बनाए रखने के लिए किन शब्दों को कॉपी में सम्मिलित किया जाए और किन शब्दों से परहेज किया जाए।

रन-ऑर्डर का निर्माण करना : टेलीविजन समाचार की भाषा में रन-ऑर्डर या रन-डाउन का मतलब होता है समाचारों के महत्त्व को देखते हुए उनके क्रम का निर्धारण करना कि कौन-सा समाचार पहले आएगा और कौन सा उसके पश्चात्। इनपुट डेक्स का प्रयास होता है कि वह सभी छोटे-बड़े समाचारों को आउटपुट डेक्स को भेजे, पर आउटपुट डेक्स के लिए संभव नहीं कि वह एक या आधे घंटे के न्यूज बुलेटिन में सभी समाचारों का समावेश कर सके। इस वजह से आउटपुट डेक्स समाचार की अहमियत के अनुसार ही उनका चयन करता है। अब कुछ चैनल इस कार्य के रन-डाउन प्रोड्यूसर के पद का भी सृजन किया गया है और इस कार्य के लिए इस कार्य में दक्ष व्यक्ति को ही इसका जिम्मा सौंपा जाता है। जो समाचारों के क्रम का निर्धारण करता है। साथ ही सुर्खियों का भी निर्धारण करता है।

प्रोडक्शन कंट्रोल रूम में एडीटर की भूमिका : बुलेटिन का एक ब्लू प्रिंट तैयार होने के बाद, आउटपुट डेक्स का एक एडीटर न्यूज प्रसारण से पाँच मिनट पूर्व ही प्रोडक्शन कंट्रोल रूम में पहुँच जाता है। किसी बड़े समाचार के आने पर आउटपुट डेक्स का एडीटर ही निर्धारित करता है कि कौन-सा समाचार हटाया जाए।

टिकर को अपडेट करना : समाचार चैनलों पर समाचार प्रसारण के समय स्क्रीन पर नीचे की ओर एक पट्टी दौड़ती रहती है। जिस पर सामान्यतः मुख्य खबरें, शेयर बाजार के भाव, क्रिकेट की अपडेट तथा किसी विशेष खिलाड़ी या अभिनेता के जन्मदिवस की शुभकामना संदेश प्रसारित करते हैं। इसे स्क्रॉल या टिकर कहते हैं। इसे अपडेट करने का उत्तरदायित्व भी आउटपुट डेक्स का होता है। इसके अतिरिक्त आउटपुट डेक्स ही शाट्स और बाइटस (किसी साक्षात्कार का महत्त्वपूर्ण भाग) का चयन भी करता है।

टेक्स्ट के अनुसार ग्राफिक्स तैयार करना : कई बार समाचार सम्बन्धी दृश्य सामग्री उपलब्ध न होने पर समाचार चैनल घटना की परिस्थितियों को स्पष्ट करने के लिए ग्राफिक्स का सहारा लेते हैं। इन ग्राफिक्स को तैयार कराने का जिम्मा भी आउटपुट डेक्स का होता है। इस कार्य में ग्राफिक्स विभाग की मदद ली जाती है। एमिनेशन की तकनीक आ जाने के कारण यह कार्य और सरल हो गया है। अब तो समाचार चैनल सामान्य न्यूज प्रसारण में भी एमिनेशन तकनीक का प्रयोग करके बुलेटिन को और अधिक आकर्षक ढंग से प्रस्तुत कर रहे हैं।

प्रोडक्शन विभाग

आउटपुट डेक्स के साथ ही प्रोडक्शन विभाग भी समाचार चैनल के समाचार

निर्माण प्रक्रिया में अति उपयोगी भूमिका निभाता है। एक निरंतर आउटपुट डेक्स के सम्पर्क में रहता है और इसी के अनुसार समाचार का निर्माण करता है। इसके प्रमुख कार्यों को निम्न प्रकार से वर्णित किया जा सकता है।

प्रस्तुति सहायक : प्रस्तुति सहायक वीडियो सम्पादक, ग्राफिक्स आर्टिस्ट और आउटपुट डेक्स के साथ संयोजन करके संपादन तथा प्रस्तुतिकरण में हाथ बाँटते हैं। यह बुलेटिन में जाने वाले दृश्यों का ब्यौरा भी रखते हैं। यह कार्य बहुत ही उत्तरदायित्वपूर्ण होता है। यह पद टेलीविजन या फिल्म निर्माण विधा का पहला चरण होता है। इसमें महारथ हासिल करके ही वीडियो एवं संपादन के फ्लोर मैनेजर और डायरेक्टर तक बना जा सकता है। इस दृष्टि से इस पद पर कार्यरत व्यक्ति को पूरी ध्यानमग्नता, लग्न, परिश्रम तथा समर्पण भाव से कार्य करना होता है।

वीडियो एडीटर : यह प्रमुख कार्य कैमरामैन द्वारा अपने कैमरे में संकलित किए गए दृश्यों का संपादन करना होता है। किसी समाचार का एक घंटे तक कैमरे में संकलित दृश्यों में से वही दृश्य लिए जाएं जो समाचार की दृष्टि से अधिक आवश्यक है। यह कार्य एक पेशेवर तथा अनुभवी एडीटर को सौंपा जाता है जो आवश्यक दृश्यों की कमेंटरी के अनुसार तालमेल बिठाकर फाइनल फुटेज तैयार करता है। अब अधिक वीडियो-सम्पादन (Video-Editing) नॉन-लाइनर (Non-Liner) विधि से कंप्यूट्राइज मशीनों द्वारा होती है।

ग्राफिक निर्माता : इसका प्रमुख कार्य न्यूज बुलेटिन के लिए चार्ट, नक्शे एवं घटनानुसार ग्राफिक तैयार करने का कार्य होता है।

समाचार स्टूडियो

समाचार चैनल द्वारा निर्मित समाचार को मूर्त रूप प्रदान करने का जिम्मा इसी विभाग का होता है। इसके प्रमुख भाग इस प्रकार से हैं :–

प्रोडक्शन कंट्रोल रूम : स्टूडियो में होने वाली प्रत्येक रिकार्डिंग या प्रसारण का परिचालन यहीं से किया जाता है। यहाँ पर कार्यक्रम प्रसारण के लिए निर्धारित एक पैनल होता है जिसमें डायरेक्टर, टेलीप्रिंटर ऑपरेटर और सीजी ऑपरेटर होता है। इनके पीछे या इनके साथ आउटपुट एडीटर भी होता है। डायरेक्टर प्रसारण एवं तकनीकी संचालन को देखता है। टेलीप्रिंटर ऑपरेटर टेलीप्रिंटर को नियंत्रित करता है। आधुनिक टेलीविजन समाचार प्रसारण प्रक्रिया में समाचार वाचक टाइप पन्नों को देखकर समाचार नहीं पढ़ता। अब इसके लिए सामने लगे कैमरे के लेंस पर एक टेलीप्रॉम्टर लगा रहता है। इसकी स्क्रीन पर तीन-चार पंक्तियाँ ही नजर आती हैं, जिन्हें देखकर समाचार-वाचक पढ़ता है। टेलीप्रॉम्टर ऑपरेटर धीरे-धीरे

आलेख को बढ़ाता है। ऐसे में ऑपरेटर को सामाचार वाचक से समाचार पढ़ने की गति से सामंजस्य बनाकर रखना होता है। बुलेटिन पर दिखाई जाने वाली दृश्य सामग्री से सम्बन्धित जानकारी जैसे पद, नाम तथा कई परिस्थितियों में चित्रित व्यक्ति के सक्षात्कार का हिन्दी अनुवाद इत्यादि को टेलीविजन स्क्रीन पर लिखने का जिम्मा कैरेक्टर जेनरेटर (सीजी) ऑपरेटर या एस्टन के जिम्मे होता है।

स्टूडियो : यह समाचार चैनल का केंद्र बिंदु होता है, क्योंकि यहाँ से समाचार का प्रसारण या रिकार्डिंग होती है। स्टूडियो में समाचार-वाचक के अतिरिक्त कैमरामैन, फ्लोर मैनेजर, सहायक और एक इंजीनियर भी तैयार रहता है। यह वातानुकूलित और साउंडप्रूफ होता है, बाहर का शोरशराबा अंदर नहीं आता और अंदर की आवाज बाहर नहीं जा सकती। स्टूडियो में चार से पाँच कैमरे तक हो सकते हैं। फ्लोर मैनेजर स्टूडियो में होने वाली सभी गतिविधियों पर नजर रखता है। अब इयर फोन की तकनीक आने से पीसीआर में बैठा प्रोड्यूसर सीधे समाचार वाचक को निर्देश दे देता है।

ऑडियो पैनल : समाचार वाचक या रिपोर्टर की आवाज ठीक प्रकार से दर्शकों तक पहुँचे इसका ध्यान भी समाचार चैनल को रखना होता है। समाचार चैनल इसका जिम्मा ऑडियो पैनल को देते हैं। यह ऑडियो पैनल समाचार वाचक या रिपोर्टर की आवाज के फोन पर मिलने वाले समाचार और प्राकृतिक ध्वनियों को भी जैसे का तैसा दर्शकों तक पहुँचाने का काम भी करता है।

इस तरह इस समूचे विश्लेषण में हमने देखा कि समाचार कक्ष में समाचार निर्माण की प्रक्रिया एक सामूहिक प्रयास का फल होती है और प्रत्येक व्यक्ति की अपनी एक महत्त्वपूर्ण भूमिका होती है। अतः समाचार निर्माण में टीम भावना का होना परम आवश्यक होता है। सभी सदस्यों को अपना महत्त्वपूर्ण योगदान देकर प्रतियोगिक चैनलों से श्रेष्ठ बुलेटिन देने का प्रयास करना होता है।

टेलीविजन रिपोर्टिंग के विभिन्न क्षेत्र

संसद एवं राज्य-विधायिकाओं की रिपोर्टिंग

संसद एवं राज्य विधायिकाओं की रिपोर्टिंग के लिए अनिवार्य है कि रिपोर्टर केंद्रीय व राज्य विद्यायिकाओं के संगठन और उसकी कार्यप्रणाली परिचित हो। उसे संसद के दोनों सदनों लोकसभा एक राज्यसभा में दलीय स्थिति, सरकार में उपलब्ध बहुमत एवं विपक्ष की भूमिका इत्यादि विषयों में निगाह रखनी होती है।

इसी प्रकार उसे राज्यों की विधान सभा की रिपोर्ट करने वाले रिपोर्टर्स को भी राज्य- विधायिकाओं की गतिविधियों पर पैनी नजर भी रखनी होती है।

राज्य-विधायिकाओं की सभी कमेटियों की गतिविधियों पर भी नजर रखनी आवश्यक होती है।

संसद एवं राज्य विधायिकाओं की रिपोर्टिंग के लिए रिपोर्टर को प्रश्नकाल एवं शून्यकाल के महत्त्व का पता होना चाहिए। प्रश्न और शून्यकाल में उठने वाले प्रश्नों पर सघन अध्ययन की आवश्यकता होती है, प्रश्नकाल और शून्यकाल के दौरान उठने वाले प्रश्न सीधे-सीधे जनता से जुड़े होते हैं। इसलिए रिपोर्टर का कर्त्तव्य है कि वह इनसे जुड़े तमाम पहलुओं को जनता के समक्ष रखे। रिपोर्टर को पटल पर रखे जाने वाले सभी दस्तावेजों में संकलित जानकारी पर दृष्टिपात करना अनिवार्य है, उसे चेष्टा करनी चाहिए कि इन दस्तावेजों की महत्त्वपूर्ण जानकारी सारगर्भित रूप से जनता तक पहुँचाई जाए। यह दस्तावेज विभिन्न स्टूडियो के स्रोत के रूप में भी कारगर साबित हो सकते हैं। इससे अतिरिक्त रिपोर्टर को सदन में रखे जाने वाले सभी प्रस्तावों, विधेयकों, एवं बिलों को भी कवर करने में पारंगत होना पड़ता है।

रेल बजट, आम बजट, विश्वास एवं अविश्वास प्रस्ताव को कवर करना टेलीविजन रिपोर्टर के लिए चुनौतीपूर्ण कार्य होते हैं। उस पर शीघ्र, अतिशीघ्र जानकारी चैनल को पहुँचाने का दबाव, उसके कार्य को और अधिक चुनौतीपूर्ण बना देता है। ऐसी परिस्थिति में रिपोर्टर को अपने आत्मसंयम, कार्यकुशल एवं अनुभव में सामंजस्य बैठाते हुए चुनौती सहज ही स्वीकार करनी पड़ती है।

न्यायालयों की रिपोर्टिंग

किसी भी समाचार चैनल के लिए यह संभव नहीं कि वो भारत में स्थित सभी न्यायालयों की रिपोर्टिंग कर पाए। दिन-प्रतिदिन बढ़ते घोटाले एवं भ्रष्टाचार के मामलों में नेताओं तथा अफसरशाहों के सम्मिलित होने या किसी बाहुबली नेता से जुड़े मामले की सुनवाई या किसी जघन्य कृत्य, की सुनवाई, संविधान की व्याख्या में संबंधित मामले तथा केंद्र एवं राज्य या दो राज्यों के विवाद संबंधित मामले आदि परिस्थितियों में समाचार चैनल के रिपोर्टर को अदालतों की रिपोर्टिंग करनी पड़ती है। इन परिस्थितियों में रिपोर्टिंग के लिए आवश्यक है कि रिपोर्टर को न्यायिक शब्दावली की जानकारी।

रिपोर्टर में क्षमता होनी चाहिए कि वह पूरी न्यायिक कार्यवाही का निरीक्षण करके, उसके कानूनी पहलुओं पर वकीलों से चर्चा करके अपनी रिपोर्ट में कठिन एवं बोझिल न्यायिक शब्दावली से परहेज करते हुए, सीधी-सादी भाषा में तथ्य दर्शकों के समक्ष प्रस्तुत करे। न्यायालयों की रिपोर्टिंग के लिए अंग्रेजी का ज्ञान एक विशेष योग्यता मानी जा सकती है। इसके अतिरिक्त महत्त्वपूर्ण बात यह है कि रिपोर्टिंग में किसी भी स्तर पर 'न्यायालय की अवमानना (Contempt of

Court) न हो।

खेल की रिपोर्टिंग

सभी समाचार चैनल विभिन्न खेल या खेल से जुड़े समाचार, विशेष रूप से क्रिकेट से संबंधित समाचारों को अपने न्यूज बुलेटिन में अवश्य सम्मिलित करते हैं। अधिकतर न्यूज चैनल खेल से संबंधित समाचारों को अंतर में ही प्रसारित करते हैं। यदि समाचार देश की प्रतिष्ठा से जुड़ा होता है तो उसे प्रमुखता से या मेन हेडलाइन में भी सम्मिलित किया जाता है। कई-न्यूज चैनल खेलों से जुड़े समाचारों के लिए विशष न्यूज बुलेटिन भी प्रसारित करते हैं। किसी भी खेल समाचार की रिपोर्टिंग करने से पूर्व उससे संबंधित कायदे-कानून, सम्मिलित टीमें तथा प्रमुख खिलाड़ियों का बैकग्राउंड यदि आवश्यक हो तो, उसकी उपलब्धियों को अँगुलियों पर रखना चाहिए। टीमों के कैप्टन, मैनेजर, टीम की तकनीक तथा रणनीति इत्यादि को भी रिपोर्टिंग में प्राथमिकता दी जाती है। मैच पूर्व खिलाड़ियों की फिटनेस, टीम की संभावित रणनीति, दोनों टीमों के सबल एवं दुर्बल पक्षों का तुलनात्मक विश्लेषण तथा मौसम-संबंधित जानकारी इत्यादि पर भी मैच पूर्व रिपोर्ट प्रसारित की जाती है। वैसे भारत में क्रिकेट की लोकप्रियता के कारण सभी न्यूज चैनलों इसकी कवरेज को ही प्रमुखता देते हैं।

किसी विशेष खेल के आयोजन जैसे ओलंपिक, राष्ट्रमंडल एवं एशियन गेम्स इत्यादि के लिए रिपोर्टर को विशेष तैयारी करनी पड़ती है। बड़े आयोजन होने के कारण देशों एवं उनके खिलाड़ियों को कवर कर पाना चुनौतीपूर्ण कार्य होता है। इस स्थिति में रिपोर्टर के व्यावसायिक अनुभव और संबंधित विषय के संपूर्ण ज्ञान की आवश्यकता होती है। इसके लिए खेल रिपोर्टर की टीम गठित करने के आयोजन को कवर किया जा सकता है। टीम के सदस्यों को आयोजन से जुड़े अधिकारियों से अच्छे संबंध बनाकर उनसे आयोजित प्रतियोगिताओं की प्रेस रिलीज प्राप्त करनी चाहिए। राजनीति या अन्य रिपोर्टिंग की अपेक्षा खेल रिपोर्टिंग में शब्दों को अतिश्योक्ति पूर्ण शैली प्रस्तुत करने की स्वच्छंदता रहती है। खेल रिपोर्टिंग के अंत में आँकड़े एवं विश्लेषण सम्मिलित किये जा सकते हैं।

आपराधिक घटनाओं की रिपोर्टिंग

पत्रकारिता के किसी भी क्षेत्र चाहे वह प्रिंट मीडिया हो या इलेक्ट्रॉनिक सबके लिए यह आवश्यक होता है कि वह आपराधिक घटनओं से संबंधित समाचारों को यथाचित स्थान प्रदान करे। जिससे समाज अपने आस-पास में होने वाले अपराधों के प्रति सजग रहे। जिससे वह अपराधियों की काली करतूतों से स्वयं को सावधान कर सके। इसके साथ ही घृणित मानसिकता का भी पर्दाफाश हो सके। समाज एक

अपराध मुक्त समाज बन सके। टेलीविजन में अपराध के समाचरों को बुलेटिन में प्रमुख स्थान दिया जाता है। सेटेलाईट चैनलों से पूर्व दूरदर्शन ही टेलीविजन समाचार का प्रमुख माध्यम होता था। दूरदर्शन पर प्रसाारित होने वाले समाचारों में बहुत व्यापक स्तर पर घटित किसी अपराध को ही बुलेटिन में स्थान दिया जाता था अन्यथा अपराध संबंधित समाचारों से बुलेटिन को दूर ही रखा जाता था। पर समाचार चैनलों के इस दौर में प्रत्येक समाचार चैनल आपराधिक धटनाओं पर विशेष बुलेटिन या कार्यक्रम आयोजित करता है। टेलीविजन पत्रकारिता में अपराधिक समाचारों पर अधारित विशेष समाचार बुलेटिन के प्रसारण का चलन जी.टीवी पर प्रसारित सुहेल ईल्लासी कृत 'इंडियास् मॉस्ट वांडेड' की सफलता के पश्चात् शुरू हुआ।

अपराध रिपोर्टिंग का विकास

सर्वप्रथम लंदन के समाचार-पत्रों ने अपराध पर बाजार से मिलने वाली प्रतिक्रिया को पहचाना और छोटे-मोटे स्तर पर अपराध को कवरेज मिलने लगा। धीरे-धीरे अपराध रिपोर्टिंग और खोजी पत्रकारिता पूरी दुनिया पर हावी होती चली गई। वुडवर्ड और बर्नस्टन जैसे पत्रकारों ने जांबाजी से रिपोर्टिंग करके वाटरगेट प्रकरण का खुलासा किया, जिसकी वजह से उस समय न केवल अमेरिका बल्कि समूची दुनिया के सबसे ताकतवर व्यक्ति अर्थात् अमेरिकी राष्ट्रपति रिचर्ड निक्सन को अपना पद तक छोड़ना पड़ा। यह एक ऐसी मिसाल है जहाँ पत्रकारिता के समक्ष शक्ति और सर्वोच्चता जैसे शब्दों ने भी घुटने टेक दिए। इसी प्रकार जापान के प्रधानमंत्री तनाका को भी पत्रकारिता के आगे नतमस्तक होना पड़ा। इसी तरह इंडियन एक्सप्रेस ने वर्षों पूर्व कमला की कहानी के माध्यम से भारत में महिलाओं की खरीद-फरोख्त जैसे घिनौने षड्यंत्र को उजागर किया। यहाँ तक कहा जाता है कि एक पत्रकार राजकुमार केसवानी ने भोपाल में स्थित यूनियन कार्बाइड में विस्फोट की संभावना का आभास दिया था। इस तरह धीरे-धीरे अमेरिका और ब्रिटेन के साथ-साथ भारत में भी अपराध और खोजी पत्रकारिता ने अपने पैर पसारने प्रारंभ कर दिए।

समाचार चैनलों में अपराध से जुड़े समाचारों का चलन बढ़ा है। सभी चैनल अपने न्यूज बुलेटिन में अपराध से जुड़े समाचार को स्थान देने के अतिरिक्त एक विशेष बुलेटिन जिसमें मात्र आपराधिक घटनाओं को ही प्रसारित किया जाता है, का भी प्रसारण करते हैं जैसे वारदात, क्राइम फाइल एवं एफआईआर इत्यादि। किसी समाज के लिए अपराध एक घृणित प्रवृत्ति है और देश एवं समाज का पथ-प्रदर्शक होने के नाते मीडिया का दायित्व है कि वह हर घटना को समाज के सम्मुख लाए जो समाज को दूषित करती है। इस दृष्टि से क्राईम रिपोर्टिंग किसी

समाचार माध्यम के लिए उत्तरदायित्व पूर्ण कार्य जिसका निर्वाह करना उसके लिए आवश्यक है। समाचार-पत्रों में स्थान की उपलब्धता के चलते, समाचार-पत्र जिस भी स्थान से प्रकाशित होता है, वहाँ घटित हुई आपराधिक वारदातों को प्रकाशित करने की चेष्टा करता है। इसके विपरीत समाचार चैनलों में समयाभाव के चलते प्रत्येक घटना को कवर करने के स्थान पर व्यापक स्तर पर घटित वारदात या देश व समाज की जानकारी के लिए अति-आवश्यक घटना को कवर किया जाता है। अपराधिक घटनाओं पर अधारित समाचारों के लिए अलग से बुलेटिन या कार्यक्रम प्रसारित किया जाता है।

आपराधिक घटनाओं की रिपोर्टिंग (Crime Reporting) में मुख्य रूप से हत्या, बलात्कार, धोखाधड़ी, तस्करी, सेक्स रेकेट, अग्निकांड एवं दुर्घटनाओं से संबंधित मामलों को कवर किया जाता है। आपराधिक घटनाओं के प्रमुख स्रोत पुलिस फाइल होती है। आपराधिक घटनाओं की रिपोर्टिंग के लिए आवश्यक है कि उसको भारतीय दंड-संहिता का ज्ञान एवं अपराध की जाँच से जुड़े विभागों से उसके अच्छे संबंध हों ताकि जाँच की प्रगति रिपोर्ट प्राप्त होती रहे। इसके अतिरिक्त प्रसिद्ध अधिवक्ताओं के संपर्क में भी रहना आवश्यक है ताकि मामले से जुड़े कानूनी पक्षों का जायजा लिया जा सके।

आपराधिक घटनाओं की रिपोर्टिंग में हर स्तर पर कुछ सीखने को मिलता है। दिनों-दिन बढ़ता अनुभव रिपोर्टर की कार्यकुशलता में चार-चाँद लगा देता है। एक अनुभवी रिपोर्टर अपराध का प्रत्येक कोण से समाचार का आकलन कर, घटना से जुड़े तमाम पहलुओं को दर्शकों के समक्ष रख सकता है। अपराध से जुड़ी घटनाओं में सदैव कौन, क्या, कब, कहाँ, कैसे इत्यादि समाचार के तत्त्वों को ध्यान में रखना अति आवश्यक होता है। आपराधिक घटनाओं की रिपोर्टिंग में आलोचनाओं का भी सामना करना पड़ता है। रिपोर्टरों पर अक्सर आरोप लगते रहते हैं, कि वह पीड़ित व्यक्ति के व्यक्तिगत मामले में झाँकने की कोशिश करके उन्हें मसालेदार रूप में प्रस्तुत करते हैं।

स्टिंग ऑपरेशन

स्टिंग ऑपरेशन को अपराधिक घटनाओं की रिपोर्टिंग से ही जोड़कर देखा जा सकता है। आपराधिक घटनाओं के रिपोर्टिंग में अपराध होने के पश्चात् उसके पहलुयों की रिपोर्टिंग की जाती है। इसमें कुछ भी छुपा हुआ नहीं होता है। इसमें सब के सामने कैमरे रखकर रिपोर्टिंग की जाती है। इसके विपरीत स्टिंग ऑपरेशन उस अपराध का पर्दा किया जाता है जिसकी किसी को खबर तक नहीं होती। इसमें छिपे कैमरे व रिकार्डिंग उपकरणों का उपयोग किया जाता है। तहलका मामले

की सफलता के बाद समाचार चैनलों में स्ट्रिंग ऑपरेशनों का चलन बढ़ा है। सभी चैनल देश में बढ़ती रिश्वतखोरी, अधिकारों का दुरुपयोग और ऐसी घटनाएँ जिन्हें जानना समाज के लिए आवश्यक है, पर समाज उनसे अनजान है इत्यादि के पटाक्षेप के लिए स्टिंग ऑपरेशनों का उपयोग करते हैं। इसमें अत्याधुनिक कैमरे और तकनीक का इस्तेमाल करके समाचारों का संग्रह किया जाता है। इसके लिए चैनलों द्वारा घटना से जुड़े व्यक्ति को फँसाने के लिए कभी-कभी नाटक भी करना पड़ता है। स्टिंग आपरेशन को खोजी पत्रकारिता से ही जोड़कर देखा जा सकता है।

स्टिंग ऑपरेशन के लिए भी कार्य को बेहतर तरीके से अंजाम देने के लिए अनुभव की दरकार होती है। जिसे निरंतर प्रयास से ही अर्जित किया जा सकता है। इसमें कुछ विशेष प्रकार के हिडन कैमरे एवं ध्वनि रिकार्डिंग उपकरणों का प्रयोग किया जाता है। इसके लिए स्टिंग ऑपरेशन से पूर्व पूरी योजना बनाई जाती है। इसमें रिपोर्टर सीधे-सीधे न देकर स्वयं को किसी विशेष संस्था या कम्पनी से सम्बन्धित बताकर स्टिंग ऑपरेशन को अंजाम देते हैं। यह खोजी पत्रकारिता का एक खतरनाक रूप है।

स्टिंग ऑपरेशन के लिए जिन तरीकों का उपयोग किया जाता है, वो पत्रकारिता की दृष्टि से उचित नहीं ठहराए जा सकते हैं। रिश्वतर खोरी व लचर व्यवस्था के लिए किए जाने वाले स्टिंग ऑपरेशनों को तो फिर भी कुछ हद तक ठीक माना जा सकता है, परंतु किसी व्यक्ति-विशेष के व्यक्तिगत मामलों में ताक-झाँक को सही नहीं माना जा सकता। चैनल की टीआरपी बढ़ाने के लिए किए जाने वाले स्टिंग ऑपरेशन को तो किसी भी दृष्टि से उचित नहीं माना जा सकता है।

टेलीविजन रिपोर्टर की योग्यताएँ

जैसाकि उपर्युक्त वर्णित है, टेलीविजन रिपोर्टर का दायित्व चुनौतियों से भरपूर होता है। किसी व्यक्ति में एक श्रेष्ठ टेलीविजन रिपोर्टर बनने के लिए निम्नलिखित योग्यताओं का होना आवश्यक हैः—

1. समाचार-पत्र तथा रेडियो रिपोर्टर की तरह, टेलीविजन रिपोर्टर में भी समाचार बोध की क्षमता सबसे अनिवार्य योग्यता है। उसे समाचार के सिद्धांत कौन, क्या, किसने, कब, कहाँ, क्यों, कैसे इत्यादि को ध्यान में रखकर समाचार का ताना-बाना तैयार करना चाहिए।
2. उसके लिए अनिवार्य है कि वह अपने विषय के अतिरिक्त अन्य विषयों में भी दखल रखने वाला हो इस तरह वह अन्य विषयों की जानकारी रखने पर आवश्यकतानुसार अपनी रिपोर्ट में उसका समावेश करके वह अपनी रिपोर्ट

को और अधिक आकर्षक बना सकता है।

3. उसमें अच्छी लेखन क्षमता भी होनी चाहिए। अच्छे लेखन के माध्यम से शब्दों के बीच उपयुक्त तालमेल बैठाते हुए कवरेज रिपोर्ट को श्रेष्ठ ढंग से दर्शकों के समक्ष प्रस्तुत कर सकता है।
4. उसके पास अनिवार्य शैक्षिक योग्यता होनी चाहिए। यदि रिपोर्टर शिक्षित नहीं होगा तो ठीक प्रकार से अपने काम को अंजाम नहीं दे पाएगा।
5. उसे माध्यम की अच्छी जानकारी होनी चाहिए। उसे ज्ञात होना चाहिए कि टेलीविजन एक दृश्य-श्रव्य माध्यम है। इसलिए रिपोर्टिंग में जहाँ तक संभव हो सके वीडियो-फुटेज प्राप्त करने का प्रयास करना चाहिए। वीडियो फुटेज से समाचार में आकर्षण बढ़ने के साथ दर्शक समाचार के प्रत्येक पहलू से रू-ब-रू हो जाते हैं।
6. उसे अपने कर्त्तव्यों के प्रति ईमानदार होना चाहिए। सदैव मिथ्या तथ्यों से बचने की चेष्टा करनी चाहिए। आलस्य को छोड़ कठिन परिश्रम के दम पर स्टोरी को कवर करना चाहिए।
7. रेडियो तथा समाचार-पत्र के विपरीत टेलीविजन रिपोर्टर को अधिकतर स्वयं ही रिपोर्ट स्क्रीन पर प्रस्तुत करनी चाहिए। स्क्रीन पर रिपोर्ट प्रस्तुत करने के लिए उसका चेहरा फोटोजेनिक तथा आकर्षक व्यक्तित्व होना आवश्यक है।
8. चेहरा स्क्रीन पर आने के साथ ही आवाज भी स्पीकर के माध्यम से दर्शकों को सुनाई देती है, इसलिए टेलीविजन रिपोर्टर की आवाज भी ठीक होनी चाहिए।
9. उसे आत्मविश्वास से परिपूर्ण भी होना चाहिए। आत्मविश्वास न होने पर वह न तो ठीक से रिपोर्टिंग ही कर पाएगा और न ही उसका प्रस्तुतिकरण ही वह कर पाएगा।
10. उसे व्यवहारकुशल भी होना चाहिए। अपने व्यवहार से ही वह अपनी श्रेष्ठ इमेज बना सकता है, अपने सूत्र विकसित कर सकता है, जिनके माध्यम से वह समाचार संग्रह कर सकता है।

टेलीविजन एंकर

टेलीविजन एंकर न्यूज बुलेटिन की जान होता है। अपने टेलीविजन स्क्रीन पर दर्शक सर्वप्रथम न्यूज बुलेटिन में एंकर से ही परिचित होता है। एंकर ही दर्शकों को कार्यक्रम से बांधते हुए कार्यक्रम का संचालन करता है। जब टेलीविजन पर दूरदर्शन का एकाधिकार था उस समय समाचार बुलेटिन में एंकर नाम की कोई चीज नहीं हुआ करती थी, उस समय समाचार-वाचक होते थे, जो कि लिखे-लिखाये

समाचारों को स्क्रीन पर पढ़ते थे। तेज समाचार चैनलों के इस आधुनिक युग में साचार-वाचकों का स्थान एंकरों ने ले लिया है। आज एंकर को मात्र समाचार पढ़कर ही कार्यक्रम की समाप्ति नहीं करनी होती है, उसे समाचार प्रस्तुत करते हुए, योजना अनुसार बीच-बीच में दर्शकों से ब्रेक की आज्ञा भी लेनी होती है। साथ ही यह भी ध्यान रखना होता है कि इस बीच-बीच दर्शक किसी अन्य चैनल पर न पहुँच जाएं इसलिए समाचारों को इस प्रकार से छोड़ा जाए कि दर्शकों की ब्रेक के पश्चात समाचार देखने की इच्छा बनी रहे।

टेलीविजन ऐंकर खबरिया चैनलों की दुनिया में एक उत्पाद बन चुका है। आज कोई भी समाचार चैनल अपने को प्रमोट करने के लिए सर्वप्रथम अपने साथ जुड़े एंकरों को सामने लाता है। एनडी टी.वी इंडिया के प्रारम्भ होने के समय एनडीटीवी इंडिया ने चैनलों को प्रमोट करने के लिए बनाए एड में अपने साथ जुड़े ऐंकरों को टेलीविजन की स्क्रीन पर दिखाया, जिसका सीधा-सा संकेत था कि आप हमारे चैनल को देखें क्योंकि हमारे साथ हैं देश के जाने-माने एंकर। एक उत्पाद की कसौटी पर खरा उतरने के लिए ऐंकर को भी अपनी गुणवत्ता, विश्वसनीयता एवं समाचार प्रस्तुतिकरण में ताजगी और कुछ नया करने की ललक जैसे गुणों को स्वयं में विकसित करना होता है।

एक एंकर को रिपोटिंग की भी समझ होनी चाहिए। वैसे अधिकतर समाचार चैनलों के एंकर एक एंकर होने के साथ-साथ रिपोर्टर भी। रिपोर्टिंग की समझ रखना एक एंकर के लिए प्लस प्वाइंट हो सकता है। किसी विशेष घटना की स्थिति में स्टूडियो में बुलेटिन प्रस्तुत करने वाले एंकर के लिए रिपोर्टिंग का अनुभव या समझ उपयोगी हो सकती है। इस स्थिति में घटना को कवर करने वाले रिपोर्टर से वह घटना से जुड़े आवश्यक पहलुओं के विषय में बे-तुके के स्थान पर बे-वाक प्रश्न करेगा।

एंकर को रचना शील और हाजिर जबाव होना चाहिए। उसमें कार्यक्रम का संचालन भली प्रकार करने की समझ हो। वह दर्शकों को शब्दों के सम्मोहन में बँधाने की कला में माहिर हो। कई बार सामचार कक्ष में स्टिम फेल जैसी आपात स्थिति भी खड़ी हो जाती है, इस स्थिति में उसे कोई संकेत मिलने से पूर्व उसे दर्शकों को शब्दों के जाल में इस प्रकार से बाँधकर रखना पड़ता है, कि उन्हें लगे की स्टिम फेल जैसी कोई बात ही नहीं है। किसी विशेष घटना से जुड़े अधिकारी या अन्य किसी व्यक्ति को फोन मिलाने पर लाईन ट्रांसफर करने पर लाइन कट जाने की स्थिति में विचलित न होते हुए, बड़े सहज-भाव से दर्शकों के सामने वस्तुस्थिति रखनी चाहिए। वह दर्शकों से विन्रम शब्दों में कह सकता है कि माफ कीजिए फलाँ आदमी से हमारा सम्पर्क नहीं हो पा रहा है...हम लेते हैं छोटा-सा

ब्रेक या फिर माफ कीजिए फलाँ व्यक्ति से हमारा सम्पर्क टूट गया है, थोड़ी देर बात हम पुनः उनसे सम्पर्क करने की कोशिश करेंगे...तब तक हम चलते हैं अन्य खबरों की ओर।

एंकर को प्रस्तुतिकरण को आकर्षक बनाने के लिए अपने बॉडी-लैंवेज पर फिर ध्यान देना होता है। उसे समाचार को प्रस्तुत करते समय अपने हाव-भाव भी समाचारों के अनुसार बनाने पड़ते हैं। जैसे भारत की किसी विशेष क्षेत्र में उपलब्धि को एंकर उत्साह और खुशी के साथ प्रस्तुत कर सकता है तथा किसी दुःख समाचार के प्रस्तुतिकरण में पूरे दुःख एवं संवेदना के साथ समाचार का प्रस्तुतिकरण किया जाए। हाव-भाव के साथ-साथ शरीर में हल्की सी गति देकर भी समाचार को प्रस्तुत किया जा सकता है। किसी एंकर को समाचार बुलेटिन के लिए तैयार करने से पूर्व उसे परिधान पर भी ध्यान दिया जाता है। परिधान का अर्थ यह नहीं कि उसे डिजाइनर कपड़े पहनाए जाएं। परिधान पर ध्यान देने का अर्थ यह है कि कपड़े इस प्रकार से हों जो उस पर जँचें। कुछ विशेष अवसरों पर जैसे स्वतन्त्रता दिवस पर कुर्ता-पाजा में या फिर मात्र गाँधीवादी खादी टोपी लगाकर समाचार प्रस्तुति करके से उस दिन के महत्त्व को भी स्पष्ट करते हुए समाचार प्रस्तुतिकरण में नयापन लाया जा सकता है। एंकर का फोटोजेनिक चेहरा एक अनिवार्य योग्यता तो नहीं, पर उसे वरीयता अवश्य दी जाती है। एंकर को अपने उच्चारण पर विशेष ध्यान रखना होता है। एंकर का स्पष्ट उच्चारण ही कार्यक्रम के आकर्षण का केन्द्रबिन्दु होता है।

अब बात आती है कि एक एंकर को एक समाचार चैनल दिन में कितनी बार दिखा सकता है। वैसे एक आदर्श स्थिति की बात की जाए तो सुबह 6 से लेकर रात्रि 12 बजे तक के 18 घंटे के बीच एक एंकर 3 घंटे से अधिक समाचार प्रस्तुत नहीं करते। इन तीन घंटों में भी यह ध्यान रखा जाता है किसी भी एंकर को लगातार 3 घंटे न दिए जाएं। वह एक-एक या आधे-आधे घंटे के बुलेटिन में बदलते रहते हैं। ताकि उसे रिफ्रेश होने का अवसर मिलता रहे। कई बार एंकर को रिपोर्ट कवर करने के लिए फील्ड में भी भेजा जाता है। उसके लिए वैकल्पिक एंकर की व्यवस्था भी न्यूज चैनल करके रखते हैं। किसी घटना विशेष की स्थिति में एंकर को लगातार दर्शकों के साथ बने रहना पड़ता है। इस दृष्टि से एंकर को यह मानकर नहीं चलना चाहिए कि उसने दिन में तीन बार समाचार प्रस्तुत कर दिए और अब काम खत्म, उसे तो हमेशा चौकन्ना रहना पड़ता है।

एंकर को कैमरे की स्थिति का भी ज्ञान होना उसके लिए लाभदायक होता है। जैसे माना कि किसी बुलेटिन को प्रस्तुत करते समय बाहर बारिश हो रही हो तो एंकर कैमरामैन को स्टूडियो के बाहर बारिश की झलक के दृश्य

दिखाने का संकेत करके वहीं से समाचार कार्यक्रम का प्रारंभ कर सकता है। जैसे कि बाहर बारिश हो रही है, मौसम बड़ा सुहावना और इस सुहावने मौसम के बीच हम भी समाचारों के इस सुहावने सफर का प्रारम्भ करते हैं। इस तरह से शब्दों में दर्शकों को बांधते हुए कार्यक्रम की भूमिका बांधी जा सकती है।

समाचार निर्माण की प्रक्रिया टीम-वर्क से जुड़ी होती है, परंतु समाचार प्रस्तुतिकरण में मात्र एक एंकर दिखाई देता है। अब यह एंकर का उत्तरदायित्व है कि वह इस टीम वर्क को किस प्रकार से प्रस्तुत करता है। यूँ कह सकते हैं कि एंकर टीम का कप्तान है, टीम की जीत का सेहरा कप्तान के सिर ही बंधता है। यही बात एंकर पर भी लागू होती है, समाचारों का प्रस्तुतिकरण सफल रहा तो समाचार निर्माण में लगी टीम सफल यदि एंकर फेल तो टीम भी फेल। इस दृष्टि से एंकर को अपने कर्त्तव्य का पूरी निष्ठा के साथ निर्वाह करना होता है। अधिकतर समाचार बुलेटिन का जीवंत प्रसारण होता है। यहाँ गलती और त्रुटि की बिल्कुल भी गुंजाइश नहीं होती है। यहाँ आपमें क्षमता है, योग्यता है, अनुभव है, सहज और काम की बारीकियों की जानकारी है तो आप अपने काम को श्रेष्ठतम बना सकते हैं। अनुभव का अर्थ कदापि यह नहीं कि नवोदित के लिए इसमें कोई स्थान नहीं, यदि नवोदितों को एंकरों में भी अपने को प्रस्तुत करने की कुशलता है, तो वह भी एक दिन अनुभवी बन सकते हैं।

समाचार प्रस्तुतिकरण

समाचार प्रस्तुतिकरण के समय समाचार-वाचक को समाचार के क्रम में सावधानी रखनी आवश्यक होती है। उसकी वाणी में स्पष्टता के साथ-साथ समय-समय पर आवश्यक उतार-चढ़ाव भी होना आवश्यक होता है। समाचार की प्रस्तुति भाव के अनुसार ही की जानी चाहिए। वाचक को समाचार प्रस्तुतिकरण में अपने प्रस्तुतिकरण को दृश्य के अनुसार सामंजस्य बैठाना होता है। टेलीजिवन में समाचार प्रस्तुतिकरण में दर्शकों के साथ सीधा सम्बन्ध बनाए रखने के लिए समाचार पढ़ते समय लेपटॉप (Leptop) और टेलीप्रॉम्टर जैसे उपकरणों का प्रयोग किया जाता है। कागज से देखकर समाचार वाचन की तुलना में इन उपकरणों का प्रयोग अधिक सहज रहता है। टेलीप्रॉम्टर या लेपटॉप के स्क्रीन पर नजर आ रहे वाक्यों का वाचन अधिक सरल होता है। कैमरे की स्थिति इस प्रकार से रखी जाती है कि दर्शकों को ऐसा आभास होता है, जैसे समाचार-वाचक उसकी तरफ देखकर ही समाचार का प्रस्तुतिकरण कर रहा हो।

बुलेटिन प्रसारण से पूर्व तक समाचारों को 'पूल' में रखा जाता है और उनसे उपयुक्त समाचारों का चयन बुलेटिन के लिए किया जाता है। समाचार लेखन प्रक्रिया के पश्चात् समाचार से पूर्व उसे बोलकर देख लेता है। ताकि भटकाव एवं

उच्चारण में आने वाली समस्याओं का बुलेटिन पूर्व ही निवारण किया जा सके। चयनित समाचारों को उनकी प्राथमिकता के अनुसार क्रम में लगाया जाता है। बुलेटिन के आरम्भ में हेडलाइन को पढ़ा जाता है और उसके पश्चात ही समाचारों को क्रमानुसार विस्तार से वर्णित किया जाता है।

पीस टू कैमरा (Piece to Camera) :– सभी रिपोर्टिंग कुशलताओं में पीटीसी सर्वाधिक महत्त्वपूर्ण है। पीटीसी का अर्थ उस स्थिति से है जिसमें रिपोर्टर स्वयं कैमरे के समक्ष खड़ा होकर दर्शकों के समक्ष समाचारों को प्रस्तुत करे। दृश्य सामग्री के उपलब्ध होने पर पीटीसी समूचे पैकेज का अंग होने के कारण प्रस्तुतिकरण का उपयुक्त ढंग होता है। रिपोर्ट शूट करने तथा पैकेज करने का समय नहीं होने की स्थिति में रिपोर्टर को समाचार का जीवंत प्रसारण करना होता है। कैमरा दल के सदस्य कैमरा तथा माइक्रोवेब ट्रांसमिशन को सेट कर देते हैं तथा रिपोर्टर प्राप्त सूचना को संगृहित करता रहता है। प्रसारण केंद्र से संपर्क होने पर रिपोर्टर कैमरे द्वारा कैद किए जाने वाले दृश्यों से संबंधित समाचार सीधे-सीधे टेलीविजन स्क्रीन के समक्ष बैठे दर्शकों को उपलब्ध कराता रहता है। सामान्य रिपोर्टिंग में पीटीसी को तीन भागों में विभक्त किया जाता है।

1. ऑपनर : वह शॉट जोकि प्रारंभ में कैमरामैन के द्वारा रिपोर्ट प्रारंभ करने के समय लिया जाता है।

2. ब्रिज : वह शॉट जोकि रिपोर्ट के बीच में कैमरा मैन द्वारा रिपोर्टर का लिया जाता है, यह ऑपनर तथा क्लोजर के मध्य की स्थिति होती है।

3. क्लोजर : वह शॉट जो कि कैमरामैन द्वारा रिपोर्टर का रिपोर्ट के अंतिम क्षणों में लिया जाता है। यह रिपोर्ट के समापन का सूचक माना जाता है। प्रोड्यूसर अक्सर रिपोर्टरों से कैमरे के समक्ष उपस्थित दर्ज करने के लिए कहता है। प्रत्येक स्टोरी रूप और विषय में अन्य स्टोरियों की अपेक्षा भिन्न होती है, अतः कोई एक निश्चित नियम नहीं कि किसकी किस स्टोरी में रिपोर्टर को कैमरे के समक्ष उपस्थिति दर्ज करानी है और किसमें नहीं। स्टोरी संबंधित दृश्य सामग्री उपलब्ध होने पर रिपोर्टर अपनी ध्वनि के माध्यम से समाचार को प्रस्तुत कर सकता है परंतु दृश्य सामग्री उपलब्ध होने की स्थिति में उसे स्वयं कैमरे के समक्ष उपस्थित होकर घटना का विवरण प्रस्तुत करना होता है।

पीटीसी के लिए सदैव दो बातों को ध्यान में रखना आवश्यक होता है बोले गए शब्दों की लेखन क्षमता तथा कैमरे के समक्ष उच्चारित शब्दों के स्मरण की योग्यता। घटनास्थल को बैकग्राउंड के रूप में प्रस्तुत करना किसी समाचार की विश्वसनीयता को बढ़ा देता है। प्रत्यक्षदर्शियों के साक्षात्कार और घटना के समय उनके अनुभव भी स्टोरी को वजनदार बना देते हैं। अतः पीटीसी प्रस्तुत करते समय

समस्त तथ्यों को ध्यान में रखना चाहिए।

पीटीसी प्रस्तुत करने से पूर्व ध्यान रखने योग्य बातें :–

1. पीटीसी में सदैव 75-90 शब्दों का उच्चारण 25-30 सकैंड के भीतर करने की चेष्टा करनी चाहिए।
2. रिपोर्टर के चेहरे की अपेक्षा घटनास्थल के दृश्यों को प्राथमिकता देनी चाहिए।
3. जहाँ तक संभव हो स्टोरी में घटनास्थल से संबंधित दृश्यों का समावेश अवश्य करना चाहिए।
4. अत्यधिक व्यस्त बैकग्राउंड का रिपोर्ट में प्रस्तुतिकरण से परहेज करना चाहिए।
5. अच्छे, साफ-सुथरे कपड़े पहन, सज संवरकर रिपोर्ट प्रस्तुत करनी चाहिए। गंदे तथा बे-ढंगे कपड़े न केवल स्टोरी की दृश्यता को कम कर देंगे अपितु इससे रिपोर्टर के प्रति एक नकारात्मक भावना भी दर्शकों में पनपेगी।

स्टूडियो-स्पॉट (Studio-Spot): स्टूडियो-स्पॉट में समाचार सामग्री के वाचन की जिम्मेदारी वाचन प्रक्रिया के समय ही समाचार-वाचक के स्थान पर किसी अन्य को सौंपी जाती है। एक वरिष्ठ संवाददाता को इस जिम्मेदारी को निर्वाह करते हुए, स्टूडियो में बैठ कर ही घटना या स्टोरी के विषय में विवरण प्रस्तुत करता है। उदाहरण के लिए–

"खेल से जुड़ी अन्य खबरों की जानकारी के लिए चलते हैं, हमारे स्पोर्ट डेक्स पर जहाँ हमारे वरिष्ठ खेल संवाददाता कखग आपको बतायेंगे कि क्या हुआ आज खेल जगत् में" इसके तत्पश्चात खेल संवाददाता खेल से जुड़ी खबरों का विवरण प्रस्तुत करना प्रारंभ कर देता है। इसी को स्टूडियो स्पॉट कहा जाता है।

जहाँ पीटीसी का दृश्यांकन घटनास्थल पर होता है। वहीं स्टूडियो स्पॉट में समाचार का वाचन स्टूडियो में समाचार संग्रह करने वाले व्यक्ति के स्थान पर किसी अन्य व्यक्ति द्वारा किया जाता है। इसके अतिरिक्त स्टूडियो स्पॉट में समाचार को ट्रांसमिशन के पश्चात् अपडेट भी किया जा सकता है। साथ ही पीटीसी की तुलना में स्टूडियो स्पॉट में स्टूडियो में उपलब्ध उपकरणों की सहायता से समाचार का वाचन भी सरल हो जाता है। समाचार संग्रह करने वालों में मुख्य रूप से विशेष संवाददाता या रिपोर्टर जिन्हें केवल समाचार के प्रमुख तथ्य दृश्य साम्रगी सहित या बिना दृश्य साम्रगी के एकत्र करने के लिए कहा जाता है।

टेलीविजन समाचार निर्माण चैनल कर्मियों के सामूहिक प्रयास का प्रतिफल होता है। स्टूडियो सेट-अप में मानवीय भूलों की काफी संभावना रहती है। यहाँ उन चारों नियमों को प्रस्तुत किया जा रहा है, जिन्हें स्टूडियो में कैमरे के समक्ष प्रस्तुत करते समय रिपोर्टर को ध्यान में रखना चाहिए।

1. आत्मनियंत्रण को बनाए रखना, समस्याओं को स्वीकार कर उनके निदान

की चेष्टा करना।

2. सदैव फाइल कॉपी तैयार करें, यदि वीडियो टेप उपलब्ध न हो सका हो तो फाइल कॉपी को शो में ले जाना चाहिए।

3. कभी भी प्रस्तुतिकरण करते समय नाक या शरीर के किसी भी अन्य अंग को नहीं खुजलाना चाहिए।

4. स्टूडियो में प्राप्त होने वाले संकेतों से पूर्णतः परिचित रहना चाहिए।

स्टैंड-अपर (Stand-upper)

ऐसी रिपोर्ट जो रिपोर्टर द्वारा पूरी तरह कैमरे के समक्ष प्रस्तुत की जाए। उसे स्टैंड अपर कहते हैं। इसमें दो कार्य एक साथ कैमरे के समक्ष किये जाते हैं—स्टैंड-अपर तथा डिलीवर करना। इन दिनों लंबे-चौड़े स्टैंडीअपर लगभग समाप्त से ही हो गए हैं। स्टैंड-अपर को हम तीन भागों में विभाजित कर सकते हैं।

(1) ऑपनर (Opner) (2) ब्रिज (Bridge) (3) क्लोजर (Closer) । समान्य स्टैंड-अपर रिपोर्टिंग में कम-से-कम दो भागों को अवश्य ही सम्मिलित किया जाता है। रिपोर्ट समाप्त करने के पश्चात् भी पाँच-सात सेकेंड तक रिपोर्टर की आँखें कैमरे के समक्ष गतिशील रहती हैं। 'क्लोज-पेड' (Close-Pad) के द्वारा ऐसी गतिविधियों पर अंकुश लगाया जाता है। अतः सदैव स्टेंड-अपर में क्लोजिंग-पेड का प्रयोग अति आवश्यक और उपयुक्त रहता है।

समाचार-पत्र मे बाईलाइन (by lines) एवं डेटलाइन (date lines) जैसे शब्दों का प्रयोग स्टोरी के प्रारंभ में किया जाता है। इसके स्थान पर टेलीविजन रिपोर्टिंग में मात्र बाईलाइन (by lines) का ही प्रयोग किया जाता है। परंतु बाईलाइन (by lines) के साथ घटनास्थल की एवं समाचार चैनल या समाचार कार्यक्रम की सूचना भी दी जाती है।

जैसै—

मैं दीपक चौरसिया, दिल्ली, आज तक

मैं नगमा, जयपुर, एन.डी.टी.वी. इंडिया के लिए

दूरदर्शन समाचार बुलेटिन तथा निजी सामाचार चैनलो के समाचार बुलेटिन में अन्तर

टेलीविजन पत्रकारिता का अध्ययन करने वाले के लिए आवश्यक है कि दूरदर्शन के लिए बनाए जाने वाले समाचार बुलेटिल तथा समाचार चैनलों के लिए बनाए जाने वाले समाचार बुलेटिनों के बीच अन्तर को समझ लेना चाहिए। निजी समाचार चैनलों के आगमन से पूर्व दूरदर्शन (यहाँ टेलीविजन के हिन्दी रूपांतर के रूप में दूरदर्शन का प्रयोग नहीं किया गया जबकि दूरदर्शन-केन्द्र के रूप में दूरदर्शन का प्रयोग किया गया है।) के राष्ट्रीय तथा क्षेत्रीय केन्द्रों से समाचार का प्रसारण

किया जाता था। इसमें कभी 10 मिनट के समाचार बुलेटिन के लिए एक समाचार-वाचक तथा 20 मिनट के समाचार बुलेटिन के लिए दो समाचार-वाचक समाचारों का वाचन करते थे। बीच-बीच में समाचार संबंधित विजुअल फुटेज का प्रसारण किया जाता है। लगभग समूचित समाचारों का प्रस्तुतिकरण वाचकों द्वारा ही किया जाता था।

यहाँ समाचार-वाचक प्रस्तुतिकरण का सारा दरोमदार समाचार-वाचक पर ही हुआ करता था। पर वर्तमान समय में या यूँ कि निजी समाचार चैनलों ने इस परिपाटी को पूरी तरह से बदल दिया है। यहाँ समाचार-वाचकों का स्थान एंकरों ने लिया है। जिन्हें समाचारों के अनुसार हाव-भाव मानते हुए समाचार प्रस्तुत करना पड़ता है। समाचार-वाचको को शान्त और धीरे स्वर में समाचार देने पड़ते थे। पर वर्तमान समय के समाचार एंकरों को समाचारों के अनुसार आवाज में जोश भी लाना पड़ता है।

दूरदर्शन ने अपने समाचार बुलेटिन के प्रस्तुतिकरण में इन तथा आधुनिक परिपाटी को अपानाते हुए समाचार प्रस्तुतिकरण में समाचार-वाचक के कार्य को काफी हद तक कम कर किया है। अब समाचार बुलेटिन में समाचार वाचकों के साथ समाचार को निर्माण करने वाले रिपोर्टर भी समाचार प्रस्तुतिकरण प्रक्रिया का एक हिस्सा बन गए हैं। इस सब परिवर्तनों के बावजूद दूरदर्शन समाचार में बुलेटिन अपने मूलाधार से नहीं भटकते हैं अर्थात दूरदर्शन समाचार बुलेटिन में सभी प्रकार के समाचारों को सम्मिलित किया जाता है। जैसे राजनीतिक समाचार, वैदेशिक समाचार, खेल समाचार, व्यापारिक समाचार तथा अन्त में मौसम की जानकारी। दूरदर्शन में दर्शकों को सभी प्रकार की जानकारी देने का प्रयास किया जाता है। इसके विपरीत निजी समाचार चैनलों में ऐसा नहीं होता। यहाँ एक घंटे के समाचार बुलेटिन में कई बार तो एक ही समाचार के सभी पहलुयों को ही पूरे बुलेटिन में दिखाया जाता है। कई बार आधा घंटा समाचार के लिए और आधा घंटा क्रिकेट के लिए। कहने का तात्पर्य है कि बुलेटिन में सभी प्रकार के समाचारों को सम्मिलित करने का प्रयास नहीं किया जाता है। इस दृष्टि से यह कहा जा सकता है। दूरदर्शन का समाचार बुलेटिन में अपने आपमें एक पूर्ण समाचार बुलेटिन होता है।

दूरदर्शन समाचार बुलेटिन में ब्रेकिंग न्यूज दिखाने में किसी भी प्रकार की जल्दबाजी नहीं की जाती। समाचार के पुष्ट होने पर ही न्यूज को ब्रेक किया जाता है। जबकि निजी समाचार चैनलों में प्रतियोगिता के चलते कई बार विश्वसनीयता को भी ताक रखकर तत्परता के साथ न्यूज ब्रेक कर दी जाती है।

टेलीविजन के लिए साक्षात्कार करना

इंटरव्यू लेना भी एक कला है। अपना प्रश्न स्पष्ट तथा सीधे-सादे ढंग से इस तरह रखना चाहिए कि उत्तर ठोस और जानकारी से भरा मिले। विषय से परे न जाते हुए प्रश्न के उत्तर में से ही अलग प्रश्न निकालने की कला साक्षात्कार को प्रभावकारी और जोरदार बनाती है। यदि यांत्रिक रूप से प्रश्नों की बौछार होती रहे तो भेंटवार्ता का उद्देश्य ही समाप्त हो जाता है। प्रश्न ऐसे हों, जिनसे सामने बैठा व्यक्ति अपनी बात कहने को प्रेरित हो।

'टेलीविजन पर इंटरव्यू' विषय पर डॉ. चंद्र प्रकाश मिश्र का कथन है—

"टेलीविजन पर आमने-सामने बैठकर पहले ही रिकॉर्डिंग कर ली जाती है। अनावश्यक चीजों या आपत्तिजनक कथनों को अथवा समय की सीमा अधिक हो जाने पर पूरे कार्यक्रम को संपादित कर दिया जाता है। कभी-कभी सीधा प्रसारण (Live Telecast) भी होता है। ऐसा करने की स्थिति में अतिरिक्त सावधानी की आवश्यकता होती है। इससे प्रायः इन साक्षात्कारों में सहजता समाप्त हो जाती है।"

एक अच्छे रिपोर्टर के लिए एक अच्छा साक्षात्कार-कर्ता भी होना अनिवार्य है। किसी राजनीतिक व्यक्ति या किसी विशेषज्ञ से टेलीविजन कैमरे के समक्ष प्रश्न पूछते समय रिपोर्टर को यह ज्ञात होना चाहिए कि साक्षात्कार कैसे लिया जाए।

साक्षात्कार लेते समय ध्यान रखना चाहिए कि समक्ष बैठे व्यक्ति के मत, सोच तथा अभिप्राय अतिआवश्यक हैं। यदि प्रश्न के उत्तर से आप संतुष्ट न हों तो अपने अनुभव का उपयोग करते हुए सटीक उत्तर प्राप्त करने की चेष्टा करनी चाहिए। साक्षात्कार में झगड़ालू एवं आक्रामक प्रवृत्ति का कोई स्थान नहीं होता।

साक्षात्कार लेने से पूर्व प्रश्नावली तैयार कर लेनी चाहिए। साक्षात्कार लेते समय अच्छे श्रोता तथा अच्छा मित्र बनकर दिखना चाहिए ताकि आपका मेहमान आपके प्रश्नों का अच्छे से अच्छा उत्तर दे सके।

साक्षात्कार-कर्ता के लिए आवश्यक निर्देश

यद्यपि टेलीविजन पर साक्षात्कार लेने में अधिकतर वे ही चरण व प्रक्रिया प्रयुक्त होती हैं जो कि मुद्रित माध्यम में होती हैं तथापि कतिपय विशेषताएँ ऐसी हैं जो तीनों माध्यमों में साक्षात्कार-प्रक्रिया व प्रस्तुतिकरण का अंतर दिखलाती हैं। इसलिए टेलीविजन पर साक्षात्कार लेते समय और उसकी प्रस्तुति के समय अनेक बातों और नियमों का ध्यान रखना चाहिए। इन्हें इस प्रकार देखा जा सकता है—

1. प्रस्तुति के प्रारंभिक अनुच्छेद से व्यक्ति और परिस्थिति का परिचय दें।
2. साक्षात्कारदाता को सहज बनाने का प्रयास करें। उसे यह विश्वास दिला दें कि बातचीत बहुत सहज वातावरण में होगी। यथासंभव माइक्रोफोन और कैमरे ऑन होने से पहले साक्षात्कारदाता से सहज बातचीत करना श्रेयस्कर रहता है। इससे साक्षात्कारदाता का आत्मविश्वास बढ़ता है। विशेषतः यह

उन लोगों के लिए अत्यंत आवश्यक है जो पहली बार स्टूडियो में रिकॉर्डिंग के लिए आते हैं।

3. साक्षात्कारकर्त्ता को लंबे-चौड़े वाद-विवाद से बचते हुए केवल विषय पर ही ध्यान केंद्रित रखना चाहिए जिससे दर्शक न ऊबे और साक्षात्कार भी रोचक बना रहे।
4. यदि साक्षात्कारदाता से बातचीत की हल्की रूपरेखा पर साक्षात्कार-कर्ता विचार-विमर्श कर चुके हैं तो आगे वह अपने प्रश्न न बताएं बल्कि प्रश्नों को अपने मन के भीतर ही रखें। यदि कुछ संकेत साक्षात्कार-कर्ता ने अलग से कागज/पैड पर अंकित कर लिए हैं तो ठीक हैं लेकिन इन प्रश्नों को साक्षात्कारदाता को नहीं बताएं। प्रश्न बता देने से बातचीत की स्वाभाविकता नष्ट हो सकती है तथा स्वर के उतार-चढ़ाव और चेहरे के हाव-भाव में भी परिवर्तन आ सकता है।
5. शीघ्र-अतिशीघ्र विषय से संबंधित उन प्रश्नों को सोचने में सक्षम होना चाहिए। कई अवसरों पर साक्षात्कार-कर्ता को पूर्व निर्धारित योजना से हटते हुए भी प्रश्न पूछने पड़ते हैं। उसमें इतनी क्षमता होनी चाहिए कि वह तर्कसंगत प्रश्नों को शीघ्रता से सोचकर बीच-बीच में पूछता रहे और समक्ष बैठे व्यक्ति को मजबूरन उनका उत्तर देना पड़े।
6. साक्षात्कार करते समय रिपोर्टर को सदैव ध्यान में रखना चाहिए कि साक्षात्करदाता से विन्रमता और मधुरता के साथ प्रश्न पूछे जाएं। आप कैसे हैं? आप कैसा महसूस कर रहे हैं? राजनीति में अपने भविष्य को लेकर आप कितने आशान्वित हैं? इस तरीके के प्रश्नों से परहेज करना चाहिए। विषय से संबंधित न होने के कारण इस तरह के प्रश्न साक्षात्कार को नीरस बना देते हैं। साक्षात्कार में माहौल को अंत तक सोहार्द्रपूर्ण बनाए रखना चाहिए।
7. प्रश्नों को इस प्रकार से पूछा जाना चाहिए कि उपस्थित व्यक्ति उसका उत्तर मात्र हाँ या न में देकर न टाल दे। जैसे सुना है, आप मुख्यमंत्री महोदय से असहमत होने के कारण अपने पद से त्याग-पत्र दे रहे हैं? प्रश्नों को कौन, क्या, कब, कहाँ, कैसे, कैसा, कौन-सा इत्यादि शब्दों से प्रारंभ करना उपयुक्त रहता है। प्रश्न को इस प्रकार से पूछने पर कि "क्या आप मुझे बताएँगे, नई मशीन किस प्रकार से कार्य कर रही है?" हाँ या न में उत्तर देने की संभावना कम है।
8. साक्षात्कार शुरू होने पर साक्षात्कार-कर्ता सहज रहे। साक्षात्करदाता से प्रारंभिक दौर में साक्षात्कार-कर्ता हल्के और सरल प्रश्न पूछे जिससे साक्षात्कारदाता सहजता का अनुभव करने लगे। साक्षात्कार के समय

साक्षात्कारदाता के प्रत्येक उत्तर को साक्षात्कारकर्ता ध्यान से और धैर्यपूर्वक सुने और उसके उत्तर से प्रश्न निकाले। तभी प्रश्नोत्तरों में तारतम्य बन पाएगा और साक्षात्कार-कर्ता उत्तर की समीक्षा करके/दर्शक तक उसे विश्लेषित कर पाएगा।

9. साक्षात्कार-कर्ता इस बात का सदैव स्मरण रखे कि उसके प्रश्न निर्धारित विषय से हटकर न हों, अन्यथा उसकी स्थिति हास्यापद बन जाएगी। यदि साक्षात्कारदाता विषय से अलग हटने लगे तो अत्यंत शिष्टता के साथ अपने वाक्‌चातुर्य से साक्षात्कार-कर्ता उसे विषय पर ले आए।
10. इसके साथ साक्षात्कार पर जाने से पूर्व अवश्य तैयारी और शोध कर लेना चाहिए। जैसे साक्षात्कार लेने वाले व्यक्ति की पृष्ठभूमि, मत तथा विचार जिन पर साक्षात्कार को केंद्रित रखना है, दृश्य सामग्री जैसे फिल्म स्लाइड और ग्राफिक, फोटोग्राफ चित्र तथा मानचित्र इत्यादि। टेलीविजन रिपोर्टर का प्रथम कर्त्तव्य है कि वह दर्शकों के प्रतिनिधि के नाते साक्षात्कार देने वाले व्यक्ति से जनअभिमत तथा जनरुचि से जुड़े प्रश्नों का उत्तर जानने की चेष्टा करे।
11. साक्षात्कारदाता के संवाद में अनावश्यक हस्तक्षेप न करें। अनावश्यक हस्तक्षेप और टोका-टोकी से साक्षात्कारदाता खीझ सकता है और कह सकता है कि 'पहले मेरी बात सुन लीजिए तब बोलना।' ऐसी स्थिति कदापि उचित नहीं होती। साक्षात्कारकर्ता इस बात का सदैव ध्यान रखे कि दर्शकों की रुचि आपको देखने से कम और उस विशिष्ट व्यक्ति (साक्षात्कारदाता) को देखने में अधिक होती है।
12. प्रश्न संक्षिप्त, स्पष्ट और सरल हों। साक्षात्कार-कर्ता का उच्चारण भी स्पष्ट होना चाहिए।
13. टेलीविजन पर साक्षात्कार की स्थिति में अनावश्यक हाथ-पैर, आँख, मुँह आदि न नचाएँ। साक्षात्कारदाता के खीझने और असहज होने पर उसका उपहास उड़ाने का प्रयास नहीं करें बल्कि मुस्काराते हुए साक्षात्कारदाता की ओर देखें और सहज बनें।
14. अधिक से अधिक समय अतिथि की आँखों व चेहरे पर देखने का प्रयास करें और उसके चेहरे पर उमड़ते भावों तथा अपने ऊपर पड़ने वाले प्रभाव को अपने हाव-भावों से अवश्य व्यक्त करते रहें।
15. साक्षात्कार के समय स्टूडियो में मंच-प्रबंधक के संकेतों की ओर भी ध्यान देते रहें।
16. टेलीविजन पर साक्षात्कार लेते समय यदि संभव हो तो साक्ष्य/पुरस्कार/कृति

आदि को दर्शकों के समक्ष प्रस्तुत करें।

17. साक्षात्कार किस प्रकार समाप्त करना है? कितने समय में समाप्त करना है? इस बात का दायित्व साक्षात्कार-कर्ता मंच प्रबंधक की सहायता से करता है। अंत में साक्षात्कार-कर्ता यह कह सकता है—'अच्छा, अंत में एक आवश्यक प्रश्न' या 'आज की बातचीत समाप्त करने से पहले हम आपसे एक बात और जानना चाहेंगे'...अथवा समाप्त करने से पूर्व कृपया हमारे श्रोताओं, दर्शकों को यह बताने का कष्ट करें।' अंतिम प्रश्न के बाद साक्षात्कार की संक्षिप्त समीक्षा करते हुए साक्षात्कार-कर्ता कह सकता है 'आपने हमें बहुत अच्छी-अच्छी बातें बतायीं। हम चाहते थे कि आपसे और बहुत-सी बातें होतीं लेकिन समय हमें इसकी अनुमति नहीं दे रहा। विश्वास है कि फिर कभी मिलेंगे। आपसे मिलकर बहुत अच्छा लगा। आपका बहुत-बहुत धन्यवाद।' या 'आप हमारे स्टूडियो में आए। हमें आपसे मिल कर बहुत अच्छा लगा। आपका बहुत-बहुत धन्यवाद, कुछ कार्यक्रमों में यह भी कह दिया जाता है, 'तो ये थी...से बातचीत। अब अगले हफ्ते...(कार्यक्रम में) फिर मिलेंगे, एक नई शख्शियत के साथ। तब तक के लिए...(अगला नाम) आपसे विदा चाहता है। धन्यवाद! आपको हमारा कार्यक्रम कैसा लगा? आप हमें इस पते पर अवश्य लिखिए...(पता)।'

साक्षात्कार कैसे करें

टेलीविजन साक्षात्कार वाद-विवाद की अपेक्षा एक साधारण तथा सहृदय वार्तालाप होना चाहिए। साक्षात्कार-कर्ता को साक्षात्कार देने वाले व्यक्ति की समस्त गतिविधियों, प्रतिक्रियाओं एवं भाव-भंगिमाओं को ध्यान में रखना चाहिए। एक कुशल मनोवैज्ञानिक की भाँति टेलीविजन रिपोर्टर को साक्षात्कारदाता के मत और अभिमत को प्रकट करवाने की चेष्टा करनी चाहिए। एक साक्षात्कार-कर्ता को 'मूवर्स एंड शेखर' के शेखर सुमन की हास्य और परिहासपूर्ण शैली से युक्त होते हुए अपने साक्षात्कादाता को गुदगुदाते हुए उससे जुड़े तमाम सवालों को कुरेदने का प्रयास करना चाहिए या फिर 'आपकी अदालत' के रजत शर्मा की तरह गंभीर एवं तर्कपूर्ण शैली में जवाब टटोलने का प्रयास करना चाहिए। एक साक्षात्कार निम्न प्रकार से लिया जाना चाहिए :—

1. समक्ष बैठे व्यक्ति के सभी आश्चर्यपूर्ण एवं अद्भुत तथ्यों पर अचम्भित होते हुए अपनी बात को आगे बढ़ाना चाहिए, जिससे समक्ष बैठे व्यक्ति से आसानी से जुड़ा जा सके।
2. समक्ष व्यक्ति के उत्साहित होने, उदास होने तथा हत प्रभ होने की स्थिति में स्वयं में उसके जैसी प्रतिक्रिया देने की चेष्टा करनी चाहिए, ताकि

साक्षात्कारदाता व्यक्ति को लगे कि साक्षात्कारकर्त्ता उसकी तरफ पूरी तरह से ध्यान दे रहा है।

3. साक्षात्कार के समय अपने समक्ष बैठे व्यक्ति के राजनीतिज्ञ या जानी-मानी हस्ती होने के कारण कभी भी नर्वस होकर अपना आत्मविश्वास नहीं खोना चाहिए। साक्षात्कार सदैव उत्साह एवं आत्मविश्वास के साथ लेना चाहिए। जो कुछ बोलना हो, उसकी पूरी जानकारी आपके मन-मस्तिष्क में पहले से रहनी चाहिए इससे आपका आत्मविश्वास दृढ़ होगा। पूर्वाभ्यास से यह संभव है।
4. माइक्रोफोन को उचित दूरी पर रखें। उसे छुएँ नहीं। टी.वी. स्टूडियो में आपके कॉलर या जेब में लगाया गया माइक (जिसे लैपल कहा जाता है) आपके बटन, शरीर जेब में पड़े सिक्के आदि को न छुएँ।
5. साक्षात्कार लेते समय कभी समक्ष व्यक्ति की बातों की अवेहलना करते हुए इधर-उधर झाँककर अपने सहयोगियों से संकेतों का आदान-प्रदान नहीं करना चाहिए। साथ ही साक्षात्कार-कर्ता द्वारा लाई गई नोटबुक या किसी भी प्रकार के कागज पर लिखे तथ्यों को पढ़ने पर भी ध्यान नहीं देना चाहिए। इसके विपरीत सभी हास्य-परिहास पूर्ण किस्सों पर पूरी तरह ध्यान देते हुए हँसना भी चाहिए जिससे उसे लगे कि आप पूर्णतः उससे जुड़े हुए हैं।
6. बीच-बीच में आने वाले अस्पष्ट बिंदुओं को स्पष्ट करने का प्रयास करते रहना चाहिए ताकि दर्शक एक निश्चित मत निर्धारित कर सकें। संदेहात्मक स्थिति में कुछ और प्रश्नों के माध्यम से तथ्य को स्पष्ट करने का प्रयास करना चाहिए।
7. टेलीविजन पर आने वाले व्यक्ति को अपनी वेशभूषा, बैठने के ढंग, बोलने के ढंग, संवेदनाओं एवं भावनाओं की अभिव्यक्ति पर विशेष ध्यान देना चाहिए। इनसे व्यक्तित्व बनता है। अतः सौम्य, शालीन, सहज तथा भद्र व्यक्तित्व के स्वामी बनें।

9 बोलने में उतार-चढ़ाव और विराम आदि का ध्यान अवश्य रखें। अनावश्यक नाटकीयता से बचें। अस्वाभाविक रूप से 'चीखें' नहीं और न 'कुनमुनाएँ'।

10. साक्षात्कार से पूर्व अपने अतिथि का परिचय श्रोताओं से करवाना चाहिए। उनकी सफलताओं का लेखा-जोखा तथा प्रसिद्ध व्यक्ति बनने तक के सफर की जानकारी साक्षात्कार को रोचक और आकर्षक बना सकती है।
11. आपका उच्चारण शुद्ध हो। आपका स्वर न तो बहुत तेज हो और न बहुत धीमा।
12. आपमें त्वरित बुद्धि होना भी आवश्यक है ताकि आवश्यकतानुसार तुरंत सही

निर्णय लिया जा सके।

13. साक्षात्कार का प्रारंभ साधारण रूप से करते हुए, तथ्यों का बड़ी सूक्ष्मता एवं गहराई से अध्ययन करते हुए पूरे सहृद एवं मृदुपूर्ण वातावरण में साक्षात्कार का समापन करना चाहिए।
14. यथाशक्ति कैमरे के लेंस में सीधे देखना चाहिए। इससे दर्शकों के साथ अंतरंगता बनती है। अधिकांश समय दर्शकों की ओर देखें। इससे आप दर्शकों के साथ सीधे जुड़ेंगे।
15. कार्यक्रम निर्देशक, मंच व्यवस्थापक तथा कैमरामैन आदि सहयोगियों के सभी निर्देशों का पालन करें। आप चाहें तो इस बीच विनम्रतापूर्वक कोई रचनात्मक सुझाव भी दे सकते हैं।
16. समय का ध्यान रखें। जितने समय का कार्यक्रम निर्धारित किया गया है, उससे एक-दो सेकेंड पूर्व ही कार्यक्रम पूरा हो जाए तो सर्वोत्तम रहता। यह ध्यान रखें न बहुत कम समय लगे और न समय का विस्तार हो।

टेलीविजन पर साक्षात्कार लेना समाचार-पत्र पत्रिकाओं अथवा रेडियो की अपेक्षा अधिक रोचक और प्रभावशाली होता है। कारण यह है कि टेलीविजन एक दृश्य-श्रव्य माध्यम है, जबकि अन्य माध्यम साक्षात्कार-कर्ता और साक्षात्कारदाता के शब्द (लिखित अथवा ध्वनि रूप में) पाठक/श्रोता तक पहुँचाते हैं। इसके विपरीत टेलीविजन पर जब किसी व्यक्ति का साक्षात्कार लिया जा रहा है तो प्रश्न पूछने वाले के प्रश्नों पर साक्षात्कारदाता की प्रतिक्रिया के साथ साक्षात्कारदाता के चेहरे के हाव-भावों की जीवंत तस्वीर देखने को मिलती है जो कि अन्य माध्यमों में उपलब्ध नहीं है। कई बार साक्षात्कार के दौरान चेहरा सिकोड़ना, मुँह बिचकाना, हँसना, मुस्कराना, होंठ काटना, हाथों को नचाना, गुस्से में मेज पर हाथ पटकना, काँपना, पसीना पोंछना, पानी पीना आदि हावभाव साक्षात्कारदाता के मन का जो दृश्य खींचते हैं, वह शब्दों से संभव नहीं है। यही स्थिति कई बार साक्षात्कार-कर्ता की भी होती है। इसलिए टेलीविजन साक्षात्कार को देखना अपने आपमें अलग आनंद की अनुभूति है।

टेलीविजन पर साक्षात्कार-कर्ता और साक्षात्कारदाता दोनों व्यक्तियों को सर्वप्रथम एक शॉट (टू-शॉट) में दिखाया जाता है और फिर जो व्यक्ति बोलता है उसको ही बदल-बदलकर 'मिड क्लोज अप शॉट' दिखाते रहते हैं 'क्लोज अप' में कभी-कभी चेहरा दिखाया जाता है। बीच में विशेष हाव-भावों को भी पकड़ा जाता है।

आउट डोर इंटरव्यू

कई बार साक्षात्कार आउट डोर अर्थात् स्टूडियो के बाहर भी रिकॉर्ड करने

पड़ते हैं। कोई व्यक्ति स्टूडियो में नहीं आ सकता तो हमें उसके आवास या कार्यालय में रिकॉर्डिंग के लिए जाना पड़ता है। कभी-कभी किसी समारोह के दौरान, खेल के मैदान में, संसद भवन के बाहर, किसी सार्वजनिक स्थल पर, बाजार में या कहीं भी विभिन्न कार्यक्रमों के अनुसार या उनके दौरान भी साक्षात्कार करने पड़ते हैं। ऐसे साक्षात्कार के लिए प्रायः पूर्व तैयारी कम ही हो पाती है। इन साक्षात्कारों में कई कठिनाइयों का सामना साक्षात्कार-कर्ता को करना पड़ता है। साक्षात्कारदाता साक्षात्कार देने में असुविधा अनुभव करता है। दूसरे, परिवेश भी असुविधाजनक होते हैं। ऐसी स्थिति में भीड़ और शोर भी होता है। लोगों का अनावश्यक हस्तक्षेप भी हो सकता है। सभी लोगों की इच्छा कैमरे के सम्मुख शक्ल दिखाने की होती है, जिससे साक्षात्कार की रिकार्डिंग और उसका स्तर खराब होने की आशंका बनी रहती है।

ऐसे साक्षात्कार स्वाभाविक कार्यक्रमों या समाचारों के बीच टुकड़ों या उदाहरणों/प्रमाणों के रूप में काम आते हैं, जिससे वातावरण उपयोगी और प्रभावशाली हो जाता है।

स्टूडियो के बाहर एक ही कैमरा होता है। अतः एक ही व्यक्ति का शॉट लिया जाता है। प्रायः साक्षात्कार-कर्ता की पीठ ही दिखाई जाती है या उसे दृश्य से बाहर रखा जाता है। कई बार कैमरे की ओर पीठ करके बैठे साक्षात्कार-कर्ता के कंधे के ऊपर से साक्षात्कारदाता का शॉट लिया जाता है। शॉट्स के साथ-साथ संबंधित व्यक्ति की ध्वनि भी रिकॉर्ड कर ली जाती हैं। साक्षात्कारकर्ता के प्रश्न भी रिकॉर्ड होते रहते हैं लेकिन उसके चेहरे के हाव-भावों को रिकार्ड करना संभव नहीं हो पाता। अतः रिकार्डिंग के अंत में साक्षात्कारदाता को पूर्व स्थिति में रखकर या सामने खड़ा करके उसको छायांकित कर लिया जाता है। इसे 'कट-अवेज' कहते हैं। इन्हें बड़ी संख्या में लिया जाता है। कुछ ऐसी मुद्राएं अंकित कर ली जाती हैं जिनमें साक्षात्कारदाता साक्षात्कार-कर्ता की बातें ध्यान से सुन रहा होता है, कुछ में प्रतिक्रिया दे रहा होता है। तत्पश्चात् संपादक के साथ बैठकर निर्देशक पूरे कार्यक्रम का संपादन करा लेता है। फिर साक्षात्कारों में साक्षात्कार-कर्ता को दिखाना आवश्यक नहीं होता। उनमें 'कट-अवेज' की भी कोई आवश्यकता नहीं होती। साक्षात्कारदाता के कथनों को ही आपस में जोड़कर अपने कार्यक्रम को आवश्यकतानुसार प्रयोग कर लिया जाता है।

टेलीविजन पूर्व समाचार-संपादक एम.आर. सिंघवी का मत है—

"टेलीविजन के लिए लगभग वे सभी बातें जरूरी हैं जो समाचार-पत्रों या रेडियो के लिए किए जाने वाले साक्षात्कार के लिए जरूरी हैं। टेलीविजन के लिए साक्षात्कार करने के लिए जाने से पहले पत्रकार को पूरी तरह तैयार होकर जाना

चाहिए। जिस विषय पर साक्षात्कार करना हो उस विषय की अधिक-से-अधिक जानकारी प्राप्त करना उसके लिए आवश्यक है। फिल्म में बेकार की कोई बात नहीं आनी चाहिए। भेंट-वार्ता सम्बधी विषय पर कोई भी महत्त्वपूर्ण बात छूटनी नहीं चाहिए। रेडियो के लिए साक्षात्कार अगर लम्बा भी हो जाए तो उसको संक्षिप्त करके छोटा किया जा सकता है, किन्तु टेलीविजन के लिए जो साक्षात्कार किया जाता है, उसका संपादन करने में फिल्म भी बेकार जाती है। फिल्म के एक भाग को दूसरे भाग से मिलाने में भी कठिनाई होती है और उसमें कई बार अस्वाभाविकता भी आ सकती है। इसलिए समय की सीमा का ध्यान रखना भी बहुत आवश्यक है। जिस व्यक्ति से साक्षात्कार करना हो उसे साक्षात्कार के उद्‌देश्य आदि के बारे में पहले से ही बता दिया जाना चाहिए।

साक्षात्कार के समय अत्यधिक उत्साह या चापलूसीभरे भावों या शब्दों का प्रदर्शन नहीं करना चाहिए। प्रत्येक बात पर विरोध भाव प्रकट करना भी अनुचित है। साक्षात्कार करने वाले को बहुत संतुलित ढंग से तुरंत सोच-विचार करके खास-खास मुद्दों पर ही प्रश्न करने चाहिए। प्रश्न करते समय 'प्रथम पुरुष वाचक' शब्दों का प्रयोग भी अशोभनीय होता है। साक्षात्कार करने वाले को यह याद रखना चाहिए कि उसका मुख्य उद्देश्य अपने सामने बैठे विशिष्ट व्यक्ति के ही विचारों को दर्शकों और श्रोताओं तक पहुँचाना है। भेंट-वार्ता इस प्रकार से ही ली जानी चाहिए जो दर्शकों को प्रभावित कर सके।"

इस संबंध में वरिष्ठ पत्रकार-लेखक रामशरण जोशी के ये शब्द उल्लेखनीय हैं—

"रेडियो और टेलीविजन पर साक्षात्कार लेने के लिए यह जरूरी है कि प्रश्न अभिव्यक्ति पर साक्षात्कारकर्ता की मजबूत पकड़ रहे। अभिव्यक्त भाषा, सहज, सरल, सीधी और सटीक रहे। रेडियो साक्षात्कार में संबोधन ज्ञान का निरंतर ध्यान रखा जाना चाहिए। श्रोताओं को प्रश्नकर्ता और उत्तरदाता की स्थितियों का अनुभव होते रहना चाहिए। प्रायः इस पक्ष की उपेक्षा हो जाती है। इससे प्रश्नकर्ता के मन में संशय पैदा हो जाता है। अतः साक्षात्कार प्रक्रिया के बीच में समय-समय पर नाम के संबोधन का सहारा लेते रहना चाहिए। इसके अलावा किए जाने वाले प्रश्न छोटे होने चाहिए जिससे उत्तर को विस्तार मिल सके।

आजकल लघु या क्षणिक साक्षात्कारों का 'लाइव टेलीकास्ट' काफी लोकप्रिय होता जा रहा है। खेलों और युद्ध के मैदानों से साक्षात्कारों का सीधा प्रसारण किया जाता है। राष्ट्रपति और प्रधानमंत्री की विदेश यात्राओं के दौरान सीधे प्रसारण की विशेष व्यवस्था की जाती है। टीवी के साथ-साथ रेडियो पर भी साक्षात्कारों का 'लाइव ब्राडकास्ट' किया जाता है। वास्तव में,

रेडियो पर लाइव ब्राडकास्ट पहले आरम्भ हुआ था, बाद में टेलीविजन पर इसका प्रारंभ हुआ। समाचार-प्रसारण के दौरान भी 'क्षणिक साक्षात्कारों' की उपयोगिता आजकल बढ़ती जा रही है। इससे समाचार बुलेटिन में जीवंतता पैदा हो जाती है। इसके साथ ही समाचार में 'वास्तविकता' उभरती है और प्रसारण रोचक बन जाता है।"

पैंकेजिंग : प्रस्तुति-स्वरूप (Packaging : Presentation-Nature)

वर्तमान में टेलीविजन चैनलों में प्रतिस्पर्द्धा के चलते पैंकेजिंग अत्यन्त महत्त्वपूर्ण पक्ष बन गया है। पैकेजिंग में निम्नलिखित विषय वस्तु को शामिल किया जाता है :

1. प्रस्तुति का आकर्षक स्वरूप।
2. सेट, डिजाइन एवं रंग संयोजन।
3. दृश्य-ध्वनि के विशेष प्रभाव।
4. कार्यक्रम के ब्रेक और विज्ञापन।
5. समाचार प्रस्तुति के साथ दर्शकों हेतु प्रभावित तत्त्व जैसे ग्राफिक्स, जीवंत प्रसारण, साक्षात्कार, एक्सक्लूजिव स्टोरी ;म्गबसनेपअम ेजवतलद्ध आदि।
6. समाचार के साथ-साथ टेलीविजन स्क्रीन पर नीचे गतिमान पट्टी पर मौसम, शेयर बाजार, क्रिकेट मैच की करेंट अपडेट, चैनल द्वारा चलाई जा रही इनामी योजना की जानकारी तथा मौसम संबंधी जानकारी इत्यादि की प्रस्तुति की निरंतरता।
7. फ्लैश चित्र प्रस्तुति ;थ्सें चेवजव क्पेचसंलद्धण
8. दृश्य-श्रव्यता के मेल के समाचारों का आकर्षण ढंग से प्रस्तुतिकरण करना।

जिस तरफ से किसी वस्तु को उत्पादन के पश्चात् एक रैपर में लपेट कर आकर्षण रूप में क्रेता के समक्ष प्रस्तुत किया जाता है, उसी तर्ज पर टेलीविजन समाचार निर्माण के क्षेत्र में पैकेजिंग भी समस्त समाचारों को साम्य बना देता है।

टेलीविजन के लिए समाचार लेखन

टेलीविजन समाचार प्रसारण समाचार-पत्र के लिए समाचार प्रकाशन की तुलना में अधिक चुनौतीपूर्ण काम है, क्योंकि यहाँ समाचार का जीवंत प्रसारण होता है, जिसमें त्रुटि एवं उसके सुधार की बिलकुल भी गुंजाइश नहीं होती है। समाचार-पत्र के लेखन में जहाँ स्थान को प्राथमिकता दी जाती है, वहीं

टेलीविजन समाचार लेखन में समय को महत्त्व दिया जाता है। उपलब्ध समय में ही समाचार से संबंधित सभी पहलुओं को संक्षिप्त और सारगर्भिता में प्रस्तुत करना होता है। टी.वी के लिए लेखन करते समय ऐसे शब्दों का चयन किया जाए जिससे लगे कि आप अपने मित्र से वार्तालाप कर रहे हैं। समाचार एक बार में ही दर्शकों की अच्छी तरह समझ में आ जाए, क्योंकि इसके पुनः प्रसारण या दर्शकों द्वारा पुनरावलोकन की संभावना नहीं होती। इसके विपरीत समाचार-पत्र, पाठकीय सामग्री के रूप में उपलब्ध होता है, जिसका पुनः अवलोकन पाठक कर सकता है। इस दृष्टि से टेलीविजन पर समाचार लेखन एक साहसिक कार्य है।

टेलीविजन जनसंचार के दृश्य-श्रव्य माध्यम के रूप में जाना जाता है। जिसमें दृश्यता एवं श्रव्यता का समावेश अतिआवश्यक है। इसी कारण टेलीविजन समाचार निर्माण में समाचार संबंधित वीडियो फुटेज व रिपोर्टर की आवाज दोनों में सामंजस्य होना अति आवश्यक है। कहीं भी छोटी-सी त्रुटि रहने पर समाचार के विकृत होने की संभावना बनी रहती है। एक कुशल टेलीविजन पत्रकार को सभी मूलभूत बिंदुओं को ध्यान में रखकर निम्न तत्त्वों को आवश्यक रूप से अपनी रिपोर्टिंग में सम्मिलित किया जाना चाहिए है–

1. दृश्यता एवं श्रव्यता का सटीक तालमेल होना चाहिए।
2. समाचार संक्षिप्त होने के बावजूद परिपूर्ण होना चाहिए।
3. घटना के प्रामाणिक पक्षों का समावेश किया जाना चाहिए।
4. प्रस्तुति में लयबद्धता होनी चाहिए।

टेलीविजन समाचार लेखन के मूलभूत बिंदु

जैसा कि ऊपर वर्णित है, टी.वी. समाचार लेखन या रिपोर्टिंग समाचार-पत्र, मैंगजीन तथा रेडियो समाचार लेखन या रिपोर्टिंग से अधिक चुनौतीपूर्ण है। यहाँ समाचार दृश्य एवं श्रव्य रूप में प्रस्तुत किया जाता है, जिसके चलते यहाँ अधिक सावधानियाँ बरतनी पड़ती हैं। टेलीविजन समाचार लेखन करते समय निम्न बिन्दुओं को ध्यान में रखना अति आवश्यक है–

1. स्पष्टता (Clarity) :– लेखन में विचारों को स्पष्टता से प्रस्तुतिकरण अत्यंत महत्त्वपूर्ण है। लेखक के पास पुनः अपने विचारों से दर्शकों को अवगत कराने का अवसर नहीं होता है। वाक्य के प्रारंभ में की गई गलती अंत तक बनी रहती है साथ ही दर्शक भी इससे भ्रमित हो जाता है। लेखक में जटिल-से-जटिल स्टोरी को उपलब्ध समय में, सामान्य रूप से दर्शकों के समक्ष प्रस्तुतिकरण की क्षमता होनी चाहिए। इसके अतिरिक्त लेखक को कभी भी दर्शकों की बौद्धिक

क्षमता और ज्ञान को कमतर आँकने की चेष्टा नहीं करनी चाहिए।

2. संक्षिप्ता (Brevidy) – वाक्य में स्पष्टता लाने के लिए लेखक को संक्षिप्तता का भी विशेष ध्यान रखना चाहिए। ज्यादा लम्बे-चौड़े वाक्य समाचारवाचक द्वारा कठिनता से पढ़े जाते हैं, साथ ही उन्हें दर्शकों को समझने में भी समय लगता है। लेखक को सरल, संक्षिप्त व आसानी से समझ आने वाले वाक्य लिखने चाहिए।

औसतन एक वाक्य में 13 से 14 शब्दों का समावेश करना चाहिए। आदर्श लेखन के लिए इजी लिसनिंग फार्मूले अर्थात् आसानी से सुने जाने वाले सूत्र को अपनाना चाहिए। सूत्रानुसार वाक्यांशों के लिए जहाँ तक हो सके एक शब्द का ही प्रयोग करना चाहिए। पुनरावलोकन करके जिन वाक्यों में 20 से अधिक शब्द हैं, उनमें विशेषण, क्रिया विशेषण तथा उपवाक्य इत्यादि के संशोधन की संभावना को तलाशना चाहिए या फिर एक वाक्य को दो वाक्य में विभाजित कर देना चाहिए। सदैव ही लंबे-चौड़े शब्दों की अवहेलना करनी चाहिए, कभी-कभी समाचार की आवश्यकता के अनुसार ऐसे शब्दों का समावेश अतिआवश्यक हो जाता है, कठिनता से बचने के लिए इन्हें संशोधित रूप में प्रस्तुत कर सकते हैं।

3. साधारण बोलचाल की भाषा का प्रयोग (Use of conversational language) – टेलीविजन समाचार लेखन में जहाँ तक संभव हो सके साधारण बोलचाल की भाषा का ही प्रयोग किया जाना चाहिए ताकि दर्शक आसानी से उसे समझ सकें। लम्बे-चौड़े वाक्य और मुहावरे समाचार-पत्र के कॉलम में ही शोभायमान हो सकते हैं, टेलीविजन स्क्रिप्ट में नहीं। साधारण बोलचाल में प्रयुक्त होने वाले शब्द संचार को सुगमता और सुलभता प्रदान करते हैं। गूढ़ रहस्य से युक्त जो शब्द समाचार-पत्र और पुस्तक में आकर्षण उत्पन्न करते हैं, वही टी.वी पर सुनकर समझने में परेशानी भी खड़ी कर देते हैं। निम्न उदाहरण द्वारा इसे समझा जा सकता है–

"कखग सोसायटी की दिल्ली शाखा के उप-प्रधान ने आज एक संवाददाता सम्मेलन में कहा कि दीवाली पर प्रयोग किए जाने वाले पटाखे बहुत सी अपरिचित व्याधियों का कारण बन रहे हैं।"

समाचार-पत्र के लिए लिखी गई इस स्टोरी को साधारण बोल-चाल की भाषा में टेलीविजन समाचार के लिए इस प्रकार लिखा जा सकता है:–

"कखग सोसायटी के एक अधिकारी ने चेताया कि दीवाली पर प्रयोग किए जाने वाले पटाखे हानिकारक हो सकते हैं।"

4. काल का प्रयोग (Use of Tense)–टेलीविजन समाचार लेखन में काल

(Tense) का भी विशेष ध्यान देना चाहिए घटना किस समय घटित हुई और आने वाले समय में, उसमें किस प्रकार के परिवर्तन हुए, इसे किस प्रकार और किस काल में प्रस्तुत किया जाए इसका सदैव ही ध्यान रखना चाहिए। अन्यथा अर्थ के अनर्थ होने की संभावना बनी रहती है। टी.वी में तत्परता सर्वाधिक महत्वपूर्ण विषय है, यहाँ समाचार को तत्काल ही प्रस्तुत करना होता है। इस दृष्टि से अधिकतर समाचारों में वर्तमान काल का प्रयोग किया जाता है ताकि समाचार में ताजगी बनी रहे।

कई परिस्थितियों में वर्तमान का प्रयोग उपयुक्त नहीं होता जैसे– "बीती रात, राजधानी में एक घरेलू नौकर ने वृद्ध दंपति की हत्या कर दी।" इस स्थिति में वर्तमान काल की अपेक्षा भूतकाल का प्रयोग किया जाएगा क्योंकि यहाँ घटना घटित हो चुकी है। स्टोरी को अपडेट करने या घटना से संबंधित नये पहलुओं को जोड़ने के लिए वर्तमान काल का प्रयोग करना चाहिए। जैसे–"वृद्ध दंपति की हत्या करने वाले घरेलू नौकर को गिरफ्तार कर लिया गया है।"

कर्मवाच्य (Passive voice) में कर्ता (Subject) के स्थान पर कर्म (Object) को प्राथमिकता दी जाती है, इससे वाक्य में आकर्षण की संभावना कम हो जाती है जिसके चलते वाक्य में कर्मवाच्य (Passive voice) से परहेज करने की चेष्टा करनी चाहिए। इसके स्थान पर कर्तृवाच्य (Active voice) को प्रमुखता देनी चाहिए।

लेखन के कुछ सामान्य नियम

प्रत्येक समाचार चैनल द्वारा समाचार लेखन में भिन्न-भिन्न शैलियों का प्रयोग किया जाता है। सभी चैनलों का न्यूज निर्माण तथा प्रसारण का तरीका भी भिन्न-भिन्न हो सकता है। अपनी सुगमता को देखते हुए चैनल अपने तरीके से न्यूज बुलेटिन का निर्माण करते हैं, इसी कारण प्रत्येक न्यूज चैनल अपनी अलग शैली विकसित करता है।

फिर भी यहाँ कुछ सामान्य तकनीकों का वर्णन किया जा रहा है जो सभी न्यूज चैनलों द्वारा समाचार लेखन के लिए प्रयोग में लाई जा सकती है :–

1. टंकण (Typing) – सभी न्यूज टेलीकास्ट प्रति तिहरे हासिए (Triple space) में टाइप की जानी चाहिए। पेज के केवल आधे दायें या 2/3 भाग पर ही टंकण (Typing) की जानी चाहिए। शेष बायाँ भाग दृश्य प्रभाव, फिल्म, वीडियो टेप रोल और ग्राफिक सामग्री इत्यादि के लिए छोड़ देना चाहिए। प्रत्येक पृष्ठ के दाएँ कोने में अपना नाम अंकित करना चाहिए। अपनी स्टोरी में पैराग्राफ प्रारंभ करने से पूर्व इंडेंट (Indent) का प्रयोग करना चाहिए। अगर दो पृष्ठों की आवश्यकता पड़े तो कोशिश यही करनी चाहिए कि वाक्य पहले पृष्ठ पर ही समाप्त

हो जाए। शब्द के गलत लिखे जाने की स्थिति में उसे पूरी तरह ही काट देना चाहिए ताकि वह पढ़ा न जा सके।

संख्याओं को अंकों में लिखने की अपेक्षा शब्दों में लिखने की कोशिश की जानी चाहिए जिससे समाचारवाचक को पढ़ने में सुविधा रहे। अनुमानित संख्या की स्थिति में लगभग, कम-से-कम, अधिकतर इत्यादि शब्दों का प्रयोग किया जाना चाहिए।

2. उद्धरण (Quotaions)– प्रिंट मीडिया में सामान्यतः उद्धरण चिह्न के द्वारा उद्धरणों को स्पष्ट करते हैं। जैसे निवर्तमान मुख्यमंत्री ने कहा कि–"आगामी विधानसभा चुनावों में मेरी पार्टी की जीत निश्चित है।"

इसके विपरीत समाचारवाचक इसे ज्यों-का-त्यों प्रयोग नहीं कर सकता है। इसके दो कारण हैं। एक तो लोग इस तरह से वार्तालाप नहीं करते तथा दूसरे दर्शक इन शब्दों को वाचक के शब्द समझने की भी भूल समझ सकता है। इसलिए वाक्य को अप्रत्यक्ष भाषा (Indirect speech) में बदलकर इस तरह से प्रस्तुत किया जा सकता है निवर्तमान मुख्यमंत्री ने माना कि आगामी विधानसभा चुनावों में उनकी जीत निश्चित है। समयाभाव के कारण भी इलेक्ट्रॉनिक मीडिया में उद्धरणों का प्रयोग कम ही किया जाता है।

3. शब्दों का संक्षिप्त रूप (Abberviation)–इलेक्ट्रॉनिक मीडिया के लेखन में समय बंधन के कारण शब्दों के संक्षिप्त रूप के प्रयोग को प्राथमिकता देनी चाहिए। विशेष रूप से ऐसे संक्षिप्त रूप जो कि समान्य रूप से प्रयोग किए जाते हैं जैसे सीबीआई, यूएसए, यूके तथा यूरो इत्यादि।

टेलीविजन समाचार प्रस्तुतिकरण के ढंग

1. सुपर (Supper) : घटना या व्यक्ति से संबंधित जानकारी जो टेलीविजन स्क्रीन पर मुद्रित की जाती है, उसे सुपर कहते हैं। इसमें सामान्यतः स्थान, किसी व्यक्ति-विशेष, तथ्यों इत्यादि का परिचय दिया जाता है। वर्तमान में प्रमुख समाचारों को भी न्यूज बुलेटिन के साथ-साथ टेलीविजन स्क्रीन पर मुद्रित रूप में दायें से बाएं गति करते दिखाए जाने का चलन भी बढ़ा है। इसके अतिरिक्त समाचार चैनल क्रिकेट मैच या चुनाव परिणामों की ताजातरीन जानकारियाँ भी उपर्युक्त तरीके से प्रस्तुत करते हैं। इस कार्य को करेक्टर जनरेटर (Character Generater) नामक उपकरण के माध्यम से मुद्रित किया जाता है। जैसे टाइपराईटर शब्दों को कागज पर मुद्रित करता है, उसी प्रकार करेक्टर जनरेटर शब्दों को टेलीविजन स्क्रीन पर मुद्रित करता है।

वाइस ऑवर (Voice-Over)–टेलीविजन प्रसारण की ऐसी प्रक्रिया जिसमें

टेलीविजन पर घटना या स्टोरी से संबंधित दृश्य सामग्री (घटना संबंधित वीडियो, चार्ट, मैप तथा फाइल चित्र आदि) दौड़ती रहती है और उसके बैकग्राउंड में रिपोर्टर उससे संबंधित जानकारी दर्शकों के समक्ष प्रस्तुत करते रहते हैं। अर्थात् रिपोर्टर की आवाज दृश्य साम्रगी की बैकग्राउंड होती है। वर्तमान समय में अधिकांश समाचार चैनल टेग का प्रयोग करते हैं। इस प्रक्रिया के अंतर्गत रिपोर्टिंग के अंत में रिपोर्टर का चेहरा प्रस्तुत किया जाता है और रिपोर्टर अपनी रिपोर्ट का अंत करता है।

विभिन्न परिस्थितियों में दृश्य सामग्री के रूप में मात्र चार्ट या मैप का ही प्रयोग किया जाता है। वाइस ऑवर जिसे संक्षिप्त में वीओ कहा जाता है, इसमें सदैव ध्यान रखना चाहिए कि दर्शकों में किसी प्रकार की भ्रांति और भ्रम न उत्पन्न हो और समाचार सामग्री अपने उद्देश्य में सफल रहे।

साउंड बाइट् (Sound-Bite)—ऐसी स्क्रिप्ट जिसमें किसी समाचार संबंधित दृश्य सामग्री उपलब्ध नहीं होती है। इसके स्थान पर घटना से संबंधित लोगों के साक्षात्कारों से संबंधित दृश्य सामग्री आवश्यक होती है। रिपोर्टर समाचार का प्रारंभ करता है। उसके उपरांत घटना के प्रत्यक्षदर्शियों या उससे संबंधित व्यक्तियों के साक्षात्कार प्रसारित किए जाते हैं। साथ-ही-साथ संबंधित व्यक्तियों के नाम भी स्क्रीन पर मुद्रित किए जाते रहते है, ताकि दर्शक संबंधित व्यक्ति से परिचित होता रहे। स्टोरी के अंत में रिपोर्टर का चेहरा दर्शाकर रिपोर्ट को समाचार समाप्त होने से पूर्व टेग किया जाता है।

वीओ बाइट् स्क्रिन (VO-Bite Script)—जैसा कि इसके नाम से स्पष्ट है। एक वीओ-बाइट् स्क्रिप्ट ऐसी स्क्रिप्ट होती है जिसमें बाइट् ऑवर एवं साउंड बाइट् स्टोरी दोनों का समावेश किया जाता है। स्टोरी का प्रारंभ वीओ स्टोरी के रूप में किया जाता है परंतु उसके पश्चात् घटना से संबंधित व्यक्तियों के साक्षात्कार प्रसारित होते हैं। इसके पश्चात् पुनः घटना के दृश्य प्रसारित होते हैं। यह क्रम जारी रहता है बीओ-बाइट् को सदैव ही रिपोर्टर को अपनी उपस्थित के साथ टेग करते हुए समाप्त करना चाहिए।

स्टैंड-अप (Stand-Up)—यह स्टोरी रिपोर्टर/स्थानीय संवाददाता द्वारा संगृहित की जाती है साउंड बाइट् की तरह इसमें भी समाचार-वाचक घटना या समाचार से दर्शकों को परिचित कराता है। शेष समस्त जानकारी समाचार रिपोर्टर द्वारा घटना स्थल से प्रस्तुत की जाती है। इस रिपोर्ट की भी टेग करना आवश्यक है जिससे समाचार-वाचक एवं रिपोर्टर के बीच भेद करा जा सके।

टॉकिंग हेड्स (Talking heads)—ऐसी स्टोरी जिसे एंकर द्वारा ही प्रस्तुत किया जाता है। दृश्य सामग्री के उपलब्ध न होने की स्थिति में, केवल मात्र शब्दों

के द्वारा ही, रेडियो समाचार की तरह दर्शकों के समक्ष प्रस्तुत किया जाता है। वैसे कई समाचार ऐसे भी होते हैं जिसमें दृश्य सामग्री व्यवधान उपस्थित करती है।

समाचार के प्रकार

आकस्मिक घटित होने वाले समाचार (Spot News) : यकायक घटित होने वाली घटनाओं को आकस्मिक घटित होने वाले समाचारों (Spot News) की श्रेणी में रखा जाता है जैसे अग्निकांड, बैंक डकैती, रेल दुर्घटना, और विमान अपहरण इत्यादि। यह अति शीघ्र दर्शकों का ध्यान अपनी ओर खींचते हैं, क्योंकि इसके लिए दर्शक मानसिक रूप से तैयार नहीं होते हैं।

पूर्व निर्धारित समाचार (Hard News)—ऐसे समाचार जिनका पूर्व से ही अनुमान होता है, जैसे किसी बड़े नेता का किसी मुकदमे की सुनवाई के लिए जाना। भारत तथा पाकिस्तान के बीच होने वाले किसी एक दिवसीय खेल के दिन, स्थान तथा समय इत्यादि जानकारी से संबंधित समाचार पूर्व निधारित समाचार (Hard News) माने जा सकते हैं जबकि मैच का परिणाम आकस्मिक समाचार (Spot News) श्रेणी में रखा जा सकता है, क्योंकि दर्शकों को परिणाम का पूर्व आभास नहीं होता है।

पृष्ठभूमि वाले समाचार (Background News)—समाचार जिनकी सार्थकता मुख्य रूप से उनकी पृष्ठभूमि या बैकग्राउंड पर निर्भर होती है उसे पृष्ठभूमि वाले समाचार कहते हैं। मुख्य समाचार के अतिरिक्त पृष्ठभूमि में उससे संबंधित विभिन्न पहलुओं को स्पष्ट करते हैं। जैसे किसी राजनीतिक पार्टी को सरकार बनाने का मौका प्रदान न किए जाने की स्थिति में, उस पार्टी द्वारा अपने समर्थित विधायकों को माननीय राष्ट्रपति महोदय के समक्ष परेड कराने वाले समाचार में पार्टी के प्रमुख नेताओं के साथ पीछे या अगल-बगल में खड़े समर्थित विधायकों के फोटो समाचार की सार्थकता को प्रस्तुत करता है।

शृंखलाबद्ध समाचार (Series)—विभिन्न समाचारों का संग्रह जो कि अधिक लोगों से संबंध रखता हो उसे शृंखलाबद्ध समाचार कहते हैं। यह एक या दो रिपोर्टर द्वारा एक ही घटना के विभिन्न पहलुओं के अध्ययन करके बनाई जाती है तथा विभिन्न पहलुओं को दो या तीन भागों में या दो या तीन सप्ताह तक प्रसारित किया जाता है। अधिकतर श्रेणीबद्ध समाचारों का प्रसारण एक सप्ताह से अधिक ही किया जाता है। शृंखलाबद्ध समाचार का प्रसारण उसकी टीआरपी (Television Rating Point) पर भी निर्भर करता है। यदि शृंखलाबद्ध समाचार के प्रसारण की टीआरपी अच्छी है तो उसे आगे एक-दो हफ्तों तक और भी बढ़ाया जा सकता है।

किकर समाचार (Kicker)—ऐसे समाचार जो दर्शकों द्वारा हल्के रूप में

लिये जाते हैं, उन्हें किकर कहते हैं। इनका प्रसारण साधारणतः बुलेटिन के अंत में किया जाता है। मानसिक रूप से झकझोर देने वाले समाचारों के पश्चात् किकर का प्रसारण मनोवैज्ञानिक रूप से दर्शकों को थोड़ी राहत दिलाता है कि जिंदगी ऐसी भी होती है। इसके अतिरिक्त किकर का लेखन दिन भर घटित होने वाली घटनाओं के लेखन से उपजे तनाव के बीच लेखक को भी कुछ राहत प्रदान करता है।

स्टोरी को तरोताजा बनाने वाले समाचार (Follow-Up)—ऐसे समाचार जो किसी एक दिन पूर्व, एक सप्ताह, एक महीने पूर्व और कभी-कभी तो एक वर्ष पूर्व घटित घटना को तरोताजा या अपडेट करते हैं, उन्हें स्टोरी को अपटेड करने वाले समाचारों (Follow-Up) या संक्षिप्त रूप में फोलो कहते हैं। निरंतर बढ़ती प्रतियोगिता के इस समय में समाचार चैनल घटित घटना के संबंध में चैनल रिपोर्टर मिनट-मिनट में बदलती परिस्थितियों का विश्लेषण करते रहते हैं। इस कारण फोलो की उपयोगिता टेलीविजन पत्रकारिता में बढ़ी है और यह समय की दृष्टि से महत्वपूर्ण भी है।

ब्रेकिंग न्यूज

किसी भी समाचार के ब्रेक होते ही इनपुट और आउटपुट डेक्स अपनी कवायद प्रारंभ कर देते हैं। संबंधित संसाधनों का प्रयोग करके समाचार चैनल पर न्यूज को कवर करने का प्रयास करना चाहिए। इसके लिए कई बार समाचार चैनल हेलिकॉप्टर जैसे तीव्र गति से परिवहन में सक्षम वाहनों का प्रयोग भी करते हैं। जिससे जल्द-से-जल्द घटना स्थल पर पहुँचकर स्थिति का जायजा लिया जा सके और दर्शकों को वास्तविकता से तुरंत अवगत कराया जा सके। बाढ़ या प्राकृतिक आपदाओं की स्थिति में हजारों फीट से उड़ान भरते हुए नीचे के दृश्यों का फिल्मांकन करना होता है, इसके लिए रिपोर्टर के साथ जाने वाला कैमरामैन का अनुभवी होना भी अति आवश्यक है। ऊँचाई से दृश्यों का फिल्मांकन कोई बच्चों का खेल नहीं है।

ब्रेकिंग न्यूज की स्थिति में इनपुट और आउटपुट डेक्स को जानकारी एकत्र करने में जुट जाना चाहिए। उदाहरण के रूप में किसी हवाई दुर्घटना की स्थिति में समाचार चैनल को इसे ब्रेकिंग न्यूज बनाने से पूर्व इस घटना की पुष्टि कर लेनी चाहिए। संबंधित अधिकारियों से फोन पर बात करके उनके पास उपलब्ध जानकारी के आधार पर समाचार को पुष्ट कर लेना ठीक रहता है। समाचार चैनल को इंटरनेट और समाचार चैनल में उपलब्ध संदर्भ विभाग से कुछ अन्य जानकारियाँ प्राप्त करने का प्रयास करना चाहिए।

इंटरनेट पर जानकारी मिल सकती है। हाल ही में इस तरह की ऐसी कितनी दुर्घटनाएँ हुई हैं और उनकी मुख्य वजह क्या रही हैं। ऐसी जानकारियाँ समाचार चैनल में उपलब्ध संदर्भ विभाग से भी ली जा सकती हैं। समाचार से उपलब्ध जानकारियों के आधार पर घटना का ग्राफिक तैयार करके भी दर्शकों को उस घटना के घटित होने की संभावनाओं को समझाया जा सकता है। हादसे से संबंधित जनमानस से जुड़ी तमाम खबरें जैसे सरकार द्वारा किए जा रहे उपाय, संबंधित अधिकारियों और मंत्रियों की राय, बचाव और राहत दल द्वारा किए जा रहे कार्य इत्यादि की जानकारी भी ब्रेकिंग न्यूज की पट्टी पर डाले जा सकते हैं। पीड़ितों के बारे में जानकारी एवं हेल्पलाइन को भी ब्रेकिंग न्यूज की पट्टी पर चलाया जा सकता है। इसके अतिरिक्त उस स्थल के निकट स्थित अपने संवाददाता या ब्यूरो को तुरंत संबंधित दुर्घटना के विषय में जानकारी एकत्र करने का आदेश दिया जाता है। संवाददाता या ब्यूरो उपलब्ध न होने की स्थिति में समाचार चैनल कार्यालय से किसी वरिष्ठ रिपोर्टर और कैमरामैन को भेजा जाना चाहिए। यदि इसमें भी व्यवधान हो तो दुर्घटना स्थल पर स्थित किसी समाचार-पत्र के संवादादाता से फोन पर इसकी जानकारी ली जा सकती है।

चौबीस घंटे का न्यूज चैनल होने के कारण घटना से संबंधित अधिकतर जानकारी न उपलब्ध होने पर किसी जानकार व्यक्ति या किसी रिटायर अधिकारी से इस प्रकार की घटनाओं के जिम्मेदार संभावित कारणों पर चर्चा की जा सकती है। समुचित विवरण से एक बात तो स्पष्ट है कि ब्रेकिंग न्यूज से निबटना किसी चुनौती से कम नहीं है। ऐसी स्थिति समाचार कक्ष में उपलब्ध कर्मियों को शीघ्रातिशीघ्र योजना बनाकर उस पर अमल करना होता है। ब्रेकिंग न्यूज के समय समाचार कक्ष में बैठे-बैठे ही समाचार एकत्र करना ही आउट पुट और इनपुट डेक्स की असली अग्निपरीक्षा होती है।

ब्रेकिंग न्यूज के समय सावधानी

ब्रेकिंग न्यूज के समय बरती जाने वाली सावधानियाँ निम्नलिखित हैं–

1. लापरवाही की अपेक्षा सावधानी को प्राथमिकता : ब्रेकिंग न्यूज के समय लापरवाही की अपेक्षा सावधानी से कार्य करना होता है। कई बार स्ट्रिंग रिपोर्टर (अंशकालिक संवाददाता) जिनकी खबरें सामान्यतः चैनल में नहीं चलतीं, इस कारण उन पर शीघ्रातिशीघ्र पहचान पाने के दबाव रहते हैं। जिसके कारण वह कोई बड़ा धमाका कर पहचान पाने के चक्कर में बने रहते हैं। इस चक्कर में कई बार अपुष्ट व अधपके समाचार कक्ष को भेज दिए जाते हैं और समाचार चैनल भी प्रतियोगिता के कारण इस खबर को ब्रेकिंग न्यूज की पट्टी पर चला देते हैं। बाद में ऐसा कुछ नहीं होता है, ऐसी स्थिति में समाचार चैनल के इनपुट डेक्स के कर्मियों को चौकन्ना रहते हुए समाचार के पुष्ट होने पर ही उसे ब्रेकिंग न्यूज के

लिए भेजना चाहिए।

2. प्रतियोगिता के स्थान की विश्वसनीयता को प्राथमिकता–दिनों -दिन बढ़ती प्रतियोगिता के इस दौर में समाचार चैनलों में स्वयं को सबसे तेज सिद्ध करने की अंधी दौड़ मची हुई है। ब्रेकिंग न्यूज सबसे तेज सिद्ध करने की एक कसौटी है। इस कारण कोई भी चैनल इससे अछूता नहीं रहना चाहते हैं। इस वजह से समाचार चैनल समाचार को पुष्ट होने से पहले ही प्रसारित कर देते हैं, जो कई बार गलत निकलता है और चैनल भी इससे प्रभावित होता है। इस स्थिति में समाचार चैनल की विश्वसनीयता पर संदेह की रेखा खिंच जाती है। समाचार चैनल को ब्रेकिंग न्यूज की स्थिति में सदैव प्रतियोगिता के स्थान पर विश्वसनीयता को प्राथमिकता देनी चाहिए।

3. बे-वजह जल्दबाजी के स्थान पर पुष्टिकरण को प्राथमिकता –ब्रेकिंग न्यूज को शीघ्र से शीघ्र प्रसारित करना है, इसके साथ ही यह ध्यान रखना होता है कि कहीं प्रतिद्वंद्वी चैनल इस मामले में कहीं बाजी न मार ले। इस वजह से इसमें जल्दबाजी और अधिक बढ़ जाती है। लेकिन इस जल्दबाजी के बीच यह नहीं भूलना चाहिए कि इस प्रतियोगिता और जल्दबाजी से उन करोड़ों दर्शकों के विषय में सोचना चाहिए जिनकी मनोदशा पर यह समाचार दुष्प्रभाव डालेगा। इस दृष्टि से समाचार के पुष्टिकरण के बाद ही उसको ब्रेकिंग न्यूज की पट्टी पर लगाना ही उचित रहे।

4. जनमानस से जुड़ी हुई जानकारी का प्रसारण–ब्रेकिंग न्यूज के समय सदैव ध्यान रखा जाए कि ब्रेकिंग न्यूज के समय जनमानस से जुड़ी हुई जानकारी का प्रसारण किया जाना चाहिए। जैसा कि उपरोक्त वर्णित है, किसी हवाई दुर्घटना के समय जनमानस को ऐसी जानकारी उपलब्ध कराई जाने की चेष्टा की जाए जो दुर्घटना प्रभावित व्यक्तियों के परिवारजनों और समुचित देश के लिए उपयोगी हो। जैसे दुर्घटना में घायलों की सूची तथा घायलों की जानकारी के संबंध में सरकार द्वारा किए जाने वाले उपायों की जानकारी दुर्घटना से प्रभावित परिवारों के लिए संकट के समय में उपयोगी हो सकती है। इसी प्रकार दुर्घटना के संभावित कारणों और निकट भविष्य में ऐसी दुर्घटनाओं को कैसे रोका जाए इस प्रकार की जानकारी समूचे देश के लिए उपयोगी सिद्ध हो सकती है।

टेलीविजन की समाचार संग्रह एवं निर्माण तकनीक

प्रिंट मीडिया की तरह इलेक्ट्रॉनिक मीडिया के लिए भी समाचार संग्रह एक चुनौतीपूर्ण कार्य है, समाचार चैनल समाचार संग्रह करने के लिए निम्न स्रोतों पर निर्भर करते हैं :–

नित्य-प्रति होने वाली घटनाओं से प्राप्त समाचार

समाचार चैनल सामान्यः पुलिस स्टेशनों, फायर सर्विस, एम्बुलेंस इत्यादि से प्राप्त सूचनाओं से समाचारों का चयन करते हैं इसके साथ ही, विभिन्न राजनीतिक दलों, आयोजित प्रेस कांफ्रेंस, सभाओं, धरनों, विभिन्न सांस्कृतिक कार्यों, एक्जीविशनों (प्रदर्शनियों), चर्चित व्यक्तियों से संबंधित अदालती कार्यवाही तथा विभिन्न पीआरओ एजेंसी द्वारा भेजी गई सामग्री भी चैनल के लिए समाचार संग्रह का स्रोत होता है। यह आवश्यक नहीं कि सभी प्राप्त सूचनाओं को ही बुलेटिन में स्थान मिले समाचारों का चयन निपुण विशेषज्ञों द्वारा किया जाता है। उन्हीं समाचारों को प्राथमिकता दी जाती है, जो अधिकतम जन-अभिरुचि तथा समस्याओं से जुड़े होते हैं। सभी प्रमुख चुनिंदा घटनाक्रमों को 'डायरी' के रूप में संगृहित किया जाता है। उसके पश्चात् एक नियत समय इसको प्रस्तुत किया जाता है। यहाँ ध्यान रखना होता है कि टेलीविजन न्यूज बुलेटिन में समय का विशेष महत्त्व होता है।

स्वतंत्र पत्रकार एवं स्ट्रिंगरों से प्राप्त जानकारी

समाचार चैनल समाचार संग्रह में स्वतंत्र पत्रकार एवं स्ट्रिंगरों पर भी निर्भर रहते हैं। स्वतंत्र पत्रकार का अपने क्षेत्र विशेष में विशेष दबदबा रहता है। पुलिस तथा अन्य सरकारी विभागों में इनकी खासी पहुँच होती है। अतः किसी भी घटना के घटित होने से पूर्व ही उसकी सूचना इनके माध्यम से चैनल में पहुँच जाती है। तत्पश्चात् चैनल के रिपोर्टर घटना की छानबीन कर समाचार को मूर्त रूप प्रदान करते हैं। इसके अतिरिक्त स्ट्रिंगर भी समाचार चैनल के समाचार संग्रह को अधिक सुलभ बना देते हैं। देश के विभिन्न क्षेत्रों में फैले समाचार चैनलों के स्ट्रिंगर ब्रेकिंग न्यूज (Breaking News) को चैनल के स्थानीय कार्यालय में पहुँचाते है। वहाँ से समाचार प्रादेशिक केंद्र के रास्ते होता हुआ मुख्य केंद्र पर पहुँच जाता है।

कार्यालय संवाददाता

स्वतंत्र पत्रकार तथा स्ट्रिंगर लगातार समाचारों के संग्रह में सक्षम नहीं होते हैं, इसलिए समाचार चैनलों को प्रवाहमय रूप में समाचार प्राप्त करने हेतु नियमित कर्मचारियों को रखना पड़ता है। इन विभिन्न कर्मचारियों में रिपोर्टर तथा संवाददाता भी नियुक्त कर, उनके बिट निर्धारित कर दिए जाते हैं। कार्यालय संवाददाता दो प्रकार के होते हैं (1) सामान्य रिपोर्टर तथा विशेष संवाददाता। सामान्य संवाददाता विभिन्न सामान्य घटनाक्रमों को कवर करता है जबकि विशेष संवाददाता अपने लिए निर्धारित एक विशेष क्षेत्र से संबंधित समाचारों को ही संग्रह करता है जैसे—आर्थिक मामले, रक्षा, कूटनीति तथा संसदीय मामले इत्यादि।

टेलीविजन समाचार एजेंसियों से प्राप्त समाचार

समाचारों के संग्रह के लिए समाचार एजेन्सियों पर भी निर्भर रहना होता हैं। भारत में एएनआई (Asian News Internation) अपने सबसक्राईबस (Subscribes) को विभिन्न घटनाओं से संबंधित समाचार उपलब्ध करती है। भारत में विभिन्न समाचार ऐजेन्सियों जैसे रायटर एपीटीसी, डब्ल्यूटीएन, इत्यादि अंतर्राष्ट्रीय समाचार चैनलों को उपलब्ध कराती हैं।

सेंट्रल मोनिटरिंग सर्विस

सार्वजनिक प्रसारण संगठन जैसे ऑल इण्डिया रेडियो एवं दूरदर्शन समाचार सेन्ट्रल मोनिटरिंग सर्विस जोकि भारत के सूचना प्रसारण मंत्रालय के अंतर्गत है, से भी समाचारों को प्राप्त करते हैं। कुछ और संगठन जैसे बीबीसी, वीओए तथा पीटीपी भी समाचार चैनलों को समाचार उपलब्ध कराने में महत्वपूर्ण भूमिका निभाते हैं।

समाचार चैनलों का संग्रहालय

प्रत्येक समाचार चैनल अपना पुस्तकालय और संग्रहालय बनाकर रखते हैं ताकि आवश्यकता पड़ने पर उसका उपयोग किया जा सके। इसमें विभिन्न घटनाओं से संबंधित वीडियो टेप, पुस्तकें, न्यूज पेपर तथा मैगजीन होते हैं। यदि किसी समय किसी घटना से संबंधित कोई फिल्म उपलब्ध न हो तो यहाँ से फुटेज को लेकर समाचार को रोचक बनाया जा सकता है।

टेलीविजन समाचार निर्माण में प्रयुक्त तकनीक

टेलीविजन समाचार निर्माण में प्रथम आवश्यकता समाचार एवं दृश्य सामग्री के संग्रह, वीडियो टेप को समाचार कक्ष में पहुँचाना तथा स्टोरी का संपादन, जिसमें उपयोगी सामग्री का समावेश करते हुए अनावश्यक तथा अवांछनीय सामग्री को हटाते हुए समाचार को कलेवर प्रदान करना होता है। टेलीविजन समाचार निर्माण का प्रथम सिद्धांत यही होना चाहिए कि सर्वोत्तम तथा श्रेष्ठ प्रस्तुतिकरण के द्वारा जल्द से जल्द समाचार दर्शक तक पहुँचें। इस कार्य में सबसे महत्वपूर्ण भूमिका अत्याधुनिक तकनीक हो सकती है जिसमें अत्यधिक तीव्र गति से दिनोंदिन परिवर्तन हो रहा है।

वीडियो टेप

टेलीविजन समाचार में दृश्य सामग्री की अत्यधिक आवश्यकता होती है।

दृश्य सामग्री का संग्रह एवं संवाद वीडियो टेप के माध्यम से होता है। 1950 के दशक में दृश्य सामग्री सग्रंह बुल्की साउंड फिल्म कैमरा (Bulky Sound Film Camera) तथा हैंड-होल्ड सिलेंट (Hand-Hold) कैमरा के माध्यम से होता था जिससे ब्लैक एंड व्हाइट (Black & White) दृश्य प्रस्तुत किए जाते थे। तदुपरांत 'क्रोमेटिक फिल्म' (Chromatic Film) का प्रयोग किया जाने लगा जिसके लिए

अत्यधिक प्रकाश तथा कीमती प्रोसेसिंग उपकरणों की आवश्यकता पड़ती थी। परंतु पोर्टेबल टेप के आगमन के साथ ही टेलीविजन समाचार निर्माण के क्षेत्र में क्रांति सी आ गई। इसमें दृश्य सामग्री का संग्रह किसी भी तकनीक की तुलना में काफी सरल था। इसके अतिरिक्त यह एक सरल, सस्ती, पुनः प्रयोग की सुविधायुक्त तकनीक थी। इसका परिवहन भी सरल था।

प्रसारण में प्रयुक्त होने वाली वीडियोटेप का माप 3/4 इंच के लगभग होता है जो कि एक कैमरे में पैक दो चक्रियों पर लिपटी हुई होती है। इसकी समय सीमा 10 मिनट से लेकर एक घंटे तक हो सकती है। सामान्य टेलीविजन क्रयू (Crew) 20 मिनट की कैसेट का प्रयोग करते हैं जो कि माप तथा समय सीमा की दृष्टि से उपयुक्त होती है । 3/4 टेप को तकनीकी रूप से 'यू-मैट्रिक' (U-Matric) फारमेट के रूप में भी जाना जाता है। पर आजकल भारत में अधिकतर बीटा एस.पी.फार्मेट (Bita S.P. Format) का प्रयोग किया जा रहा है जो कि आधे इंच चौड़ी है तथा बेहतर क्वालिटी देती है। वीडियो टेप सदैव उसके कवर से ढककर रखी जानी चाहिए। इसे कभी छूने की चेष्टा नहीं करनी चाहिए, क्योंकि यह अत्यधिक संवेदनशील होती है तथा थोड़े से भी धूलकण तथा तैलिय (Oily) त्वजा का स्पर्श न केवल इसे, अपितु संपादन मशीन को भी नुकसान पहुँचा सकता है।

कैमरा

टेलीविजन कार्यक्रम के निर्माण में कैमरा की अत्यधिक महत्त्वपूर्ण भूमिका होती है। सही मायनों में कैमरा टेलीविजन कार्यक्रम की जान होता है। कुछ विद्वानों ने कैमरे की उपयोगिता को इस प्रकार से इंगित किया है :

"A Picture often conveys more than volumes."

— O.S. Fawler

"Photography is an effective medium of communication offering an unlimited variety of perception, interpreation and execution."

— Dr. Arjun Tiwari

'यू-मैट्रिक' (U-Matric) कैमरे के नाम से प्रचलित प्रोर्टेबल कैमरे के मुख्य रूप से दो प्रमुख भाग होते हैं, 'इलेक्ट्रॉनिक ट्यूब जो चित्र को संग्रहित करती है तथा 'जूम' लैंस जो कि चित्र प्रतिबिंबित करता है। इसके अतिरिक्त इसमें–फिल्टर, स्विज, व्यूफाइन्टर तथा अन्य सहायक भाग होते हैं। प्रकाश की स्थिति समय तथा स्थानानुसार उपयुक्त होनी चाहिए। ताकि लेंस तथा ट्यूब प्रकाश को उपयुक्त ढंग से प्रकाश की मात्रा तथा रंगों की विविधता जिनका कि तरंग दैर्घ्य विभिन्न होता है को संचयन करा जा सके। इसमें सफेद रंग का संचयन आसानी से किया जा

सके। इसलिए रिकॉर्ड करते समय सदैव ध्यान रखा जाए कि स्थान पर सफेद प्रकाश की उपयुक्त व्यवस्था हो ताकि रिकॉर्डिंग ठीक प्रकार से हो सके। सफेद प्रकाश के अभाव में हरा रंग नीला तथा गाढ़ा रंग बैंगनी दिखाई देगा।

किसी भी कैमरे में कोण (Angle) की स्थिति उसके परिणामों एवं प्रकाश की ग्राह्यता में परिवर्तन लाती है। लैंस की फिल्म पर प्रतिबिम्ब को अंकित करते हैं। लैंस में यह गुण होता है कि वह प्रकाश को एक बिन्दु पर एकत्रित कर प्रतिबिम्ब को उकेरता है। प्रकाश की किरणें लैंस से पार होकर दूसरी ओर एक बिन्दु पर आकर मिलती है।

कैमरे की गति के पहलू मूवमेंट (Movement) कहलाते हैं। एक विषयवस्तु के समानांतर कैमरा चल सकता है। इसमें उल्टे हाथ से होता हुआ कैमरा सीधे हाथ की ओर जाएगा (Left to Right) या सीधे हाथ से उल्टे हाथ की ओर अग्रसर होगा (Right to Left).

आजकल भारत में बीटा कैमरे का प्रचलन बढ़ने लगा है। इसमें वीडियो टेप, कैमरा, रिक्टार माईक्रोफोन तथा बैटरी इत्यादि सभी सामग्री कैमरे से जुड़ी होती है जिसका वजन मात्र 20 पौंड (लगभग 9 किलोग्राम के करीब) होता है। जो कि 'यू-मेटिक' कैमरे जिसकी वीडियो टेप गियर, कैमरा तथा रिकॉर्डर अलग-अलग उपकरण होने की तुलना में बीटाकेम का प्रयोग सहजता के साथ किया जा सकता है। बीटाकेम में प्रयोग होने वाली टेप आधा इंच चौड़ी, एक प्लास्टिक कैसेट में लिपटी रहती है। इसकी गुणवत्ता भी यू-मैट्रिक टेप के मुकाबले में बेहतर होती है। बीटाकेम के लिए एक अलग तरह के एडिटिंग गेयर की आवश्यकता होती है, जिसे बेटकिप ऐडिटिंग सेट-अप कहते हैं। परंपरागत 'हाई-बेट' ऐडिटिंग गेयर यू-मैट्रिक टेप का प्रयोग किया जाता है जो कि 3/4 इंच चौड़ी होती है जो कि नई पीढ़ी के वीडियो टेप बीटाकेम के लिए उपयुक्त नहीं होती। कैमरा ट्यूब से दृश्यों को 'इलेक्ट्रॉन स्ट्रीम' के द्वारा पहुँचाया जाता है।

सामान्यतः भारत में समाचार व्यवसाय में 537 तथा 637 कैमरे का प्रयोग किया जाता है। बीटा कैमरे का प्रयोग मात्र बीटा टेप के लिए किया जाता है जबकि 537 तथा 637 दो प्रकार के कैमरे का प्रयोग 'यू-मैट्रिक' तथा अन्य बीटा टेप में भी प्रयोग किया जा सकता है।

रिकॉर्डर

रिकॉर्डर में जिसमें एक टेप कैमरे से जुड़ी होती है, जिसमें इलेक्ट्रॉन स्ट्रीम' के रूप में प्राप्त संकेतों को रिकॉर्ड किया जाता है। आवाज के लिए अलग से इलेक्ट्रॉन स्टीम होती है जिन्हें टेप के ट्रेक पर चित्र के इलेक्ट्रॉन स्टीम के साथ-साथ किनारों पर रिकॉर्ड किया जाता है। चित्र के साथ ध्वनि की 'इलेक्ट्रॉन स्टीम' को

माइक्रोफोन के माध्यम के द्वारा रिकॉर्डिंग हेड तक पहुँचाया जाता है।

इन दिनों अधिकतर पोर्टेबल रिकॉर्डरों में प्ले बैक हेड सहित कुछ स्टैंडर्ड फंक्श्सन जैसे 'फास्ट फॉरवर्ड' रि-विंड तथा पोस इत्यादि भी सम्मिलित होते हैं। इनसे कैमरामैन घटनास्थल छोड़ने से पहले अपनी रिकॉर्डिंग की जाँच कर सकता है। यह जाँच रिवाडिंग के द्वारा की जा सकती है। सब कुछ 'फिल्म' तकनीक के द्वारा संभव न था क्यों कि उसकी प्रोसेसिंग में अत्यधिक समय की दरकार थी।

ओ.बी.वैन

टेलीविजन पर सीधे प्रसारण के लिए ओ.बी. वैन (Outside Broadcaste Van) का प्रयोग किया जाता है। ओ. बी एक विशेष प्रकार की गाड़ी (Van) होती है जिस पर जीवंत प्रसारण (Live Telecast) के लिए आवश्यक उपकरणों को फिट किया जाता है। यह वैन प्रसारण प्रक्रिया में घटनास्थल एवं टेलीविजन केंद्र के बीच एक कड़ी का काम करती है। इसके ऊपर एक डिश लगा होता है जिसका सम्पर्क टेलीविजन केंद्र के नियंत्रण कक्ष से होता है। वर्तमान आधुनिक तकनीक के दौर में समाचार चैनल केंद्र और घटना स्थल के दूर होने की स्थिति में, ओ. बी. वैन और उपकरण के सीधे संपर्क होने पर टेलीविजन केंद्र के नियंत्रण कक्ष के बीच में आए बिना ही घटना स्थल से प्रसारण चलता रहता है।

वैन में ड्राइवर के ठीक पीछे में वीडियो प्रोडक्शन पैनल (Video Production Panel) होता है। इस पैनल के ठीक सामने कुछ टेलीविजन मनीटर एवं एक टेलीविजन सेट लगा होता है। मॉनीटर दो या तीन पंक्तियों में फिट होते ऊपर तथा नीचे की तरफ स्थित रहते हैं। प्रत्येक मॉनीटर में से कुछ एक को छोड़कर सभी प्रसारण में संलग्न कैमरे से संबद्ध होता है। एक मॉनीटर पर कैरेक्टर जनरेटर के लेख आते रहते हैं। एक-दो अन्य मानीटर कुछ और स्रोतों से प्राप्त चित्रों को दिखाते हैं, इस प्रकार मॉनीटरों की संख्या कैमरों की संख्या से दो या तीन अधिक होती है। एक पर मानीटरों द्वारा प्राप्त दृश्यों में अंतिम प्रसारण के लिए निर्धारित दृश्यों सामग्री का अवलोकन किया जाता है। मॉनीटरों के बीच में लगे एक टेलीविजन सेट पर निरंतर प्रसारित हो रहे दृश्य रहते हैं।

टेलीविजन केंद्र की तर्ज पर इस पैनल में भी अनेक स्विच एवं फेडर लगे होते हैं। जिनसे संबंधित व्यक्ति आवश्यकतानुसार संपादन करते रहते हैं। इस वैन के ठीक ऊपर एक डिश लगी होती है जिसका संबंध टेलीविजन केंद्र के नियंत्रण-कक्ष या ट्रांसमीटर-कक्ष से होता है, वहाँ से इन श्रव्य-दृश्य सामग्री को प्रसारण के लिए लिए ट्रांसमीटर या उपग्रह के लिए भेजा जाता है। वाहन के पास ट्रेक्ट उपलब्ध होने की स्थिति में श्रव्य-दृश्य सामग्री वेन से जुड़े तार के माध्यम से ट्रेक्ट में आ जाते हैं और वहाँ से सीधे उपग्रह को भेज दिए जाते हैं। विश्व के किसी भी कोने

से जीवंत प्रसारण की प्रक्रिया को संभव बनाने में उपग्रह (Satellite) का महत्त्वपूर्ण योगदान होता है। किसी एक संचार उपग्रह से पृथ्वी के एक-तिहाई भाग से संपर्क स्थापित किया जा सकता है। समान दूरियों पर स्थापित तीन संचार उपग्रहों से समुचित धरती के किसी भी कोने में प्रसारण को संभव बनाया जा सकता है।

तकनीक के विकास के कारण अब टेलीविजन प्रसारण में लगे उपकरणों जैसे डिश, कैमरा, तथा वीडियो पैनल सम्बन्धित इत्यादि के आकार को काफी छोटा किया जा चुका है। इन्हें बड़ी सुगमता के साथ जहाज से एक स्थान से दूसरे स्थान पर भी ले जाया जा सकता है। इसी के कारण इसे फ्लाईअवे (Fly Away) का नाम दिया गया है। डिजिटल तकनीकी (Digital Techonology) के विकास से टेलीविजन प्रसारण के क्षेत्र में एक क्रांति सी आ गई है। डिजीटल कैमरों, वी.सी.आर. व अन्य उपकरणों के कारण वैन का आकार भी छोटा हो गया है।

श्रव्यता

टेलीजिवन कार्यक्रम में जहाँ दृश्यता की भूमिका महत्त्वपूर्ण होती है, वहीं श्रव्यता की उपयोगिता को भी किसी दृष्टि से कमतर नहीं आँका जा सकता। कार्यक्रम के आकर्षण को बढ़ाने में श्रव्य, व्यंजनों के स्वाद को बढ़ाने में नमक की मात्रा और उपयोगिता की तरह कार्य करती है। स्वादिष्ट से स्वादिष्ट व्यंजन भी नमक की कमी से अपने स्वाद को खो देता है। इसी प्रकार एक अच्छे प्रकार और पूरी मेहनत से बना कार्यक्रम ध्वनि की कमी के कारण अपना आकर्षण तथा उपयोगिता को पूरी तरह से खो सकता है। टेलीविजन कार्यक्रम निर्माण में ध्वनि प्रभाव का विशेष ध्यान रखा जाना चाहिए।

ध्वनि को अंकित कर पुनः उसकी प्रस्तुति ऑडियो प्रॉपर्टीज कहलाती है। अपने आरंभिक-काल में ध्वनि को केवल मोनो (Mono) स्वरूप में प्रस्तुत किया जाता था। इसके बाद मनुष्य की श्रवण-इंद्रियों की ग्राह्यता के अनुरूप स्टीरियो (Sterio) ध्वनि ने अपनी जगह बनाई। रिकार्डिंग की नवीन तकनीक, सराउंडसाउंड (Surround Sound) से होते हुए ध्वनि के आयाम डिजिटल डॉल्बी (Digital Dolby) तक पहुँच गए हैं। विशिष्ट प्रकार के स्पीकर्स (Speakers), ग्राफिक इंक्यूलाइजर्स (Graphic Equalizers) वूफर्स तथा ट्वीट्र्स जैसे उपकरणों ने तो टेलीविजन कार्यक्रमों में ध्वनि प्रभाव उत्पन्न करने की प्रक्रिया में चार-चाँद लगा दिए हैं।

दृश्य संपादन : वीडियो एडिटिंग सिस्टम के दो प्रमुख भाग होते हैं रिकॉर्डर तथा प्लेयर तथा इसके अतिरिक्त इसमें दो-दो टी.वी मोनीटर तथा कंट्रोल डेक भी बीच में स्थित रहता है। स्विच के साथ-साथ रिमोर्ट कंट्रोल बोर्ड भी होता

है, जिससे दूरस्थ बैठे-बेठे ही गतिविधियों को अंजाम दिया जा सकता है। रिकॉर्ड कैसेट को एक मशीन में डाला जाता है तथा दृश्यों के उपयुक्त क्रमानुसार अन्य मशीन में दृश्यों का संपादन होता रहता है।

यह मशीन एक बार प्रारंभ करने के बाद रोकी नहीं जा सकती है इसकी बिल्डअप गति विभिन्न प्रकार के संपादित कार्यों पर निर्भर करती है। उदाहरण के लिए 'बीटा एडिटिंग मशीन' का बिल्डअप समय सदैव 'हाईबेंड' एडिटिंग से अप जोकि यू-मेटिक टेप की तुलना में ढाई गुना कम होता है। अत्याधुनिक तकनीक को विकास के साथ-साथ समाचार कक्षों में नई-नई प्रकार की एडिटिंग कॉन्सेल का प्रयोग किया जा रहा है। डिजिटल एडिटिंग कॉन्सेल एक नई तकनीक का ही प्रकार है जोकि पूर्व की दोनों ऐडिटिंग कॉन्सेल की तुलना में स्पीड तथा गुणवत्ता की दृष्टि से एक उत्तम कॉन्सेल है।

टेप स्टोरी का अंतिम पड़ाव मास्टर कॉपी होता है, जिसमें समाचार संग्रह के समय लिए गए दृश्यों में से मात्र कुछ को सम्मिलित करके बनाया जाता है। इस प्रकार मास्टर कॉपी कैमरामैन रिपोर्टर, लेखक, टेप एडिटर तथा प्रस्तुतिकरण के सम्मिलित कार्य का प्रतिफल होता है। हालाँकि छोटे प्रोडेक्शन हाउस (Producation House) में समाचार कार्यक्रम का निर्माण एक व्यक्ति द्वारा भी किया जा सकता है।

समाचार स्थानांतरण एवं वाचन तकनीक

फीड (Feed)—स्टोरी को एक स्थान से दूसरे स्थान पर स्थानांतारण करने की प्रक्रिया को फीड कहते हैं, टेलीविजन रिपोर्टर वीडियो टेप को समाचार केंद्र तक स्वयं पहुँचाते हैं। या फिर अन्य माध्यमों जैसे टेलीफोन, लाइन माइक्रोवेब हुक-अप तथा उपग्रह (Setellite) का उपयोग करते हैं। भारत में 'ब्राह्य प्रसारण गाड़ी' (Out Broadcasting Vans) में लगे उपकरणों की सहायता से सूक्ष्म तरंगों (Micro-Wave), संकेतों (Siganal) में परिवर्तित करके नजदीकी केंद्र में उसे स्थानांतरित किया जाता है।

टेलिप्रॉम्टर (Teleprompter) : यह एक ऐसा उपकरण होता है जिसके माध्यम से समाचार-वाचक कैमरे की ओर देखते हुए समाचार पढ़ सकता है। फिर भी समाचार-वाचक समाचार स्क्रिप्ट की एक प्रति अपने पास रखता है जिसे किसी प्रकार की त्रुटि होने की स्थिति में उपयोग में लाया जा सके।

टेलीविजन समाचार-वाचन में मेकअप की भूमिका

टेलीविजन एक उपभोक्ता वस्तु है। टेलीविजन किसी व्यक्ति के ड्राईंग रूम

या अन्य किसी भी कक्ष की सज्जा के लिए महत्वपूर्ण हो सकता है। इस दृष्टि से यह आवश्यक है कि टेलीविजन पर प्रसारित होने वाले कार्यक्रम भी सुंदर तथा मनभावन ढंग से प्रस्तुत किया जाये जिससे कि ड्राईंग रूम या अन्य किसी कक्ष की सोभा और बढ़े। कार्यक्रम विशेषकर समाचार कार्यक्रम के सुंदर तथा आकर्षक ढंग से प्रस्तुतिकरण में आकर्षक तथा फोटोजनिक चेहरे की आवश्यकता होती है साथ ही चेहरों को आकर्षक बनाने में मेकअप की अति उपयोगी भूमिका होती है। फिल्म तथा टेलीविजन उद्योग में मेकअप आर्टिस्ट विशेष रूप से नियुक्त किए जाते हैं। टेलीविजन पर कोई धारावाहिक हो या फिर कोई टॉक शो या फिर समाचार-वाचन या प्रस्तुतिकरण सबके लिए भव्य सेटों के बीच आकर्षित चेहरों पर ताल से ताल मिलता मेकअप, जगमगाती रोशनी में प्रस्तुतिकरण को सौम्य और मनभावन बना देता है।

मेकअप को मुख्य रूप से दो श्रेणियों में बाँटा जा सकता है—साधारण मेकअप और इल्यूशन मेकअप। टेलीविजन प्रसारण में इल्यूशन मेकअप की जरूरत पड़ती है। टेलीविजन समाचारवाचिका का मेकअप करते समय मेक-अप आर्टिस्ट को प्रकाश का विशेष रूप से ध्यान रखना चाहिए कि स्टूडियो में किस प्रकार के प्रकाश की व्यवस्था है। प्रकाश के अनुसार ही वाचिका का मेकअप किया जाना चाहिए।

--0--

टेलीविजन के लिए स्क्रिप्ट लेखन व कमेंट्री

दृश्यता व श्रव्यता के समावेश के कारण टेलीविजन स्क्रिप्ट, रेडियो स्क्रिप्ट से अलग होती है। किसी कार्यक्रम में दृश्यता के आलोप हो जाने पर उसके संवाद, संगीत एवं ध्वनि प्रभाव अर्थहीन हो जाते हैं। इसलिए स्क्रिप्ट में दृश्यता एवं श्रव्यता का समावेश काफी सावधानीपूर्वक करना चाहिए ताकि कार्यक्रम आकर्षक बन सके। दृश्यता और श्रव्यता के उपयुक्त तालमेल से ही कार्यक्रम सुरुचिपूर्ण एवं मनमोहक बनता है। दृश्यांकन से पूर्व कागज पर पूर्णरूप से कार्यक्रम को दृश्यता प्रदान की जाती है। तदुपरांत ही उसके प्रोडेक्शन का पोस्ट प्रोडक्शन की योजना का निर्धारण करके उसका सफलतापूर्वक क्रियान्वयन किया जाता है।

स्क्रिप्ट पूर्व तैयारियां : इसमें संदेह नहीं कि स्क्रिप्ट लेखक को स्क्रिप्ट लिखने से पूर्व शोध कार्य के लिए पुस्तकें तथा अन्य पाठ्य सामग्री का अध्ययन कर लेना चाहिए। साथ ही उसे फोन पर या आमने-सामने उस क्षेत्र से जुड़े व्यक्तियों से वार्तालाप कर लेना चाहिए। विभिन्न स्थानों व क्षेत्रों का भम्रण कर विषय से संबंधित अनुभव प्रदान कर लिया जाए तो सोने पर सुहागा का काम होता। किसी लेखक के लिए नियत स्थान पर जाकर वहाँ के स्थान, स्थिति, ध्वनि प्रतिरोध तथा पर्यावरण का अच्छी तरह से निरीक्षण कर लेना चाहिए। स्थान से साक्षात् परिचय स्थान संबंधित पूर्वधारणा को सिरे से निरस्त कर देता है।

स्क्रिप्ट लेखक का मुख्य उद्देश्य निर्धारित दृश्य एवं ध्वनि प्रभाव के अनुरूप सीन को कलेवर प्रदान करना होता है। स्क्रिप्ट पर शोध करने से लेकर उसे अंतिम रूप देने तक के सफर में लेखक को काफी जद्दोजहद करनी पड़ती है। शोध के दौरान समक्ष आए तथ्यों में से केवल आवश्यक बिन्दुओं को ही फाइनल स्क्रिप्ट में सम्मिलित करना चाहिए।

स्क्रिप्ट को अंतिम रूप देना एक जटिल कार्य है। समस्त सूचना एकत्र होने पर लेखक का मस्तिष्क सभी मतों और अवयवों से द्वंद्व करता संबंधित व्यक्तियों से विचार एवं परिस्थितियों का आंकलन कर आधारभूत बिंदु पर केंद्रित हो जाना चाहिए। उसके एक-दो दिन बाद लेखक को पुनः अपनी विषय-वस्तु को एक प्रभावशाली एवं आकर्षक रूप प्रदान करना चाहिए। एक अनुभवी लेखक समस्त जटिलताओं से शीघ्र ही निजात पा लेता है। इसके विपरीत नए व कम अनुभवी लेखक को इस प्रक्रिया में अधिक समय लग सकता है। उसे ध्यान रखना चाहिए

कि वीडियो टेप की तुलना में पेपर कम खर्चीला साधन है। इसलिए उस समस्त योजना को कागज पर ही अंजाम देना चाहिए। बीच में प्रोड्यूसर के विचारों या मत में परिवर्तन भी लेखक को परेशानी में डाल सकता है।

शोध के आधार पर विषय को त्रिस्तरीय आधार पर विभाजित किया जाना चाहिए, प्रारंभ (जहाँ कथावस्तु या विषयवस्तु का प्रारंभ होता है), मध्य (जहाँ कथावस्तु या विषयवस्तु का विकास होता है), चरम (जहाँ कथावस्तु या विषयवस्तु किसी उद्देश्यपूर्ण परिणाम सहित सम्पन्न होती है)। प्रारंभ तथा मध्य की अपेक्षा चरम संक्षिप्त होने के बावजूद काफी महत्त्वपूर्ण होता है। कथावस्तु या विषय चरम सदैव रोचक एवं उद्देश्यपूर्ण होने चाहिए। एक समूची स्क्रिप्ट की सफलता उसके चरम पर ही निर्भर करती है। एक अच्छा लेखक अपनी बौद्धिक क्षमता का उपयोग करते हुए समस्त रुचिपूर्ण तथ्यों का समावेश एक केन्द्रीय बिन्दु पर विषय वस्तु का सर्वोत्तम ढंग से विकास कर सकता है। एक अच्छा कार्यक्रम वही कहलाएगा जिसमें एक केंद्रीय बिंदु का निर्धारण किया गया हो, दिशाहीनता कार्यक्रम को उद्देश्यहीन तथा उबाऊ बना देती है।

कथावस्तु या विषयवस्तु

सर्वप्रथम किसी कार्यक्रम हेतु शोध कार्य पूर्ण होने के पश्चात, कार्यक्रम निर्माता को उस शोध सामग्री का तानाबाना तैयार करने के लिए एक कुशल स्क्रिप्ट लेखक की आवश्यकता महसूस होती है। कई बार किसी निपुण लेखक को एक निर्धारित विषयवस्तु या कथावस्तु पर पूर्ण जानकारी सहित स्क्रिप्ट लिखने के लिए कहा जाता है। यदि किसी धारावाहिक के लिए स्क्रिप्ट लिखी जा रही हो तो उससे संबंधित पात्र, उनका चरित्र, उनकी पारिवारिक पृष्ठभूमि, उनका परिवेश, देशकाल तथा वातावरण सभी तत्त्व निर्धारित कर कहानी का विस्तार करना चाहिए। पात्रों के चरित्रानुसार संवाद योजना भी निर्धारित की जानी चाहिए।

इसी प्रकार स्थान या व्यक्तित्व पर वृत्तचित्र निर्माण से पूर्व उनसे संबंधित समक्ष पहलुओं का अध्ययन और आकलन कर उस पर विस्तृत योजना तैयार कर स्क्रिप्ट लिखी जानी चाहिए।

कथावस्तु या विषयवस्तु का ट्रीटमेंट

ट्रीटमेंट निर्धारित विषयवस्तु का निर्धारित रूप होता है। यह स्क्रिप्ट लेखन का मूलाधार होता है। निर्धारित कार्य पर समग्र शोध के पश्चात् उससे संबंधित समस्त पहलुओं जैसे दृष्टांत, स्थिति तथा वेशभूषा इत्यादि का विश्लेषण कर लेना चाहिए, जिससे कार्यक्रम की गुणवत्ता में वृद्धि हो सके। यदि कार्यक्रम वृत्तचित्र है तो इसमें तथ्यात्मक सामग्री का समावेश करना चाहिए। इसके

विपरीत धारावाहिक लघु-नाटिका एवं टेलीफिल्म्स में काल्पनिकता का समावेश किया जाता है।

स्क्रिप्ट का अंतिम रूप निर्धारण बजट तथा योजना निर्माण में समय-समय पर होने वाले निर्णयों पर भी निर्भर करता है। इसके अतिरिक्त ट्रीटमेंट में कैमरा, शूट, महत्त्वपूर्ण दृश्य एवं स्थिति का भी खाका, स्क्रिप्ट का विकास तथा अंत भी इसमें सम्मिलित होता है।

मास्टर सीन

मास्टर सीन ट्रीटमेंट दृश्य एवं वार्तालाप एवं संबोधन का सम्मिश्रण है। यह ट्रीटमेंट तथा शूटिंग स्क्रिप्ट के बीच की एक कड़ी है। यहाँ मास्टर सीन का एक उदाहरण प्रस्तुत किया जा रहा है।

सुहावनी सुबह में आनंद और दीपा युवा युगल, अपने ब्रेकफास्ट रूम में टेबल पर बैठे हुए हैं। आनंद टोस्ट खाते हुए हाथ में अखबार थामकर पढ़ने में तल्लीन है ।

दीपा : क्या अखबार में कुछ खास खबर छपी है?

आनंद : (हड़बाड़ते हुए) नहीं तो।

दीपा : (चिढ़ते हुए) इससे निगाह हटाकर कुछ बोलोगे भी...इत्यादि।

स्क्रिप्ट का रूप निर्धारण

स्क्रिप्ट का ताना-बाना भिन्न-भिन्न तत्वों से मिलकर बनता है। दृश्य सामग्री जैसे वीडियो संबंधित विश्लेषण को पृष्ठ के बाएँ तरफ प्रस्तुत किया जाता है और श्रव्य जैसे ऑडियो संबंधित विश्लेषण पृष्ठ के दाएँ तरफ प्रस्तुत किया जाता है। अनावश्यक सामग्री को काट-छाँट के बाद स्क्रिप्ट को अंतिम रूप प्रदान किया जाता है।

कैमरा स्क्रिप्ट या शूटिंग स्क्रिप्ट

शूटिंग की दिशा निर्धारित करने के लिए, शूटिंग स्क्रिप्ट पर सिलसिलेवार चर्चा होती है। शॉट किसी भी फिल्म का आधारभूत बिंदु होता है। जिसमें कार्यक्रम को गति प्रदान करने के साथ-साथ समय की बचत तथा स्थान की उपयुक्तता पर भी ध्यान दिया जाना चाहिए। इसके अलावा उसके विभिन्न दृश्यों एवं उनकी क्रमागतता को निश्चित किया जाना चाहिए। एक निश्चित कट सीन के दृश्यांकन के लिए विभिन्न शॉट की एक सिलसिलेवार कड़ी बनाई जाती है।

शॉट का निर्धारण विभिन्न परिस्थितियों एवं स्थितियों पर निर्भर करता है। वह शॉट जिसमें एक व्यक्ति या वस्तु का दृश्यांकन हो, उसे एकल (Singleton) शॉट कहते हैं। जिसमें दो व्यक्ति या वस्तु का दृश्यांकन किया जाए उसे युगल शॉट

(Two shot) कहते हैं।

क्लोजप शॉट

क्लोजप शॉट शूटिंग का एक महत्वपूर्ण हिस्सा होता है इसमें मुख्य विषय पर ही ध्यान केंद्रित किया जाता है। इसमें सिर से लेकर कंधों का ही दृश्य लिया जाता है।

मिड शॉट

सामान्य दूरी से लिया जाने वाला दृश्य इसमें सिर तक के दृश्य को कैमरे में कैद किया जाता है। यह एल एस तथा एम एस के बीच की स्थिति होती है।

लाँग शॉट

इसे संक्षिप्त रूप में एल एस भी कहा जाता है, यह संपूर्ण विषय पर केंद्रित होता है। इसमें एक नियत दूरी से दृश्य को वीडियो कैमरे में कैद किया जाता है।

हाई एंगल शॉट

इस शॉट को ऊँचाई से वीडियों कैमरे में कैद किया जाता है। इसमें पात्रों के अतिरिक्त आस-पास के वातावरण तथा परिस्थितियों को भी दर्शाया जाता है।

लॉ एंगल शॉट

वह शॉट जो निचाई से लिया जाता है उसे लॉ ऐंगल शॉट कहते हैं।

कंधे के ऊपर से लिया गया शॉट (An over the shoulder shot)

कंधे के ऊपर से लिए जाने वाले शॉट को संक्षिप्त रूप में ओएस के नाम से जानते हैं। यह वीडियो कैमरे को व्यक्ति के पीछे कंधे की तरफ रखकर लिया जाता है।

ऊपर वर्णित प्रत्येक शॉट का अपना विशेष महत्त्व एवं प्रभाव होता है। एक अच्छी स्क्रिप्ट ही इन दृश्यों में जान डाल सकती है। पात्रों के चरित्र, परिस्थितियाँ तथा दृश्यों को ध्यान में रखकर ही संवाद योजना करनी चाहिए। लाँग एंगल शॉट पात्र को शक्तिशाली एवं मजबूत रूप में प्रस्तुत करता है। इसके विपरीत हाई ऐंगल शॉट में पात्र कमजोर और बौना प्रतीत होता है।

उपयुक्त वर्णित शॉट के प्रयोग को इस उदाहरण द्वारा समझ सकते हैं।

पहला दिन

ब्रेकफास्ट रूम, खिड़कियों के माध्यम से सुबह की सुहावनी धूप कमरे में झाँकती हुई, दीपा (टोस्ट की ओर हाथ बढ़ाते हुए, अपने पति को निहारती है।)

क्या अखबार में कुछ खास खबर छपी है।

युगल शॉट (Two shot)—आनंद दीपा ब्रेकफास्ट टेबल पर बैठे हुए (यहाँ दो लोगों को दर्शाया गया है इसलिए यहाँ युगल शॉट है)।

मिड शॉट (Mid Shot)—अखबार के पीछे छिपे हुए आनंद (चौंकते हुए) नहीं, नहीं तो?

क्लोजप शॉट—दीपा टेबल पर टोस्ट चबाते हुए।

दीपा (चिढ़ते हुए) : अखबार से निगाह हटाकर कुछ बोलोगे भी।

यहाँ दीपा और आनंद एक साथ दिखाई देते हुए, आनंद अब भी अखबार पढ़ने में व्यस्त है और दीपा उसे निहार रही है (शॉट दीपा के कंधे के ऊपर से लिया जाएगा, जहाँ से वह आनंद की ओर निहारते हुए दिखाई देगी।)

स्क्रिप्ट को लेखन के लिए पृष्ठ को दाएँ और बाएँ भागों में बाँटकर बाएँ भाग का प्रयोग घटित होने वाले दृश्यों तथा शॉट की पोजीशन के लिए बाएँ भाग में श्रव्य योजना जैसे पात्र का नाम, संवाद, बीच-बीच में गूंजने वाली धुनें इत्यादि का वर्णन किया जाना चाहिए। प्रोडक्शन एवं संवाद की सहूलियत के लिए प्रत्येक शॉट की क्रम संख्या का वर्णन कर देना चाहिए। साथ शॉट के लिए दिन तथा रात की स्थिति का भी वर्णन कर देना चाहिए।

स्क्रिप्ट में कैमरे की स्थिति के लिए कैमरा मैन से सलाह कर लेना उपयोगी रहता है।

कैमरे की विभिन्न स्थिति जैसे :

पेन (Pan) वह स्थिति है जब कैमरे को दृश्य की गति के साथ घुमाया जाता है एवं टिल्ट जब कैमरे को आगे-पीछे घुमाया जाता है इत्यादि के विषय में चर्चा करके इसका भी स्क्रिप्ट में समावेश कर लेना चाहिए।

संपादित स्क्रिप्ट

स्क्रिप्ट का संपादन शूंटिंग के पश्चात् प्राप्त हुए फुटेज के आधार पर किया जाता है। एक निर्धारित दृश्य के पश्चात, किस दृश्य को डालना है तथा वह कितने समय तक चलेगा। इसका वर्णन संपादित स्क्रिप्ट में किया जाता है। एक कैमरे में सम्मिलित शॉट तथा विशेष दृश्य के दृश्यांकन का निदेश दिया जाता है।

किसी निश्चित दृश्य के स्थान पर अन्य दृश्य का स्थापन के लिए, डिसोल्व (Dissolve) तथा वाइप (Whip) विधि का प्रयोग किया जाता है।

कमेंट्री

किसी विशेष घटना का घटना स्थल से प्रसारण एवं उसके विश्लेषण को आँखों देखा विश्लेषण या कमेंट्री कहते हैं। इसके लिए अनुभव एवं व्यावसायिकता

की आवश्यकता होती है। साथ ही अच्छी आवाज तथा दृश्यता का समावेश उसे और अधिक आकर्षक बना देता है। कमेंट्री एक तथ्यात्मक वर्णन पर आधारित होती है। अच्छे प्रसारण के साथ-साथ सुंदर शब्दों का संयोजन कमेंट्री में जान फूँक देती है। इसलिए कमेंट्री में जानकारी का समावेश एवं सटीक भाषा का प्रयोग करना चाहिए ताकि कमेंटरी में लयबद्धता बनी रहे।

कमेंटेटर की आवाज, बोलने के अंदाज, शब्द के रूप में बदलाव की तकनीक, गति लयबद्धता, उच्चारण तथा परिस्थितिनुकूल शब्दों का प्रयोग कर, टी.वी पर न होकर बैकग्राउंड में होते हुए इस स्थिति में कमेंटेटर को अपने हाव-भाव तथा भावभांगिमा को शब्दों के माध्यम से ही प्रस्तुत करना होता है। कमेंटेटर को स्क्रीन पर दौड़ते चित्रों से आवाज का तालमेल बिठाना होता है। प्री-रिकार्डेड (Pre-recorded) कार्यक्रम में तो कमेंटेटर को दृश्य के साथ उपलब्ध समय में, ठीक-ठाक तालमेल बैठाते हुए प्रस्तुतिकरण करना होता है। रनिंग कमेंटरी या जीवंत प्रसारण की स्थिति में कमेंटेटर को कार्यक्रम पूर्व शोधकार्य कर लेना चाहिए। उसे आवश्यक सूचनाओं को एक कागज पर कलमबद्ध कर लेना चाहिए या फिर अपने मस्तिष्क में ठीक प्रकार बिठा कर रख लेना चाहिए ताकि आवश्यकता पड़ने पर उसका प्रयोग किया जा सके और दर्शक को कार्यक्रम संबंधित अन्य जानकारी भी उपलब्ध कराई जा सके।

जब एक दृश्य सामग्री प्रसारण की समूची सूचना उपलब्ध करा रही हो तो उसमें कुछ और जोड़ने की आवश्यकता नहीं होती। कमेंटरी का मात्र उद्देश्य उस सूचना को उपलब्ध कराना होता है। दर्शक के सामने दौड़ रहे दृश्यों में उसकी रुचि नहीं होती। उसकी तो कार्यक्रम को आकर्षक बनाने में ही रुचि होती है। ताकि दर्शक यथास्थिति से पूर्णतः अवगत हो सके। कमेंट्री सही मायने में दृश्य सामग्री की पूरक होती है तथा उससे संबंधित दर्शक की जिज्ञासा शांत करने का एक उपाय होती है।

देश में क्रिकेट की बढ़ती लोकप्रियता के कारण क्रिकेट कमेंटेटरों की माँग भी बढ़ी है। वैसे सामान्यतः इस क्षेत्र में पूर्व क्रिकेटरों को वरीयता दी जाती है। किक्रेट कमेंटेटर के लिए आवश्यक है कि उसे किक्रेट की गहन जानकारी हो। उसे पिच, टॉस, मौसम तथा गिरते विकेटों या बनते रनों के आधार पर मैच की बदलती परिस्थितियों का विश्लेषण करने की क्षमता होनी चाहिए। क्रिकेट कमेंटेटर को मैच प्रसारण से पूर्व प्रसारण तकनीक, दोनों टीमों के सदस्यों, टूर्नामेंट या शृंखला से संबंधित सभी जानकारियों, पूर्व रिकॉर्ड, मुख्य अतिथि एव स्टेडियम इत्यादि के विषयों से संबंधित शोध कर लेना चाहिए ताकि कमेंट्री करते समय किसी प्रकार की कोई समस्या न हो।

टेलीविजन धारावाहिक

फिल्म की तरह धारावाहिक भी टेलीविजन पर प्रस्तुत होने वाली एक विधा है। इसमें लेखन करने के लिए पहले लेखक को विचारों में खोना पड़ता है। भाषा के सागर में डूबना पड़ता है। प्रकृति में भ्रमण करना पड़ता है। मस्तिष्क में प्रकृति के दृश्यों की सीढ़ी बनानी पड़ती है। क्योंकि धारावाहिक मूल रूप से कथा है। इसमें एक नहीं अनेक पात्र होते हैं। कुछ वर्ग प्रधान होते हैं तो कुछ व्यक्तिगत। उनके संबंधों, द्वंद्वों परस्पर टकराहट से कथा आगे बढ़ती है। टेलीविजन धारावाहिक लेखन में विचार, दृश्यानुसार कथा, कथासार, पात्र एवं संवाद प्रमुख होते हैं। उन पर विचार करना अति आवश्यक है।

विचार

धारावाहिक हो या फिल्म विचार इनमें पहला तत्व होता है। पर विचार ऐसा हो जिसमें, नवीनता, रोचकता एवं व्यावसायिक दृष्टि हो। विचार एक पृष्ठ का भी हो सकता है और एक पंक्ति का भी। विचार का संबंध वर्ग विशेष से भी हो सकता है और पशु-पक्षियों से भी। विचार आर्थिक पक्ष का ध्यान रखता हो और अपने लक्ष्य का भी । विचार स्पष्ट होना चाहिए ताकि व्यापारी को एकदम आकर्षित कर सके। समस्याएँ एवं घटनाओं का लेखक से गहरा संबंध होता है। क्योंकि लेखक जिस परिवेश से संबंध रखता है। धारावाहिक से मुख्य रूप से वही परिवेश परिलक्षित होता है। पर घटनाएँ जितनी तत्त्व एवं तथ्यपरक होंगी धारावाहिक उतना ही लोकप्रिय बन सकता है।

दृश्यानुसार कथा

कहानी जिस प्रकार पर्दे पर दिखाई जाती है, ठीक उसी प्रकार लेखक को दृश्यों की क्रमबद्धता पर विचार करना चाहिए। क्योंकि पर्दे पर दृश्य कहानी की जुबान होती है। यानी दृश्य ही कहानी बताते है। दृश्य का छूटना कहानी का टूटना होता है। लेखक दर्शकों की आलोचना का शिकार हो जाता है। इसलिए लेखक को कहानी के दृश्यों का विभाजन बड़ी सूझबूझ के साथ करना चाहिए। दृश्यों के आधार पर कथाकार कथा लिखता है और निर्देशक निर्देशन करता है।

धारावाहिक लेखन में प्रत्येक एपिसोड की कहानी का उल्लेख करना अतिआवश्यक है। एक पंक्ति में दृश्य की कहानी कहना हॉलीवुड में 'वन लाइनर' कहा जाता है। इसके बाद पटकथा लिखी जाती है। वन लाइनर तैयार होने पर पटकथा लेखक को कहानी की पटकथा लिखने में सुविधा होती है। लेखक को इस बात पर ध्यान अवश्य रखना चाहिए कि पहले एपिसोड तथा बाद के एपिसोड की नाटकीयता में अंतर न आ जाए। दृश्यानुसार कथा 14-15 पृष्ठों से अधिक नहीं

होनी चाहिए।

कथासार

कथासार का मतलब होता है कहानी को संक्षिप्त रूप में लिखना या प्रस्तुत करना। पर फिल्म की अपेक्षा इसमें नायक-नायिका होती हैं। एक-दूसरे से जुड़ती-बिछुड़ती कई कथाधाराएँ होती हैं। हर कथा महत्त्वपूर्ण होती है। कथा का सार ऐसा होना चाहिए ताकि कॉमर्शियल ब्रेक से पहले दर्शकों की धारावाहिक के प्रति उत्सुकता बनी रहे। प्रत्येक एपिसोड के अंत में ऐसा नाटकीय मोड़ प्रस्तुत होना चाहिए ताकि दर्शक अगले एपिसोड का इंतजार करें। कथासार में कब, क्या, कहाँ, कैसा-कौन आदि सब कुछ लिखना तय होता है।

पात्र

धारावाहिक वर्षों तक चलने वाली विधा है। इसलिए इसमें आये पात्रों के कर्त्तव्यों का अच्छी तरह से ध्यान रखना चाहिए। पात्रों की छोटी-बड़ी आदि सभी बातों को लिखना चाहिए। ताकि भविष्य में कोई गलती न हो सके। कहानी का एक केंद्रबिंदु होता है जहाँ इच्छाएँ टकराती हैं। यह टकराव ही पात्र के चरित्र में चार-चाँद लगाता है। इच्छाएँ घटना को जन्म देती हैं। आवश्यक विचार उत्पन्न करती हैं । जब तक पात्र द्वद्वों में नहीं फँसेगा, तब तक समस्याएँ पैदा नहीं होंगी। द्वंद्व और समस्याएँ ही चुम्बक का काम करती हैं। यानी दर्शक को अपनी ओर खींचे रखती हैं। इसे बीच में से उठने नहीं देतीं। धारावाहिक के पात्रों के स्वरूप, वेशभूषा, विचार, रहन-सहन एवं बोली इत्यादि की भिन्नता होना बहुत आवश्यक है। पर उद्देश्य एक ही होना चाहिए। अपने लक्ष्य के प्रति एक ही धागे से बँधे रहे पात्रों के व्यक्तिगत एवं व्यावसायिक जीवन की टकराहट धारावाहिक में अच्छा रंग जमाती है। पात्रों में सामाजिक नवीनता हो तो दर्शक पर अधिक प्रभाव डालने में सक्षम हैं। आज का दर्शक अपने से तुलना करता है और यही नहीं वह अपने परिवेश के पात्रों भी से तुलना करता है।

संवाद

धारावाहिक, फिल्म एवं नाटक में संवादों की महत्त्वपूर्ण भूमिका होती है। लगभग चालीस प्रतिशत दर्शक संवाद सुनता है। अपने परिवेश में आकर दर्शक वैसा ही संवाद बोलता है। संवाद रुचिकर हो। परिवेश के अनुसार सरल भाषा तथा आम बोलचाल की भाषा में हो। संवाद परिस्थिति तथा पात्र के चरित्र को ध्यान में रखकर लिखे जाएं। परिवेश की भाषा में संवाद होगा तो दर्शक पर अच्छा प्रभाव पड़ेगा। इसलिए धारावाहिक के अनुरूप संवाद होने चाहिए।

--0--

सिनेमा का उद्‌भव एवं विकास

संचार माध्यमों पर की जाने वाली चर्चा सिनेमा के बिना अधूरी है। सिनेमा एक ऐसा संचार माध्यम जिसका हर कोई मुरीद है। फिर चाहे वालक हो या युवा या फिर कुछ हद तक वृद्ध सभी सिनेमा के दीवाने हैं। बालक जहाँ कृष जैसे पावर-फुल बनाना चाहते हैं, वहीं युवा सलमान तथा शाहरुख या रितिक की तरह आकर्षक दिखना चाहता है। इसके साथ ही वृद्ध भी देवानन्द और दलीप कुमार के किस्से सुनाते नहीं थकते। कहने का तात्पर्य यह है कि आज समाज का कोई आयु वर्ग सिनेमा से अछूता नहीं है। सिनेमा समाज की जड़ों तक अपनी पैठ जमा चुका है। इस दृष्टि से इस संचार माध्यम की अवहेलना करके संचार माध्यमों का विश्लेषण अधूरा ही माना जाएगा। इस अधूरेपन को खत्म करने के उद्देश्य से ही सिनेमा पर सिलेसिलवार ढंग विवरण प्रस्तुत किया जा रहा है।

सिनेमा एक पत्रकारिता है या नहीं

इस समुचित पुस्तक में संचार के विभिन्न माध्यमों से संबंधित पत्रकारिता का विवरण प्रस्तुत किया गया है। अब यहाँ प्रश्न उठता है, संचार के अन्य के साथ माध्यमों को सिनेमा को पत्रकारिता से जोड़कर देखा जा सकता है या नहीं। इस विषय में विभिन्न विचारकों के विभिन्न मत हो सकते हैं। सिनेमा को पत्रकारिता से जोड़ने से पूर्व सर्वप्रथम पत्रकारिता के अर्थ को समझना आवश्यक है। पत्रकारिता का अर्थ होता है किसी भी समाचारों का एकत्रीकरण एवं प्रकाशन या प्रसारण। या पत्रकार का काम या व्यवसाय करना। इस दृष्टि से देखा जाए तो सिनेमा में किसी भी प्रकार के समाचारों का संग्रह करके उसका प्रसारण तथा प्रकाशन नहीं किया जाता है। जिससे हम सिनेमा को पत्रकारिता से नहीं जोड़ सकते हैं। समाज में चेतना लाने के लिए सिनेमा की अग्रणीय भूमिका होती है। सिनेमा को जनमत निर्माण का माध्यम माना जा सकता है। कुछ विद्वान लेखन और जन-सामान्य की स्थिति, सामूहिक मनोवृत्ति तथा सुरक्षा सुनिश्चित करने की विधा को भी पत्रकरिता मानते हैं। इसके साथ सूचना-उद्योग भी पत्रकारिता माना जाता है। सिनेमा में समाज के भिन्न वर्गों की मनोदशा तथा स्थिति को फिल्मांकित करने का प्रयास किया जाता है। इसके साथ इसे सूचना-उद्योग की श्रेणी में रख सकते हैं। इन सब कारणों से सिनेमा को पत्रकारिता से जोड़कर देखा जा सकता है।

सिनेमा को पत्रकारिता मानने या न मानने वालों में भले ही मतभेद हो, पर भारतीय जनमानस में सिनेमा की अपनी अलग ही पहचान है। टेलीविजन, रेडियो, समाचार-पत्र एवं पत्रिकाओं इत्यादि माध्यमों को जिन्हें पत्रकारिता से जोड़ा जाता है में प्रसारित तथा प्रकाशित होने वाले समाचार में सिनेमा से जुड़े समाचारों को विशेष महत्व दिया जाता है। अर्थात सिनेमा पत्रकारिता के विभिन्न माध्यमों के लिए समाचार उपलब्ध कराने का स्रोत है। टेलीविजन तथा रेडियो पर प्रसारित होने वाले भिन्न कार्यक्रमो सिनेमा से ही जुड़े होते हैं। रेडियो पर तो अधिकतर फिल्मी गीतों का प्रसारण किया जाता है। इसी प्रकार टेलीविजन विशेषकर मनोरंजन चैनलों पर प्रसारित होने वाले कार्यक्रमों में फिल्मों तथा फिल्मी गीतों के कार्यक्रम का प्रसारण किया जाता है। इस प्रकार से यदि मान भी लिया जाए की सिनेमा प्रत्यक्ष रूप एक पत्रकारिता नहीं परंतु सिनेमा अप्रत्यक्ष रूप से पत्रकारिता का अंग अवश्य बना ही हुआ है।

सिनेमा का उद्भव

सिनेमा मूल रूप से फोटोग्राफी से जुड़ी हुई कला है। किसी गतिविधि के क्रमानुसार खींचे गए फोटोग्राफरों को एक विशेष प्रकार के प्रकाश पुंज के समक्ष तीव्रता के साथ गतिशील करने उन फोटोग्राफरों के तेजी के साथ बनते प्रतिबिम्बों को सिनेमा कहा जाता है। यह फोटोग्राफर जिस तीव्रता के साथ दौड़ते हैं, उससे पर्दे पर यह प्रतीत होता है, कि घटना वास्तव में हमारे समक्ष घटित हो। जिस प्रकार से प्रत्येक आविष्कार के पीछे एक रोचक कहानी होती है, उसी प्रकार सिनेमा के साथ भी कुछ ऐसा ही है। सिनेमा की मूल अवधारणा का जन्म फ्रांस में हुआ। सिनेमा के आविष्कार को फोटोग्राफी के आविष्कार से ही जोड़कर देखा जा सकता है। सन् 1850 में फ्रांस के गेसपार्ड-फेलिक्स टारनाकॉन (Gaspard-Felix-Tournachon) के मन में उन दिनों फ्रांस में प्रकाशित कथाओं, लेखों, तथा व्यंग्यों के फोटोग्राफर्स के माध्यम से प्रस्तुत करने का ख्याल आया है। फिर जैसा कि प्रत्येक ख्याल के पीछे उसे हकीकत में बदलने की कवायद आरंभ होती है, कुछ ऐसा ही इन माहशय ने भी किया। इन्होंने इन कथाओं, लेखों तथा व्यंग्यों के भावों को उजागर करने के लिए रेखाचित्रों का सहारा लिया। तत्पश्चात उसने इन रेखाचित्रों को क्रमागत रूप से व्यवस्थित करके अपने स्टील फोटाग्राकी कैमरे के सहायता से स्टील फोटोग्राफ खींचे और एक कथावाचक की आवाज के साथ मंच पर इसका प्रदर्शन किया। उसका यह प्रयोग दर्शकों को खूब भाया। अपने इस प्रयोग से टारनाकॉन फ्रांस में काफी चर्चित हुए। वह आगे चलकर अपने प्रशंसकों के मध्य 'नादर' नाम से प्रसिद्ध हुई।

नादर की जिज्ञासा और कौतुहल यहीं नहीं थमा अपने कार्य को और अधिक रोचक बनाने के लिए नित्य नई उधेड़-बुन में लगे रहे। उन्होंने एक विशाल हवा में उड़ने वाले गुब्बारे का निर्माण किया। इस हवा में उड़ने वाले गुब्बारे में उन्होंने कैमरे के साथ स्वयं के बैठने का प्रबंध किया। इस गुब्बारे में बैठकर उन्होंने पहाड़ों, खेत-खलिहानों, झरनों इत्यादि प्रकृति दृश्यों को क्रमानुसार अपने स्टील कैमरे में कैद किया। इस प्रकार के खींचे गये फोटोग्राफस को प्रदर्शित करने के लिए उन्होंने एक प्रदर्शनी का भी आयोजन किया। उनके इस प्रयास को लोगों ने खूब सराहा। सिनेमा के उद्‌भव तथा विकास की दिशा में नादर द्वारा किये गये प्रयोग पहला कदम माने जा सकते हैं। 'नादर' से प्रेरणा लेते हुए फ्रांस के अन्य फोटोग्राफरों ने भी इस दिशा में प्रयास करने आरंभ किये।

सन् 1873 में फ्रांस के ही एक खगोलवैज्ञानिक तथा फोटोग्राफर ने पेरे-जुल्स सिज़र जान्सेन (Pierre-Jules Ceasar Janssen) ने एक अद्‌भूत कैमरे का आविष्कार किया जिससे 'फोटोग्राफिक राइफल्स' (Photographic Rifles) के नाम से जानते हैं। इन्हें इसके आविष्कार में लगभग दो वर्ष लगे। सन् 1874 में शुक्र सूर्य के सामने से गुजरा इस अद्‌भुत खगोलीय घटना को पेरेजुल्स ने अपने फोटोग्राफिक राईफल के द्वारा कैद किया। इसमें उन्होंने कुल 72 सैकेंड में 48 फोटो को अपने फोटोग्राफिक राइफल द्वारा लिया। इस प्रकार सिनेमा के विकास का क्रम ओर आगे बढ़ा। फ्रांस में ही एक चिकित्सक ने जिसका नाम एकियेने-जुल्स मर्सी (Ekiene-Jules Mercy) ने मांसपेशियों में होने वाली गतिविधियों के अध्ययन की दृष्टि से 29 अक्टूबर, 1888 में एक विशेष प्रकार के कैमरे का आविष्कार किया जिसकी सहायता से एक सैकेंड में कुल बीस चित्रों की सिसिलेवार ढंग से फोटो खींची जा सकती थी। पॉजेटिव्य के किनारे पर छिद्र किनारों पर छिद्र न होने के कारण इन फोटो को श्रृंखलाबद्ध रूप से सिनेमा के रूप में प्रदर्शित नहीं किया जा सकता था। लेकिन सन् जार्ज ईस्टमेन द्वारा 1890 'सेल्यूलॉयट' के व्यवसायीकरण के प्रारंभ होने के कारण इस समस्या का समाधान हो गया। इसके पश्चात सन् 1893 में जार्ज डेमिनी तथा लियॉन गोमेंट ने एक साठ मिली मीटर (60 mm) के कैमरे का अविष्कार किया। अब तक सिनेमा के विकास की दिशा में मूलभूत तकनीकों का आविष्कार हो चुका था तथा सिनेमा के जन्म का एक अध्याय पूरा हो गया था।

फ्रांस के ही ल्यूमरी भाइयो (Lumiere brother) को सिनेमा के जनक के रूप में मान्यता मिली। उन्होंने ऐसा कैमरा बनाया जिसके द्वारा फोटो खींचने के साथ-साथ उसे प्रदर्शित भी किया जा सकता था। उन्हें अपने इस आविष्कार को 'सिनेमाटोग्राफ' (Cinematograph) का नाम दिया। सन् 1895 में दोनों भाईयों

ने विश्व की प्रथम फिल्म बनाई जिसका नाम था 'लीविंग द ल्यूमरी फेक्ट्री' (leaving the Lumiere factory)। इसके पश्चात दोनों भाई अगली फिल्म 'द आराइवल ऑफ ट्रेन' बनाई जिसके विषय में कहा जाता है, जब इस फिल्म में दर्शकों ने सिनेमा के पर्दे पर एक विशालकाय इंजन को अपनी ओर आते देखा तो वह अपनी सीटें खिसकाने लगे। यह दर्शकों के लिए अपने आप में एक रोचक अनुभव था। ल्यूमरी भाइयों द्वारा निर्मित फिल्में 30 से 60 सेकेंड की होती थीं। इनमें बाहरी दृश्य और वास्तविक जीवन को चित्रित करके दिखाया जाता था।

सन् 1897 में जार्ज मेलीज (George Melies) ने भी फिल्में बनाना प्रारंभ किया। उनके द्वारा कृत 'ए ट्रिप टु द मून' दर्शकों के बीच काफी लोकप्रिय हुई। इस फिल्म में चंद्रमा और धरती के लोगों की मुठभेड को दर्शाया गया। फिल्म में ट्रिक-फोटोग्राफी का प्रयोग करके चन्द्रमा के लोगों को बादलों में गायब होते हुए दिखाया गया। इन्हीं दिनों 'दा ट्रेन रॉबरी' का प्रदर्शन किया गया यह संभवतः पहली फिल्म थी जिसे कथावस्तु के रूप में प्रस्तुत किया गया।

इस तरह से सिनेमा अपने नित्य नये रूप में प्रस्तुत होता रहा और निरंतर उन्नति करता रहा। सिनेमा के विकास के आरंभिक काल में संक्षिप्त फिल्में ही बनाई जाती थीं। परंतु सिनेमा के क्षेत्र में होने वाले तकनीकी विकास ने सृजनात्मक तथा कलात्मक प्रवृत्ति वाले लोगों को भी साथ जोड़ना शुरू किया। अब सिनेमा तकनीकी विकास से निकल कर सृजनात्मक तथा कलात्मक अभिव्यक्ति के रूप में सामने आया जिसे परिणाम स्वरूप सन् 1914 में एक रंगमंच अभिनेता और नाटककार डी. डब्ल्यू. ग्रिफिथ ने फिल्मों में एक सहायक निर्देशक के रूप में प्रवेश किया। उन्होंने सिनेमा के तीन तत्त्व—(1) रचनात्मकता, (2) दृश्यों तथा वेश-भूषा के सामंजस्य, (3) संपादन के प्रयोग से सिनेमा को नई पहचान दी। जहाँ सिनेमा का अविष्कार कौतुहल तथा जिज्ञासा को शांत करने की प्रवृत्ति के फलस्वरूप हुआ था वही अब कला प्रदर्शन तथा विचार अभिव्यक्ति का माध्यम बन चुका था। धीरे-धीरे सिनेमा लिए कला प्रदर्शन के साथ-साथ दर्शकों के लिए मनोरंजन का माध्यम बनने लगा। किसी ने शायद यह कल्पना नहीं की थी कि एक दिन यह मनोरंजन सर्वाधिक और चर्चित माध्यम बन जाएगा।

भारत में सिनेमा का उद्भव तथा विकास

विश्व के अन्य देशों की ही तरह भारत में सिनेमा मनोरंजन का सर्वाधिक लोकप्रिय माध्यम है। भारतीय जनमानस का सिनेमा लगाव देखते ही बनता है। सेटेलाइट टी.वी चैनलों के प्रसार चलते इसकी लोकप्रियता कुछ कम आवश्यक ही हुई, पर खत्म नहीं हुई। अब भी सिनेमा के चाहने वालों की कमी नहीं। सिनेमा

की कहानियाँ तथा फिल्मी कालाकारों के खबरों को लोग खूब चाब लेकर पढ़ते हैं। दैनिक वार्तालाप में किसी फिल्मी कहानियाँ या किसी भी फिल्मी कलाकार पर चर्चा न हो ऐसा तो हो ही नहीं सकता। कहने का तात्पर्य यह है कि सिनेमा वर्तमान समाज की जीवन-शैली में रच बस गया है। फैशन और लुक के मामले में फिल्मी कालाकार लोगों के आदर्श बन चुके हैं। सिनेमा की इस लोकप्रियता के बीच यह जान लेना भी आवश्यक है, कि भारत में सिनेमा का विकास किस प्रकार से हुआ।

भारत में सिनेमा के आगमन की दिशा में 7 जुलाई, 1896 का दिन सदैव स्मरणीय रहेगा जिस दिन मुम्बई के वॉटसन होटल में उपस्थित जन समूह के समक्ष ल्यूमेर ब्रदर्स के प्रतिनिधियों ने सर्वप्रथम एक साथ छह मूल लघु फिल्मों का प्रदर्शन किया। यह एक विशेष अवसर था जब भारत के लोग सिनेमा से पहली बार रू-ब-रू हुए थे। इस प्रदर्शन से भारतीय दर्शक इतने प्रभावित हुए कि उनके अनुरोध पर मुंबई में अतिरिक्त शो का आयोजन किया गया। इस तरह से 7 जुलाई, 1896 को भारत में सिनेमा का पदार्पण हुआ।

भारत में सिनेमा का स्थापित करने का श्रेय जाता है, हरिशचन्द्र सखाराम मातवाडेकर जोकि मुबई में एक फोटो-स्टूडियो चलाया करते थे। हुआ यूँ कि 14 जुलाई, 1896 को मुम्बई के नॉवेल्टी थियेटर में, ल्यूमेर ब्रदर्श के प्रतिनिधियों द्वारा आम लोगों के लिए मूल लघु फिल्मों का प्रदर्शन किया गया जिसे देखने वाले लोगों में हरिशचन्द्र सखाराम मातवाडेकर भी पहुँचे। उन्हें सिनेमा के इस प्रदर्शन ने अत्याधिक प्रभावित किया। उन्होंने इन प्रतिनिधियों से सिनेमाटोग्राफ कैमरा खरीदा। इस सिनेमाटोग्राफ कैमरे में सिनेमा के लिए आवश्यक युक्तियां अर्थात कैमरा, प्रोसेसिंग और प्रोजेक्ट का समावेश होता था। सिनेमा निर्माण के प्रति इनकी ललक बढ़ती ही गई। वह अपने सिनेमाटोग्राफ का प्रयोग करना चाहते थे। उन्हीं दिनों बुम्बई के हैगिंग गार्डन में कुश्ती प्रतियोगिता का आयोजन किया जा रहा था। मातवाडेकर महोदय अपने सिनेमाटोग्राफ कैमरे को लेकर वहाँ पहुँच गए और उन्होंने इस प्रतियोगिता के कुछ सीनूस शूट करने के पश्चात इनका प्रदर्शन भी किया जो संभवत् किसी भी भारतीय द्वारा सिनेमा का सर्वप्रथम प्रदर्शन था। इस प्रकार भारत में सिनेमा के निर्माण में सर्वप्रथम नाम हरिशचन्द्र सखाराम मातवोडकर का ही आता है। इसके पश्चात उन्होंने 1901 में कैम्ब्रिज से लौटे आर.पी परांजेय को मुंबई के चौपाटी पर दिये गये सम्मान समारोह का छायांकन भी अपने सिनेमाटोग्राफ कैमरे के द्वारा करके लोगों के समक्ष प्रदर्शित किया। इसी प्रकार 1903 में एडवर्ड-VII के राज्याभिषेक समारोह को भी अपने सिनेमाटोग्राफ के द्वारा छायांकित करने, लोगों के समक्ष प्रदर्शित किया।

इस प्रकार से भारत में भी अपने आरंभिक दिनों में सिनेमा समारोह तथा

आयोजनों की रिकार्डिंग के प्रदर्शन के अतिरिक्त कुछ भी नहीं थे। पर लोगों के लिए यह एक प्रकार का अद्भुत तथा विस्मित कर देनेवाला अनुभव होता था इसलिए लोग इस प्रकार के प्रदर्शन को बड़े उत्साह के साथ देखने आते थे।

कला एवं व्यवसाय के रूप में परिवर्तित होता सिनेमा

जैसा कि पूर्व वर्णित किया गया है अपने प्रारंभिक काल में सिनेमा मात्र किसी समारोह की रिकार्डिंग मात्र ही हुआ करता था। लोगों के बीच इसकी बड़ी लोकप्रियता से उत्साहित होकर कुछ सृजनात्मक मानसिक वाले व्यक्तियों ने इसको कला और व्यवसाय के रूप में पहचान दिलाने का प्रयास किया। इसमें सर्वप्रथम नाम आता है कोलकत्ता के जे.एफ मदन का जिन्होंने सन् 1902 में एक टेंट के अन्दर एक निश्चित स्थान पर सिनेमा दिखाने की परंपरा का प्रारंभ किया। उन्हें इस व्यवसाय में खासा मुनाफा हुआ और इससे प्रभावित होकर उन्होंने कोलकात्ता में सिनेमा थियेटरों की एक शृंखला का प्रारंभ किया और साथ ही साथ उन्होंने सिनेमा के निर्माण तथा उसके प्रदर्शन का भी सिलसिलेवार ढंग से प्रारंभ किया। इस कार्य के लिए उनकी काफी सराहना हुई। प्रथम सिनेमा थियेटर की स्थापना का श्रेय भी उन्हे ही प्राप्त है। उन्होंने सन् 1907 में कोलकात्ता में ही 'एलिफिंस्टन पिक्चर पैलस' की स्थापना की। यहाँ एक तथ्य और ध्यान देने योग्य है कि भारत में सिनेमा का प्रारंभ मुंबई में हुआ उसे कला तथा व्यवसाय के रूप में पहचान कोलकात्ता में मिली। कहने का प्रयोजन यह है कि धीरे-धीरे सिनेमा का एक स्थान से दूसरे स्थान पर विस्तारण शुरू हो गया।

'एलिफिंस्टन पिक्चर पैलेस' की स्थापना के पश्चात भी भारत सिनेमा को नई बुलंदियों पर पहुँचाने का क्रम समाप्त नहीं हुआ। अब तक सिनेमा के विकास की दिशा में जो कुछ हुआ तथा इतना भर नहीं था कि उस पर भारतीय सिनेमा की मजबूत इमारत खड़ी हो सके। अभी तक सिनेमा छोटी-छोटी लघु नटिकाओं के प्रसारण के ईद-गिर्द ही घूम रहा था। अब आवश्यकता थी तो एक श्रेष्ठतम् कथा आधारित फिल्म की।

कथा अधारित फिल्म का जिक्र आते ही जहन में यकायक एक नाम आता है, दादा साहब फाल्के का। दादा साहब फाल्के वो नाम या यूँ कहे की एक ऐसा वास्तुकार जिसने भारतीय सिनेमा की इमारत को खड़ी करने के लिए एक मजबूत आधार तैयार किया। दादा साहब फाल्के जिनका वास्तविक नाम धुंदीराज गोविन्द फाल्के था का जन्म सन् 1870 को महाराष्ट्र के नासिक जिले के एक गाँव त्रिंबकेश्वर में ब्राह्मण परिवार में हुआ। इनके पिता ने शास्त्री बनाने के उद्देश्य से संस्कृत शिक्षा के लिए भेजा। पर इनकी रुचि शास्त्री बनने की अपेक्षा कला, अभिनय तथा रंगमंच में अधिक थी। अपनी इसी रुचि की पूर्ति के लिए इन्होंने

सन् 1885 में जे.जे. स्कूल ऑफ आर्ट में प्रवेश लिया। उसके पश्चात इन्होंने पहले चित्रकला और फिर वास्तुकाल की शिक्षा पूरी की। कला के प्रति उनमें एक दीवानगी थी। आर्ट-प्रिंटिंग सीखने के लिए वह जर्मनी गए। उन्होंने फिल्म डेवलप करना तथा निगेटिव से प्रिंट बनाने का कार्य भी सीखा। उन्होंने थ्री कलर ब्लॉक मेकिंग, फोटोग्राफी तथा सेरामिक कला की भी पढ़ाई की।

इतना सब कुछ सीखने और करने के पश्चात भी फाल्के की कला के प्रति भूख शांत नहीं हुई वह कुछ और नया करना चाहते थे। उन्हें स्वयं भी नहीं मालूम था कि उनकी ललक की परिणति की किस रूप में होगी। फाल्के अपने प्रिंटिंग के व्यवसाय के सिलसिले में जर्मनी गए। वहाँ से लौटकर आने पर 1910 में वहाँ से लौट आए। बात सन् 1911 की है उन्होंने ईस्टर के दिन एक विदेशी फिल्म देखी जिसका नाम था 'दा लाइफ ऑफ क्राइस्ट' इस फिल्म में उन्होंने अत्याधिक प्रभावित किया और इसी दिन से उनमें फिल्म निर्माण की धून सवार हो गई।

वह भगवान कृष्ण के जीवन पर इसी प्रकार की फिल्म बनाना चाहते थे। पर कहते हैं, कि सोचने और करने में जमीन आसमान का फर्क होता है। सोचना मात्र हमारे मास्तिष्क की एक कल्पना होता है, परंतु उसे मूर्त करने के लिए कठिन प्रयत्न करना पड़ता है। यहाँ भी ध्यान देने योग्य है, कि सोचने से किसी काम को करने की प्रेरणा शक्ति मिलती है। यदि मनुष्य को चाँद को पाने की न सोचता तो शायद आज तक भी वह चाँद पर नहीं जा सकता था। कुछ ऐसा ही दादा साहब फाल्के के साथ भी हुआ, पर उन्हें तो चाँद पर जाने की नहीं चाँद पाने की जिद्द ही थी। अर्थात सिनेमा के क्षेत्र में कुछ नया कर दिखाने की जिद्द थी।

उन दिनों भारत में सिनेमा के विषय में तकनीकी जानकारियों एवं बारीकियों के विषयों का काफी अभाव था। पर धुन के पक्के दादा साहब कहाँ हार मानने वाले थे वह सिनेमा के मूलभूत प्रशिक्षण करने तथा उपकरणों को खरीदने के लिए इंग्लैंड चले गए। वहाँ से वह विल्सन कैमरा, कोडक निगेटिव और अन्य उपयोगी सामान खरीदकर भारत लौट जाए। लंदन प्रवास के दौरान उन्होंने मिस्टर सेसिल हेपवर्थ से इस विषय में विधिवत प्रशिक्षण प्राप्त किया। इतना सब कुछ करने के बावजूद लगता था कि अब भी मंजिल दादा साहब फाल्के से दूर थी। इसकी मुख्य वजह से फिल्म-निर्माण पर होने वाला भारी भरकम खर्च पर उन्होंने हिम्मत नहीं हारी इस बीच उनके विचारों में आवश्यक परिवर्तन आया। उन्होंने भगवान श्रीकृष्ण के जन्म पर आधारित फिल्म के स्थान पर राजा हरिशचंद्र पर फिल्म बनाने का निर्णय किया। अपने इस प्रयास में दादा साहब फाल्के सफल रहे। 'राजा हरिश्चंद्र' की कथा पर आधारित मूक फिल्म बनी, जोकि भारत की सर्वप्रथम मूल फिल्म थी। 3700 फुट लंबी इस फिल्म को 1913 में बुंबई के कॉरानेशन सिनेमा-हॉल में

प्रदर्शित किया। यह दिन भारतीय सिनेमा के इतिहास में एक स्वर्णिम अक्षरों में लिखित है। इस फिल्म के विषय में एक और रोचक तथ्य है कि इस फिल्म में हरिश्चंद की पत्नी तरामति की भूमिका के लिए किसी महिला कलाकार का चयन करना था। पर उस समय की रूढ़ियों एवं मर्यादाओं के कारण कोई भी महिला इस भूमिका को करने के लिए तैयार नहीं हुई अंत में तारामति की भूमिका में एक पुरुष को ही स्त्री बनाकर प्रस्तुत किया गया। यह पुरुष था उनका रसोइया जिसका नाम था पी.जी साने। राजा हरिशचंद्र के निर्माण के बाद दादा साहब फाल्के ने अगले दो दशकों तक कई फिल्मों का निर्माण किया जिसमें 'सावित्री', 'लंका दहन', 'कृष्ण जन्म', 'भस्मासुर मोहिनी' प्रमुख हैं। उन दिनों अधिकतर पौराणिक तथा धार्मिक कथावस्तु को आधार में रखकर ही फिल्मों का निर्माण किया गया।

मुंबई के बाद कोलकात्ता में भी कथा आधारित फिल्में बननी प्रारंभ हुईं। वहाँ पर धीरेन्द्र नाथ गांगुली ने 'इंग्लेंड रिटर्नड' बनाई। इस फिल्म का प्रदर्शन 1921 में हुआ। धीरेन्द्र नाथ गांगुली समकालीन फिल्मकारों में चंदूशाह का नाम भी उल्लेखनीय है, जिन्होंने सामाजिक समस्याओं पर अधारित फिल्म 'गुण-सुंदरी' बनाई। इसी समय में एक अन्य प्रतिभाशाली फिल्मकार थे हिमांशु राय। उन्होंने जर्मनी के सहयोग से 1925 में 'दा लाइट ऑफ एशिया बनाई'।

राजा हरिश्चंद्र एक मूक फिल्म थी जिसमें दर्शकों ने कलाकारो को मात्र अभिनय करता देखा। कलाकारों की आवाजें उन्हें सुनाई नहीं दीं। मूक फिल्मों का मूक होना सिनेमा की उन्नति में एक बड़ी बाधा थी। इस समस्या को सन् 1929 के आस-पास सुलझा लिया गया। सन् 1929 में सवाक् फिल्मों का निर्माण होना प्रारंभ हो गया। भारत में सन् 1931 में सवाक् फिल्मों का आरंभ 'आलमआरा' के प्रदर्शन से हो गया। इस फिल्म के निर्देशक थे अर्दशेर ईरानी। इस फिल्म ने सिनेमा को दर्शकों के बीच और अधिक लोकप्रिय बना दिया। अब दर्शकों के समक्ष देखने के लिए श्रेष्ठ अभिनय के साथ-संवाद सुनने के लिए लच्छेदार संवाद भी थे।

व्यावसायीकरण के साये में ही कला का उपयुक्त पोषण हो सकता है। कुछ ऐसा ही सिनेमा के साथ भी हुआ। जैसे-जैसे फिल्में भारतीय जनमानस पर अपना प्रभाव छोड़ती गईं, वैसे-वैसे ही उसका व्यावसायीकरण होता है। व्यवसायीकरण के सहारे ये कला और कलाकार भी पहचान पाते रहे और वर्तमान स्थिति में यह हो चुकी है, फिल्म निर्माण करने वाले निर्माताओं के स्थान पर फिल्म में कार्य करने वाले कलाकार फिल्म के माध्यम से अधिक प्रसिद्ध होते। कहने का तात्पर्य है, फिल्मों के व्यावसायीकरण ने फिल्मों के पोषण के लिए खाद-पानी का कार्य किया।

अपने प्रारंभिक दिनों में सिनेमा कुछ व्यक्ति विशेष के व्यावसायिक कार्य का परिणाम पर धीरे-धीरे एक व्यवसाय का रूप लेता चला गया। इस क्षेत्र में लोगों

ने कम्पनियाँ बनाकर फिल्मों का निर्माण आरंभ किया। सिनेमा के विकासक्रम के प्रारंभिक काल में बनी कुछ प्रमुख फिल्म निर्माण कंपनियों का विवरण इस प्रकार से है–

1. सन् 1918 में डी.एन संपत और माणिक लाल पटेल ने 'कोहिनूर फिल्म कंपनी' का निर्माण किया। उस समय यह भारत की सबसे बड़ी फिल्म कंपनी हुआ करती थी। इस कंपनी की स्थापना मूल सिनेमा के काल में हुई थी।

2. सन् 1924 में माणिक लाल पटेल ने 'कृष्ण फिल्म कंपनी' का निर्माण किया। इसके पूर्व माणिक लाल पटेल ने डी.एन संपत के साझेदारी में 'कोहिनूर फिल्म कंपनी' का निर्माण किया। इसका वर्णन पूर्व अनुच्छेद में किया गया है।

3. सन् 1929 में व्ही, शांताराम, विष्णुकांत दामले, बाबूराम पेंदाकर और फत्तेलाल ने मिलकर 'प्रभात फिल्म कंपनी' का निर्माण किया। इससे पूर्व यह चारों व्यक्ति 'महाराष्ट्र फिल्म कंपनी' के चार प्रमुख स्तंभों के रूप में जाने जाते थे।

4. चिमनलाल देसाई और अम्बालाल पटेल ने सन् 1930 में 'सागर फिल्म कंपनी' की स्थापना की। इस फिल्म कंपनी से कई जाने-माने लोग जुड़े हुए थे जिनमें प्रसिद्ध साहित्यकार के.एम. मुंशी भी प्रमुख थे।

5. अपने समय के जाने-माने निर्माता हिमांशु रॉय ने सन् 1934 'बॉम्बे टाकीज़' फिल्म निर्माण कंपनी की स्थापना की यह प्रथम पब्लिक लिमिटेड कंपनी थी। उस समय की प्रसिद्ध नायिका देविका रानी भी इस फिल्म कंपनी से जुड़ी हुई थीं। इस कंपनी के साथ केवल भारत के ही नहीं अपितु अपने क्षेत्र के विशेषज्ञ कुछ प्रमुख यूरोपीय व्यक्ति भी सम्मिलित थे।

इस फिल्म कंपनी द्वारा सन् 1935 में 'जवानी की हवा' फिल्म का निर्माण किया जो इस कंपनी की सर्वप्रथम फिल्म थी इसका निर्देशन फ्रांज ऑस्टैन ने किया। यह फिल्म अपराध पर आधारित प्रेम कथा थी इसमें मुख्य भूमिका देविका रानी तथा नजमुल हुसैन ने निभाई थी। यहाँ एक बात देना उपयुक्त जान पड़ रहा है कि सदाबहार अशोक कुमार तथा ट्रेजडी किंग दिलीप कुमार हिमांशु राय की ही खोज थे। फिल्म निर्माण के व्यावसायीकरण में 'बाम्बे टॉकीज' को मील का पत्थर कहा जा सकता था। अब सिनेमा पर पूरी तरह से व्यावसायीकरण का रंग चढ़ चुका था और वह बुलंदियों की नित्य नई कुलाचें भर रहा था।

--0--

फिल्म निर्माण तकनीक

पूर्ववत अध्याय में हमने सिनेमा के उद्भव और विकास को जानने का प्रयास किया है। किसी जनसंचार माध्यम को जानने एवं समझने से पूर्व उसके उद्भव और विकास को जान लेना आवश्यक होता है। आज हम जिस विकसित सिनेमा को देखते हैं, वह एक लंबे विकास काल से गुजर कर यहाँ तक पहुँचा है। इसके विकास में अनेकानेक लोगों ने अपना सहयोग प्रदान किया है। इन सब तथ्यों का विवरण पूर्ववत अध्याय में ही किया जा चुका है। सिनेमा को जानने और समझने की दृष्टि से इस अध्याय में फिल्म निर्माण तकनीक पर क्रमवत रूप से विश्लेषण किया जा रहा है।

फिल्म निर्माण से लेकर उसके पर्दे पर प्रसारित होने से पूर्व फिल्म को भिन्न-भिन्न तकनीकी पड़ावों से होकर गुजरना पड़ता है। फिल्म को एक उत्पाद के रूप में तैयार करने के लिए एक पूरी ईकाई कार्य करती है। जिसे फिल्म यूनिट कहा जाता हैं। इस यूनीट में अपने क्षेत्र के विशेषज्ञ सम्मिलित होते है, जो अपने कार्य को बखूबी अंजाम देना जानते है। फिल्म का निर्माण करने वाले व्यक्ति को निर्माता कहा जाता है। कभी-कभी निर्माता फिल्म का निर्देशन भी करता है। निर्माता द्वारा फिल्म का निर्देशन करने में सक्षम न होने की स्थिति में निर्माता अनुबंध के आधार निर्देशक को नियुक्त करता है। निर्माता कोई व्यक्ति विशेष या कंपनी हो सकती है।

फिल्म निर्माण में सर्वप्रथम फिल्म की कथावस्तु की संकल्पना तैयार की जाती है। उसके पश्चात अभिनेता और अभिनेत्री का चयन किया जाता है। तत्पश्चात गीतकार, संगीतकार, ध्वनिकार, मेकअपमैन, कैमरामैन, फिल्म संपादक, सेट डिजाइनर्स एवं कला निर्देशक आदि को अनबंधित किया जाता है। फिल्म की पटकथा को कंप्यूटर से टाईप किया जाता है। यहाँ हमेशा यह ध्यान रखा जाता है कि संवादो को बोल्ड रखा जाए। स्क्रीन-प्ले में कहानी के उद्देश्य के साथ फिल्म संबंधित संकेत, संवाद, संगीत, नृत्य, लोकेशन इत्यादि भी होते हैं। इन सबका निर्धारण करने के पश्चात फिल्म की शूटिंग का कार्य तैयार किया जाता है।

फिल्म निर्माण की धुरी 'निर्माता'

फिल्म निर्माण में सबसे अग्रणीय भूमिका निर्माता की होती है। यदि फिल्म निर्माण की तुलना एक नौका से की जाए तो उसका खिवइया निर्माता ही होता

है। पर सिनेमा के पर्दे नायक एवं नायिका के प्रमुख भूमिका में होने के कारण निर्माता की भूमिका को गौण माना जाता है। पर वास्तविक रूप में फिल्म निर्माण की धुरी निर्माता ही होता है। जैसा कि हमें ज्ञात ही है, अर्थाभाव में कोई भी कार्य सिद्ध नहीं हो सकता तो फिर फिल्म निर्माण ही इससे अछूता कैसे रह सकता है। निर्माता का काम फिल्म-निर्माण के सर्वप्रथम कार्य धन की व्यवस्था करना होता है। फिल्म निर्माता निर्माण का 'प्रपोजल' तैयार करके उसके लिए किसी 'फाइनेंसर' से धन प्राप्त करता है। अपने 'प्रपोजल' से फाइनेंसर को आश्वस्त करने के आधार पर ही निर्माता फाइनेंसर से धन प्राप्त हो पाता है। इसके अतिरिक्त निर्माता स्वयं के पास उपलब्ध पूंजी से, किसी भागीदार से तथा फिल्म डेवलमेंट कौंसिल इत्यादि साधनों , माध्यमों से भी धन की व्यवस्था करते हैं। कहने का तात्पर्य है कि फिल्म निर्माण के लिए धन की व्यवस्था करना सर्वाधिक चुनौतीपूर्ण कार्य होता है। तत्पश्चात फिल्म के अभिनेता एवं अभिनेत्री से अनुबंध किया जाता है। वैसे कई बार निर्देशक को अभिनेता एवं अभिनेत्री के चयन से पहले भी अनुबंधित किया जाता है। निर्देशक के अनुबंधन के पश्चात अभिनेता-अभिनेत्री के चयन या अनुबंधन किया जाता है। तत्पश्चात कहानी का निर्धारण किया जाता है। उसके लिए कहनीकार को अनुबंधित किया जाता है। कहनीकार को अभिनेता-अभिनेत्री को ध्यान में रखकर कहानी लिखनी होती है। कहानी तैयार होने के पश्चात उस पर अभिनेता-अभिनेत्री एवं निर्देशक की राय ली जाती है। आवश्यक सुझाव एवं काट-छांट के बाद कहानी को अंतिम रूप दिया जाता है। अंत में पटकथा एवं संवाद लिखे जाते हैं।

फिल्म निर्माण के लिए निर्माता को इंडियन मोशन पिक्चर्स, प्रोड्यूसर्स एसोसिएशन, जिससे संक्षिप्त रूप में इम्मा के नाम से जाना जाता है का सदस्य होना चाहिए। फिल्म निर्माण से पहले नाम का 'पंजीकरण' करना आवश्यक होता हैं। कई बार निर्माता नाम न होने पर भी फिल्म का निर्माण प्रारंभ कर देते है और बाद में नाम तय करके उसका 'पंजीकरण' करवाते हैं। इस प्रकार से हमने देखा कि फिल्म में पर्दे पर हीरो की भूमिका निभावाने वाला कालाकार नहीं अपितु फिल्म का निर्माण करने वाला व्यक्ति ही असली हीरो होता है।

फिल्म निर्माण प्रक्रिया में निर्देश की भूमिका

फिल्म निर्माण प्रक्रिया में निर्माता के पश्चात दूसरे पायदान पर जिस व्यक्तित्व का नाम आता है, वह है निर्देशक। इसे तकनीकी भाषा में डायरेक्टर कहा जाता है। उपरोक्त अनुच्छेद में जहाँ फिल्म की तुलना नाव से की गई थी तो निर्माता को उसका खिवइया माना गया था। इसी प्रकार से यदि फिल्म की तुलना जलयान से की जाए तो उसका कैप्टन 'निर्देशक' को माना जाएगा। कैप्टन जिस

प्रकार से पूरे जलयान को अनुशासित रूप से संचालित करते हुए लक्ष्य तक पहुँचाता है उसी प्रकार निर्देशक भी फिल्म निर्माण को एक निश्चत लक्ष्य तक पहुँचाता है। निर्देशन के कुछ सहायक भी हो सकते हैं। जिन्हें सहायक निर्देशक तकनीकी भाषा में असिस्टेंड डायरेक्टर कहा जाता है। फिल्म निर्देशक के लिए आवश्यक है कि उसे छायांकन अर्थात कैमरे का गूढ़ ज्ञान हो। कैमरे में लैंस, शॉट लेना, शॉट के प्रभाव तथा किस प्रकार के लैंस शॉट लेने का क्या परिणाम निकलेगा इसका उसे यथाचित् ज्ञान होना चाहिए। इसके अतिरिक्त कैमरे के किस एंगल पर उसकी कल्पना के अनुरूप शॉट मिल सकेगा इसकी भी उसे समझ होनी चाहिए। इसके साथ निर्देशक को कल्पनाशील होना भी आवश्यक होता है फिल्म निर्माण एक ऐसी प्रक्रिया में जिसमें कल्पना को ही वास्तविकता का जामा पहनाना होता है।

कहानी का चयन

फिल्म निर्माण में कहानी का चयन करना अपने आपमें एक टेढ़ी खीर होता है। फिल्म निर्माण एक व्यापारिक गतिविधि है इसमें फिल्म फाईनेंसर तथा फिल्म निर्माता एक मोटी रकम लगाते हैं, इस दृष्टि से उनका उद्देश्य इस पर अधिक से अधिक मुनाफा कमाना होता है। फिल्म सफल होने पर ही फिल्म से लाभ अर्जित किया जा सकता है। असफल होने पर फाईनेंसर तथा फिल्म के निर्माता को आर्थिक क्षति उठानी पड़ सकती है। फिल्म निर्माण एक टीम-आधारित कार्य होता है। इसकी सफलता में निर्देशक, अभिनेता-अभिनेत्री, संगीतकार, फिल्म की कहानी, तथा पार्श्व गायक इत्यादि सभी की महत्वपूर्ण भूमिका होती है। इनमें सर्वाधिक महत्वपूर्ण भूमिका कहानी की होती है। कहानी के अनुसार ही फिल्म की विषयवस्तु का तनाबाना बांधा जाता है। कई बार ऐसा देखा जाता है कि सभी कलाकारों के श्रेष्ठ प्रदर्शन करने पर भी फिल्म फ्लाप हो जाती है, इसकी प्रमुख वजह होती है, लचर कहानी। कहानी के चयन की दृष्टि से सर्वाधिक महत्त्वपूर्ण है कि निर्माता को विश्वास हो जाए कि व्यावसायिक दृष्टि से कहानी सफल हो जाएगी। इसके बाद फिल्म पर धन लगाने वाले फाईनेंसर, कलाकार और वितरण को भी वह पसंद आनी चाहिए। इसमें से किसी एक की असहमति होने पर कहानी का चयन रद्द किया जा सकता है। फिल्म की कहानियां मुख्य रूप से सामाजिक, अपराध कथा, एक्शन ड्रामा, पौराणिक, धार्मिक, हास्य और फैंटेसी पर आधारित हो सकती है।

फिल्म बनाने का निर्णय लेने के बाद फिल्म की भाषा का निर्धारण किया जाता है कि किस भाषा में फिल्म बनाई जाए भारत में हिंदी भाषा के अतिरिक्त क्षेत्रीय-भाषाओं में भी फिल्मों का निर्माण किया जाता है। भाषा का निर्धारण करने के पश्चात निर्माता यह तय करता है कि 'व्यावसायिक फिल्म' बनाई जाए या 'प्रयोगवादी'। कहानी के चयन के समय यह भी ध्यान रखा जाता है कि अनुबंधित

अभिनेता-अभिनेत्री कहानी के अनुकूल हैं या नहीं।

कहानी तय करते समय दर्शकों के रुझान को भी ध्यान में रख लेना चाहिए कि वह किस तरह की फिल्म देखना पसंद करते हैं। दर्शकों की सोच तथा फिल्म के प्रति उनकी रुचि समय के अनुसार बदलती रहती है। सिनेमा के आरंभ में दर्शक पौराणिक तथा धार्मिक कथाओं पर अधारित फिल्में देखना पसंद करते हैं, उसके पश्चात सामाजिक एवं मानवीय संबंधों पर अधारित फिल्मों का दौर शुरू हुआ। प्रेमकथाओं पर आधारित कहानियों का दौर आया, फिर एक्शन पैक फिल्मों का। इस प्रकार समय के साथ दर्शकों का रुझान बदलता है। कहानी के चयन में इस बात का विशेष रूप से ध्यान रखा जाना चाहिए।

पटकथा लेखन

किसी भी फिल्म की कहानी तीन तरीकों से लिखी जाती है। पहले तरीके में कहानीकार फिल्म की 'थीम' या 'आइडिया' निर्माता को सुनाता है। यदि निर्माता को यह पसंद आता है तो वह उसे विस्तारित (डेवलप) करने के लिए कहता है। उसके पश्चात विस्तृत रूप रेखा तैयार हो जाने के बाद उसे निर्माता के समक्ष प्रस्तुत किया जाता है। निर्माता की स्वीकृति मिलने के बाद पटकथा तैयार की जाती है। दूसरे तरीके में निर्माता, निर्देशक द्वारा स्वयं लेखक को 'आईडिया' या थीम दी जाती है। लेखकों उस पर रूपरेखा तैयार करके निर्माता-निर्देशक की स्वीकृति लेता है। और स्वीकृति मिलने के पश्चात पटकथा का लेखन किया जाता है। तीसरे तरीके में पहले लेखक रूपरेखा तैयार करके निर्माता को सुनाता है निर्माता को पसंद आने पर लेखक उसकी पटकथा लिखना प्रारंभ कर देता है।

फिल्म कहानी में नाटकीयता, हास्य परिहास, सुख-दुःख, एक्शन इत्यादि को सम्मिलित किया जाता है। किसी भी कहानी का सर्वाधिक महत्वपूर्ण पहलू होता है चरमोत्कर्ष अर्थात 'क्लाइमेक्स'। क्लाइमेक्स पर लेखक को विशेष रूप से ध्यान केन्द्रित करना होता है।

पटकथा लेखन दरअसल कहानी लेखन का ही विस्तृत रूप है। इसे 'स्क्रीन प्ले' या 'सिनारियो' भी कहा जाता है। इसमें प्रत्येक दृश्य अलग-अलग रूप में लिखा जाता है। इसके लिए कैमरे के ज्ञान के साथ यह जानना भी आवश्यक है कि किस दृश्य का दर्शकों पर क्या प्रभाव पड़ेगा। पटकथा लेखक को भिन्न दृश्यों के बीच परस्पर तालमेल भी बिठाना पड़ता है। उसे ध्यान रखना होता है कि फिल्म का प्रारंभ और अंत प्रभावोत्पादक होना चाहिए।

पटकथा पर निर्माता, निर्देशक एवं लेखक द्वारा विस्तृत चर्चा होने के पश्चात पटकथा को अंतिम रूप दिया जाता है। पटकथा पर अंतिम निर्णय लेने के पश्चात यह निर्धारित किया जाता है कि कथा का निर्देशन किस प्रकार से किया जाए।

इसे सीधे नरेशन में निर्देशित किया जाए या फ्लैश बैक नरेशन में। फ्लैश बैक में कथानक या किसी पात्र से परिचित करवाया जाता है। वह पात्र किसी अन्य पात्र को पूर्व घटित कहानी बतलाता है। कथा का प्रारंभ जिस पात्र से होता है उसी पर समाप्त हो जाता है। पटकथा लेखन के अंतिम दौर में पटकथा लेखन प्रारंभ किया जाता है। इसमें यह तय किया जाता है कि फिल्म की कहानी का प्रारंभ कहाँ से किया जाए और उसके बाद किस प्रकार से एक के बाद एक सीन आएँगे। फिल्म के क्लाईमेक्स का निर्धारण में भी इसी चरण में किया जाता है। कई बार इसे आगे के लिए छोड़ दिया जाता है।

पटकथा लेखन के दो प्रारूप होते हैं—पहला 'वन लाइन स्क्रीन प्ले' जिसमें दृश्य को विस्तार से नहीं लिखा जाता। इसे सिर्फ इतना ही लिखा जाता है कि सीन में क्या कहना है। जब शूटिंग की योजना बनाने के लिए निर्माता, निर्देशक, तथा लेखक बढ़ते हैं तभी दृश्य विस्तार पूर्वक बनाया जाता है एवं संवाद लेखक को संवाद लिखने के लिए दिए जाते हैं। इसमें धन का अपव्यय तथा फिल्म के कमजोर बनने की आशंका बनी रहती है।

इसके विपरीत दूसरे तरीके में पटकथा तथा दृश्य समग्र एवं विस्तारित रूप में लिखे जाते हैं। इस प्रकार की पटकथा में प्रत्येक अपनी भूमिका तथा कार्य से अवगत रहता है। इससे धन तथा समय का अपव्यय नहीं होता। पटकथा लेखन को दृश्य परिवर्तत की तकनीकों जैसे डिजाल्व, फेड-इन, फेड-आउट, ब्लर तथा लांग डिजाल्व से भी परिचित होना चाहिए। पटकथा जिस भी तरीके से लिखी जाए वह उसका अंतिम रूप नहीं होता शूटिंग के दौरान आवश्यकतानुसार समय-समय पर उसमें परिवर्तन किया जाता है।

संवाद लेखन

संवाद किसी भी फिल्म की जान होते हैं। कहानी एवं पटकथा के साथ फिल्म में संवाद अयोजन भी सफलता का एक प्रमुख आधार हो सकते हैं। संवाद की उपयोगिता एवं फिल्म की सफलता को 'शोले' के उदाहरण के रूप में समझा जा सकता है। फिल्म 'शोले' की अभूतपूर्व सफलता का एक कारण फिल्म के खलनायक 'गब्बर सिंह' जिसकी भूमिका को अमजद खान ने अंजाम दिया था, उनके संवाद तथा संवाद को बोलने के ढंग को भी माना जा सकता है। फिल्म रिलीज होने के इतने वर्षों के बाद भी फिल्म शोले में गब्बर सिंह के संवादों को अब तक याद किया जाता है। इस दृष्टि से संवाद का फिल्मों में विशेष महत्व होता है। हालीवुड में फिल्मों के लिए पटकथा लेखक को ही संवाद भी लिखने होते हैं। इसके विपरीत हमारे यहाँ अक्सर संवाद लेखक पटकथा लेखक से अलग होता है। जैसे-जैसे फिल्म की शूटिंग होती रहती है वैसे संवाद लेखक संवाद तैयार करते रहते

हैं। संवाद एक लिखित पांडुलिपि के रूप में निर्देशक को दिये जाते हैं वह दृश्य तथा संवाद का अध्ययन करने के पश्चात अपनी पसंद एवं आवश्यकतानुसार उसमें परिवर्तन करवा देते हैं। ऐसा न होने पर लेखक को संवाद टुकड़ों-टुकड़ों में लिखकर देने पड़ते हैं ऐसी स्थिति में निर्देशक के लिए समस्या खड़ी हो जाती है। उसे अपने कनशेप्ट के अनुसार दृश्य करवाने में पूर्णतः सफलता नहीं मिलती। संवाद लेखक को संवाद लिखने से पूर्व अभिनेता के संवाद अदायगी के ढंग को भी ध्यान में रख लेना चाहिए। जैसे राजकुमार की संवाद आदयगी का अपना ही अलग अंदाज था। उनके संवाद अदायगी के अंदाज के अनुसार ही उनके लिए संवाद लिखे जाते थे।

संवाद लेखन में संवाद लेखक को फिल्म की लंबाई का ध्यान अवश्य रखना चाहिए। इस दृष्टि से संवाद लेखक के लिए आवश्यक है कि उसे संक्षिप्त और बढ़िया तरीके से कम-से-कम लंबाई में उद्देश्यपूर्व बात कहकर संवाद को आगे बढ़ाना चाहिए। ताकि एक निर्धारित माप एवं समयावधि में ही फिल्म में समुचित फिल्म निबट जाए। कुछ विशेष परिस्थितियों को छोड़कर वाक्यों में, छोटे-छोटे संवादों में उद्देश्य को स्पष्ट किया जाना चाहिए। इसके साथ यह भी ध्यान में रखा जाए कि संवाद दिल को छूने वाला हो। कुछ दर्शक मात्र संवादों के लिए ही फिल्म को देखना पसंद करते हैं। इस कारण संवाद लेखक को उनकी उम्मीदों पर खरा उतरने का प्रयास करना चाहिए। संवाद लेखन में साहित्यिक तथा लच्छेदार भाषा को छोड़कर सरल, साधारण तथा आम बोलचाल की भाषा का प्रयोग किया जाना चाहिए। फिल्म संवाद लेखन में फूहड तथा अशोभनीय भाषा शैली से दूरी बनाकर रखनी चाहिए।

मुहूर्त शॉट

किसी भी कार्य की सफलता की दृष्टि से, उसका प्रारंभ अत्यधिक महत्वपूर्ण होता है। यही नियम फिल्म निर्माण प्रक्रिया में भी लागू होता है। फिल्म को सफल बनाने की दृष्टि से सभी निर्माता और निर्देशक उसके मूहर्त को विशेष महत्व देते हैं। इस अवसर पर निर्माता और निर्देशक अपने परिवार के सदस्यों, दोस्तों, शुभचिंतकों, फिल्म-वितरकों इत्यादि को बुलाते हैं। ज्योतिषी या पंडित के द्वारा महुर्त का समय तय किया जाता है। यह शॉट फिल्म का प्रथम शॉट अवश्य होता है पर अक्सर फिल्म के काम नहीं आता। कैमरे को एक लकड़ी के बोड़ पर सेट करके उसके शीर्ष को कब्जे से जोड़कर घूमने वाले क्लेपिंग से ध्वनि उत्पन्न की जाती है। फिल्म, शीर्षक, तारीख, सीक्वेंस, संख्या, दृश्य संख्या और शॉट को चाक से लिखा जाता है। अक्सर मुहूर्त शॉट लेने से पूर्व 'निर्देशक' या कोई अन्य व्यक्ति इस 'क्लेपर बोर्ड' को क्लेप करता है। इसकी ध्वनि को लिखावट के साथ रिकार्ड

किया जाता है। क्लेपिंग संपादन के समय काम करती है। मुहूर्त शॉट के पश्चात 'क्लेपर बोर्ड' को क्लेप करने के लिए एक व्यक्ति विशेष को नियुक्त किया जाता हैं। मूहूर्त शॉट के समय फिल्म यूनिट के साथ फिल्म में भाग लेने वाले कलाकार मौजूद होते है। मुहुर्त शॉट के समय एक संवाददाता सम्मेलन का आयोजन भी किया जाता है। आजकल मुहूर्त शॉट का आयोजन मुंबई की अपेक्षा दिल्ली में करने का चलन बढ़ा है।

फिल्म संपादन

संपादक का अर्थ होता है, सुधार करने वाला। मीडिया के प्रत्येक रूप में संपादक की भूमिका सर्वाधिक महत्त्वपूर्ण होती है। फिर चाहे रेडियो के लिए प्रसारण हो या टेलीविजन के लिए प्रसारण या फिर समाचार पत्रों का प्रकाशन आप प्रत्येक स्थान पर संपादक अवश्य ही मिलेगा। मीडिया के अन्य रूपों की तरह फिल्म निर्माण में भी संपादक की उपयोगी भूमिका होती है, फिल्म निर्देशक एवं कैमरामैन के पश्चात सर्वाधिक महत्त्वपूर्ण पद संपादक का होता है। इसे तकनीकी भाषा में संकलनकर्ता या फिर एडिटर भी कहा जाता है। किसी भी फिल्म की शूटिंग लाखों फिट लंबी पट्टी पर की जाती है, इसे लगभग 13 हजार फिट पर लगाकर दर्शकों के देखने लायक बनाना अपने आपमें एक चुनौतीपूर्ण कार्य है, जिसे संपादक या फिर एडिटर को अंजाम देना होता है।

निर्देशक की तरह संपादक के भी कई सहायक संपादक होते हैं, जो उसके कार्य में उसकी सहायता करते हैं। फिल्म में स्पेशल इफैक्ट, बैक ग्राउंड म्यूजिक, निगेटिव कटिंग आदि का कार्य संपादक को ही करना होता है। संपादक प्रक्रिया कई चरणों में पूरी होती है। प्रथम चरण में डेवलप फिल्म में संपादक और सहायक निर्देशक निगेटिव की शार्टिंग करते हैं। इसी चरण में साउंड का शार्टिंग की जाती।

शार्टिंग के पश्चात निगेटिव और साउंड निगेटिव को पॉजीटिव फिल्म प्रिंट करवाने के लिए लेबोरेट्री में ले जाया जाता है। दोनों का पॉजीटिव प्रिंट संपादक की टेबल पर आने के पश्चात संपादक का कार्य प्रारंभ होता है। पॉजीटिव प्रिंट को 'रश प्रिंट' कहा जाता है जिन्हें मिनी थियेटर में देखकर शॉटों को छांटा जाता है। पॉजीटिव के तैयार हो जाने के बाद उनके लूप बनाये जाते हैं। इसके पश्चात कलाकारों को बुलाकर फिल्म की डबिंग करवाई जाती है। फाइनल प्रिंट तैयार हो जाने के पश्चात उसकी ट्राइल की जाती हैं। जिसमें निर्माता अपने मित्रों एवं अपने स्टॉफ को दिखाकर उनकी राय लेता है। उनके सुझावों के आधार पर फिल्म में फिर काट-छांट करके उसे अंतिम रूप दिया जाता है। फिल्म को अंतिम रूप देने के पश्चात उसे फिल्म सेंसर बोर्ड के समक्ष स्वीकृति के लिए भेजा जाता है। सेंसर

बोर्ड की स्वीकृति के बाद फिल्म को सेंसर बोर्ड की तरफ से प्रमाण पत्र जारी कर दिया जाता है। उस के पश्चात फिल्म को रिलीज कर दिया जाता है। यदि सेंसर बोर्ड को कुछ दृश्यों पर आपत्ति होती है तो उन दृश्यों को काट दिया जाता है।

फिल्म निर्माण प्रक्रिया

फिल्म निर्माण प्रक्रिया में सबसे महत्वपूर्ण पड़ाव होता है कच्ची फिल्म। कच्ची फिल्मों को दो भागों में बाँटा जाता है–(1) निगेटिव व रिवर्सन फिल्म, (2) पॉजिटिव फिल्म, यहाँ फिल्म कहने का प्रयोजन ऐसे रील से जिस पर फोटो आते हैं।

निगेटिव फिल्मों के तीन रूप होते हैं–(1) रा-स्टाक का निगेटिव डवलेपिंग, (2) निगेटिव की नकल, (3) निगेटिव से पॉजिटिव प्रिंट में डेवलेपिंग। मूल कॉपी को मास्टर कॉपी कहा जाता है।

पॉजिटिव फिल्म को पॉजिटिव प्रिंट में विकसित किया जाता है। यह सामान्यतः 16 मि.मी. गेज में उपलब्ध होती है। यह प्रक्रिया केवल कच्ची फिल्मों तक ही होती है। व्यावसायिक फिल्में 35 मि.मी गेज से 40 मि.मि. गज तक ही रॉ-स्टाक होता है। रंगीन सिनेमा के विकास से पूर्व रॉ-स्टाक श्याम श्वेत में होता था लेकिन रंगीन सिनेमा के विकास के साथ श्याम और श्वेत का चलन बंद हो गया। इसका नाम प्रसिद्ध छायांकन जार्ज ट्रस्टमैन के नाम पर 'इस्टमैन कलर' रखा गया है। इसमें नीला, हरा एवं लाल रंग होता है। इस्टमैन कलर के अतिरिक्त एक अन्य कलर भी होते हैं, जिसमें 'टेक्नी कलर' सर्वाधिक प्रचलित है। फिल्म को मूवी कैमरे से बाहर निकालकर प्रयोगशाला में ले जाकर जो क्रिया की जाती है उसे प्रोसेसिंग कहते हैं।

फिल्म को पॉजिटिव प्रिंट में तैयार किया जाता है। यह तैयार फिल्म कथानुसार नहीं होती है। इसमें काट-छांट करके उसे कथानुसार व्यवस्थित किया जाता है। इस प्रक्रिया को एटिडिंग या संपादन कहा जाता है। कथा को क्रमानुसार व्यवस्थित करके, संवाद, संगीत, गीत एवं ध्वनि ट्रेक को क्रमानुसार करने के प्रकरण को रि-रिकार्डिंग कहा जाता है।

पिक्चर ट्रेक और साउंड ट्रेक को तीसरी फिल्म पर स्थानांतरित करके पुनः दोनों ट्रैकों को तीसरी फिल्म पर स्थानांतरित करते हैं। इसके बाद जो प्रिंट तैयार होता है वह प्रदर्शन योग्य प्रिंट कहा जाता है।

फिल्म सेंसर बोर्ड

प्रत्येक फिल्म को प्रसारण से पूर्व फिल्म सेंसर बोर्ड की अनुमति लेनी होती है। सेंसर बोर्ड भारत सरकार द्वारा निर्मित एक फिल्म से संबंधित संगठन है। इस

बोर्ड में केन्द्र सरकार द्वारा, नियुक्त एक अध्यक्ष तथा छह सदस्य होते हैं। संगठन के प्रत्येक सदस्य का कार्यकाल तीन वर्ष होता है। इसका मुख्यालय बंबई में हैं। इसके अतिरिक्त बंबई, कोलकत्ता तथा मद्रास में भी एक-एक परामर्श समिति का गठन भी किया गया है। इसमें कुछ सलाहकार सदस्य होते हैं। यह दो वर्ष के लिए नियुक्त किये जाते हैं। सरकार ने क्षेत्रीय एवं सहायक क्षेत्रीय अधिकारियों की नियुक्ति भी की है। बोर्ड एवं परामर्श समिति फिल्मों का अवलोकन करके उसके सार्वजनिक प्रदर्शन हेतु फिल्मों को प्रमाण-पत्र देती है। यूनिवर्सल फिल्म के लिए 'यू' तथा व्यस्क फिल्मों के लिए 'ए' प्रमाण-पत्र जारी किया जाता है। फिल्म प्रमाणीकरण की शर्तें–

1. क्रूरता, हिंसा एवं भय के निरर्थक या परिहार्य दृश्य नहीं दर्शाए गए हैं।
2. असामाजिक गतिविधियों को तो महिमा मंडित नहीं किया गया।
3. मद्यपान की महिमामंडित करने वाले या उसे उचित ठहराने वाले दृश्य तो नहीं दिखाये गए।
4. भौंडेपन अश्लीलता एवं चरित्रहीनता द्वारा मानवीय संवेदनाओं का हनन तो नहीं किया गया।
5. देश व लोगों की समकालीन मान्यताओं का ध्यान रखा गया है या नहीं।
6. ऐसे दृश्यों या शब्दों का प्रस्तुतिकरण न हो जिससे न्यायालय की मानहानि या अवमानना का खतरा उत्पन्न हो।
7. सार्वजनिक व्यवस्था खतरे में न पड़े।
8. विदेशी राष्ट्रों के साथ मैत्री-पूर्ण संबंध तनावपूर्ण न हों।
9. ऐसे दृश्यों या शब्दों को न दिखाया गया हो जो नारी की पुरुष के प्रति द्वेष अधीनता का चित्रण करते हों या ऐसी अधम अधीनता को नारी के प्रशंसनीय गुण के रूप में प्रस्तुत किया गया हो।
10. राज्य की सुरक्षा को क्षति या खतरा उत्पन्न न हो।
11. भारत की संप्रभुता एवं अखंडता पर प्रश्नचिह्न न लगाया गया हो।
12. ऐसे दृश्य या शब्द प्रस्तुत न किए गए हों जो किसी जाति, धर्म या अन्य समुदायों के लिए आपत्तिजनक हों।

--0--

फिल्म-निर्देशन

फिल्म निर्माण प्रक्रिया में निर्देशक की महत्त्वपूर्ण भूमिका होती है। निर्देशक की देखरेख में संपूर्ण शूटिंग प्रक्रिया का निष्पादन किया जाता है। निर्देशक के लिए आवश्यक है कि वह शूटिंग से जुड़े सभी तकनीकी पहलुओं की बारीकियों से अवगत हो। इस अध्याय में फिल्म निर्देशन के लिए आवश्यक तकनीकी बारीकियाँ का वर्णन किया जा रहा है। यह तकनीकी बारीकियाँ निर्देशक के साथ कैमरा-मैन के लिए भी उपयोगी सिद्ध हो सकती हैं।

फिल्म निर्देशन के लिए कैमरे एवं फोटोग्राफिक के व्यावाहिरक पहलुओं की जानकारी अतिआवश्यक होती है। जब कैमरा किसी व्यक्ति विशेष को दिखा रहा होता है, और वह व्यक्ति कैमरे के स्थान पर अन्य व्यक्ति या वस्तु को देख रहा हो और साथ ही कैमरा अन्य व्यक्ति को भी दिखा रहा हो तो इसे विषयपरक शूटिंग (Objective Shooting) कहते हैं। जब कोई कलाकार दर्शकों की ओर देखकर संबोधित करे तो इस स्थिति को तकनीकी भाषा व्यक्तिपरक शूटिंग (Subjective Shooting) कहा जाता है। इस अध्याय में यहाँ हमारे द्वारा फिल्म-निर्देशन संबंधित कुछ तकनीकी शब्दावली को समझाने का प्रयास किया जा रहा है।

शॉट (Shot) दृश्य (Scene) दृश्य क्रम (Sequence)

कैमरामैन द्वारा कैमरे को प्रारंभ करने से लेकर कैमरे को बंद करने तक के बीच में लिये गए दृश्य को एक शॉट कहते हैं। जिस प्रकार किसी किताब में एक वाक्य होता है। उसी प्रकार फिल्म निर्माण में एक शॉट होता है। कई शॉटों को मिलाकर एक दृश्य बनाया जाता है। दृश्यों को प्रारंभ (Beginning) मध्य (Meddle) और अंत (End) के रूप में विभाजित करके सभी दृश्यों को क्रमागत ढंग से व्यवस्थित करने की प्रक्रिया को दृश्यांक्रम (Sequence) कहा जाता है। इसमें ध्यान रखा जाता है कि दृश्यों को इस प्रकार से व्यवस्थित किया जाए, जिससे समुचित निर्माण प्रक्रिया सार्थक और आकर्षक लगे। उसमें कहीं भी किसी भी तरह का अटपटापन न लगे।

फ्रेम (Frame)

छायांकन प्रक्रिया में सबसे छोटा अंश फ्रेम कहलाता है। इसकी गति 25

फ्रेम प्रति सेकेंड होती है, जिसमें दृश्य आँखों को सुखद लगते हैं। वीडियो या फिल्म प्रोडक्शन की आधारभूत इकाई शॉट कई फ्रेमों को मिलाकर बनती है। दृश्य को आँखों से वास्तविक रूप में देखने तथा टेलीविजन या फिल्म के पर्दे पर देखने में अंतर यह होता है कि वास्तविक रूप में देखने में अपनी पसंद के किसी भी दृश्य का अवलोकन कर सकते हैं। जबकि इसके फिल्म में हम वह ही दृश्य देख पाते हैं, जिसे डायरेक्टर दिखाना चाहता है। डायरेक्टर स्क्रिप्ट के अनुसार दृश्यों का चयन करता है।

क्लोज-अप शॉट (Close-up shot)

किसी पात्र को सिनेमा के परदे पर गर्दन के ऊपर उसके चेहरे को दिखाने को क्लोज-अप शॉट कहते हैं। इसमें मात्र एक व्यक्ति का ही चेहरा दिखाया जाता है, जिसमें उसके हाव-भाव बिलकुल स्पष्ट दिखाई देते हैं। किसी वस्तु या व्यक्ति को बिलकुल नजदीक से दिखाने पर उसका दर्शकों के साथ एक तारतम्य स्थापित हो जाता है। यह शॉट पात्र को मजबूत रूप में प्रस्तुत करता है।

मीडियम शॉट (Medium Shot)

किसी पात्र को छाती से लेकर चेहरे तक दिखाने वाले शॉट को मीडियम शॉट कहते हैं। सामान्यतः इसका प्रयोग खासकर आपसी बातचीत में किया जाता हैं।

लाँग शॉट (Long Shot)

किसी व्यक्ति को सिर से पैर तक समुचित शरीर का दृश्यांकन जिस छायांकन तकनीक के द्वारा किया जाता है। उसे लाँग शॉट कहते हैं।

लाँग शॉट में कोई व्यक्ति अकेला नहीं होता उसके आस-पास स्थिति-वातावरण जैसे वह कहाँ बैठता है, वह किसे देख रहा है, तथा उसके पास क्या-क्या रखा है? इन सबको कैमरे में उतारा जाता है। ऐसे शॉट को वाइड शॉट (Wide Shot) या एक्सट्रीम लाँग शॉट (E.L.S.) कहा जाता है। किसी विशेष वातावरण तथा स्थान का परिचय देने पर इसे लोकल शॉट (Local Shot) भी कहते हैं।

एक लाँग शॉट और मीडियम शॉट के बीच की आकृति के दृश्यांकन वाले शॉट को मीडियम लाँग शॉट कहते हैं। इसे नी-शॉट (Knee Shot) भी कहा जाता है।

मीडियम शॉट और क्लोज-अप के बीच की आकृति का दृश्यांकन एम. सी.यू (Medium Close-up) में किया जाता है। इसे बस्ट शॉट (Bust Shot) के नाम से भी जाना जाता है।

किसी पात्र विशेष के चेहरे से गर्दन को हटाकर केवल ठोड़ी (Chin) से ललाट या सिर के बालों तक के हिस्से को दिखाने वाले शॉट को बी.सी.यू (Big Close-up) या टाइट क्लोज-अप कहते हैं। उपरोक्त वर्णित शॉट के अतिरिक्त कुछ अन्य शॉट भी होते हैं। इनका वर्णन निम्न प्रकार से किया जा सकता है–

1. छायांकित दृश्य में व्यक्तियों की संख्या के अनुसार एक व्यक्ति के शॉट को सिंगल शॉट, दो के शॉट को टू-शॉट, तीन के शॉट को थ्री-शॉट और चार या ज्यादा को समूह शॉट (Group Shot) कहते हैं।

2. ओ.एस.एस (Over the Shoulder Shot)–दो व्यक्तियों की बातचीत को दर्शाने वाले दृश्य में एक व्यक्ति के कंधे और कनपटी को दिखाते हुए अन्य व्यक्ति के चेहरे दिखाते हुए जो शॉट बनाया जाता है इसे ओ.एस. एस. कहते हैं।

3. प्रोफाइल शॉट (Profile Shot)–इस शॉट में एक पात्र का एक तरह का चेहरा ही दिखाई देता है। पात्र कहीं और ही देख रहा है। प्रतिक्रिया दिखाने या पात्र का अकेलेपन के लिए यह शॉट काम में लिया जाता है।

4. अनुगामी शॉट (Follow-Shot)–किसी पात्र की गतिविधियों के छायांकन के दौरान कैमरा पात्र की गतिविधियों का ऑन शॉट पीछा करता है। ऐसे शॉट अनुगामी शॉट कहलाते हैं।

5. स्थिर शॉट (Steady Shot)–इस शॉट में कैमरा स्थिर रहता है। न तो कैमरा हिलता है और न ही लैंस हिलता-डुलता है। कैमरे से जो फ्रेम बनाया जाता है, वह स्थिर रहते हुए केवल पात्र या फील्ड की गतिविधियों को फ्रेम में उपलब्धता के आधार पर दिखाता है। दर्शक की सुविधा के लिए प्रायः स्थिर शॉट उपयुक्त होता है।

प्रकाश व्यवस्था (Lighting)

किसी प्रकार के फिल्म छायांकन के लिए प्रकाश की उपयुक्त व्यवस्था होनी अतिआवश्यक है। आजकल कुछ अतिआधुनिक कैमरे अवश्य आ गए हैं, जो कम प्रकाश में भी छायांकन कर सकते हैं। बावजूद इसके कैमरे से वांछित परिणाम प्राप्त करने के लिए समुचित प्रकाश व्यवस्था तो होनी ही चाहिए। टेलीविजन कार्यक्रम तथा फिल्मों के दृश्यांकन में तीन प्रकर की प्रकाश-व्यवस्था की जाती है, जो इस प्रकार है–

1. बैक-लाइट (Back-Light)–इसे पृष्ठ-भूमि प्रकाश भी कहा जा सकता है, क्योंकि इसका सामान्यतः प्रयोग पात्र और उसके पृष्ठ-भाग (Back-Ground) को अलग दिखाने के लिए किया जाता है।

2. की-लाइट (Key-Light)—जैसा कि इसके नाम से ही स्पष्ट है, यह पात्र तथा किसी स्थान विशेष के छायांकन के लिए प्रकाश का मुख्य स्रोत होता है। इस कारण इसे की-लाइट कहा जाता है।

3. फिल-लाइट (Fill-Light) : इसे छायांकन में आ रहे धब्बों (Shadows or Light Patches) को कम करने के लिए प्रयोग किया जाता है।

कैमरा गतिविधियाँ (Cammera Movements)

मनुष्य को किसी घटना या वस्तु को आवश्यकतानुसार देखने के लिए आँखो को ऊपर-नीचे दाएँ-बाएँ घूमना पड़ता है। इस कार्य में गर्दन आवश्यकतानुसार कोण पर मोड़ कर या घूमकर आँखों की सहायता करती है। ठीक इसी प्रकार छायाकार (Camera-man) कैमरे को आवश्यतानुसार कोण पर मोड़कर या घुमाकर छायांकन करता है। कैमरे के इस तरह गति करने को विभिन्न कैमरा स्थितियों या गतिविधियों के रूप में विश्लेषित किया जा सकता है, जिनका वर्णन निम्न लिखित है—

1. जूम (Zoom)-कैमरे के एक प्रकार के लैंस को जूम कहा जाता है। किसी पात्र के चेहरे को दिखाते हुए धीरे से उस पात्र के इर्द-गिर्द स्थिति परिवेश को धीरे-धीरे फैलाते हुए दिखाएँ तो इस प्रक्रिया को जूम आउट (Zoom out) दिखाना कहते हैं।

सम्पूर्ण दृश्य को दिखाने के बाद धीरे-धीरे सिकुड़ते हुए पुरानी स्थिति में लाकर पात्र के चेहरे को दिखाए जाने की प्रक्रिया को जूम इन (Zoom-in) कहते हैं।

आजकल कुछ कैमरों में जूम एक्सटेंडर (Zoom Extander) लैंस का भी प्रयोग किया जा रहा है जिससे पात्र के दूर की वस्तु को भी स्पष्ट दिखाया जा सकता है।

2. फोकस (Focus)—एक कैमरे में स्थित एक विशेष प्रकार का लैंस होता है। इसके प्रयोग से कोई दृश्य स्पष्ट या धुंधला दिखाया जा सकता है। इसे निर्देशक की आवश्यकतानुसार प्रयोग किया जाता है।

3. पैनिंग (Panning)—कैमरे के दाएँ से बाएँ और बाएँ से दाएँ गति करने को पेनिंग कहते हैं। इसे कैमरे की गति के अनुसार लेफ्ट पेनिंग (Left-Panning) तथा राइट पेनिंग (Right-Panning) के रूप में विश्लेषित किया जाता है।

4. टिल्ट (Tilt)—कहानी या कथा-वस्तु में किसी पात्र के संवाद, परिस्थिति एवं भावानुसार कैमरे को उसके चेहरे से लेकर पैर तक और पैर से लेकर चेहरे तक क्रमवार ढंग से छायांकन करने को टिल्ट कहा जाता है। यह गति के अनुसार ही टिल्ट अप (Tilt-up) तथा टिल्ट डाउन (Tilt-Down) के रूप में विश्लेषित

किया जाता है।

5. आर्क लेफ्ट या राइट (Arc Right or Left)—पात्र को केन्द्र में रखकर अपने ट्रिपॉड (Tripod) पर स्थित रहते हुए स्वयं गोलाकार चक्कर लगाने की प्रक्रिया को आर्क लेफ्ट या राइट कहा जाता है।

6. डॉली (ट्रेक) इन एवं आउट (Dolly, Track in & out)—कैमरा अपने ट्रिपॉड सहित पात्र के नजदीक तथा दूर जाता है। कैमरे के पात्र के नजदीक जाने को डॉल या ट्रेक इन और दूर जाने को डॉली या ट्रेक आउट कहते हैं।

--0--

तकनीकी शब्दावली

एड (Ad) : विज्ञापन अर्थात एडवरटाईजमेंट का संक्षिप्त रूप। विज्ञापन टेलीविजन, रेडियो, समाचार-पत्र तथा पत्रिकाओं की आय का प्रमुख साधन होते हैं।

एनिमेशन (Animation) : इस क्षेत्र में प्रशिक्षित पेशेवर लोगों द्वारा अपनी रचनात्मकता एवं कल्पनाशीलता से कंप्यूटर पर विभिन्न ग्राफिक सॉफ्टवेयर की सहायता से किसी घटना विशेष की रूपरेखा तैयार की जाती है। घटना सम्बन्धी दृश्य सामग्री न होने पर समाचार चैनलों द्वारा एनिमेशन से ही घटना को समझाया जाता है।

एंकर (Anchor) –किसी टेलीविजन कार्यक्रम को संचालित करने वाला व्यक्तित्व। यह कोई संवाददाता, कालाकार, अभिनेता/अभिनेतत्री हो सकता/सकती है।

एपर्चर (Aperture) : कैमरा में उपस्थित लैंस के आस-पास प्रकाश को नियन्त्रित करने वाला उपकरण।

सहायक निर्देशक (Assitt. Director)–टेलीविजन कार्यक्रम तथा फिल्म निर्माण में संग्लन निर्देशक अपने साथ एक सहायक निर्देशक को रखता है। यह रिर्हल से प्रारंभ होने से लेकर कार्यक्रम या फिल्म निर्माण के अंत तक निर्देशक के संग रहता है। यह लोकेशन के चुनाव में भी निर्देशक की सहायता करता है। बजट एवं आवश्यकता के अनुसार कई सहायक निर्देशक रखे जा सकते हैं। अलग-अलग सहायक निर्देशकों को उनके कार्य सौंपे जाते हैं।

पृष्ठभूमि (Back ground)–किसी भी टेलीविजन कार्यक्रम या सिनेमा के किसी दृश्य में मुख्य दृश्य के साथ पीछे दिखाई देने वाले भाग को पृष्ठभूमि कहा जाता है। तकनीकी शब्दावली में इसके लिए बैकग्राउंड शब्द का प्रयोग किया जाता है।

पार्श्व संगीत (Back ground music)–टेलीविजन धारावाहिक या सिनेमा के किसी दृश्य में वातावरण तथा किसी चरित्र की भावना को अभिव्यक्त करने के लिए परदे के पीछे से चलाया जाने वाला संगीत। तकनीकी शब्दावली में इसे पार्श्व संगीत के नाम से जाना जाता है।

ब्लॉग (Blog)–ब्लॉग ऑन पत्रिकाओं या लेखों की एक शृंखला होती है। ये नियमित रूप से प्रकासित होती है। इसके माध्यम से कोई भी प्रयोग करता

अपने विचार, वीडियो, ग्राफिक या घटनाओं का अन्य प्रयोगकर्त्ता के साथ शेयर कर सकता है। इंटरनेट पर विचार अभिव्यक्ति का यह सबसे शसक्त माध्यम है। ब्लॉक को किसी व्यक्ति विशेष या समुह विशेष के द्वारा लिखा जा सकता है। इसमें यह आवश्यक नहीं होता कि सभी प्रविष्टियों को प्रकाशन किया जाए।

बिग-क्लोजप (Big Close-up) : इसे सक्षिप्त रूप में BCU के नाम से जाना जाता है, इसमें व्यक्ति के मात्र चेहरे को ही कैमरे में कैद किया जाता है।

बाजार सर्वेक्षण (Market research) : उपभोक्ता तथा उनकी आवश्यकताओं संबंधी सूचना प्राप्त करने के लिए किया जाने वाला सर्वेक्षण। अपने कार्यक्रम की टीआरपी बढ़ाने के लिए टेलीविजन कंपनियाँ समय-समय पर इस तरह के बाजार सर्वेक्षण करवाती रहती हैं।

बेटाकेम एस पी (Beta Cam S.P) : प्रसारण में प्रयुक्त की जाने वाली एनालोक वीडियो टेप फॉर्मेट जिसे सोनी कम्पनी ने विकसित किया।

वेब पेज (Web Page) : यह टेक्स्ट फाइल होती है। इसकी टेगिंग एचटीएमएल की जाती है। टेगिंग यह दर्शाता है कि वेब बाउजर किस प्रकार से शब्दों को दर्शाए। यह फॉट के आकार तथा रंग को भी दर्शाता है। वेब पेज निर्माण में सर्वप्रथम टेगिंग को जानना और समझना अति आवश्यक होता है।

वेब ब्राउजर (Web Browser) : यह एक प्रकार का साफ्टवेयर होता है जो वेब सर्वर तक पहुँचकर पेज के लिए आग्रह (Request) करता है तथा वेब पेज को मशीन तक पहुँचता है। दो प्रमुख वेब ब्राउजर माईक्रोसाफ्ट इंटरनेट एक्सपोलर्र (Microsoft Internet Explorer) तथा फायरफोक्स (Firefox) है।

वेब सर्वर (Web Server) : यह भी एक कंप्यूटर प्रोग्राम ही है। वेब ब्राउचर के आग्रह करने पर उसका उत्तर देता है। इंटरनेट के माध्यम से वेब ब्राउचर तक पेज को पहुँचाता है।

बजट (Budget) : किसी कार्यक्रम या श्रृंखलाबद्ध कार्यक्रम के लिए प्रदान की जाने वाली धन राशि जोकि प्रोड्यूसर (Producter) द्वारा नियन्त्रित की जाती है।

प्रसारण-प्रक्रिया (Broacasting) : टेलीविजन या रेडियो पर समाचार प्रसारण की प्रक्रिया।

बाह्य-दृश्य (Exterior) : टेलीविजन कार्यक्रम का वो भाग जिसका दृश्यांकन स्टूडियो से बाहर किया जाता है। इसे बाह्य-दृश्य (Exterior) कहते हैं।

बाह्य प्रसारण (Outside broadcast) : टेलीविजन प्रसारण की तकनीक जिसमें टेलीविजन स्टूडियो के बाहर होने वाली घटनाओं का सीधे-सीधे दर्शकों तक प्रसारण किया जाता है। इसके अत्याधुनिक उपकरणों का प्रयोग किया जाता है। इसे ओबी (OB) भी कहते हैं।

कैमरे के समक्ष अभ्यास (Camera reherarsal)—सभी तकनीकी उपकरणों जैसे कैमरा, माइक्रोफोन इत्यादि सहित रिकार्डिंग से पूर्व किए जाने वाले अभ्यास को कैमरे के समझ अभ्यास (Camera reherarsal) कहते हैं।

क्लोज-अप (Close-Up) : इसमें व्यक्ति के चेहरे से गर्दन तक के चित्र को कैमरे में कैद किया जाता है।

कार्यक्रम का खाका (Format) : कार्यक्रम का ब्लूप्रिंट जिसमें प्रमुख पात्र, घटनाओं का क्रम, सेटिंग तथा उसकी मुख्य संकल्पना इत्यादि को सम्मिलित किया जाता है।

क्रेन (Crane) : कैमरे को ऊपर से नीचे और नीचे से ऊपर ले जाने के लिए प्रयोग होने वाला वाहन जिसमें कैमरे को उठाने के लिए एक विशेष स्थान निर्धारित होता है और जिस पर बैठकर कैमरा-मैन दृश्य का फिल्मांकन करता है।

क्रू (Crew) : फिल्म या टेलीविजन कार्यक्रम के निर्माण प्रक्रिया में उपकरणों का संचालन करने वाले कर्मियों के समूह को तकनीकी भाषा में क्रू कहा जाता है। शूटिंग वाले स्थान पर इस शब्द का प्रयोग कैमरा समूह के लिए कैमरा-क्रू (Camera-Crew) के रूप में भी किया जाता है।

साइक (Cyc) : प्रायः स्टुडियो की दीवार पर एक सलेटी रंग को परदे के लटका देखा जा सकता है। तकनीकी भाषा में इस पर्दे को साइक्लोरमा या साइक कहा जाता है।

क्यू (Cue) : किसी कलाकार या कार्यक्रम प्रस्तुत करता को बोलने का आदेश देने के लिए प्रयोग कुछ सांकेतिक शब्दावली का प्रयोग करते हैं। इसे क्यू कहते हैं।

कट (Cut) : किसी प्रकार के दृश्यात्मक व्यवधान उत्पन्न न हो इसलिए एक कैमरा गतिविधि के समाप्त होने के तुरन्त पश्चात अन्य कैमरा गतिविधि के प्रारम्भ करने की प्रक्रिया प्रारम्भ कर दी जाती है। इसे कट (Cut) कहा जाता है।

कट-वे (Cut-way) : रिपोर्टिंग या किसी के साक्षात्कार के लम्बे होने पर उसमें से अनावश्यक रिकार्डिंग में काट-छांट कर उसे छोटा किया जाता है जिसे कटवे के नाम से जाना जाता है।

डबिंग (Dubbing) : किसी कार्यक्रम के कलाकारों की वास्तविक आवाज के स्थान पर किसी अन्य की आवाज को उस कलाकार के हाव-भाव के साथ मिश्रित करना। यह विधि सामान्य किसी भाषा विशेष के कार्यक्रम को अन्य भाषा में रूपान्तरित करने के लिए प्रयोग की जाती है।

डिसेल्ब (Dissolve) : यह एक दृश्य से दूसरे दृश्य में जाने की एक प्रक्रिया है। इसमें एक दृश्य से दूसरे दृश्य में धीरे-धीरे आते हैं। एक दृश्य के धीरे-धीरे

जाने तथा दूसरे दृश्य के धीरे-धीरे निकलने के फलस्वरूप एक दृश्य दूसरे दृश्य में समाहित से दिखाई देते हैं। इसे समय व्यतीत करने के संदर्भ में प्रयोग किया जाता है।

ड्राई रन (Dry run) : कैमरे के समक्ष इलैक्ट्रॉनिक उपकरणों के बिना किये जाने वाले रिर्हसल को ड्राई रन कहते हैं।

दर्शकों हिस्सेदारी (Audience Share) : एक निश्चित समय में किन्हीं दो चैनलों को देखने वाले दर्शकों की संख्या की तुलना करना।

एक्सक्लूजिव-रिपोर्ट (Exclusive-Report) : ऐसी रिपोर्ट या समाचार जो अन्य किसी समाचार चैनल द्वारा न दिखायी गयी हो उसे एक्सक्लूजिव-रिपोर्ट कहा जाता है।

ई-पेपर (E-Paper) : यह समाचार पत्र का इंटरनेट संस्करण होता है। इसके लिए प्रकाशित समाचार पत्र की वेब साइट पर डाल दिया जाता है। जहाँ पाठक इसे इंटरनेट पर पढ़ सकता है। इसमें चार-पाँच दिन पूर्व के संस्करण को भी पढ़ा जा सकता है। इसमें वे पाठक जो किसी विशेष समाचार पत्र को किसी अन्य स्थान पर प्रकाशित होने वाले संस्करण को इंटरनेट के माध्यम से अन्य स्थान पर भी पढ़ सकते है।

प्रभाव (Effects) : दर्शकों का समाज पर पड़ने वाला प्रभाव।

फाईनल कट (Final Cut) : किसी टेलीविजन कार्यक्रम का अंतिम रूप से संपादित होना, जोकि प्रसारण के लिए भेजा जाता है।

फ्लैशबैक (Flashback) : कार्यक्रम प्रस्तुत करने से कार्यक्रम के लिए निर्धारित घटनाओं या फिर विषयों को क्रमानुसार व्यवस्थित करना।

फ्लो (Flow) : किसी चैनल पर कार्यक्रम एवं विज्ञापन दिखाने का क्रमानुसार चक्रण।

फ्रेम : टेलीविजन कार्यक्रम छायांकन प्रक्रिया में सबसे छोटा अंश फ्रेम कहलाता है। इसकी गति 25 फ्रेम प्रति सेकेंड होती है। वीडियो या फिल्म प्रोडक्शन की आधारभूत इकाई शॉट कई फ्रेमों को मिलाकर बनता है।

फ्री-टू-एयर (Free-to-air) : ऐसे टेलीविजन चैनल जिन्हें देखने के लिए दर्शकों को किसी भी प्रकार का कोई शुल्क नहीं देना पड़ता है।

फेड-इन : किसी रेडियो क्रार्यकमों में ध्वनि प्रभाव उत्पन्न करने के लिए विभिन्न युक्तियों का प्रयोग किया जाता है। फेड-इन भी उनमें से एक है। इसमें रेडियो में ध्वनि शनैः-शनै समीप आते हुए तीव्र होती चली जाती है।

फेड-आउट : रेडियो कार्यक्रम में इस ध्वनि प्रभाव का भी अक्सर उपयोग किया जाता है। इसमें ध्वनि शनैः शनैः दूर जाते हुए कम होती चली जाती है।

गैलरी (Gallery) : टेलीविजन चैनल में नियन्त्रण कक्ष (Control Room) जहाँ स्टूडियो डायरेक्टर, दृश्य संयोजक, ध्वनि तथा वीडियों निरीक्षक बैठक कार्यक्रम की शूटिंग का प्रेक्षण करते हुए कैमरा मैन व ध्वनि टेकनिशियन को निर्देश देते हैं।

ग्राफिक (Graphics) : टेलीविजन कार्यक्रम के लिए कंप्यूटर से बनाए गए चित्र या प्रतिबिम्ब।

हाई एंकल शॉट (High ankle shot) : किसी ऊँचे स्थान पर कैमरे को स्थित करके शॉट लेने को हाई एंकल शॉट कहते हैं।

एचटीएमएल (HTML) : यह एक कम्प्यूटर भाषा है जिसका विस्तारित रूप होता है हाइपर टेक्स्ट मार्क-अप लैंग्वेज। वेब पेज की टेगिंग करने तथा उसका लेयआउट निर्धारित बनाने के लिए इसका उपयोग किया जाता है साथ ही मल्टीमीडिया स्पोर्ट तथा दस्तावेजों को जोड़ने (Document links) के लिए भी इसका प्रयोग किया जाता है।

हाईपरलिंक (Hyperlink) : विभिन्न प्रकार के कंप्यूटर दस्तावेजों को परस्पर जोड़ने की प्रक्रिया को हाईपरलिंक कहते हैं।

इनसर्ट-टेप (Insert tape) : टेलीविजन कार्यक्रम के लिए प्रयोग की जाने वाली टेप इसमें कार्यक्रम संबंधी सभी पूर्व-रिकार्डिंग (Pre-recording) सामग्री सम्मिलित होती है।

जंप-कट (Jump-cut) : किसी कार्यक्रम के लिए की गई रिकार्डिंग संपादन के दौरान किसी भी इकाई के दृश्यों की काट-छांट इस प्रकार से की जाये कि जिसमें दृश्य कि वास्तविकता पर कोई प्रभाव न पड़े और कार्यक्रम नियमित रूप से चलता और प्रदर्शित होता रहे, इस प्रक्रिया को जंप-कट कहते हैं।

लांग शॉट (Long shot) : किसी पात्र की पूरे शरीर की लम्बाई को प्रदर्शित करने वाले शॉट को लांग शॉट कहते हैं।

मीडियम क्लोज-अप (Medium Close-up) : मीडियम शॉट और क्लोज-अप के बीच आकृति के दृश्यांकन को मीडियम क्लोजप कहते हैं। इसे संक्षिप्त रूप में एम.सी.यू. (MCU) कहते है। इसे बस्ट शॉट (Bust Shot) के नाम से भी जानते हैं।

मीडियम शॉर्ट (Medium shot) : किसी पात्र को छाती से लेकर चेहरे तक दिखाने वाले शॉट को मीडियम शॉट कहते हैं। सामान्यतः इसका प्रयोग आपसी बातचीत में किया जाता है।

मिक्शर (Mixer) : टेलीविजन शब्दाबली में समान्यतः इस शब्द का प्रयोग

उन ध्वनि मिश्रित करने वाले उपकरणों के लिए प्रयोग किया जाता है, जिनका प्रयोग विभिन्न प्रकार की ध्वनियों को मिश्रित करने के लिए किया जाता है।

नेम सुपर (Name super) : टेलीविजन स्क्रीन पर दृश्यांकित व्यक्ति को नामांकित करने की प्रक्रिया। इसमें नाम के अतिरिक्त व्यक्ति के पद और व्यक्तित्व का भी वर्णन किया जाता है।

आई लाईन (Eyeline) : अभिनेता या कार्यक्रम प्रस्तुकर्ता जिस दिशा से कैमरे को देखते हैं। दो पात्रों के वार्तालाप वाले दृश्य में दोनों पात्रों के नेत्र बिन्दु के मेल में रहना आवश्यक होता है अन्यथा यह दोनों स्पष्ट रूप से दिखाई नहीं देंगें।

निर्माता (Producer) : किसी टेलीविजन कार्यक्रम एवं फीचर-फिल्म का निर्माण का दायित्व संभालने वाले व्यक्तित्व को निर्माता कहते हैं। यह स्वतंत्र तथा अधीनस्थ दोनों ही रूपों में हो सकते हैं। फिल्मों का निर्माण अधिकार स्वतंत्र निर्माताओं के द्वारा किया जाता हैं। जबकि टेलीविजन कार्यक्रम का निर्माता चैनल के अधीनस्थ हो सकते है। निर्माण के लिए विशेषज्ञों के चयन, कार्यक्रम के लिए नित्य नई संकल्पनाएँ प्रस्तुत करना, एक निर्धारित समयावधि में कार्यक्रम का निर्माण करना, लेखकों के साथ स्क्रिप्ट पर चर्चा करना, रिहर्सल तथा लोकेशन इत्यादि सभी मूलभूत बिन्दुओं पर दृष्टिपात निर्माता को ही करना होता है। वह अपने कार्यक्रम में निर्देशक से भी परामर्श करता रहता है। किसी रेडियो, टेलीविजन कार्यक्रम तथा फिल्म के सफल निर्माण निर्माता तथा निर्देशक के परस्पर तालमेल से ही संभव हो सकता है।

निर्देशक (Director) : किसी स्क्रिप्ट (Script) या विचार को अपनी रचनात्मक क्षमता का प्रयोग करते हुए तकनीकी कर्मियों, कलाकार तथा सम्पादक (Editor) की सहायता से कार्यक्रम का रूप प्रदान करने वाले व्यक्ति को निर्देशक कहा जाता है।

ऑवरलेय (Overlay) : दो विभिन्न स्रोतों से प्राप्त चित्रों को मिलाकर एक चित्र बनाने की प्रक्रिया को ऑवरलेय कहते हैं।

पेन (Pan) : कैमरा को किसी ट्रॉली तथा ऊँचे स्थान पर रखकर उसे ऊपर से नीचे दाएं से बाएं ले जाते हुए दृश्य को कैमरे में कैद करने की प्रक्रिया को पेन कहते हैं।

पेन तथा स्कैन (Pan and scan) : किसी दृश्य के किसी भाग को निकालकर उसे बड़ा करके टीवी फ्रेम में भरना। इस तकनीक को चौड़ी फिल्मों को वर्गाकार टेलीविजन स्क्रीन में फिट करने के लिए प्रयोग किया जाता है।

पेनटोग्राफ (Panograph) : घूमने में सक्षम उपकरण जिसमें प्रकाश उपलब्ध कराने के लिए लाईट लगी होती है। इसका प्रयोग टेलीजिवन कार्यक्रम के

दौरान दृश्यों को प्रकाश उपलब्ध कराने के लिए किया जाता है। इसे ऊपर-नीचे दाएं-बाएं सरलता से घुमाया जाता है।

पिप्पल डिज्जोल्व (Pipple dissolve) : फिल्म या टेलीविजन धारावाहिक में दृश्यांकन प्रक्रिया में एक पिप्पल डिजॉल्व, डिजॉल्व का ही एक रूप है इसमें एक दृश्य धीरे-धीरे जाता है तथा इसके साथ ही दूसरा दृश्य धीरे-धीरे उभरता है। दोनों दृश्य एक-दूसरे में समाहित होते हुए पानी की उठती हुई लहरों की तरह हिलते-डुलते रहते हैं। समान्यतः इस प्रक्रिया का प्रयोग फ्लैशबैक किया जाता है। इसे 'आडियो आसीलेटर' नामक उपकरण की सहयता से क्रियान्वित किया जाता है।

प्राईम-टाईम (Prime time) : ऐसा समय जब सबसे अधिक दर्शक टेलीविजन देखते हैं। समान्यतः सायं 7 बजे से लेकर सायं 10 बजे तक के समय को प्राईम टाईम माना जाता है।

पीटीसी (Piece to camera) : घटना स्थल से कैमरे के समक्ष उपस्थित होकर घटना के विषय में वर्णन करना।

प्ले-बैक (Play-Back) : अधिकतर फीचर फिल्मों में गीत अभिनेता के साथ पर किसी पेशेवर प्लेबैक सिंगर के द्वारा गाए जाते हैं। इस प्रक्रिया को प्ले बैक कहा जाता है। गाने की रिकार्डिंग फिल्म की शूटिंग से पहले ही कर जाती है।

रेकी (Recce) : कार्यक्रम निर्माण से पूर्व किया जाने वाला कार्य जिसमें देखा जाता है कि उपयुक्त स्थान कार्यक्रम के दृश्यांकन की दृष्टि से उपयुक्त है या नहीं। यहाँ अन्य सुविधाएँ जैसे प्रकाश तथा उपकरणों के फिट करने की व्यवस्था है या नहीं।

आर एस एस (RSS)—इस शब्द का प्रयोग साइबर पत्रकारिता में प्रचलित है। यह रीच साइट सामरि (Reach site summary) का संक्षिप्त रूप है। यह एक प्रकार का फाईल फारमेट होता है, जिसके माध्यम से कोई भी बेब लेखक या प्रयोक्ता अपने लेख या राय को अन्य कंप्यूटर तक पहुँचता सकता है। इसका लेखन एक्स एम एल (XMl) में किया जाता है। यह पीडीफ के रूप में भी उपलब्ध हो सकता है। इसका प्रयोग फीड बेक प्राप्त करने के लिए भी किया जाता है।

रि-टेक (Retake) : रि-टेक का हिंदी रूपांतर होता है पुनः लेना। फीचर फिल्म या टेलीविजन कार्यक्रम को किसी दृश्य को बार-बार दृश्यांकन के प्रकरण को तकनीकी भाषा में रिटेक कहा जाता है।

पूर्वाभ्यास (Rehearsal) : किसी फीचर-फिल्म या टेलीविजन धारावाहिक के शूटिंग से पूर्व अभिनेताओं द्वारा किया जाने वाले अभ्यास को पूर्वाभ्यास कहते हैं।

आवांछनीय काट-छांट (Rough cut) : टेलीविजन कार्यक्रम का प्रथम संपादित प्रति जिसे और अधिक संपादन की आवश्यकता होती है।

रनर (Runner) : टेलीविजन कार्यक्रम का कार्य करने वाली कम्पनी में जूनियर सदस्य।

रनिंग ऑडर (Running order) : टेलीविजन पर दिखाये जाने वाले कार्यक्रम के लिए निर्धारित सूची जिसमें कार्यक्रम की अवधि स्रोत तथा अन्य सामग्री का विवरण होता है।

आवांछनीय-सामग्री (Rushe) : वीडियो संपादन के दौरान आने वाली अवांछनीय-सामग्री जिसमें गलती से लिया गया दृश्य अनावश्यक सामग्री सम्मिलित होती है। वीडियो संपादन करने वाला व्यक्ति इस प्रकार की सामग्री को हटा देता है।

सिड्यूल (Schedule) : टेलीविजन चैनल के लिए किसी विशेष समय, दिन या सप्ताह के लिए कार्यक्रम को दिखाए जाने की सूची जिसमें दिखाने जाने वाले कार्यक्रमों का क्रम, विज्ञापन तथा कुछ विशेष सामग्री को देखने के क्रम का निर्धारण किया जाता है।

सर्च इंजन (Search Engine) : यह प्रकार की बेवसाईट होती है जो टाईप किए गए शब्दों से संबंधित वेबसाइटों की सूची कंप्यूटर स्क्रीन पर प्रदर्शित कर देती है। प्रयोग करता अपनी आवश्यकता के अनुरूप किसी भी बेवसाइट पर क्लिक करके उस वेबसाइट से जुड़ जाता है और उस वेबसाइट की सामग्री उसकी कम्प्यूटर स्क्रीन पर आ जाती है।

धारावाहिक (Serial) : शृंखलाबद्ध ढंग से दिखाए जाने वाले टेलीविजन नाटक।

सेट्स (Sets) : स्टूडियो में किसी दृश्य के दृश्यांकन के लिए साज-सज्जा करना।

शूटिंग अनुपात (Shooting ratio) : किसी टेलीविजन कार्यक्रम के लिए निर्माण प्रक्रिया में समय अनुसार दृश्य के लिए मिनटों का निर्धारण करना।

शॉट (Shot) : कैमरामैन के कैमरे को प्रारंभ करने से लेकर कैमरे को बंद करने तक के बीच में लिये गए दृश्य को एक शॉट कहते हैं। जिस प्रकार किसी किताब में एक वाक्य होता है। उसी प्रकार फिल्म तथा टेलीविजन कार्यक्रम निर्माण में एक शॉट होता है। कई शॉटों को मिलाकर एक दृश्य बनाया जाता है

शूटिंग (Shooting) : फिल्म तथा टेलीविजन कार्यक्रम के लिए कैमरे में दृश्यों की रीकॉर्डिंग करने की प्रक्रिया को शूटिंग कहा जाता है।

शोप अपेरा (Soap opera) : एक क्रमागत ड्रामा जिसमें बहुत से चरित्र होते हैं और कई कहानियाँ होती हैं। इसमें उप कथानक उलझ जाते हैं और नए-नए पात्र जन्म लेते हैं जिससे उत्सुकता बनी रहती है।

प्रायोजकता (Sponsorship) : कार्यक्रम के संचालन के लिए किसी कंपनी द्वारा दी जाने वाली वित्तीय सहायता। इसकी एवज में कार्यक्रम निर्माता कंपनी का नाम उसके प्रायोजक के रूप में प्रदर्शित करत हैं जिससे कंपनी के नाम का प्रचार होता है।

सुपरिम्पोस (Superimpose) : किसी निश्चित दृश्य या ग्राफिक के बीच कोई नया दृश्य या ग्राफिक डालने की प्रक्रिया को सुपरिम्पोस कहते हैं। यह सामान्य विजन मिक्सर (vision mixer) के द्वारा टेलीविजन स्टूडियो में किया जाता है।

सन-गन (Sun gun) : यह एक विशेष प्रकार की लाइट होती है जिसे बाहरी छायांकन के लिए प्रयुक्त किया जाता है। इसे हाथ में लेकर इधर-उधर भी किया जा सकता है।

समयावधि (Duration) : किसी टेलीविजन कार्यक्रम एक मिनट या एक सेकेंड की अतिरिक्त समयावधि को ड्यूरेशन कहा जाता है।

सम्पादक (Editor) : टेलीविजन कार्यक्रम में विभिन्न दृश्यों एवं आवाजों के साथ एक स्थान से दूसरे स्थान पर स्थानान्तरित करने की विधि। इसका प्रयोग तथ्यात्मक कार्यक्रमों या फिर काल्पनिक कथाओं पर आधारित दोनों तरह के कार्यक्रमों पर किया जाता है। अब अधिकतर वीडियो-सम्पादन (Video-Editing) नॉन-लीनिय (Non-Liner) विधि से कंप्यूटाराइज मशीनों द्वारा होती है।

समाचार एजेंसी (News Agency) : विभिन्न समाचार प्रतिष्ठानों को समाचार उपलब्ध कराने वाली एजेंसियाँ समाचार एजेंसी कहलाती हैं।

संतुलित वाद-विवाद (Balance) : समाचार चैनलों पर दिखाई जाने वाली संतुलित बहस जिसमें दोनों पक्षों को अपनी बात रखने का अवसर दिया जाता है।

स्थान (Location) : टेलीविजन स्टूडियो के बाहर और भीतर स्थित वह स्थान जहाँ पर किसी कार्यक्रम की शूटिंग होती है।

टेक (Take) : किसी दृश्य की रिकार्डिंग के दौरान किसी गतिविधि को बार-बार करने की प्रक्रिया। इसमें दृश्य की प्रत्येक रिकार्डिंग को संख्याबद्ध किया जाता रहता है।

अपलिंक (Uplink) : एक इलेक्ट्रानिक प्रक्रिया जिसमें टेलीविजन संकेतों (Signales) को भूमि से अंतरिक्ष में भेजा जाता जहाँ से वे टेलीविजन केन्द्र को भेजे जाते हैं। फिर टेलीविजन केन्द्र द्वारा उनके संकेतों को प्रसारित किया जाता है।

इकाई (Unit) : फिल्म या टेलीविजन कार्यक्रम के निर्माण में निर्देशक के साथ मिलकर कार्य करने वाले समूह को यूनिट के नाम से जाना जाता है।

वाईस ऑवर (Voice over) : किसी दृश्य के साथ-साथ उसके पृष्ठभूमि में उसके विषय में जानकारी देते रहने की प्रक्रिया।

वृत्तचित्र (Documentary) : किसी विषय पर तैयार तथ्यों पर आधारित कार्यक्रम, का उद्देश्य किसी ज्वलंत मुद्दे पर दर्शकों का ध्यान खींचना होता है।

वाईप (Wipe) : फिल्म या टेलीविजन धारावाहिक में समय या स्थान के परिवर्तन के लिए दो दृश्यों के बीच एक प्रकार के इलेक्ट्रॉनिक प्रभाव का प्रयोग किया जाता है। इसमें एक दृश्य दूसरे दृश्य द्वारा वाइप कर दिया जाता है। इसके लिए 'स्पेशल इफेक्ट जैनेरेटर' का प्रयोग किया जाता है।

यूआरएल (URL)–इसे विस्तृत विस्तारित रूप में यूनिफोर्म रिसोर्स लोकेटर (Uniform Resource Locator) कहते हैं। यह किसी भी दस्तावेज या वेब साइट पर उपलब्ध सामग्री के लिए यह प्रकार का वैश्विक पता (Global Address) होता है। किसी भी वैश्विक पते के दो भाग होते है, पहले भाग को प्रोटोकाल आइडेंटिफिअर (Protocal identifier) कहते हैं तथा दूसरे भाग को रिसोर्सिस ऐडरस (Recourses Address) कहते है।

एक्सपोसर (Exposure) : कैमरे के लैंस तक पहुँचने वाले प्रकाश की मात्रा को एक्पोसर कहते हैं।

जूम लेंस (Zoom lens) : कैमरे में स्थित लेंस जिससे दृश्य के साईज को छोटा या बड़ा किया जाता है। छोटे-बड़े करने की प्रक्रिया को जूम-इन (Zoom-in) और जूम आउट (Zoom-out) कहा जाता है।

--0--

संदर्भ-सूची

1. पत्रकारिता एवं संपादन कला, एन.सी. पंत, राधा पब्लिकेशन, नई दिल्ली।
2. पत्रकारिता की विभिन्न विधाएँ डा. निशांत सिंह, राधा पब्लिकेशन नई दिल्ली।
3. भारतीय मीडिया : अंतरंग पहचान, डॉ. स्मिता मिश्रा भारत पुस्तक भंडार, दिल्ली।
4. रेडियो और दूरदर्शन पत्रकारिता डॉ. हरिमोहन, तक्षशिला प्रकाशन, दिल्ली।
6. जनसंचार राधेश्याम शर्मा हरियाणा साहित्य अकादमी, चंडीगढ़।
7. जनसंचार और हिंदी पत्रकारिता डॉ. अर्जुन तिवारी उमाभारती प्रकाशन, इलाहाबाद।
8. संवाद कला अभिराम झा अभिराम प्रकाशन, पटना।
9. बीफॉर दॉ हेडलाइन (Before the headlines), श्री चंदकांत पी. सिंह मैकमिलैन प्रकाशन प्रा.लि., नई दिल्ली।
10. इलेक्ट्रॉनिक मीडिया डॉ. संजीव भानावत विश्वविद्यालय प्रकाशन, जयपुर।
11. हिंदी पत्रकारिता और टेली फिल्मूस सविता चड्ढा, राजसूर्य प्रकाशन, दिल्ली।
12. समाचार और संवाददाता, डॉ निशांत सिंह सन्मार्ग प्रकाशन, दिल्ली।
13. हिंदी पत्रकारिता के विविध आयाम डॉ. वेद प्रताप वैदिक, हिंदी बुक सेन्टर, दिल्ली।
14. मीडिया लेखन डॉ. चंद्र प्रकाश मिश्र संजय प्रकाशन, अंसारी रोड, दरिया गंज, नई दिल्ली-110002
15. एंकर रिपोर्टर, श्री पुण्य प्रसून वाजेपयी, राजकमल प्रकाशन, दिल्ली।
16. फिल्में कैसे बनती हैं? हरमल सिंह, राजस्थान पत्रिका, जयपुर।
17. रेडियो प्रसारण, कौशल शर्मा, प्रतिभा प्रतिष्ठान दिल्ली।

www.ingramcontent.com/pod-product-compliance
Ingram Content Group UK Ltd.
Pitfield, Milton Keynes, MK11 3LW, UK
UKHW021312160826
14477UKWH00023B/388